PAUL ERNST RATTELMÜLLER

BOARISCHER HOAGASCHT

GESCHICHTEN AUS VERGANGENER ZEIT

Verlagsanstalt »Bayerland« Dachau

Verlag und Gesamtherstellung:
Druckerei und Verlagsanstalt »Bayerland« GmbH
85221 Dachau, Konrad-Adenauer-Straße 19

Printed in Germany · ISBN 3-89251-339-2

Inhalt

Vorwort des Verlages 9

Mein alter Lehrer
Schulgeschichten aus den dreißiger Jahren des letzten Jahrhunderts 11

»Die Summe aller Lebensweisheit ...«
Kleine Kalenderhistorie und bayerische Neujahrsbräuche 28

Bierpantscher, Bierkontrolleure und Bierrevolten
Die Bayern und das Bier, eine besondere Beziehung 39

Hexen und anderes Gelichter
Vom Aberglauben im Isarwinkel 56

Abschied vom Taler
Über die Währungsumstellung zur Mark 66

Pfingstl und Wasservogel
Brauchtum zum Pfingstfest 83

Die Erlebnisse der Frau von Paur
und des Infanteristen Deifl
Aufzeichnungen aus dem bayerisch-tirolischen Krieg 93

Sennerin und Hüatabua
Vom »Alpenwesen im bayerischen Hochgebirge« 115

»Die allerschönste Kirche«
Die Wieskirche und ihre Wallfahrt 125

»In die Ernte gehen«
Dienstbotenmarkt und Getreideernte im Gäuboden 134

Urlaub auf dem Lande
Von der Sommerfrische in früherer Zeit 143

Bauernleben
Vom Wandel der Sitten auf dem Land 165

Wie der Münchner lebt
Eine »Beschreibung der Haupt- und Residenzstadt«
aus dem 18. Jahrhundert 174

Der Bayer und das Roß
Über heilige Pferde und Pferdeheilige 183

»Krieg in den bayerischen Bergen«
Von Jagern und Wildschützen 192

»Gott zur Ehr, dem Nächsten zur Wehr«
Die Feuerwehr in vergangenen Tagen 201

»Tauet, ihr Himmel …«
Die Engelämter im Advent 211

Die bösen Kräfte vertreiben
Das Berchtesgadener Weihnachtsschießen 223

Lex Baiuvariorum
Das erste bayerische Gesetz aus der Zeit der Agilolfinger 232

Literaturverzeichnis 253

Vorwort des Verlages

Mit den Geschichten, die der Großvater von seiner Jugendzeit erzählte, wurde die Liebe von Paul Ernst Rattelmüller zu alten Zeiten geweckt. Offensichtlich wurde dieses Interesse auch durch das Elternhaus gefördert – dort hatte der kleine Paul Ernst Zugang zu Reisebüchern und Schilderungen über Land und Leute aus dem Bayern des 18. und 19. Jahrhunderts. Diese frühe Leidenschaft, dieses intensive Interesse an den Lebensbedingungen vergangener Zeiten muß prägend für das ganze Leben Rattelmüllers geworden sein. Nicht ohne Grund wurde er zum Bezirksheimatpfleger von Oberbayern berufen. Und nicht ohne Grund gestaltete er fast fünfzig Jahre lang Sendungen im Bayerischen Rundfunk, mit denen er seinen eigenen Wissensdrang hinsichtlich der Geschichte von Sitte und Brauch auch anderen Menschen zu vermitteln verstand. Dabei war es ihm immer ein besonderes Anliegen, bayerischen Schriftstellern und frühen Volkskundlern, die in Vergessenheit geraten waren, eine Stimme zu verleihen. So hat er seinen Landsleuten etwa Franz Joseph Bronner, Heinrich Noë, Joseph Schlicht oder Ludwig Steub wieder ins Bewußtsein gerufen.

Seine bekannteste und beliebteste Sendung, der Rattelmüller übrigens selbst den Namen gab, ist der seit rund vierzig Jahren ausgestrahlte »Boarische Hoagascht«. Vorwiegend aus Beiträgen zu dieser Sendereihe wurde für das vorliegende Buch eine Auslese getroffen. Rattelmüller hat aber auch so manches Mal Vorträge und Aufsätze, die er zu einem anderen Zweck verfaßt hatte, für den Funk überarbeitet. Einfach war es sicher nicht, aus der Fülle des vorhandenen Materials eine Auswahl vorzunehmen – sind es doch mehr als tausend Rundfunk-Beiträge, die sich im Lauf der Jahrzehnte angesammelt haben.

Leider konnte Paul Ernst Rattelmüller die Drucklegung des

Buches nicht mehr erleben. Da die Zusammenstellung der Beiträge jedoch auf sein Konzept zurückgeht, wurde das Werk gewiß seinen Vorstellungen entsprechend zu Ende geführt.
Rattelmüllers ausdrücklicher Wunsch war es beispielsweise, seinem Lehrer aus Kindertagen ein Denkmal zu setzen; deshalb steht diese Geschichte an erster Stelle des Buches. Von diesem Lehrer hat Rattelmüller auch in der privaten Gesprächsrunde immer wieder gerne erzählt – er hat wohl eine gewisse Vorbildrolle für Rattelmüller übernommen, der in seine Fußstapfen als begnadeter Erzähler trat. Neben diesen persönlichen Erinnerungen – beispielsweise ist auch eine entzückende Geschichte vom kleinen Paul Ernst in der Sommerfrische dabei – stehen Beiträge, die den Reichtum der alten Volkskultur in Bayern vermitteln. Immer legt Rattelmüller dabei die Kenntnis umfangreichen Materials an den Tag, die es ihm ermöglicht, die Stimmen von Zeitzeugen aus vergangenen Jahrhunderten lebendig werden zu lassen. Dadurch gewinnt der Leser einen sehr unmittelbaren Eindruck von den Geschehnissen in früheren Tagen.
Wie gesagt, Paul Ernst Rattelmüllers Stärke war das gesprochene Wort. Aus diesem Grund und auch auf seinen Wunsch hin wurde in der jetzt vorliegenden Druckfassung an seinem Sprachduktus kaum etwas verändert. So mancher Leser mag also bei der Lektüre den unverwechselbaren Klang von Rattelmüllers Stimme im Ohr haben.

Der Verlag will mit diesem Buch zum Andenken an Paul Ernst Rattelmüller beitragen. Uns wird er immer in Erinnerung bleiben: als engagierter Verfechter alter Werte, wobei er kein Blatt vor den Mund nahm; als Bewahrer echten Brauchtums, der gegen so manchen Widerstand angehen mußte; als fesselnder Redner und doch an dem, was andere sagten, interessierter Zuhörer – und als Freund unseres Verlagshauses.

Mein alter Lehrer

Schulgeschichten aus den dreißiger Jahren des letzten Jahrhunderts

Nach Ostern 1930 bin ich in die Schule gekommen, denn der Klassenwechsel war damals zu Ostern. Die Von-der-Tann-Schule in Regensburg war eine evangelische Konfessionsschule, die erste Klasse befand sich im zweiten Stock, unmittelbar am Stiegenhaus, wenn man die Treppe heraufgekommen ist, die Türe halbrechts. Ich hab damals das unerhörte Glück gehabt, einen Lehrer zu bekommen, an den ich noch heute mit Freude, Begeisterung und Dankbarkeit denke und mit dem ich in Verbindung geblieben bin bis zu seinem Tod. Zugegeben, er war etwas übertourt, hat laut lachen können, war begeisterungsfähig, aber wenn ich an meine Lehrer zurückdenke, an die, die mir Eindruck gemacht haben, dann sind mir gerade die in einer guten Erinnerung, die begeisterungsfähig waren und deshalb ihre Schüler auch haben begeistern können. So einer war mein Otto Walter. Nur in einem Punkt war er für mich ein Nachteil, ich hab nämlich später meine Lehrer an ihm gemessen. Dabei sind die meisten im Mittelfeld gelandet. Daß meine schulischen Leistungen bei ihm sehr gut waren, später dann eher dürftig-beschämend, möchte ich allerdings nicht allein diesem Umstand zuschreiben.
Ein Beweis dafür, wie bestimmend ein Lehrer für das Leben sein kann, welchen Einfluß er sogar bis in die Familie hinein auszuüben vermag, ist der Volksschullehrer meines Großvaters in der Klarenangerschule in Regensburg um 1875/80. Es war der Lehrer Loritz aus Nittenau. Ich besitze heute noch ein Blatt aus dem Herbarium, das er mit seinen Buben angelegt hat. – Allein die Tatsache, daß ich den Namen des Lehrers meines Großvaters kenne, zeigt doch, daß er ein bemerkenswerter Mann gewesen sein muß.
Das erste Gedicht, das ich bei Otto Walter habe lernen müssen, war von Morgenstern:

»Puff, puff, Eisenbahn,
jetzt fahren wir nach Wiesenplan;
Wiesenplan ist eine Stadt,
in der der Kohlweißling seine Wohnung hat.
In einer Glockenblume blau,
da wohnt der Kohlweißling und seine Frau …«

Weiter weiß ich's nicht mehr.

Wir haben am Vormittag von acht bis elf Uhr Schule gehabt und am Nachmittag von zwei bis vier Uhr. Mittwoch und Samstag war am Nachmittag frei.

Unser Lehrer war im doppelten Sinn des Wortes nur für uns da. Zum einen, weil wir ihn in allen Fächern gehabt haben, ihn allein und nie einen anderen Lehrer oder gar ein »Freilein«. Zum andern aber, weil er ein Junggeselle war und wirklich nur für uns Kinder gelebt hat. Wir konnten ihn auch in seiner Wohnung »heimsuchen«. Er hat damals an der Donau gewohnt, in der Häuserzeile zwischen der Steinernen und der Eisernen Brücke. Hat uns Kindern ohne Frage seine große Leidenschaft gegolten, so war seine zweite das Quartettspielen. Wenn ich mich recht erinnere, hat er bei drei Quartetten mitmusiziert und er hat mir viel später einmal einen dicken gästebuchähnlichen Band gezeigt, in dem jeder Quartettabend festgehalten war, genau aufgezeichnet, was an welchem Abend musiziert worden ist. Und noch etwas sehr Ungewöhnliches: So mager das Lehrergehalt um 1930 gewesen ist, unser Lehrer hat sich ein Telefon geleistet, denn er war der Ansicht, zum Quartettspielen, vor allem, wenn man bei mehreren mitspielt, braucht man eines, um sich auch kurzfristig absprechen zu können.

Geschrieben haben wir, wie damals üblich, zunächst mit dem Griffel auf eine Schiefertafel. Auch ich hab eine Griffelschachtel gehabt mit einem Schubdeckel und natürlich einen Schwamm. Bei ein paar Kindern hat der Schwamm an einem Schnürl aus dem Schulranzen herausgebaumelt, die meisten aber haben schon eine Schwammdose besessen. Ich hab sozusagen etwas »Besseres« gehabt, nämlich eine dunkelgrüne Schwammdose aus Bakelit mit einem Gummischwamm. Der gediegene, der

echte Schwamm war damals schon auf dem Rückzug. Er hat sich nur noch gehalten als großer Schwamm für die große Wandtafel. – Als wir dann die ersten Schreibübungen in Hefte geschrieben haben, mit Tinte natürlich, da hat unser Lehrer von uns verlangt, daß wir auf der Seite oben und unten, auf jeden Fall aber oben Zierleisten zeichnen. Mit Farbstiften. Die Tintengläser waren oben in der Bank eingelassen und es war die Aufgabe des Hausmeisters, die Gläser immer nachzufüllen.
Aber die ersten Arbeiten mit der Stahlfeder haben schon dafür gesorgt, daß die Finger immer voller Tinte und die Hefte bei aller Vorsicht auch einmal voller Kleckse waren. Übrigens hat uns unser Lehrer gezeigt, wie man eine Gansfeder zuschneiden muß, damit man mit dem Federkiel schreiben kann wie die Alten.
Unser Lehrer Walter hat von Anfang an mit uns gelesen; das heißt, er hat vorgelesen. Die letzte Viertelstunde. »Wenn ihr aufpaßt! Wenn nicht, dann lesen wir halt nicht weiter.«
Das erste Buch, das er uns vorgelesen hat, war »Max Buziwackl, der Ameisenkönig«, das zweite »Die Biene Maja«, das dritte »Das hölzerne Bengele«. Dann war schon der »Robinson« an der Reihe. Erstaunlich war, daß er uns auch den Nils Holgerson vorgelesen hat. Das hat er dann sofort mit einem Geographieunterricht über Schweden verbunden; obwohl Schweden bestimmt nicht auf dem Lehrplan gestanden ist. Übrigens hat dann jeder in der Klasse einen Brief an die Selma Lagerlöf schreiben müssen, möglichst mit Illustrationen, auf jeden Fall mit Zierleisten. Er selber hat seinen Brief dazugelegt und so hat die Selma Lagerlöf ein dickes Couvert mit Kinderbriefen bekommen. Und sie wiederum hat der Klasse auch geantwortet.
Daß wir am Rand einen Geographieunterricht über Schweden bekommen haben, sozusagen außer der Reihe, hat Otto Walter in keiner Weise dazu verführt, den Heimatkundeunterricht zu vernachlässigen. Im Gegenteil. Es wird wohl keinen oder kaum einen Lehrer gegeben haben, der ihn intensiver oder einfallsreicher hätte vermitteln können. Wenn er uns von der Römermauer der Castra Regina, des römischen Kastells, erzählt hat, dann hat er uns diese Mauer bei einem Gang durch die Stadt auch gezeigt, und zwar nicht nur bei der Porta Praetoria oder der sogenannten

Heidenmauer am Nordosteck des ehemaligen Kastells, sondern auch Stellen innerhalb von Häusern, so zum Beispiel in einer Elektrikerwerkstatt im Süden beim Herrn Strohmeier, nahe der fröhlichen Türkenstraße gegenüber vom fürstlichen Park; oder in einer Brauerei, deren Name mir entfallen ist, am Klarenanger. Da war die Wand der Kegelbahn ein Stück Römermauer. Und zwar genau da, wo heute die große Parkgarage ist. Unser Lehrer wollte uns damit zeigen, daß überall in der Stadt die Fundamente der Römermauer zu finden sind. Später dann hat er einmal so schön zu mir gesagt, wenn in Regensburg einer eine Wirtschaft aufmacht an einer Stelle, an der nicht schon in der Römerzeit oder spätestens im Mittelalter auch eine Kneipe war, der macht pleite. Um aber bei Otto Walters Heimatkundeunterricht zu bleiben: Das Kartenzeichnen und -lesen hat er uns beigebracht, indem er uns die Straßenzüge der nächsten Umgebung um die Schule hat zeichnen lassen und in der Folge den Schulweg. Aber er ist sicher auch Wege gegangen, die im offiziellen Lehrplan nicht vorge-sehen waren. So war eine Aufgabe auf den nächsten Tag, einen Einkaufszettel mitzubringen, ein Einkaufsnetz und das nötige Kleingeld, um auf dem grünen Markt einkaufen zu können. Dann ist er mit uns auf den Markt gegangen und hat mit jedem Kind einzeln eingekauft. Er hat uns gezeigt, wie man einen Salat einkauft, mit dem die Mutter daheim zufrieden sein kann, daß man sich bei einem Radi kein Glump aufhängen läßt, indem man zwei gleich große Rettiche mit der Hand abwägt und den schwereren nimmt, denn der leichtere ist ein »tauber« Radi. Ich werde nie vergessen, wie auf demselben Markt zwei Bauern um ein Spanfackerl gehandelt haben und wie er uns darauf aufmerksam gemacht hat, daß das Handeinschlagen eine Abmachung ist, einen Vertrag rechtsgültig macht, daß es da nichts mehr zu deuteln gibt – Vertrag ist Vertrag.

Ein anderes Beispiel: Einmal, an einem Wintertag, es war noch dunkel, ist er mit uns nahe der Schule in eine Bäckerei gegangen, damit wir sehen, wie Brot gebacken wird. Eine Gärtnerei hat er mit uns besucht und außerdem ist er mit uns zu einem Gutshof nahe der Stadt gewandert, damit wir Kühe im Stall sehen und zuschauen können, wie sie gemolken werden; mit der Hand natürlich, denn damals hat noch keiner an Melkmaschinen gedacht. Otto Walter hat auch von einem Augenblick auf den andern entscheiden können: Es war an einem späteren Märztag kurz nach Beginn des Nachmittagsunterrichts, als der Hausmeister anklopfte: »Der Eisstoß geht.« Der Lehrer hat, und wir mit ihm, alles liegen und stehen lassen, und im Trab ist es hinuntergegangen zur Eisernen Brücke, damit wir sehen, wie das Eis – die Donau war völlig zugefroren – knirschend in Bewegung kommt.

Otto Walter hat mit Menschen umgehen, ihr Zu- und Vertrauen gewinnen können, denn es war sicher keine Selbstverständlichkeit, wenn er für uns Kinder offene Türen gefunden hat. Er ist auch sehr eigenständige Wege im Heimatkundeunterricht gegangen. Zum Beispiel ist eine Aufgabe für den Mittwoch nachmittag gewesen: Jeder sucht in der Stadt einen schönen alten Hof. Da sind wir natürlich die Gassen und Straßen entlanggelaufen, auf- und abgerannt, Tür auf – Tür zu, Tor auf – Tor zu. Bei dieser Gelegenheit hab ich unten an der Donau im Eckhaus gegenüber der berühmten Wurstküche ein barockes Stiegenhaus mit einem stattlichen Deckenbild aufgespürt, ein Haus, das den Kunsthistorikern damals wohl noch nicht bekannt war. In den frühen Bänden über die Kunstdenkmäler Bayerns ist es jedenfalls nicht zu finden. Mit dem Entdecken alter Höfe war es aber bei Otto Walter nicht abgetan. Bei der nächsten Gelegenheit ist er mit der ganze Horde losgezogen, um diese Höfe anzuschauen, um uns zu erklären, wie das früher einmal in der Zeit der alten Kaufmannsherrlichkeit gewesen ist, was sich da in so einem Hof alles abgespielt hat. Da sind wir dann »vierspännig« von der engen Bachgasse in einen Hof »eingefahren«. Vier Buben waren die vier Pferde, andere stellten das Fuhrwerk dar. Seitdem weiß ich auch, warum an den alten Hofeinfahrten rechts und links, vor den Torpfosten Steinkugeln oder Poller sind. Damit der Torrahmen geschützt ist, wenn so ein Gespann die enge »Reibn« nicht erwischt; daher auch die Schrammen, die vor zweihundert oder gar mehr Jahren in diese Steine hingefahren worden sind.

Zum Heimatkundeunterricht haben natürlich auch Gänge durch die Stadt gehört oder Ausflüge. So ist mir eine Besteigung der

Domtürme in Erinnerung, als wäre das gestern gewesen. An der Nordseite des Regensburgers Doms steht ein Turm, er ist eine Erinnerung an den alten romanischen Dom. Im Volksmund heißt er »Eselsturm«. Es geht nämlich die Rede, in diesem Turm hätten Esel Baumaterial hinaufgetragen für den gotischen Neubau des Doms. Ist es wahr? Ist es nicht wahr? In diesem Turm gibt es jedenfalls keine Treppe, es windet sich vielmehr ein staubiger Gang hinauf. Das ist mir deshalb in nachhaltiger Erinnerung, weil unsere schlurfenden Kinderfüße beim Hinaufwandern entsprechend Staub aufgewirbelt haben. Zwischen dem Eselsturm und dem Dom war ein kleiner Zwischenraum, vielleicht zwanzig Zentimeter. Da hat sich unser Lehrer hingestellt, den einen Fuß auf dem Eselsturm, den andern auf dem Dom und hat jeden von uns beim Krawattl gepackt und hinübergehoben. Als wir dann oben im Südturm waren, auf der südlichen Plattform, auf die der Helm aufgesetzt ist, hat jedes Kind den andern zeigen und erklären müssen, wo es wohnt und welchen Schulweg es geht.
Was Besonderes waren natürlich die Ausflüge, meistens an einem Mittwoch. Sie waren selten und ich frage mich in der Rückschau schon, wie Otto Walter das in dieser schlechten Zeit überhaupt angestellt hat, so einen Ausflug möglich zu machen, in jenen Jahren der wirtschaftlichen Not und der Arbeitslosigkeit. Er hat wohl immer Helfer gefunden, aber in diesem Fall hab ich ihn in Verdacht, daß er trotz des damals äußerst spärlichen Lehrergehalt, in die eigene Tasche gelangt hat, um den Kindern, deren Eltern das Fuchzgerl aus dem Arbeitslosengeld nicht haben aufbringen können, zu helfen. Da sind mir vor allem zwei Ausflüge in Erinnerung. Der eine ist mit der Eisenbahn nach Kelheim gegangen. Da haben wir noch ein Lastschiff gesehen, das von einem schweren Pferd flußaufwärts gezogen, getreidelt, worden ist. Es war wohl ein Lastkahn vom Flußbauamt. Der Weg hat uns dann hinaufgeführt zur Befreiungshalle. Otto Walter hat uns vom Napoleon erzählt und vom späteren bayerischen König Ludwig I., der diesen Napoleon gehaßt hat und die Befreiungshalle zur Erinnerung an den Sieg über den Franzosenkaiser hat bauen lassen. Anschließend haben wir – acht Jahre werden wir alt gewesen sein – den Napoleon in Richtung Weltenburg durch

die Wälder gejagt, gleich hinter dem Marschall Blücher. Kaum zu halten waren wir. Etwas Besonderes war dann das Übersetzen mit der Fähre zum Kloster Weltenburg, wo er uns in der Klosterkirche den einen der Brüder Asam gezeigt hat, wie er von oben, an die Brüstung gelehnt, auf die Besucher herunterschaut, und dann natürlich den goldenen heiligen Georg, der aus dem strahlenden Licht des Hochaltars in die Kirche einreitet.
Ein zweiter Ausflug ist zur Walhalla gegangen. Und weil er sich für uns Kinder immer etwas Besonderes hat einfallen lassen, hat er sich hinter den Verwalter gesteckt, damit wir nicht nur in Filzpantoffeln in die Walhalla gekommen sind, sondern anschließend auch in die mächtigen Keller darunter. Wie unheimlich hat es dort gehallt.
Ein besonderer Ausflug hat uns hinausgeführt in den Fürstlich-Thurn-und-Taxisschen Hirschpark hinter Donaustauf. Mit dem »Walhallabockerl« sind wir gefahren, Abfahrt in Stadtamhof, gleich hinter der Steinernen Brücke. Eine kleine, qualmende Lokomotive und ein paar uralte Personenwagen, die es bei der Fahrt recht hergeschüttelt hat. Die Gleise waren an einigen Stellen so nahe an die Häuser gelegt, daß man meinen hätt' können, man möchte einem, der einem aus einem Fenster die Hand entgegenstreckt, die Hände schütteln. So ist also die Fahrt zum fürstlichen Hirsch- und Saupark hinausgegangen über den Protzenweiher, den Dultplatz durch Rheinhausen, Weichs, nach Donaustauf, Richtung Wörth. Viel Wild haben wir, wenn ich mich recht erinnere, bei diesem Ausflug nicht gesehen, dafür aber hat der erste von uns Schwammerl entdeckt. Die Folge: Otto Walter hat seinen Kindern sofort praktischen Schwammerlunterricht gegeben. Welche Schwammerl kann man essen, welche sind was Besonderes, welche kann man essen, auch wenn sie nicht so gesucht sind wie Steinpilze oder Champignons und welche darf man auf gar keinen Fall essen, weil sie giftig sind. Bei diesem Ausflug hat er uns auch Angst gemacht vor der Tollkirsche und der Einbeere. – Wohin aber jetzt mit den vielen Schwammerln? Sie sind in Kinderrucksäcke gewandert. Als wir am späten Nachmittag mit dem Walhallabockerl wieder bei der Steinernen Brücke angekommen waren, hat Otto Walter die Kin-

derrucksackl mit nach Haus genommen; ich weiß nicht mehr, waren es zwei oder drei, und jedem der Kinder aufgetragen, sie sollen morgen in ihrem Schulranzen einen Teller und einen Löffel mit zur Schule bringen. Dann hat sich der Junggeselle Walter zu Haus hingesetzt und Schwammerl geputzt. Früh in der Schule hat er dann die Hausmeisterin beschwatzt, daß sie uns Kindern Schwammerl kocht. Für sie ist natürlich auch eine Mahlzeit abgefallen. Ich hab eigentlich keine Schwammerl mögen; aber die waren sooo gut, so hervorragend, bessere Schwammerl hat es gar nicht geben können.

An einem bestimmten Tag im Jahr hat es in der Klasse auch noch etwas zum Essen gegeben. Dazu haben wir natürlich ebenfalls einen Löffel mitbringen müssen und einen Teller. Zu Weihnachten waren nämlich Zeugnisse fällig, Zeugnisse, die ich damals noch nicht so betreten erwartet habe wie später dann. Die Zeugnisverteilung war schon fast ein Ritual. In jedem Klassenzimmer ist ja noch ein hoher schlanker Kachelofen mit einem Durchschub gestanden. Für das Feuermachen und Nachlegen war der Hausmeister zuständig. Am Vormittag des letzten Schultags vor den Weihnachtsferien ist unser Otto Walter mit zwei großen Tüten voller Äpfel in die Schule gekommen, um zum »Festakt« der Zeugnisverteilung Bratäpfel zu machen. Zunächst hat er einen Tannenzweig genommen, um uns zu zeigen, wie gut es riecht, wenn man einen frischen Zweig leicht anbrennt. »Das geht aber nur mit einem frischen Zweig, und ihr laßt die Finger davon; überlaßt das dem Vater oder der Mutter.« Dann hat er die Äpfel in dem Durchschub gebraten, vom Hausmeister eine niedere Staffelei ausgeliehen, Papierservietten auf den Stufen ausgebreitet und endlich die Bratäpfel draufgelegt. Wie wunderbar hat das geduftet. Noch nie kann es in einem Schulzimmer so herrlich gerochen haben. Dann der spannende Augenblick der Zeugnisverteilung. Er hat die Zeugnisse der Leistung nach geordnet und jedes Kind, das sein Zeugnis bekommen hat, hat sich einen Apfel nehmen dürfen. So war dem oder der Besten die erste Wahl zugestanden, aber der Letzte ist auch noch zu seinem Bratapfel gekommen.

Noch etwas Besonderes hat sich an diesem letzten Schultag vor

Weihnachten ereignet, und zwar am Nachmittag. Damals ist ja eine schlimme Zeit, Arbeitslosigkeit, Armut, Not, am schlimmsten betroffen sind die kinderreichen Familien. Deshalb organisiert Otto Walter innerhalb der Klasse schon unterm Jahr Hilfe. Kinder, die aus solch armseligen Verhältnissen kommen, gehen jeden Tag in der Woche mit einem anderen Schulkameraden oder einer Schulkameradin nach Haus zum Mittagessen, auch am Samstag. So ist zum Beispiel der Pulverturm-Schorschl, der immer mit mir heimgegangen ist, seiner Mutter nur am Sonntag »auf dem Tisch« gelegen. Diese Notzeiten bringen unseren Lehrer Walter auch auf den Gedanken, noch eine andere Hilfsaktion zu organisieren. Gebrauchte, aber gut erhaltene, auch abgelegte Kleidungsstücke werden gesammelt, Pullover zum Beispiel, Wollhandschuhe, Wollmützen, auch Wäschestücke etc., etc., Kinderbücher, die noch ordentlich sind, Anzügl, aus denen wir hinausgewachsen, all das ist ebenfalls gefragt für die jüngeren Geschwister. Unser Lehrer Walter klopft natürlich auch an die Haustüren von Eltern, die in besseren Verhältnissen leben und sammelt Geld, Lebkuchen, Plätzchen. Und von dem Geld kauft er für die armen Familien kleine Christbäume. So steht am Ende, an besagtem letzten Schultag, ein langer Gabentisch im Schulzimmer, auf ihm auch die fünf, sechs, mit kleinen Lebkuchen und Schaumkringeln behängten und kleinen Kerzen besteckten Bäume. – Damit aber diese Geschenke für die Betroffenen nicht peinlich werden, wünscht unser Lehrer sich von jedem Kind selbst ein Geschenk. Bedingung: Es muß selbst gezeichnet oder gebastelt und darf auf keinen Fall gekauft sein. So hat es auch für den Herrn Lehrer einen Gabentisch gegeben, die beschenkten Kinder waren nicht allein. Daß wir diesen Schulkameraden geholfen haben, den Christbaum und die Gaben heimzutragen, war eine Selbstverständlichkeit.
Übrigens weiß ich noch gut, daß ich damals für den Herrn Lehrer ein Zwetschgenmanndl gemacht und bei der Überreichung schon ein bißl ein schlechtes Gewissen gehabt hab, denn die Zwetschgen und die Nuß waren ja doch gekauft. Ist es ihm nicht aufgefallen? Hat er es nur taktvoll schweigend hingenommen? Ich weiß es nicht. Wahrscheinlich letzteres.

Nicht nur der letzte Schultag vor den Weihnachtsferien war ein außergewöhnlicher Tag. Es hat noch zwei so »besondere« Tage gegeben. Das war an Nikolaus und in den letzten Tagen vor den Osterferien. War der Besuch vom Nikolaus in der ersten Klasse noch eine große Überraschung, so haben wir natürlich in den nächsten beiden Jahren wenn schon nicht gewartet, so doch auf jeden Fall darauf gehofft, daß er halt wieder an der Klassenzimmertür anpumpert und was bringt. Da war es dann an so einem verhangenen Dezembernachmittag gegen vier Uhr schon dämmrig und mit der Aufmerksamkeit nimmer gar so weit her. Dann endlich war es aber soweit. An der Zimmertür hat es mächtig gepumpert und der Herr Lehrer hat es mit der Angst gleich so zu tun gekriegt, daß er sich hinter dem Fenstervorhang versteckt und kaum mehr herauszuschauen getraut hat. Da haben wir schon alle sehr lachen müssen. Wie er dann hat annehmen können, daß die Luft rein ist, ist er zur Tür, hat sie zaghaft aufgemacht und draußen waren an die dreißig Lichter, kleine Kerzen, jede mit einem kleinen Halter auf ein kleines Lebkuchenpackerl gesteckt. Daß es Lebkuchen waren, hat man nicht gleich erkennen können, denn alle Packerl waren gleich; eingewickelt in rotes Lackpapier, mit einem goldenen Schnürl zusammengebunden und mit einem kleinen Zweigerl besteckt. Ausgesehen hat das kleine Lichtermeer vor der Klassentür wie aufgesteckte Lichtl vor einem Wallfahrtsbild.
Und Ostern? Da war es auch das erstemal eine große Überraschung, im drauffolgenden Jahr haben wir schon darauf spekuliert. In den letzten Tagen vor den Osterferien war immer ein Besuch im nahen Park der königlichen Villa auf dem Programm, Naturkundeunterricht. Der kurze Weg durch die Anlagen zum Ostentor und zur königlichen Villa ist äußerst schleppend vor sich gegangen, Otto Walter hat zum Beispiel die Knospe einer Kastanie abgebrochen, um uns zu zeigen, daß die Kastanienblätter ganz klein zwar, aber bereits vollständig in dieser Knospe zu sehen sind.
Als wir dann endlich in dem ummauerten Park waren, hat eigentlich schon niemand mehr so recht zugehört, was der Herr Lehrer sagte. Jeder hat herumgeschaut, ob nicht irgendwo ein Osterei

liegt. Kaum aber hat einer das erste Ei entdeckt, war die Kinderschar nicht mehr zu bremsen, solang nicht jeder sein Osterei gehabt hat.

Erst viel später hab ich dann erfahren, daß die Lebkuchenpackerl und die Ostereier meine Mutter zurechtgemacht hat. Bei den Ostereiern hat sie sich eine besondere Mühe gegeben. Auf die weißen, gekochten Eier hat sie Hasengesichter gemalt und aus rotem Filz schmale Hasenöhrl geschnitten und auf die Eier geklebt. Und draufgekommen bin ich, weil im kleinen Sekretär meiner Mutter ein Couvert mit Briefen war, lauter Kinderbriefe, Dankbriefe an den lieben Nikolaus. Auch der meine war darunter.

Eigentlich war so ziemlich alles, was unser Lehrer Walter mit uns angestellt hat, etwas Besonderes. So auch der Musikunterricht oder richtiger die Singstunde: Natürlich hat er mit uns dieselben Lieder gesungen, die andere Lehrer mit ihren Kindern gesungen haben. Aber auch hier hat er sich zusätzlich etwas einfallen lassen. So ist er zum Beispiel mit uns einmal in die Dreieinigkeitskirche gegangen – übrigens die erste evangelische Kirche, die in Bayern als eine evangelische Kirche gebaut worden ist – und dort ist er mit uns auf die Orgelempore gestiegen, um uns zu zeigen, wie eine Orgel funktioniert: daß man dazu nämlich den Blasbalg treten muß, damit die Pfeifen Luft kriegen und er uns etwas vorspielen kann. Der nachhaltigste Eindruck aber, der geblieben ist, waren die Singstunden mit Melodien aus Humperdincks »Hänsel und Gretel«. Sie waren eine gute Vorbereitung, denn eines Tages hat er uns mit einer Einladung ins Regensburger Stadttheater überrascht, zur Generalprobe für eine Aufführung mit den Regensburger Domspatzen. Und wie nobel sind wir da im Parkett gesessen.

In meiner Volksschulzeit hat noch das Tatzensteckerl, das spanische Röhrl, zur Grundausstattung eines Lehrers gehört. Otto Walter hat nur ein einziges Mal davon Gebrauch gemacht, dann aber schon fast in Form einer Exekution. Einer von uns – wir waren seinerzeit wohl acht Jahre alt – eine rotzfreche Natur, weniger seinem Lehrer als vielmehr auch uns gegenüber, hat auf wiederholte Fragen des Lehrers schamlos gelogen, längst über-

führt, hartnäckig weitergelogen. Da hat ihn unser Lehrer Walter, weil er selbst kein spanisches Röhrl gehabt hat, ein Stockwerk tiefer zum Herrn Oberlehrer Zahn, einem alten, hageren Lehrer mit Glatze und hohem weißen steifen Kragen, geschickt, eines zu holen. Dann allerdings sind wir schon vor Schreck erstarrt, als der Herr Lehrer diesen Knaben an seiner kurzen Lederhose über die erste Bank gezogen und ihn so versohlt hat, daß er laut brüllend und nach einiger Zeit wimmernd die Hände unter seinen Hintern haltend auf der Bank unruhig herumgewetzt ist.
Dieser »Delinquent« erinnert mich auch an die politischen Verhältnisse jener Zeit, Ende 1932, als es galt, sich für Hindenburg oder Hitler zu entscheiden. Der gezüchtigte Knabe war für Hitler, weil er es halt daheim nicht anders gehört hat. So ist es auf dem Heimweg in den Anlagen einmal zu einer Remplerei gekommen. Ich und ein paar meiner Schulkameraden waren für Hindenburg, die andern für Hitler, und das waren die »mehran«. Entlang dem Weg in den Anlagen waren kleine wadenhohe gußeiserne Pfosten, verbunden mit eisernen Stangen und in weiteren Abständen in dem Rasenrand Absticke angelegt, in denen sich das Regenwasser gesammelt hat. Bei dieser Remplerei nun hat ein »Hindenburgler«, der Lang Heinz, einen solchen Stoß bekommen, daß er nach rückwärts über diese eiserne Stange und mit einem lauten Plantscher in so einen randvoll mit Regenwasser gefüllten Abstich gefallen ist. Als die Auseinandersetzungen dann härter geworden sind, haben sie den Toni van Rinsum einen vorderen Schneidezahn gekostet. Er ist 1944 in Frankreich gefallen, sein Vater war am Straßen- und Flußbauamt, seine Mutter Ärztin. Sie war dabei, als man ihn exhumiert hat und hat ihren Sohn genau an diesem abgeschlagenen Zahn erkannt.
Zurück zu Otto Walter. Es war üblich, daß der Lehrer die erste und zweite Klasse betreute und anschließend wieder eine erste Klasse übernahm. Als es bei uns soweit war, hab nicht nur ich in meinen Vater hineingebengst, er soll doch schauen, daß wir unseren Lehrer Walter auch in der dritten und vierten Klasse wieder bekommen. Es haben sich wohl mehrere Eltern darum bemüht, jeweils für sich, denn einen Elternbeirat hat es damals nicht gegeben, eine Absprache untereinander ebenfalls nicht,

denn wer hätte schon ein Telefon besessen, das solche Verbindungen leichter gemacht hätte. Mein Vater war also nicht der einzige Bittsteller beim Herrn Stadtschulrat Freudenberger, einem grauhaarigen, liebenswürdigen, älteren Herrn, der immer leicht mit dem Kopf gewackelt und nervös mit den Augen gezuckt hat. – In Regensburg hat man sich erzählt, er sei einmal mit seiner Frau unterwegs gewesen, habe eine Unterkunft gesucht, aber der Portier eines Hotels habe das Augenzwinkern völlig falsch ausgelegt, folglich die Frau Freudenberger nicht für die Frau des Herrn Freudenberger gehalten und daher unerhört freundlich, aber doch sehr bestimmt gesagt, daß es ihm furchtbar leid täte, aber er hätte leider kein Doppelzimmer mehr frei. – Von diesen Reden der Regensburger Schandmäuler haben wir natürlich keine Ahnung gehabt, verstanden hätten wir sie sowieso nicht, wir waren nur glücklich, daß unsere Eltern beim Herrn Stadtschulrat Verständnis gefunden haben, daß er diese Bitten erfüllt hat. Was waren wir selig, als am ersten Schultag nach Ostern unser Lehrer Walter unter der Türe gestanden ist.
Gute dreieinviertel Jahre war Otto Walter mein Lehrer und ich hab einige Tränen vergossen, als meine Eltern mit dem Beginn der Sommerferien 1933 nach München gezogen sind. Der Vater war bei der bayerischen Landespolizei, auf die die NSDAP nicht gar zu gut zu sprechen war, nicht zuletzt, weil sie am 9. November 1923 vor der Feldherrnhalle in München auf die Braunen geschossen hat. So ist Vater, der Nazis wegen, im Mai 1933 in Pension gegangen.
In meine letzten vier Monate in der Klasse von Otto Walter fällt ein besonderer Einfall von ihm. Damals hat man vielleicht schon mal von einem Landschulheim geredet, gekannt hat man es nicht. Aber er setzt sich eines Tages in den Kopf, daß er mit seinen Kindern in ein Landschulheim möchte. Und weil es keines gibt, sucht er selbst eine Möglichkeit und entdeckt tatsächlich ein großes leerstehendes Haus irgendwo im Bayerischen Wald. Wo, weiß ich nicht mehr, ich war bei diesem Unternehmen leider nicht mehr dabei; nur bei den Vorbereitungen. Seine erste Überlegung ist: Das kann ich nur durchziehen, wenn ich zwei oder drei Mütter dabei habe zum Kochen, eine davon muß eine Ärz-

tin sein. Nun, die hat er in der schon erwähnten Mutter van Rinsum gefunden. Stroh für die Liegerstatt zu finden, war wohl kein größeres Problem. Aber wie löst man die Nahrungsmittelversorgung? Waren doch einige »seiner Kinder« aus völlig mittellosen Familien, andere aus Familien, in denen es gerade umgegangen ist. Also ist der Herr Lehrer mit einer fast traumwandlerischen Begabung betteln gegangen. Ich sehe mich heute noch, wie wir unser eisenbereiftes Leiterwagl über das Kopfsteinpflaster ratternd zur Firma Hengstenberg an der Eisernen Brücke gezogen haben. Dort haben wir kantinengroße Büchsen mit Sauerkraut, Gurken und Senf aufgeladen. Sauerkraut hat man ja gut brauchen können, aber Senf? Gurken? Gurken vielleicht noch eher. Darüber aber hat unser Lehrer Walter längst nachgedacht, folglich war der nächste Schritt auch schon eingefädelt. So sind wir weitergezogen zu einem großen Lebensmittelgeschäft, zu dem auch eine Bäckerei gehört hat, zum Herrn Buchner, einem von den Brüdern Buchner. Und hier fand dann eine große Tauschaktion statt: Gurken gegen Nudeln, Senf gegen Reis. Und der Herr Buchner hat selbst auch noch Gaben dazugeladen. Wie gesagt, bei den Sammelaktionen war ich noch dabei, bei der Fahrt in den Bayerischen Wald nicht mehr. Davon hab ich erst durch einen Packen Briefe erfahren, denn die Aufgabe nach diesen Tagen war für meine Klassenkameraden, einen Brief an mich zu schreiben, in dem sie alle ihre Erlebnisse schilderten. Diese Fahrt muß ein voller Erfolg gewesen sein, nicht zuletzt, weil gerade in diesen Tagen gar noch eine Bauernhochzeit gefeiert worden ist. Otto Walter hat natürlich sofort ein Hochzeitslied parat gehabt, mit den Kindern eingelernt und mit ihnen nach der Trauung, als das Hochzeitspaar aus der Kirche ausgezogen ist, gesungen. Das hat den Kindern dann Kaffee und Kuchen eingetragen. Aber die Hochzeitsvorbereitungen selbst müssen schon interessant genug gewesen sein. So hat der Metzger geschlachtet, beim Schlachten haben die Kinder nicht zugeschaut, aber als die Schweinshälften fein sauber, appetitlich hergerichtet waren, hat Otto Walter seinen Kindern die Anatomie einer Sau erklärt und der Pulverturm-Schorschl hat in seinem Brief geschrieben, daß man gesehen habe, »wie schön eine Sau innen eingerichtet ist«.

Die Verbindung zu meinem alten Volksschullehrer hab ich immer gehalten und wenn ich nach Regensburg gekommen bin, hab ich ihn immer besucht. So einmal am 18. Oktober 1943 nach einem Lazaretturlaub. Die Von-der-Tann-Schule war längst zum Lazarett geworden; Otto Walter war in der Altdorferschule zu finden. Ich werde diesen Tag nicht vergessen. Es hat schon seinen Grund, warum ich so genau weiß, daß es ein 18. Oktober gewesen ist. Ich bin also in Uniform, Mantel, Säbel umgeschnallt – Leute mit Säbel raustreten zum Stolpern – vor der Klassentür gestanden, hab angeklopft, die Tür geht auf, er sieht mich, ein Hallo. »Komm rein!« Und zu seinen Schülern: »Der war auch einmal bei mir, wie ihr jetzt.« – Und: »Packt eure Sachen zusammen!« – Dann hat ein fast unglaubliches Spiel begonnen. Dazu muß man sagen: Das war eine siebte oder achte Volksschulklasse. An der Wand ist ein Kalender gehangen, auf jedem Blatt groß das Datum. An diesem Tag eben der 18. Oktober. – »Was war an einem 18. Oktober?« – »Die Völkerschlacht von Leipzig.« – »Warum? Was hat sich da abgespielt?« – Und nun ist es kreuz und quer gegangen. Von Napoleon zu Ludwig I. und seiner Befreiungshalle, von Theodor Körner und dem Turnvater Jahn bis zum Erfinder der Glühlampe. Freilich haben nicht alle eine Antwort gewußt, aber einer oder gar mehrere waren immer dabei, die Auskunft haben geben können. Das ist so weit gegangen, daß einer sogar um den Unterschied zwischen Hebbel und Hebel gewußt hat. Ein Volksschüler wohlgemerkt, kein Gymnasiast. Ich bin staunend dabeigestanden und habe mir nur im stillen gedacht, bitte frage jetzt um Himmels willen nicht mich.

Wenn ich von meinem alten Lehrer, der damals ja gar nicht so alt war, erzähle, dann werde ich immer wieder einmal gefragt, ob ich von diesem Mann fürs Leben mitgeformt worden bin, ob die Schule unter ihm auch Einfluß auf meinen beruflichen Werdegang genommen hat. Direkt sicher nicht. Ich hab die Offizierslaufbahn gewählt, weil der Vater Offizier war, der Großvater, die beiden Urgroßväter mütterlicherseits auch. Mein Vater hätte mich nie gezwungen, Offizier zu werden. Man ist von klein auf mit diesem Beruf auf- und in ihn hineingewachsen. Aber ein Beispiel, das doch zu denken gibt: 1934, wir waren schon in München, haben mich in den Osterferien zwei Schulfreundl besucht, zwei »Hindenburgler«, der Heinz Lang, der sich bei dem Einsatz für den Feldmarschall den nassen Hintern geholt hat, und der Toni van Rinsum, der bei einem ähnlichen »Einsatz«, wie gesagt, das Eck eines vorderen Schneidezahns eingebüßt hat. Zunächst haben wir gespielt. Mit Zinnsoldaten natürlich. Aber dann ist auch das bald langweilig gewesen und es ist die gedehnte Frage laut geworden: »Was tun wir jetzt?« – Damals nun war in München eine große Altdorfer-Ausstellung, im Bau der heutigen Antikensammlung auf der Südseite des Königsplatzes, gegenüber der Glyptothek. Es war sozusagen die Wiederentdeckung der Donauschule. Diese Ausstellung haben wir uns angesehen, vielleicht auch deshalb, weil Altdorfer ein Regensburger gewesen ist. Ich hätte uns drei sehen mögen, wie wissend wir im stolzen Alter von zehn Jahren die Bilder angesehen haben, die Alexanderschlacht oder die Passionsbilder vom heiligen Florian. Wir haben natürlich genau gewußt, warum der Altdorfer seine Bilder so und nicht anders gemalt hat. Das Erstaunlichste aber war, daß wir noch ein zweites Mal in dieser Ausstellung waren. Jeder aus einer anderen Familie, aus verschiedenen Umgebungen; diese Ausstellungsbesuche sind eigentlich ohne den Einfluß unseres alten Lehrers nicht zu denken.

Zu Otto Walters Leidenschaften hat auch das Reisen gehört. Das war natürlich bei seinem mageren Lehrergehalt nur auf die bescheidenste Art und Weise möglich. So ist er einmal in den zwanziger Jahren, während der großen Ferien, auf staubigen Straßen zu Fuß von Konstantinopel ins Heilige Land gewandert. – Als er sich bald nach dem Zweiten Weltkrieg einen Flug über Konstantinopel nach Palästina hat leisten können, hat er den Piloten beschwatzt, er möge doch möglichst so fliegen, daß er auf seinen Fußweg von anno dazumal herunterschauen kann. Solche leichteren Korrekturen waren damals sichtlich noch möglich.

Noch eine letzte Geschichte: Otto Walter ist am Ende seiner beruflichen Laufbahn Regierungsschulrat von der Oberpfalz gewesen, sein Büro war im Gebäude der Regierung am Emmeramsplatz im Südflügel im ersten Stock, mit Blick auf die Einfahrt zum Taxisschen Schloß. Immer wenn ich nach Regensburg gekommen bin, hab ich ihn dort besucht. Eines Tages nun, ich war schon einige Zeit bei ihm gesessen, klopft es an die Tür und herein kommt eine junge Lehramtskandidatin, die in sein »Gäu« versetzt ist und sich vorstellen will. Ich will gehen, aber Otto Walter winkt ab: »Bleib ruhig da.« Das Zimmer war groß, ich hab mich ins eine Eck, vorn am Fenster, zurückgezogen, er ist im anderen Eck mit der jungen Lehramtskandidatin am runden Tisch gesessen. Und nun hab ich erlebt, wie eisig ein Mann werden kann, der einem sonst mit einer unglaublichen Herzlichkeit entgegenkommt. Weil er ja seine Leute hat näher kennenlernen wollen, so hat er auch dieses junge Wesen nach allem möglichen ausgefragt. Das ist auch ganz gut gegangen, aber als er dann fragt: »Was lesen Sie gerne?« fällt diesem Unglückswesen kein Besserer ein als Goethe. Er sei ihr Lieblingsautor. Sie hat nicht ahnen können, daß sie damit Otto Walters Lieblingsthema gewählt hat. Was dann gefolgt ist, war eine Peinlichkeit nach der anderen. Hätte sie gesagt: »Gute Kriminalromane«, dann hätte ihm das sicher nicht genügt, aber zunächst wäre er wohl nur erstaunt gewesen und hätte gefragt, warum. Auf keinen Fall aber wäre die Begegnung so peinlich ausgefallen.

Als ich einmal, Jahre nach dem Krieg, im tiefsten Oberbayern zu einer Hochzeit eingeladen war und mir gedacht hab, da kennst du ja niemand, das kann nur stinklangweilig werden, stellt sich überraschend heraus, daß einer der anderen Gäste auch ein Regensburger ist, der zwar nicht in meiner Klasse war, aber auch bei Otto Walter in der Schule. – Damit war die Hochzeit gerettet. Die Ohren müssen unserem alten Lehrer geklungen haben.

Den letzten Brief von Otto Walter hab ich aus Paris bekommen. Er hat ihn sichtlich auf der Bahnfahrt geschrieben, stichwortartig, im Telegrammstil wie immer, voller Vorfreude auf all das, was ihn in den nächsten Tagen erwartet. Er muß ihn noch am Bahnhof eingeworfen haben. Auf der Fahrt zu seinem Quartier ist er zusammengebrochen. Als der Brief bei mir angekommen ist, war er schon tot.

»Die Summe aller Lebensweisheit ...«

Kleine Kalenderhistorie und bayerische Neujahrsbräuche

Als Franz Joseph Bronner 1908 in Max Kellerers Hof-Buch- und Kunsthandlung in München sein Buch »Von deutscher Sitt und Art« veröffentlichte, überschrieb er ein Kapitel: »Der neue Pratti«. Er erklärte auch gleich zu Beginn, »bei der altbayerischen, ländlichen Bevölkerung heißt der Kalender noch häufig ›der Pratti‹, ein Begriff, den man heute nicht mehr hört«. Bronner leitet diesen Begriff von der »Praktik« ab. Schließlich war der Kalender der Begleiter der Bauern über das ganze Jahr. Es war ja kein kleiner Terminkalender oder ein Kalender, der sechs Monate vorn und sechs Monate auf der Rückseite zeigte und an den Küchenschrank gesteckt war.

Dieser Kalender war fast schon ein Buch. Und wenn der Bauer auch keine Tages- oder Wochenzeitung bezogen hat, vielleicht nicht einmal die Kirchenzeitung oder das landwirtschaftliche Wochenblatt, einen solchen Kalender hat man beinah in jedem Bauernhaus gefunden. So ein Kalender »war doch einmal die Summe aller Lebensweisheit«. Man könne sich kaum mehr vorstellen, schreibt Bronner um 1907/08, welche Bedeutung zu Urgroßvaters Zeiten er gehabt hat. »Da schwur der biedere Bauer und Bürgersmann Stein und Bein auf die Wetter- und Gesundheitsregeln in seinem 100jährigen Kalender, ließ sich und seinem Vieh zur angeratenen Zeit Ader und glaubte mit der gleichen, ehrfürchtigen Scheu an die Vorhersage kommender drohender Gewitter am natürlichen wie am politischen Himmel, an die Prophezeihungen von schrecklichen Mißernten, von Hunger und Seuchen, von Krieg und Frieden und baldigem Weltuntergang.«

In diesen längst vergangenen Zeiten war ein als zuverlässig erkannter Kalender, in dem auch schöne Geschichten gestanden sind, ein Buch, das mit der entsprechenden Hochachtung behan-

delt worden ist; ein Hausbuch, in das alles Wichtige für Haus und Hof eingetragen worden ist. Wann ein Kind geboren worden ist, wann Viehmärkte sind, alle Einnahmen und Ausgaben und wann Steuern abgeliefert werden müssen und so weiter.
Der vorhin genannte Franz Joseph Bronner, dem wir übrigens auch drei hochinteressante schmale Bände mit Titel »Bayerisch Land und Volk« verdanken, ist Lehrer gewesen – er ist 1860 in Höchstädt a. d. Donau geboren und 1919 in München gestorben – und folglich hat er sein Wissen auch so vermittelt, daß es der einfache Mensch, ja sogar Kinder haben verstehen können. So frägt er zum Beispiel, ob es den Lesern schon aufgefallen ist, daß die Monatsnamen aus dem Römischen herrühren. Entweder leiten sie sich von Zahlen ab, von den Namen römischer Götter oder von einem Kaiser. So nennt er als Beispiel die Zahlen, nämlich septem = 7 – octo = 8 – novem = 9 – decem = 10. Und wenn man jetzt denkt: September ist doch der neunte Monat, so hat man zwar recht, aber im Kalender der alten Römer war der Juli der fünfte Monat, und damit stimmt »septem = 7« für den September doch. Ich darf Bronner zitieren: »Der Juli … ursprünglich Quintilis genannt, erhielt seinen Namen nach Julius Cäsar, der in diesem Monat das Licht der Welt erblickte. Der August, anfänglich als sechster Monat Sextilis genannt, bekam seine Bezeichnung zu Ehren des großen Kaisers Augustus …« Es ist überliefert, daß Karl der Große versucht hat, für die Monate deutsche Bezeichnungen einzuführen, aber diese Namen haben sich auf die Dauer doch nicht durchsetzen können. Länger gehalten haben sich nur der Hornung für April, der Brachmond für den Juni, der Christmond für den Dezember.
Nun – es ist ja eigenartig, daß der Wechsel von einem Jahr zum andern so willkürlich im Jahr liegt. Romano Guardini, der berühmte Prediger der Zeit nach dem Zweiten Weltkrieg in München, hat in diesem Zusammenhang einmal gesagt: »Der Neujahrstag wird nicht durch die Natur begründet. Kein Geschehen im Zusammenhang der Dinge trägt ihn; weder im Gang der Sonne, noch in dem der Vegetation. Wenn es ein Vorgang der Natur wäre, der den Beginn des Jahres bestimmt, dann würde er anders liegen, etwa auf dem Tag der Sonnenwende oder in einer

Zeit, wenn sich das Leben der Pflanzen und Tierwelt wieder rührt. … Aber auch die Kirche hat ihn nicht eingesetzt, sondern sie hat sich – und das nur zögernd – einem Brauch angeschlossen, den sie im bürgerlichen Leben vorfand, nämlich die späte Zeitordnung der Römer.« Diese willkürliche Festsetzung des 1. Januar als Jahresbeginn sei eigentlich ein »Buchhaltertermin« aus rechnerischen Gründen.

Vorhin hab ich ja erzählt, daß bei den Römern das Jahr mit dem 1. März begonnen hat. Das war im klassischen Rom. Als Cäsar den Julianischen Kalender (nach ihm benannt: Gajus Julius Cäsar) eingeführt hat, hat er den 1. Januar als Neujahr festgelegt. – In den alten fränkischen Königskanzleien hat man sich an diesen Termin gehalten, in Rußland ebenfalls. Ich darf hier in diesem Zusammenhang Manfred Becker Huberti zitieren: »In der christlichen Zeit bürgerte sich der 25. März (Mariä Verkündigung) als Jahresbeginn ein.« Diesem Marienjahr folgten »teilweise die kaiserliche Kanzlei, die Bistümer Trier und Metz, etliche französische Bistümer und seit der Mitte des 11. Jahrhunderts ganz England«. Dort ist das sogar bis zum 1. Januar 1752 so geblieben. Auch der gestrenge Zisterzienserorden hat sich jahrhundertelang an den 25. März gehalten. Es war ein rechtes Durcheinander. In manchen Teilen des alten Europa hat man sich nach der Weihe der Osterkirche gerichtet: in weiten Gebieten Flanderns, in Brabant, Hennegau, Seeland, Grafschaft Holland auch.

In der byzantinischen Kirche ist der Jahresbeginn der 1. September. – Seit Papst Johannes I. (523–526) wird Weihnachten, die Geburt Christi, zum Jahresbeginn gefeiert. Das Erstaunliche dabei ist, daß die Geburt Christi zum Termin für die Zeitenwende schlechthin wird: Zu der Zeit *vor* Christi Geburt und zu der Zeit *nach* Christi Geburt. Nur nach Tag und Monat zählt das Kirchenjahr anders. Für die Kirche beginnt das Kirchenjahr bis heute mit dem ersten Advent.

Seit dem Altertum hat man ja das Jahr nach dem Umlauf des Mondes und der Sonne berechnet und weil bei der damaligen Rechnung der Unterschied zwischen dem Kalender- und dem Sonnenjahr immer weiter auseinandergeklafft hat, hat Papst Gregor XIII. (1572–1585) unter dem 24. Februar 1582 den Kalender reformiert. Um die überzähligen Kalendertage auszugleichen, hat er bestimmt, daß auf den 4. Oktober 1582, gleich der 15. Oktober folgen soll. Ab dann zählt der Gregorianische Kalender. Diesen Kalender haben die katholischen Länder nach und nach übernommen. Die protestantisch regierten Länder haben ihn zunächst schon deshalb abgelehnt, weil er von Rom gekommen ist. In Deutschland ist der Gregorianische Kalender erst durch Reichstagsbeschluß im Jahr 1700 angeordnet worden, England übernahm ihn 1852, die Sowjetunion nach der Revolution 1918, Griechenland 1923, die griechisch-orthodoxe Kirche 1924, die Türkei 1926.

Bei uns haben die Kinder bei ihren Wünschen zum neuen Jahr nicht genau auf den Kalender geschaut, die haben sich eher nach dem Kirchenjahr gerichtet, das ja, wie gesagt, mit dem ersten Advent beginnt. Das läßt sich schon an den Bräuchen ablesen. Man denke nur an das Klöpfelngehen an den Donnerstagen zwischen dem ersten und vierten Adventssonntag – was nicht ausschließt, daß man an anderen Orten nur am letzten Donnerstag vor dem Heiligen Abend gegangen ist. Im Grund war das Klöpfeln ein Bettelbrauch. Zunächst für arme Leute, die sich an Weihnachten einmal den Tisch reicher decken sollten. Später dann ist daraus ein Kinderbettelbrauch geworden; auch ein Bettelbrauch für halbwüchsige, junge Burschen, die entsprechenden Unfug getrieben haben. Aber eines war der Ausübung dieses Brauchs gemeinsam: Alle Klöpfler haben ihre Neujahrswünsche angebracht. Da sind sie vermummt vor der Haustür gestanden, haben sich entsprechend wild benommen, mit Stecken und Ruten gegen die Fensterläden geschlagen, gebrüllt, auch mit Kuhglocken für entsprechenden Krach gesorgt. Aber dann haben sie doch recht gesittet ihre Wünsche hergesagt oder -gesungen.

Diese Klöpfellieder, die ja ganz allgemein Glückwunschlieder für das neue Jahr sind, waren weit verbreitet, nicht nur im Altbayerischen, im Alpenländischen hat man sie gekannt, sondern auch im Schlesischen. Franziska Hager, eine pensionierte Lehrerin, 1874 in Traunstein geboren, 1960 in München gestorben, hat solche Sprüche aufgeschrieben. Hier einer aus Seebruck am

Chiemsee. – Man muß sich das so vorstellen: Eine Horde vermummter junger Burschen, die einen Mordskrach machen, dazu viel Geschrei, dann wird es mit einem Mal ruhig und sie leiern, vielleicht singen sie auch, ihren Spruch herunter:

»Wir ziehen daher, spat in der Nacht,
und wünsch ma de Hausleut a gruahsame Nacht.

Mir wünsch ma an Bauern an goldana Wagn,
daß er mit der Bäurin in Himmi ko fahrn.

Mir wünsch ma da Bäurin vuitausendmoi Glück,
daß ihra koa Henndl koa Haxerl obbricht.

Mir wünsch ma an Roßknecht vuitausendmoi Glück,
daß eahm koa Roß am Habern dastickt.

Mir wünsch ma an Untaknecht vuitausendmal Glück,
daß eahm beim Nachtgeh koa Loata zambricht.

Mir wünsch ma da Dirn a goldene Wiang,
und an kloana Buam soll's aa dazu kriagn.

Mir wünsch ma da Unterdirn vuitausendmal Glück,
daß ihra beim Abspuin koa Haferl net bricht.

Mir stengan scho lang auf'n eiskalt'n Stoa,
hätt ma a Sackl zon Kletzn neittoa
a Sackerl voll Kletzn und a Schüssel voll Birn,
daß mir auf Weihnachtn a Kletznbrot kriang.

Mir hörn de Schüssel scho außaklinga
jatz pfüat di Gott Bäurin, mia müassn wieda geh,
für des, was ma kriagt ham, bedank ma uns schö.«

Mit diesen Wünschen waren eigentlich die Neujahrswünsche schon vorweggenommen.

Wo es Brauch gewesen ist, Neujahrswünschen zu gehen, und das hat durchaus auch dort sein können, wo man Klöpfeln gegangen ist, da waren die Sprüche zum Teil jedenfalls sehr ähnlich. Als sich der am Anfang genannte Franz Joseph Bronner um 1900 auf den Weg machte, solche Sprüche zu sammeln, hörte er in Niederbayern Kinder, »die ins Neujahr anschreien« gegangen sind, und da heißt es dann:

»Wir wünschen dem Bauern an goldenen Rock,
der eahm steht wiera Nagerlstock.
Wir wünschen der Bäuerin a goldene Haubn,
die ihr steht wiara Turtltaubn.«

Oder einen zweiten Spruch:

»Glückseligs neu's Jahr –
a Christkindl im krausten Haar!
A langs Lebn, a guats Lebn,
und an Himmi danebn.«

Und dann, wie beim Klöpfln auch, eine entsprechende Bitte: »Und wir taatn enk aa bittn um ein Stückl Fleisch.« Im Bayerischen Wald und im angrenzenden Gebiet hörte Bronner:

»I wünsch enk a glückseligs neu's Jahr,
's Christkindl liegt mit krauste Haar
an goldana Tisch,
auf jeden Eck an bratnen Fisch,
in der Mitt' a Glasl Wei',
könnts mitananda recht lusti sei',
an goldana Wagn,
na könnts mitanand in Himmi neifahrn.«

Neujahr war also die zweite Möglichkeit zum Wünschen. Und dann hat es eine dritte gegeben: Dreikönig. Der Brauch erlaubt ja das Neujahrsanwünschen bis zum Dreikönigstag. In der Gegend um Kallmünz in der Oberpfalz haben die Kinder ein

Lied gesungen, das Dreikönig und allgemeine Sprüche zum neuen Jahr einschließt. Sie sind natürlich meist als Sternsinger von Haus zu Haus:

»Die heilinga Dreiköni mit eahnan Stern,
die ess'n und trinka und zahl'n nit gern.
Silba und Gold und Perla fein,
mir suacha das heilinge Christkindlein.

Mir genga vorn Herodes sei Haus,
Herodes schaut zum Fensta heraus –
Herodes sprach:
›Warum is denn der hintere so schwarz?
Der is uns gar wohl bekannt,
des is ja der Köni von Mohrenland.‹«

Und immer dazwischen das Gsätzl:

»Silba und Gold und Perla fein,
mir suachn das heilige Christkindlein.«

Dann weiter:

»Joseph schürt a Feuerl o,
daß ma dem Kinderl kocha ko.
As Kinderl wollt niat essen,
hat Himmel und Erd'n b'sessen.«

Und dann geht's auch hier zum weltlichen Teil über:

»D' Bäuerin hot an rout'n Rock,
der ihra steht wiara Nagerlstock.

Wo is denn das Moidl, der Flederwisch?
In da Stubn is drin, kehrt o an Tisch.

Wou is denn der Knecht, der Diadaradei?
Am Bod'n is a om und schneidt a Heu.

Wou is denn die Dirn, die Doudaradou?
Im Stall is hint' und melkt die Kouh.«

Und dazwischen natürlich immer der Refrain:

»Silba und Gold und Perla fein,
mir suachn das heilige Christkindelein.«

Ich besitze ein Büchl mit dem Titel »Bildergalerie weltlicher Misbräuche« aus dem Jahr 1785. Als Autor zeichnet ein »Pater Hilarion, Exkapuziner«. In Wirklichkeit hat er Joseph Richter geheißen und er hat wohl gut daran getan, sich hinter einem Pseudonym zu verstecken, denn seine Veröffentlichungen haben sicher nicht nur Freunde gefunden. Er hat übrigens vorher auch schon zwei Bücher verfaßt: die »Bildergalerie Katholischer Misbräuche« und die »Bildergalerie klösterlicher Misbräuche«, beide unter dem Decknamen F. A. Obermayr. Aber nun zur »Bildergalerie weltlicher Misbräuche« des Joseph Richter, vulgo Pater Hilarion. Da schreibt er, wie gesagt 1785, über das Neujahranwünschen und andere Gratulationen: »Ich sollte zwar das Gratuliren, und besonders die Neujahrswünsche nicht so unbedungen unter die weltlichen Mißbräuche zählen, weil diese Gewohnheit nach und nach auch in die geweihten Wohnungen der Geistlichkeit eingedrungen ist.« – Aber man sehe sie halt auch in den Kutschen. »Man erblickt in den Kutschen, die die Wünsche zum neuen Jahr herumfahren, und das Leben der Fußgeher noch im alten Jahr in Gefahr setzen, wohl auch manchen hochwürdigen Propst und Prälaten, so wie man sich sogar in den sogenannten Bettelmönchsklöstern ebenfalls Glück wünscht, daß man wieder dem Tode um ein Jahr näher gerückt ist und sich gleich den Tagen an den Namenstägen gratuliert, daß man das Glück habe, Kaspar oder Matthias zu heißen.« – Das habe für die Klöster keine schädlichen Folgen, es sei nur lächerlich, sagt unser hitziger Aufklärer. Die Geschenke, die sich Geistliche

gegenseitig geben, bestünden im allgemeinen aus etwas Schokolade und ein paar Schnupftüchern, und die richten auf keinen Fall Schaden an. Im übrigen schenkten die hochwürdigen Herren Prälaten sehr überlegt. »Im Grunde legen sie diese Neujahrsgeschenke nur auf Interesse: Denn sie geben nur da, wo sie wissen, daß es ihnen doppelt zurückkömmt, und so glaube ich es so ziemlich bewiesen zu haben, daß dieser Mißbrauch für die Geistlichkeit keine nachtheiligen Folgen habe.«
Ganz anders sei das in der »Layenwelt«. Dort habe durch diesen Unfug vor allem der Kaufmann, vor allem wohl der kleinere Kaufmann, zu leiden, besonders wenn das Geschäft schon schleppend geht und wenn er gerade deshalb erst recht für seinen Laden werben muß. Wenn er schon »im alten Jahr um einige Tausend Gulden zurück ist, muß das Neue abermal mit einer Passivpost angefangen; und dann ist es wirklich traurig, dem neuen Jahr 5 bis 6 hundert Gulden zum Geschenke zu bringen, weil man im alten Jahr 5 bis 6000 Gulden verlohren hat.« Das sei die eine Seite. Die andere: Diese Geschenke hätten für die übrigen Bürger auch Nachteile. Damals haben ja oft die Bürgersfrauen nicht selbst eingekauft, sondern die Mägde, und die seien auch nicht immer dorthin gegangen, wo man die günstigste und beste Ware bekommen hat, sondern dorthin, wo sie den reichlichsten Neujahr bekommen haben. Kommentar des Paters Hilarion: »… und gemeiniglich macht derjenige Kaufmann die besten Geschenke, der die schlechteste Ware hat. Allein diese Geschenke können auch sogar auf die Gesundheit des Bürgers den schädlichsten Einfluß haben.« – Und dann geht er auf die Herrn Apotheker und die Herren Medicis los. Es sei eine bekannte Sache, daß die Herren Apotheker den Doktores »theils an baarem Geld, theils an Zucker und Kaffe am Neuenjahr ein Geschenk machen, und wenn gleich mancher brave Arzt solches ausschlägt, so sind doch ihre Frauen Gemahlinnen selten so gewissenhaft, diesen Apothekertribut zurückzuweisen. Wer nun weiß, daß die Herren Apotheker … sogar den Mäusepfifferling in Geld zu verwandeln wissen, wird auch wohl überzeugt seyn, daß sie sich für diese kostbaren Auslagen zu entschädigen suchen; und so mag es wohl auch hier, wie bey dem Kaufmann

gehen, so mögen wohl auch hier die Pazienten nicht an die Apotheke die die beste und frischeste Arzney verfertiget, sondern diejenige angewiesen werden, die sich gegen den Herrn Medikus, oder die Frau Medizinerinn am freygebigsten bezeigt hat.« – Die »Frau Medizinerinn« war natürlich die Frau des Arztes. Die Medikamente hat der Apotheker seinerzeit ja meist selber hergestellt, während er heutzutag fast ausschließlich zum Verkäufer der Arzneimittelindustrie geworden ist. Und die Hausfrau kauft selber ein, die Magd gibt es nimmer. Aber auch damals hat halt derjenige, der Geschenke angenommen hat, bei schlechterer Qualität der Arznei das Auge oder auch eineinhalb Augen zudrücken müssen.

»Rechtschaffene Aerzte thun so etwas freilich nicht«, schreibt der Pater Hilarion, der »Exkapuziner«, »allein es kann eben so wenig lauter rechtschaffene Aerzte geben, als es lauter rechtschaffene Kapuziner giebt.«

Es gibt den lebenserfahrenen Spruch: »Wer gut schmiert, fährt gut.« Wir brauchen ja nur die Zeitung zu lesen, dann können wir feststellen, daß kaum ein Tag vergeht, an dem nichts von Bestechungsaffären zu lesen ist. Das sind die großen Fälle. Und die kleinen? Bis zu den ganz kleinen? Nun, die hat es immer gegeben. Diese kleine Schrift aus dem Jahr 1785 bezeugt es. Aber bleiben wir beim Neujahrsanwünschen und den dazugehörigen Geschenken. »Diese Neujahrswünsche, und die dazu unzertrennlichen Geschenke sind aber noch für viele andere Klassen drückend. Der Beamte, dem niemand einen Heller schenkt, muß dem Neujahr oft die Hälfte seines Monatsgehaltes zum Opfer bringen. Er muß dem Kaffesiederjungen ein Geschenk machen, damit er ihn im neuen Jahr wieder mit gebrannter Gerste, statt Kaffe, bediene, dem Kellner, weil ihm sein Herr, mitten im Weinland, schlechten Wein für gutes Geld vorgesetzt; und sogar allen Bedienten derjenigen Häuser, in denen er die Ehre hatte, die Hälfte seiner Besoldung zu verspielen. – Wer aber den Beutel nicht freywillig aufmacht, dem weiß man ihn schon zu öffnen. Da kommen die geschworenen Lastträger der Mauthäuser und verlangen mit gezwungener Höflichkeit ein Neuesjahr vom Kaufmann, weil er ihnen das vergangene Jahr so viel zu verdie-

nen gab, daß sie sich … ein Haus kaufen können.« Und hat jemand gar das Unglück gehabt, krank gewesen zu sein, so kommt bestimmt der Adlatus des Doktors mit aufgehaltener Hand. Und wehe, wenn die übersehen wird. »Denn man weiß ja, welchen Einfluß die Diener auf den Diensteifer der Herrn haben.«
Nun, hat man sich zum Neujahrwünschen ehedem auch gegenseitig besucht, so ist es bereits damals ebenso Brauch geworden, sich Karten zu schicken, kleine Billets durch einfache Boten, in wohlhabenden Häusern durch Diener, um zu bezeugen, daß man noch gut Freund ist. Diese Glückwunschkarten zu Neujahr sind im 19. und 20. Jahrhundert zu einem Kult, gar zu einer Massenschwemme geworden, aber in den letzten Jahren hat auch dieser Brauch deutlich nachgelassen, sicher nicht, weil man ihn für einen Mißbrauch gehalten hätte, sondern weil alle Bräuche nachlassen, die Arbeit machen und etwas kosten.

Bierpantscher, Bierkontrolleure und Bierrevolten

Die Bayern und das Bier, eine besondere Beziehung

In München steht jedes Jahr nach dem Fasching die Starkbierzeit vor der Tür, sie wird auf dem Nockherberg politisch eröffnet. Es ist dann die Zeit des Salvators und in der Folge all der anderen »atoren«, die nachgezogen haben. – Diese Einleitung deutet schon darauf hin, daß ich ein bißl was über das Bier erzählen will. Das kann im Grund nur recht bilderbogenhaft geschehen. Schließlich ist das Thema Bier viel zu umfangreich, um auch nur annähernd alles ansprechen zu können. Ich will also etwas über das Verhältnis der Menschen in unseren Breitengraden zum Bier berichten: Ärger über schlechtes Bier, vom Ärger mit Bierpantschern, dann von den Bierkiesern, den Bierkontrolleuren, von den Studenten, denen das Bier allem Anschein nach besonders leicht durch die Gurgel geronnen ist, und so weiter. Vielleicht auch noch etwas von Bierrevolten.

Eine der größten Sünden, ein ganz verruchtes Übel, war das Bierpantschen. Und wer sich im Leben der Pantscherei schuldig gemacht hat, der ist nach seinem Tod, jedenfalls in Bayern, unerbittlich zur Rechenschaft gezogen worden: Er hat auf der Burg Stockenfels am unteren Regen, westlich von Nittenau, an der Stelle, an der sich der Regen nach Süden wendet, antreten müssen. Da hat es kein Pardon gegeben. Weitum im Land hat man erzählt, daß Tag für Tag oder richtiger Nacht für Nacht, um Mitternacht, nach dem zwölften Glockenschlag das Tor des Burgverlieses aufgeht und die Verdammten in dichten Scharen herauskommen. Dann beginne in der sogenannten Geisterstunde im Burghof ein grauenhaftes Spiel. Da müssen die betrügerischen Braumeister und Bräuersgesellen solang kochendes Wasser aus dem tiefen Burgbrunnen schöpfen, bis sie das gleiche Maß geschöpft haben, das sie beim Brauen ihrem Bier zu viel zugesetzt haben. Und da hätten manche lange schöpfen müssen, sehr lang, an die hundert Jahre, wenn nicht gar Hunderte von Jahren. Das war dann zumindest die Voraussetzung, um erlöst zu werden. Ob einer, der seine Strafe abgesessen, all die Schikanen hinter sich gehabt hat, anschließend zum Weiterbraten in die Hölle geschickt worden ist, oder ob er nach der Verbüßung, sozusagen geläutert, durchs Hintertürl gar noch in den Himmel hat kommen können, das überliefert die Sage nicht.

Aber auf Stockenfels sind nicht nur Bierbrauer zur Rechenschaft gezogen worden. Auch Wirte, die sich durch schlechtes Einschenken versündigt haben, haben in Stockenfels einrücken müssen, sogar Kellner und Kellnerinnen. Nicht umsonst hat es den Spruch gegeben: »Hundert Daumen sind auch eine Maß.« Eine Daumenbreite Bier weniger pro Maß hat sich schließlich ausgezahlt.

Es hat natürlich immer Leute gegeben, die hinter dieses Geheimnis auf Stockenfels haben kommen wollen, Bauern oder Jäger. Die meisten haben ihre Neugier mit dem Tod bezahlen müssen. Gerade diejenigen, die diese schrecklichen Strafen gesehen haben, seien am folgenden Tag mit furchtbaren Brandwunden im Burghof tot aufgefunden worden. Aber die schlimmste Strafe, die einen dieser verruchten Bierbrauer hat treffen können, war, daß er sein eigenes Gesöff selber hat trinken müssen. Reihum seien sie dagesessen, jammervoll schreiend. Abscheuliche Teufel mit grauslichen Fratzengesichtern hätten diesen Bierpantschern hämisch grinsend ihren eigenen Trank, nach der Art des Schwedentrunks, mit Trichtern in das Maul geschüttet. Nun – nach Meinung des Volkes haben Bierpantscher gar nicht genug bestraft werden können. Da war das Burgverlies der Ruine Stockenfels am Regen als Sammelstelle für diese Gestalten gerade gut genug.

Ich möchte nun, was das Bierpantschen betrifft, kurz über die weißblauen Grenzpfähle hinausschauen und in der Zeit weit zurück; bis ins alte Babylon. Dort hat man schon Bier gekannt. Und Otto Ernst Breibeck – er lebt schon lang nicht mehr – ist in seinem Buch »Das fünfte Element der Bayern« der Geschichte des Bierbrauens und ganz allgemein des Bieres nachgegangen. Dabei erzählt er von einem 1902 in der Nähe von Susa entdeckten Stein, der heute im Louvre in Paris zu sehen ist. Auf ihm sind nicht weniger als 282 Paragraphen festgehalten, die das tägliche Leben im alten Babylon regeln. Das war vor ungefähr 3700 Jahren unter dem berühmten König Hamurabi. In zweien der Paragraphen dieses bis jetzt ältesten bekannten Gesetzes ist vom Bier die Rede. Der Malzgehalt ist festgelegt, der Preis, die Biermengen als Lohn für Arbeit und – deshalb erzähl ich's – das Gebot, »wer zu einem Topf Bier andere Zutaten nimmt als Gerstenbrot zum Brauen und Hopfen zum Würzen, der soll im selben Topf ersäuft werden«. Und das habe die Frauen getroffen, denn das Bierbrauen sei seinerzeit Sache der Frauen gewesen.

Solange Bier gebraut worden ist, hat es also auch Bierpantscher gegeben, und fast ebensolang hat man versucht, ihrer mit Kontrollen Herr zu werden. Schließlich hat man ihnen nur so auf die Schliche kommen können. Heutzutage würden wir dazu Lebensmittelkontrolle sagen.

Breibeck zitiert in diesem Zusammenhang den »Doctor der Weltweisheit und Artzeney« Laurentius von Phriesen, der in seinem im Jahr 1530 herausgegebenen »Spiegel der Artzeney« bestätigt, daß Bier »viel Nahrung giebt«. Schon vorher habe es Verbote und Gebote gegeben, die allerdings nicht allzuviel geholfen haben, aber nun sei die Kontrolle des Biers gar die Hauptsorge der hohen Obrigkeit geworden. »Alles Vorgehen stand nunmehr unter der einprägsamen Devise: ›Straff Gottes für unchristlich Pier‹. So ist das ›Hohe Ambt der Pier-Kieser und -beschauer‹ entstanden.« In München ist dieses Amt im Jahr 1487 bezeugt. Diese Bierkontrolleure waren durch einen Beschluß des Magistrats aus dem gleichen Jahr sogar mit Polizeigewalt ausgestattet. So eine Kommission hat sich aus einem Mitglied des »Äußern Rhats«, sozusagen des Stadtrates und jeweils zwei Mitgliedern der Gemeinde, also aller Hausbesitzer, und der Brauerzunft zusammengesetzt. Die Bierbeschau war bei jedem einzelnen Sud fällig. Dabei hat jeder Bräu seine Taxe, eine festgesetzte Gebühr, entrichten müssen. Auch in anderen Städten hat man darauf geschaut, daß die Bürger ein anständiges Bier bekommen. So hat zum Beispiel die Augsburger Bierordnung von 1156 schon festgelegt, daß das Bier, wenn es ein »schlecht Gepräu«

ist, vernichtet werden muß, daß man es aber auch unentgeltlich an die Stadtarmen verteilen kann. Der Nürnberger Stadtchronist Siebenkees berichtet um 1490, daß auf Befehl eines ehrbaren Rates vier Bierbrauer aus Roth als auch der Brauer Schmidt aus der Judengasse mit dem Eichwagen, bei hellichtem Tag zum Pegnitzfluß geführt worden sind, wo den Fässern die Böden eingeschlagen und das Bier in den Fluß geschüttet wurde. Dazu hat es noch eine Geldstrafe gegeben. Zudem war ihnen auferlegt, nun ihr Bier für fünf statt acht Pfennig auszuschenken. Zur Kontrolle hat man ihnen einen Schützen in die Wirtschaft geschickt. Der hat während der Öffnungszeiten dabeisitzen und aufpassen müssen.

Die »Bierkieser«, also die Bierbeschauer, haben aber schon auch ihre Vorschriften gehabt. Sie haben zum Beispiel an einem Tag höchstens sechs Prüfungen vornehmen dürfen. Schließlich haben sie ja nicht schlampen dürfen in ihrem verantwortungsvollem Amt. Am Vorabend ihrer Bierbeschau haben sie weder Bier noch Wein trinken dürfen. Während des »Pierschmeckens« war es ihnen verboten, Fisch, Käse oder Süßigkeiten zu essen. Selbst auf den Tabak haben sie verzichten müssen, nicht nur auf das Rauchen, auch auf das Schnupfen.

Das Bierprüfen war sicher eine recht segensreiche Einrichtung, solang sich für dieses Amt unbescholtene, unbestechliche Männer zur Verfügung gestellt haben. Aber da hat es halt in kleineren Städten und Märkten auch Rücksichten gegeben, kein Bürger hat es mit dem anderen verderben wollen und so sind die ehrlichen Bierkieser wohl immer seltener geworden. Man hat sie dann aus den unteren, damit auch ärmeren Ständen berufen und da hat es gut sein können, daß einer bei einem mangelhaften, sprich schlechten Bier die Augen zugedrückt hat. Schon gleich, wenn er vom Brauherrn oder Wirt einen Gulden in die Hand geschoben gekriegt hat. Johann Pezzl aus Mallersdorf, der eigentlich Geistlicher hätte werden sollen, dann jedoch ein recht hitziger Aufklärer geworden ist, verdanken wir köstliche Reiseschilderungen. In denen macht er sich auch einmal über die Bierkieser Luft. Sie hätten »eine der einträglichsten Stellen beym Münchner Stadtmagistrate (da) sie, so oft ein Keller aufgemacht wird,

bey den betreffenden Bräuer auch allemal wieder ein besonderes Festin haben und die für ein gespicktes Papierchen (Schmiergeld) bey dem elendsten Biere noch das Aug zudrücken. Und das obwohl das Bier des gemeinen Mannes täglicher Trank ist, und das er noch dazu um theures Geld, die Maaß zu 3 kr. 2 Pfg. bezahlen muß.« So nachzulesen in Johann Pezzls »Reise durch den Bairischen Kreis«, erschienen 1784 in München.
Nun will noch etwas über den Glauben beziehungsweise Aberglauben im Umgang mit dem Bier berichten. Da hat es schon beachtliche Vorstellungen gegeben. So habe man Kienruß oder hartgekochte Eier, auch Kreide in den Sud getan, auf daß er gelinge. Eines der zuverlässigsten Mittel, das Sauerwerden zu verhindern, war: Man nehme den Strick, an dem ein Mörder aufgehenkt worden ist, und werfe ihn in den Gärbottich, dann kann durchaus überhaupt gar nichts schiefgehen. Wenn ein Wirt den Bierumsatz steigern wollte, hat er sich einen Zapfhahn aus Birkenholz besorgen müssen, und zwar nicht von irgendeiner Birke, sondern von einer Birke, die mitten aus einem Ameisenhaufen herausgewachsen ist. Und auch die hätte noch nichts geholfen, wenn sie nicht zur Mitternachtsstunde geschnitten worden wäre.
Der Gärungsprozeß des Bieres war für die Menschen von damals sicher etwas Geheimnisvolles, nicht Erklärbares, und so kann man sich gut vorstellen, daß, wenn einmal ein Sud schiefgegangen ist, nur der Sparifankerl, der Teufel höchstpersönlich, seine rußigen Pfoten dazwischen gehabt haben kann. Auch Hexen natürlich. Es mag in den Zeiten des Hexenwahns so manche »vermaledeite Bierhex« auf den Scheiterhaufen gekommen sein. Es lohnt sich übrigens auch, in das Handbuch des Aberglaubens zu schauen. Da heißt es unter dem Stichwort »Bier« zum Beispiel: »Hexen erhalten durch Bier, auch durch deren Reste in Gläsern nach einem Fest, neue Kraft. Um das Bier vor Verhexung zu schützen, legt man eine Schlangenhaut unter das Faß oder wirft eine rote Korallenkette hinein.« Dann wird erzählt, wie man verhindert, daß das Bier sauer wird. Dafür bestand ja gerade bei Gewittern im Sommer große Gefahr. Als Gegenmittel mußte man Brennesseln aufs Faß legen, dann konnte nichts passieren. Dann ein anderes Beispiel von Hokuspokus: »Wenn ein

Mädchen dem Liebsten heimlich in das Bierglas spuckt, ist er ihr rettungslos verfallen.« Und weiter heißt es: »Zur Bekräftigung von Vertragsabschlüssen und Verlobungen wird gemeinsam Bier getrunken.« Bei einer Hochzeit soll Bier zwar im Überfluß ausgeschenkt werden, doch soll man sich kein Bier nachschenken lassen, zuerst einmal muß der Krug oder das Glas ausgetrunken sein. Hält man sich nicht an diese Regel, gibt es eine unglückliche Ehe.

Ein besonderes Zeichen, das man einstmals an Gasthäusern hat sehen können, hat seine Wurzel wohl in der Vorstellung, daß man sich damit vor dem Bösen schützen könne. Ich meine den sechszackigen Stern, der an Auslegern gehangen ist, einst ein magisches Zeichen, ähnlich dem fünfzackigen Drudenfuß, den man heute noch im Zeichen der Pschorrbrauerei sehen kann. Der sechszackige Stern wird gebildet durch zwei gleichseitige Dreiecke, so gegeneinander verschoben, daß sechs Spitzen herausschauen. Das eine Dreieck, das mit der Spitze nach oben zeigt, ist das alchimistische Zeichen für das Feuer, das andere, das nach unten zeigt, dasjenige für das Wasser. So wird dieser Stern zum Sinnbild für das Sieden, das Kochen und damit auch für das Brauen. Und zudem wird er zugleich zu einem Schutzzeichen, er steht dafür, daß in dem Bier, das in diesem Haus ausgeschenkt wird, auf keinen Fall der Teufel steckt.

Nun etwas zum Wirtshausbesuch. An der Schwelle zur Neuzeit muß der Bierkonsum beachtlich zugenommen haben; übrigens auch der Weinkonsum. Entsprechend ist von den Kanzeln gegen den »gefährlichen Sauff- und Freßteufel« gewettert worden. Auch die hohe Obrigkeit hat versucht, entsprechend Riegel vorzuschieben. Besonders übel muß es vor allem in den Städten gewesen sein, in denen Universitäten gegründet worden sind, wo sich also das entsprechende Studentenvolk herumgetrieben hat. In Ingolstadt zum Beispiel, oder in Altdorf bei Nürnberg. Da müssen die Wirtshäuser und Kneipen gut voll gewesen sein. Der im Dreißigjährigen Krieg so berühmt gewordene Wallenstein war als Sechzehnjähriger schon Student in Altdorf. Er muß ein ausgesprochener Randalierer gewesen sein und öfter in Wirtshäusern zu finden als auf der Studierbank. Er sei »trunchen des

Piers« laufend in Schlägereien verwickelt gewesen, bei einer sei sogar einmal ein Bürger erstochen worden. Schließlich hat man ihn von der Universität verwiesen, »dorten«, wie es so schön heißt, »ein Andencken unbezähmbarer Hefftigkeyt hinterlassend«. – Auch in Ingolstadt muß es entsprechend zugegangen sein. Kaum hatte Herzog Ludwig der Reiche die hohe Schule gegründet, müssen die Studenten, die es weniger mit Bildung und Lernen als mit dem Herumtreiben und Unfuganstellen gehalten haben, entsprechend gehaust haben. Dort haben Studenten sogar einen »Sauforden« gegründet, der wegen seiner wilden Zechgelage im ganzen Land einen höchst üblen Ruf gehabt hat. Als Otto Ernst Breibeck diesen studentischen Gewohnheiten nachforscht, stößt er auf scheußliche Auswüchse. Und er schreibt: »Wenn die jungen Studiker ihren monatlichen Wechsel ›versoffen‹ hatten – und das war bald und auch oft genug der Fall, griffen sie meist zu ganz üblen Methoden: Trafen sie nämlich zu später Stunde einen Bürger auf der Straße an, bei dem sie Geld vermuteten, wurde dieser in die Mitte genommen und mit brennenden Fackeln so lange angeräuchert, bis er mit seinen Gold- und Silbermünzen herausrückte. Man nannte diese zweifellos kriminellen Ingolstädter Studenten bald nur noch die ›Brenner‹ und bald wagt sich kein Bürger zur Nachtzeit mehr auf die Straße.« Ja – die geistige Elite und das liebe Bier.
Breibeck nennt in dem Zusammenhang »Studenten und Bier« die sogenannten »lateinischen« Bierkriege. Mit der Entstehung der Universitäten hat sich auch bald die Frage nach Unterkünften ergeben. So sind die »Kollegien« entstanden und die sogenannten »Bursen«. So hat man die ersten Studentenheime genannt. Von diesen Bursen leitet sich übrigens auch die Burschenschaft ab, ebenso »der Bursche« – ein Begriff, den man in studentischen Verbindungen heute noch kennt. Diese sogenannten Bursen hatten teilweise das Recht, das Privileg, auswärtiges Bier zollfrei einzuführen. Das hat in den Städten natürlich entsprechenden Ärger gemacht. Dort hat man sich um die Biersteuer betrogen gefühlt, und zwar spürbar, denn gerade in Studentenkreisen ist halt einmal viel getrunken worden. Da hat man sich teilweise damit zu helfen versucht, daß man den ohnehin

recht dürftig honorierten Professoren ein eigenes Bier- und Weinschankrecht eingeräumt hat. Aber wenn dann die Herren Studenten etwas haben durchsetzen wollen, haben sie einfach gedroht, daß sie auswandern zu einer anderen Universität. Und weil die Bürgerschaft in so einem Fall ihre durch die Universität ganz allgemein gesicherten Einnahmen davonschwimmen haben sehen, haben sie halt am Ende meist doch nachgegeben.

Aber damit kein falscher Eindruck entsteht: Nicht nur die Studenten haben den Bierkonsum ansteigen lassen, auch der Bürger, der Bauer und der Edelmann, Mann und Frau. Und nicht nur innerhalb der weißblauen Grenzpfähle. So wetterte beispielsweise Martin Luther, der wahrlich kein Kostverächter war und kein Feind des Bierkruges: »Wir sind zum Spott und zur Schande aller anderen geworden / die uns nun für schändtliche / unflätige Säue halten / die nur Tag und Nacht trachten / wie sie toll und voll sein können.« Daß nicht wenige den Weg vom Wirtshaus nach Haus nicht mehr gefunden oder gar geschafft haben, zeigt eine Anordnung des »hochlöblichen Magistrats« von Nürnberg aus der Zeit um 1550: Sie besagt, daß zur Nachtzeit ein Pferdefuhrwerk bereitzustehen hat, mit dem man die sternhagelvollen Individuen, die auf der Straße liegen, ins »Lochgefängnis« schaffen kann.

Erst unter dem Kurfürsten Maximilian I. wird es für den Bierkonsumenten härter. Er hat von 1594 bis 1651 regiert, er war übrigens der einzige, der den ganzen Dreißigjährigen Krieg als Landesherr überlebt hat, obwohl er schon vorher vierundzwanzig Jahre lang Regent gewesen ist. Unter ihm, einem sehr frommen, strengen Landesvater, gibt es ein rigoroses Schankverbot. In seinem Landrecht, den »Polizey-/Malefiz- und anderen Ordnungen«, erschienen 1616, ist unter anderem festgeschrieben, daß »zum Truncke und zu verschwenderischen Zehren neigende Bürger« nur noch an Feiertagen und, wenn kein solcher in die Woche fällt, an Montagen, jedoch nur am Nachmittag ein Wirtshaus aufsuchen dürfen. So wollte der Landesherr der ungehemmten Fresserei, Völlerei und Sauferei seiner Untertanen Herr werden. Dazu muß man allerdings sagen, daß es seinerzeit eine Unmenge Feiertage gegeben hat. Diese Feiertage hat man erst 1803, also fast zweihundert Jahre später, rigoros abgeschafft. Dahinter ist natürlich auch und vor allem der Geist der Aufklärung gestanden. Das ist aus der Verordnung des allgewaltigen Ministers Montgelas herauszulesen: »… da ein großer Theil des gemeinen Volkes aus Unwissenheit und Starrsinn fortfährt, so viele Tage wegzuwerfen und die zahlreichen Quellen des Erwerbs ungenutzt zu lassen, so ergeht nunmehr an alle kurfürstlichen und städtischen Behörden der ernstliche Befehl, von nun an keinen Steuererlaß mehr zu gewähren, es sei denn der Gesuchsteller hätte vorher genügsam bewiesen, daß er alle jene Monatstage, an denen früher die nun verlegten Feste der Heiligen gefeiert wurden, zur Arbeit verwandt habe.« – Sonst gab es nichts.

Der schon zitierte Johann Pezzl, der übrigens auch einmal Sekretär und Bibliothekar des Staatskanzlers Fürst Kaunitz in Wien gewesen ist, hat in einer Reisebeschreibung seine bayerischen Landsleute folgendermaßen charakterisiert: »Die Baiern lieben den Trunck sehr. Es gibt abscheuliche Säufer unter ihnen. Und wenn Handwerker und Bauern bankekrott werden, so ist die Ursache gemeiniglich im Bierkrug zu suchen.« Allerdings schreibt er erklärend dazu, daß »des gemeinen Mannes einzige Nahrung meist nur Bier und Brot ist«. Und schließlich vermutet er, daß das viele Biertrinken in Bayern (in diesem Fall Altbayern) die Ursache »von der außerordentlichen Dicke« der Einwohner sei.

Nun noch – wie angekündigt – einiges zu den Bierrevolten. Es hat im München des 19. Jahrhunderts eine humoristische Zeitschrift mit dem Namen »Leuchtkugeln« gegeben. Da war einmal ein sogenannter »Bierbarometer« abgebildet, bei dem die Bierpreise der jeweiligen Bierwetterlage gegenübergestanden sind. Das hat mit 4 Kreuzer für die Maß angefangen – da war die Wetterlage »beständig«. Bei $4^1/_2$ Kreuzer für die Maß war sie immer noch schön. Bei 5 Kreuzer war sie dann schon veränderlich – bei $5^1/_2$ Kreuzer sind Regenwolken aufgezogen – bei 6 Kreuzer war Wind und Sturm angesagt – bei $6^1/_4$ Kreuzer ist nur noch »Crawall« gestanden. Daneben war geschrieben: »Der Münchner ist der Beständigkeit Bild / Solang das Bier vier Kreuzer gilt! /

Doch geht der Preis über fünf hinauf / dann ziehen finstere Wolken auf.« Soviel zur Einstimmung auf Bierkrawalle.
Nichts hat in Bayern, vor allem in Altbayern, die Gemüter mehr erhitzt als zum einen Bier, das nichts taugte, und zum zweiten steigende Bierpreise. Die Erhöhung des Bierpreises hat sogar kleinere, zeitweilig auch größere und bösere, wenn schon nicht Revolutionen, so doch Revolten auslösen können. Die erste Bierrevolte muß am Abend des 30. April 1844 in München stattgefunden haben: Der Korbinian Stiglmayr, Soldat beim Train, also beim Fuhrwesen, ist im Maderbräu im Tal; mit ihm drei Kameraden von der Artillerie. Es ist Zeit zum Gehen, um zehn Uhr ist Zapfenstreich. Als die Kellnerin die Rechnung präsentiert, ist der Teufel los. Bis gestern hat die Maß Bier 6 Kreuzer gekostet und jetzt sollen sie auf einmal für vier Maß Bier 26 Kreuzer zahlen. Die Maß um einen halben Kreuzer teurer. Kommt ja überhaupt nicht in Frage. Und das noch für eine Maß Bier, die so schlecht eingeschenkt war. Andere Soldaten, es seien Infanteristen gewesen, dazu – wie es so schön heißt – »Individuen aus der arbeitenden Klasse« sind der gleichen Meinung und in Kürze ist beim Maderbräu kein Krug, keine Fensterscheibe mehr ganz. Damit ist sozusagen der sechsundsechzigjährige Bierkrieg eingeläutet. Am 1. Mai jedenfalls muß die Stimmung in der Stadt hoch gereizt gewesen sein. Das wissen wir, weil sich Franz Xaver Gabelsberger, der berühmte Erfinder der Stenographie, darüber Notizen gemacht hat. Der Bericht beginnt beachtlich: »Die Revolte wegen des Biers lief mit einer solchen Ordnung und echt baierischer Besonnenheit ab« – eine bemerkenswerte Einschätzung, wenn kein Bierglas und keine Fensterscheibe mehr ganz ist – »daß außer den Bräuhäusern, auf welche der derbe Unwille der Volksmasse und des Militärs gerichtet war, keines Menschen Eigentum beschädigt wurde. In den den Bräuern gehörigen Wohnhäusern blieb allerdings kein Fenster ganz, keine Tür, kein Laden, kein Tisch noch Stuhl, noch Herd, noch Geschirr – es ging alles wie auf Kommando, und in zehn Minuten war der Volkshaufe mit jedem Haus der Bräuer fertig.« – Wie hat Gabelsberger geschrieben? Eine Revolte »mit einer solchen Ordnung und echt baierischer Besonnenheit«! – Naja! Es geht aber

noch weiter: »Die Gendarmen durften sich kaum in die Nähe wagen, und bis die Soldaten auf den geschlagenen Generalmarsch hinkamen – viele Soldaten wirkten zuvor selbst fleißig mit – war alles schon zu Ende …« Die Unruhen dauerten die nächsten beiden Tage, also am 2. und 3. Mai 1844, weiter an. Dann endlich geben die Wirte nach. Anschläge an den Türen der Brauhäuser verkünden: »Die hiesigen Bräuer haben sich erklärt, das Bier wieder um 6 Kreuzer geben zu lassen!« Gabelsberger stellt fest: »So war wieder überall eitle Freude …« Sein Schlußkommentar: »Wenn nun gleich die Exzesse von keinem Gebildeten gebilligt werden können, so sind doch unter Tausenden kaum zwei, welche sich nicht über diesen Erfolg gefreut hätten.« Bittschriften seien schon von mehreren Seiten gestellt worden. Und hätte man noch am 1. Mai das getan, was die Brauer jetzt doch zugestehen, und hätten sich hochgestellte Diener des Königs »um den Notschrei des Volkes« gekümmert, dann wären dem König der Verdruß und die Peinlichkeit erspart geblieben, »denn sogar vor der Residenz und dem Hoftheater gab es am 1. Mai einen solchen Tumult, daß dem hohen Besuch unheimlich zu Mute wurde …« In der Residenz fanden nämlich die Feierlichkeiten anläßlich der Hochzeit des Erzherzogs Albrecht von Österreich mit der Prinzessin Hildegard von Bayern statt. Und um die abzuschirmen, war fast die gesamte Gendarmerie der Haupt- und Residenzstadt dort zusammengezogen.
Nun, von dieser Bierrevolution könnte man noch länger erzählen. Wie hitzig sie gewesen sein muß, mag man daran ermessen, daß am ersten Tag sieben Gendarmen schwer und vierunddreißig leicht verletzt worden sind. – Am zweiten Tag hat es dann so ausgesehen, als habe sich alles doch etwas beruhigt. Aber am dritten Tag, am 3. Mai, kommt es erneut zu bösen Krawallen. Zunächst auf dem Bockkeller. Dann schlagen die »Tumultuanten«, auf gut bayerisch das »Gsindel«, das nicht mehr zu bremsen ist, im Hofbräuhaus alles kurz und klein. In der Sendlinger Straße müssen sogar Bäckerläden dran glauben. Als dann endlich das Militär anrückt, ist mit diesem Alptraum Schluß. – In einer Münchner Zeitung schreibt anonym ein Augenzeuge von seinen Erlebnissen. Darunter zwei köstliche Beobachtungen. Die

eine: »Unter unserem Fenster tobte ein alter, behäbiger Wachtmeister, den Säbel schwingend, wild umher. Er ritt unter die Menge und brüllte auf sie los: ›Macht's daß d's weiterkemmts!‹ Dann aber setzte er leise noch hinzu: ›Bleibt's nur da, bleibt's nur ja da!‹« – Und die zweite Geschichte: »Während des größten Tumults beim Maderbräu begann die angrenzende Heiliggeistkirche mit dem Abendgebetläuten. Plötzlich trat völlig Ruhe ein. Gewohnheitsmäßig nahmen die Revoluzzer die Kopfbedeckungen ab, bekreuzten sich und schienen zu beten. Kaum aber war der letzte Glockenschlag verklungen, so setzte man Hüte und Mützen wieder auf und es begannen das gleiche Gejohle, das Fenstereinwerfen und all die anderen Gewaltanwendungen von neuem …«

Das Jahr 1848 ist ja, nicht nur in Bayern, als das Revolutionsjahr schlechthin bekannt. Zunächst haben sich die Gemüter der Münchner vor allem über die berühmt-berüchtigte Lola Montez erhitzt. Es ist jene Geschichte, die hierzuland jeder kennt. Am Ende verzichtete Ludwig I. zugunsten seines Sohnes auf die Krone. Dann hat es so ausgesehen, als ob wieder Ruhe eingekehrt und alles in Ordnung ist. Da rumort es dreieinhalb Monate später abermals. Diesmal geht es nicht um staatliche oder verfassungsrechtliche Probleme, es geht wieder einmal um den Bierpreis. Allem Anschein nach haben sich bestimmte Typen in der Haupt- und Residenzstadt an das Revoluzzern gewöhnt oder gar daran Gefallen gefunden. Jedenfalls ging es am 13. Juli 1848 erneut los, am altbewährten Platz, beim Maderbräu im Tal. Aber schauen wir einmal in die Geschichte der bayerischen Gendarmerie von Hugo Schröder: Das zur Zerstreuung der Tumultuanten eingesetzte Linienmilitär wurde »mit Steinwürfen empfangen. Nicht besser ging es natürlich der von neuem zur Wiederherstellung der Ruhe an den Tumultplatz geeilten Gendarmen unter Führung des Lieutenants Zipperer. Den vereinten Bemühungen des Linienmilitärs und der Gendarmerie gelang es aber schließlich, die Revoltierenden zu zerstreuen. Sie hatten sogar beim Eingang ins Tal eine Barrikade nach ›Pariser Muster‹ errichtet, um sich von dort aus zur Wehr setzen zu können. Dabei fielen auf seiten der Exzedenten auch einige Schüsse. Von der

Gendarmerie wurden bei diesem Einsatz zwei Brigadiere und acht Gendarmen durch Steinwürfe schwer verletzt. Leichtere Verletzungen erlitten Lieutenant Zipperer, ein weiterer Brigadier und zwei andere Gendarmen …« – Das waren nur Vorboten, denn am 17. Oktober 1848 ging es erst richtig los. Da zogen, wie eine Münchner Zeitung ihre Leser informiert, »auf einmal große Volksmassen durch die Straßen und verlangten in Sprechchören einen Schankpreis von vier Kreuzern. … und schon klirrten deshalb die ersten Fensterscheiben, krachten die Kreuzstöcke und donnerten die Fensterläden an mehreren Bräuhäusern unter den Würfen und Schlägen der Ruhestörer.« Schon am nächsten Tag, am 18. Oktober, hat sich wieder eine johlende Volksmenge auf den Straßen versammelt: »Kleinbürger, verkommene Weibspersonen und ›Lukis‹, die sich am geraubten Biere gütlich taten«. Im königlichen Kabinett überlegt man sich, was man dagegen tun könnte. Zuerst stellt man fest, daß man die Gendarmerie nicht mehr einsetzen soll, weil sie zum einen viel zu schwach ist und zum andern würde die Anwesenheit von Gendarmen das Gesindel erst recht reizen. Militär gibt es genug in der Stadt, an die 5000 Mann, allein fünf Linieninfanterieregimenter, dazu Tausende von Bürgerwehr- und Freikorpsleuten. Aber beim Pschorrbräu steht zu Beginn der Bierschlacht ein Leutnant mit fünfundzwanzig Mann und schaut zu, weil er auf einen Einsatzbefehl wartet. Der damalige Zeitungsreporter Friedrich Pecht hat Erinnerungen »Aus meinem Leben« herausgegeben, in denen er wohl nicht zu Unrecht über die Haltung des Militärs bei diesem Krawall schreibt, »daß dieses« – das Militär – »selbst ärgerlich über die Brauer, sehr wenig guten Willen zur Steuerung des Unfugs bezeugte«. Jedenfalls hat dieses Gesindel sich wie die Vandalen benommen. Das Schenklokal kurz und klein geschlagen, »sämmtliche Brauerei-Maschinen« und Bierfuhrwerke demoliert, im Bierkeller über hundert Fässer leerlaufen lassen. Es ist zwar dann doch noch Militär gekommen, hat die Zugänge zum Brauhaus gesperrt, Brauknechte haben sich mit Holzprügeln gewehrt, aber auch sie haben nicht verhindern können, daß am End' sogar die Wohnräume der Familie Pschorr geplündert worden sind. Das liest sich bei Friedrich Pecht so: Es wurde

»total alles demolirt: Klavier, Bilder, Stockuhren, Wäsche, Betten, Kleider, Silbergeräth, kurz alles wurde zertrümmert, zerrissen und zu den Fenstern hinuntergeworfen. Die Bettfedern flogen nebst zerrissenen Banknoten in der Luft, als ob es schneite. Schmuck und Geld etc. wurden geraubt, da sich unter das Volk viel Gesindel gemischt hatte.« Die Familie Pschorr hat diesem Gesindel entkommen können. Auch die Besitzer des Löwenbräu, zu dem der besoffene Pöbel dann hinübergezogen ist, um auch dort alles zu demolieren, hat noch Glück gehabt. »Zu seinem und der Seinen Glück hatte er sich mit Frau und Tochter gerade noch rechtzeitig mit einem Strick aus einem Fenster des ersten Stocks in den Hinterhof hinunterlassen und auf diese Weise retten können.« – Diese Krawalle haben außer den entsprechenden Sachschäden viele Verletzte, einige Schwerverletzte und einen Toten gekostet. Und selbst in den Zeitungen wird die Frage laut, wie so etwas überhaupt möglich war. Warum man nicht den Generalmarsch geschlagen und die Alarmierung sämtlicher in der Garnison München liegender Truppenteile befohlen habe.
Das Jahr 1888 macht auch wieder einmal von sich reden. Der Bierpreis war über Jahre konstant geblieben. Seitdem die Reichswährung eingeführt worden ist, die Reichsmark, das war 1876. All die Jahre hat die Maß Bier zwischen 22 und 24 Pfennig gekostet. Und nun soll sie, gar noch schlecht eingeschenkt, um einen Pfennig mehr kosten. Unmöglich. Daran entzündet sich der Volkszorn. Am Nockherberg kommt es zu Krawallen. In einer Münchner Zeitung können die Bürger, die zur Tatzeit nicht am Nockherberg waren, lesen: »Bei der in der Kellerhalle am Nockherberg geschlagenen Salvatorschlacht vermochte die zu Hilfe gerufene Gendarmerie zu Fuß und zu Pferd ebenso wenig etwas auszurichten wie die reklamierte Wache vom nahen Zuchthaus in der Au. Als die Maßkrüge verfeuert waren, stiegen die Hauptexzedenten auf das Dach, rissen die Dachziegel heraus und warfen damit. Endlich kam eine Abteilung von fünfzig Schweren Reitern angesprengt, die mit Pfeifen und Johlen empfangen wurden. Sie aber ritt, davon wenig beeindruckt, in die Halle hinein und trieb die brüllende Menge mit flachen Säbelhieben zu Paaren. Es gab eine Menge von Verletzten, darunter auch Schwer-

verletzte auf beiden Seiten.« Und dann fragt sich der Journalist – so wie das in vielen Fällen heut auch der Fall ist: »Wir müssen wieder einmal die Frage stellen: Was tut die Regierung, um solche Exzesse in aller Zukunft zu vermeiden?« Vorschläge, wie man das schaffen könnte, hat er allerdings auch nicht. – Nun, überlegt hat man sich sicher einiges, herausgekommen ist dabei ebenso sicher gar nichts. Einige der Hauptkrakeeler hat man zwar vor den Richter gebracht, die sind auch verurteilt worden, aber das Schlimmste: Der Salvatorausschank ist polizeilich eingestellt worden. Eine gute Woche hätte er noch fließen sollen, der edle Saft. Und das war natürlich schon bitter. Man scheint zwar – um zur Beruhigung beizutragen – nach der Salvatorschlacht doch nachgegeben und auf die Bierpreiserhöhung verzichtet zu haben. Ein wahrer Friede ist es wohl nicht gewesen.
Es muß auch im Ärger über schlechtes Einschenken hin und wieder zu Handgreiflichkeiten gekommen sein. Jedenfalls ist auf dem Umweg über das schlechte Einschenken der Begriff der »Dreiquartl-Maß« entstanden. Ich erinnere mich noch: In meiner Kindheit, wenn ein Bub oder Dirndl dem Papa an heißen Sommertagen in einer Schankwirtschaft Bier hat holen müssen – einen Eisschrank haben nur wenige gehabt – dann haben sie drei Quartl bestellt. Jedenfalls hat man das Gefühl gehabt, daß einen der Schenkkellner dann nicht so behumpsen kann. In so einen Bierkrug – er war ja nicht aus Glas – hat man die eingeschenkte Menge schließlich nur schwer kontrollieren können. In diesem Zusammenhang muß ich immer an zwei stattliche dreistöckige Mietshäuser denken, gebaut so um 1895/1900 in Schwabing – in einem haben wir gewohnt. Da hat man immer gemunkelt, der Hausbesitzer sei ehedem Schenkkellner beim Franziskaner gewesen. Wenn's wahr ist, darf man annehmen, daß in so mancher Maß halt wirklich nur drei Quartl waren. Jedenfalls richtete sich gegen die Schenkkellner, die mehr Schaum als Bier ausschenken wollten, oft genug der Volkszorn. Nicht immer gleich handgreiflich. Da erinnere ich mich an Sommerferien in Riederau, das mag um 1936 gewesen sein. In Riederau gab es eine Familie, die hatte schon ein Auto. Eines Tages hab ich mitfahren dürfen nach Andechs. Mitgefahren ist auch deren Onkel. Der

Onkel hat ausgesehen, wie sich damals ein Berliner einen älteren Münchner vorgestellt hat. Gut gefüllt, einen bärbeißigen Schnurrbart, schütteres Haar und eine Virginia, auf der er herumgeschnullt hat. Nun, man hat den Heiligen Berg bestiegen. Dann lechzte den Onkel nach einer Maß Bier. Ausgeschenkt hat ein mehr als gut gefüllter Frater. So mit Kinn, Kinn und Kinneskinn, Gnack, Gnack und Gnackesgnack. Der hat dem Onkel seine Maß hingeschoben. Der hinwiederum hat in den Schaum geblasen, daß ein Schaumwolkerl weggeflogen ist und dann hat er dem Frater mit folgender Rede die Maß zurückgegeben: »Matthäus 7, Vers 2: ›Mit dem Maß, mit dem du mißt, wird auch dir gemessen werden.‹« Das hat er so laut gesagt, daß die Umstehenden auch ihr Vergnügen gehabt haben. Der Frater ist feuerrot geworden. So ist der Onkel doch noch zu seiner angemessenen Maß gekommen.

Die letzte Bierrevolution hat nicht in München stattgefunden, die war in Dorfen. Dort sind am 4. Juni 1910 zwei Brauereigasthöfe in Flammen aufgegangen. Der Bierpreis ist wieder einmal gestiegen, entsprechend gestiegen ist auch die Unruhe im Land. Seit Wochen versuchen Regierung und Landtag aufklärend und beruhigend auf die Bevölkerung einzuwirken, dem Volk den Bierpreis sozusagen zu erklären, verständlich zu machen. Aber die Dorfener sind nicht zu beruhigen, die sehen das ganz anders. Sie meinen, wie viele andere im Land auch: Der Bierpreis wird ja nur erhöht, damit die von den »Preißen« veranlaßten neuen Staatsausgaben bezahlt werden können. Und diese Unkosten wälzt man auf die hundsgemeinste Art und Weise auf die unschuldigen, armen Bierkonsumenten ab. – Die Stimmung im Land ist ausgesprochen gereizt. Wo bleibt das Militär, fragt man sich sorgenvoll in konservativen Zeitungen, als man am 4. Juni 1910 berichtet: »… ein Gasthof, welcher der Brauerei Bachmayer in Dorfen … gehört, sank gestern in Schutt und Asche. Eine halbe Stunde später wurde auch das Gasthaus ›Zum Seifensieder‹ in Brand gesteckt, wodurch noch drei weitere Gebäude eingeäschert wurden.« Und weiter heißt es recht bezeichnend: »Schon während der Löscharbeiten konnte besonders unter den auswärtigen Feuerwehren eine ausgesprochene

Unlust (!) zum Löschen beobachtet werden. Die anwesenden drei Gendarmen waren den etwa zweihundert betrunkenen und randalierenden Burschen gegenüber machtlos. Sie wurden wie Gummibälle herumgeworfen und mußten sich dann eben zurückziehen.« – Nun, das Feuer kann doch noch gelöscht werden, der Brauereibesitzer spendet daraufhin – so wie's der Brauch ist – einige Lagen Bier. Jetzt gilt er auf einmal was. Als sie alle schließlich zuviel Bier erwischt haben, nicht nur die Feuerwehrler, geht die Schimpferei auf den Bierbrauer von neuem los. Einer schreit laut: »Der Bräu g'hört daschoss'n!« Andere stimmen ein. Daraufhin weist der Bräu die »bsoff'ne Bagasch« aus der Brauerei. Erfolg: Dieses »Gsox« fällt über die verschont gebliebenen Gebäude her. Steine fliegen, Scheiben zerspringen, die Inneneinrichtung fliegt zu den Fenstern hinaus und geht zu Bruch. In seiner Not verspricht der Wirt, sein Bier weiter zum alten Preis, die Maß für 22 Pfennig, zu verkaufen. Die Stimmung schlägt um. Eitel Freude, die Dorfener – unterdessen haben sich viele Neugierige, auch Randalierer, angesammelt – und die Feuerwehrleute lassen den Bräu hochleben. – Ja, so ist die Welt – auch in Bayern – auch im alten Bayern in der guten alten Zeit.
Mit diesem 4. Juni 1910 ist der sechsundsechzigjährige Bierkrieg in Bayern zu End' gegangen. Einen offiziellen Friedensschluß hat es zwar keinen geben. Er endete mit einem Erpressersieg. Die Brauer haben unter dem Druck der Straße nachgegeben. Es ist beim alten Bierpreis geblieben. Später hat es bei Bierpreiserhöhungen zwar immer noch ein deutlich hörbares Murren gegeben. So zum Beispiel auf dem Oktoberfest 1970, als die Wiesenmaß um 35 Pfennig teuerer geworden ist und nun zwei Mark 75 Pfennige gekostet hat. Und trotzdem sind die Fensterscheiben der Bierbrauer heil geblieben. Die Münchner haben mit dem Bier den Preis hinuntergeschluckt, hinuntergschwoabt. Bürger, die seit Jahren an laufenden Teuerungen gewöhnt worden sind, können nicht mehr einsehen, warum sie ausgerechnet beim Bier auf die Barrikaden gehen sollen. Und das ist wohl auch gut so.

Hexen und anderes Gelichter

Vom Aberglauben im Isarwinkel

In diesem Beitrag möchte ich vom Zauber-, Geister- und Hexenwesen erzählen. – In der Nacht vom 30. April auf den 1. Mai sausen ja die Hexen bekanntermaßen auf ihren Besen auf den Brocken im Harz, dem großen Versammlungsort dieses Gelichters. Nun will ich mich aber nicht so weit über die weißblauen Grenzpfähle hinausbewegen, ich möchte vielmehr im Großraum südlich der Landeshauptstadt bleiben. Das kann ich um so besser, als Johann Nepomuk Sepp in der Lindauerschen Buchhandlung in München 1892 seine »Denkwürdigkeiten aus dem Isarwinkel und der Nachbarschaft« herausgebracht hat. Denn in ihnen ist auch ein Abschnitt unter der Überschrift »Zauber- und Hexenwesen« zu finden. Aber zuerst etwas zur Person: Johann Nepomuk Sepp ist am 7. August 1816 in Tölz geboren und am 5. Juni 1909 in München gestorben. Er war von Beruf Historiker, also Professor für Geschichte, und zudem als Politiker tätig. Im Landtag war er Vertreter der Patriotenpartei. Als aber 1870 Frankreich Preußen den Krieg erklärt, wendet Sepp die Stimmung im Landtag zugunsten des Kriegseintritts Bayerns an der Seite Preußens und der anderen deutschen Länder. Der berühmte Spruch: »Wir wollen Deutsche sein und Bayern bleiben« ist von ihm. Er ist oft belächelt worden, wegen seiner Arbeiten über »Das Heidentum und dessen Bedeutung für das Christentum«, wie eine seiner Veröffentlichungen heißt. Aber wie dem auch sei, wir können ihm nur dankbar sein für diese Sammlung, über die so mancher seiner Kollegen die Nase gerümpft hat – so nach dem Grundsatz: Wie kann sich ein ernstzunehmender Universitätsprofessor mit so etwas überhaupt abgeben. Gott sei Dank hat er sich damit abgegeben.

Nun hat es ja nicht nur Hexen gegeben, sondern auch Hexer. Und so erzählt Johann Nepomuk Sepp von beiden, auch von Geistern und unerlösten Seelen. Er hat damals viel erfragt und somit das getan, was man heute Feldforschung nennt. Im Isarwinkel hat er sich die Hexengeschichten von Bauern erzählen lassen, weiter weg waren es wohl Pfarrer, die ihm diese grausamen Geschichten zugetragen haben. Zudem hat er sich auch in Archiven umgesehen. Ein Kapitel hat Sepp überschrieben: »Der Werdenfelser und Schongauer Weiberbrand und das Hexenlandl«. – »Die Grafschaft Werdenfels (im oberen Teil hat sie ja zum Isarwinkel gehört) rechnete sichs nicht zum großen Glück an, dem Bisthum Freising einverleibt zu sein.« Auch im Werdenfelser Land hat man Bäuerinnen und Hausfrauen als Hexen verbrannt. »Ein Wunder, daß sie nicht die Richter todtschlugen und nur zu begreiflich ist es, wenn beim Ausbruch der ersten Französischen Revolution das Volk im Landl rebellisch wurde, so daß man die Unruhigen in Eisen und Banden zu Floß in die Kerker nach Freising schleppte. Die Freisinger waren von jeher aufs Hexenverbrennen versessen.« – Freising war ein reichsfreies Fürstentum, der Fürstbischof gleich Landesherr, auch oberster Gerichtsherr für das Gebiet rund um Freising, der Isar entlang bis vor München, und für die Enklave der Grafschaft Werdenfels. Dort muß die Hexenverfolgung in den Jahren von 1581 bis 1597 besonders schlimm gewütet haben. Bischof und Landesherr war Herzog Ernst, der Bruder Herzog Wilhelms V., des Frommen. In dieser Zeit hat der wohl bis zum Wahnsinn mord- und brandwütige Kaspar Poißl, Pfleger von Werdenfels, auf sieben sogenannten »Malefiztagen« nicht weniger als achtundvierzig Frauen als Hexen verbrennen lassen. Der Anlaß: Er hat die Krankheit seiner Frau, Unwetterschäden und Unglück im Stall der Hexerei zugeschrieben. Im Herbst 1589 hat man die Frauen in Eisen geschlagen und durch die Tortur zu Geständnissen gezwungen. Eine von ihnen hat sich aus Angst vor der Tortur erhängt. Die hat der Nachrichter noch als Tote ins Feuer geworfen und die Asche in die Loisach. Und es heißt: Die Familien mußten zum Dank die Haft-, Untersuchungs- und Richterkosten zahlen. – Der Platz zwischen dem Kainzenbad und der Partnach heißt heute (zur Zeit von Sepps Nachforschungen um 1890) noch der »Hexenwinkel«, und das Werdenfelser Land wird das »Hexenlandl«

genannt. – Das ist heute – weit über hundert Jahre später – wohl vergessen.
Johann Nepomuk Sepp erzählt natürlich auch von den Hexenprozessen in Schongau. Was hat man diesen armseligen Frauen nicht alles vorgeworfen? Sigmund Riezler zählt ihre »Untaten« in seinem Buch »Geschichte der Hexenprozesse in Bayern« auf. »In den auf der Folter durch die bloße Angst erpreßten Geständnissen kehrt, da immer dieselben Suggestivfragen an die Gefolterten gestellt wurden, der gleiche Wahn wieder: Das Wettermachen, das Töten von Tieren durch Beschmieren mit der Hexensalbe, das Ausgraben und Sieden von toten Kindern zum Zwecke der Bereitung dieser Salbe, der geschlechtliche Umgang mit Teufeln, die nächtlichen Ausfahrten auf Heugabeln zu teuflischen Festen.« – Vom Brocken im Harz weiß man in Altbayern nichts oder noch nichts, da gibt es sozusagen nur regionale Schauplätze, so zum Beispiel den Peißenberg oder den Auerberg. Eigenartig, obwohl auf beiden Kirchen stehen. Es scheint im alten Herzogtum Bayern zunächst recht ruhig gewesen zu sein, aber gegen Ende des 16. Jahrhunderts erreicht die Hexenhysterie auch dieses Land und erreicht ausgerechnet unter den frömmsten Herzögen, unter Wilhelm V. und Maximilian I., einen schrecklichen Höhepunkt. So kommt es 1589 in Schongau zu diesem großen Hexenprozeß, der drei Jahre dauert. Dreiundsechzig Frauen aus Schongau und Umgebung fallen ihm zum Opfer. Sie werden enthauptet und ihre Leichen werden verbrannt. Man muß sich das einmal überlegen: Das ist jetzt gute vierhundert Jahre her. Wenn man älter wird, stellt man fest, daß vierhundert Jahre eigentlich gar nichts sind. Heute leben viele Mitbürger, die hundert und mehr Jahre alt sind. Vier davon haben zusammengerechnet einen solchen Zeitraum durchlebt. Wenn man sich das überlegt, dann wird so eine Zeitspanne überschaubarer.
Ich will jetzt doch lieber bei den Geschichten, die unser Johann Nepomuk Sepp gesammelt hat, bleiben. Wenn man sie so durchliest, dann kann man feststellen, daß es mindestens genauso viele Mannsbilder gegeben hat, die es im Bereich der Hexerei den Frauen gleichtun konnten. Und wenn man schon im Isarwinkel ist, seinerzeit die Hochburg der Wildschützen, dann schauen wir

einmal, was die für einen Hokuspokus getrieben haben. Unter der Überschrift »Der Wildbanner in Arzbach« vermeldet Sepp folgendes: »Im Bayerischen Oberland bringen die Bauern zuweilen Kugeln zur Weihe oder lassen auf den Antlaß Pulver segnen, das sie dann zum Wildschießen verwenden.« Nun, es mag ja hingehen, wenn mit einer solchen Kugel ein Hirsch oder eine Gams geschossen worden ist; aber wenn man daran denkt, daß bei den brutalen Auseinandersetzungen zwischen Wilderern und Jägern gerade durch so eine Kugel auch ein Forstbeamter hat getroffen werden können?! Dann kann man nur den Kopf schütteln. Ja, da hat es sonderbare Vorstellungen gegeben. »Mancher bestellt für eine reiche Jagdbeute stillschweigend auch wohl eine Messe. Zauberkugeln gießt man um zwölf Uhr in der Christnacht, also Mitternacht, wo man alle möglichen Schicksalslose nimmt.« Man kennt ja das Gießen von Freikugeln aus Webers »Freischütz«. Der junge Jäger Max erliegt den Versprechungen des alten Jägers Kaspar, der es mit dem Teufel hält und der ihn zum Freikugelgießen mit in die Wolfsschlucht nimmt und dort nach dem Samiel ruft, daß er ihm bei diesem Zauberstückl hilft. Man sieht also, Carl Maria von Weber hat das alles nicht erfunden.

Die nächste Geschichte bei Sepp ist schon beachtlicher. »Merkwürdig ist's auch im Isarwinkel geschehen, daß, wie mir der Wenigbauer am Arzbach erzählte, ein Wildschütz noch vor der Klosteraufhebung, also vor 1803, das Wild gestellt und wie er nur ans Gewehr langte, es maustot niedergestreckt hat, weil er eine geweihte Hostie bei sich trug.« Ein ganz gutes Gewissen hat dieser Wilderer doch nicht gehabt, und wie's auf Ostern zugegangen ist, hat er sich gedacht, es wär doch besser, wenn er das beichtet. Der Pfarrer ist entsetzt. Was er ihm als Buße auferlegt hat, ist nicht überliefert. Aber er hat ihn verdonnert, nie wieder ein Stück zu stellen. Nie wieder. Der Wildschütz ist aber trotzdem wieder aufs Jagen gegangen. Da ist ihm ein Mordshirsch vor den Stutzen gekommen. Der bleibt stehen wie gebannt, kann nicht vom Fleck, zittert am ganzen Leib. »Dem Burschen aber ist's gewesen, als sähe er das Tier vom Teufel selber bei den Hörnern, beim Geweih, festgehalten. Und von diesem Augenblick an sei der Wildschütz nie mehr auf die Jagd gegangen.«

Nun zu der Geschichte vom Eisenfuß, den der Teufel geholt hat. Hier erzählt der Professor Sepp aus seiner Jugendzeit. Er ist ja in Tölz nicht nur geboren, sondern auch aufgewachsen. »Der Eisenfuß war zu Marktzeiten ein bekannter Bettler auf der Isarbrücke zu Tölz. Er war ein alter Kerl, klein von Gestalt und seine Erscheinung hatte etwas Unheimliches. Man glaubte, er habe sich dem Gottseibeiuns verschrieben. Einmal kehrte er bei einem Bauern ein. Da fing das Vieh in der Nacht fürchterlich zu … brüllen an.« Als man am Tag nachschaut, findet man nur mehr den eisernen Fuß, das Männlein selbst hat der Schwarze, der Teufel, geholt, das ward nie mehr gesehen. »Eisenfuß« hat man übrigens bei den Hexenprozessen den Teufel geheißen. Aber der eiserne Fuß des Bettlers war wohl eine Prothese gewesen.
Eine schöne Geschichte aus der Gegend um Oberaudorf, die Geschichte vom Kohlensepp: Holzarbeitern, Triftern und Kohlenbrennern hat man nachgesagt, daß sie schon recht grobe Naturen seien, aber der Kohlensepp war schon einer der gröbsten und gefürchtetsten. Geflucht hat er, was das Zeug hält. Aber am Sonntag gehen sie doch alle in die Kirche, ins Hochamt nach Thiersee, nur einer nicht, der Kohlensepp. Sie sind noch nicht lang auf dem Weg, da hören sie hinter sich lustiges Pfeifen und Holzklieben, also Holzspalten, daß es nur so kracht. Und das alles, wie gesagt am Sonntag. Als sie zurückkommen, ist es am Reichardsberg völlig ruhig, nur der Kohlensepp ist nicht zu finden. Ein Viertelklafter Holz war gespalten, daneben liegt eine zerbrochene Hacke, dazu Haare und etwas Blut auf den frisch geklobenen Scheiten. Sie alle sind überzeugt, daß ihm der Teufel den Kragen umgedreht und ihn durch die Luft mitgezerrt hat. Drei Tage später finden Inntaler Bauern bei Maria Stein, einem Wallfahrtsort nicht weit von Kufstein, ein kleines Manndl, grau, zerrupft mit blutigen Haaren, am Gewand angebrannt. Er kann zunächst nicht reden. Erst nach und nach kommt ihm die Sprache wieder. Und er erzählt, wie er am Sonntag Holz gespalten und viel geflucht habe, da sei ihm mit einem Mal die Hacke zerbrochen, da habe er noch mehr geflucht und dann habe ihn plötzlich einer von hinten gepackt und das sei der Leibhaftige selber gewesen, der habe ihn hoch in die Luft getragen. Reu' und Leid

habe ihn gepackt, vor lauter Angst habe er gebetet, wie schon lang nicht mehr; und beim zweiten Ave-Maria sei er dem Teufel zu schwer geworden und der habe ihn endlich, noch über dem Boden fallen lassen. – Andere aber sagen, als der Leibhaftige über eine Kirche geflogen ist und man gerade zur Wandlung geläutet hat, habe er die Kraft über den Kohlensepp verloren. Und das alte Ahndl, das diese Geschichte überliefert hat, habe immer erzählt, daß dem Kohlensepp sein Lebtag kein Fluch mehr über die Lippen gekommen sei. Aber ein Lacher auch keiner.

Vom Teufel zurück zu einer Hex, zur Dudlhex. Als unser Professor Johann Nepomuk Sepp von ihr erzählt, meint er, es müßte mindestens dreihundert Jahre, wenn nicht länger her sein, daß sie gelebt hat. Das heißt, daß man jetzt gute hundert Jahre dazuzählen muß. Die Dudlhex sei die Tochter eines reichen Bauern gewesen, aber eine »revierische Person«. Das heißt, sie war überall zu finden, nur nicht daheim. Zwischen Tölz und Lenggries und der Jachenau, ja weit darüber hinaus hat sie eigentlich jeder gekannt und gefürchtet. Sepp erzählt: »Noch zeigt man beim Bachmair in dem rechtschaffenen Haus den Tisch in der Stubenecke, wo die Schergen sie … mit aller Gewalt in Verhaft genommen haben.« Als sich unser Professor in jungen Jahren, so um 1840/50, auf den Weg macht, um diese Geschichten zu sammeln, begegnen ihm die Bauersleut mit großer Zurückhaltung. »Wenn man darnach fragt (nach der Dudlhex) thun die Leut scheu und gehen einem aus dem Weg, weil sie meinen, man mißbrauche ihre Aussage; andere wollen nichts davon hören oder wissen auch wirklich nichts mehr.« Nun, er hat damals doch noch einiges erfahren können. So wird ihm erzählt, daß an einem Lichtmeßtag Kirchgänger bis von Wegscheid und ober dem Pfaffensteffel auf ihrem drei Stunden langen Weg zur Wachsweihe nach Gaißach waren. Auch von den Höfen hinter Hohenburg seien sie gekommen. Und die seien an dem Haus vorbeigekommen, in dem die Dudl im Alltagsgewand den Gang ausgekehrt hat. Damals hat man ja an einem Feiertag und einem Sonntag ein Feiertags- oder Sonntagsgewand getragen. Als die Kirchgänger vorbeigehen, rufen sie ihr zu, sie solle sich schleunen, sie solle sich also beeilen. Ihre Antwort: »Geht's nur zua, i komm scho no recht, z' Venedig haben s' aa no net gläut.« Sie macht sich trotzdem auf den Weg, holt die Kirchgänger ein, merkt an der Hirschbruck, daß sie das Wachs vergessen hat. Da soll sie gesagt haben: »Jetzt muaß i glei nach Venedig«, und wie vom Erdboden verschwunden sei sie gewesen. Aber sie sei auch rechtzeitig mit dem Wachs und zusammen mit den anderen Kirchgängern in die Kirche gekommen. Als der junge Johann Nepomuk Sepp diese Geschichte erfahren hat, muß man im Isarwinkel, wenn es einem recht pressiert hat, die Rede haben hören können: »Du fahrst ja dahin wie die Dudl von Hohenwies.« Und wenn man als Fremder gefragt hat, was das bedeutet, hat man hören können: »Die is in oana Stund nach Venedig und z'ruck.«

Man muß sich ja wundern, daß so eine Hex überhaupt in die Kirche gegangen ist. Von dieser Dudlhex hat man sich noch andere Geschichten erzählt: Eines Tages fällt es dieser Hex doch ein, es in einer Stube regnen zu lassen. Sie fragt vorher zwar um Erlaubnis, aber die Bäuerin sagt ja, weil sie das eh nur für eine dumme Rede hält. Aber dann regnet es tatsächlich. – Noch so ein Stückl: »Das nächstemal kam der Schneider mit seinem Gesellen und Lehrbuben auf die Stöhr.« Früher sind ja die Handwerker zum Arbeiten auf die Höfe gekommen, eben auf die Stöhr. »Da sprach die Dudl und setzte ihnen den Branntwein vor: ›Grüaß Gott, Meister, Gsell' und Bua, machts die Stubenthür zua. Jetzt geh i glei auf die Dulln (zur Laube) und will den Haar (den Flachs) herunterholen, brechen, schwingen, hecheln und spinnen und meinen Schneidern den Zwirn davon bringen. Trinkts dawei a Glasl Schnaps.‹« Und die haben es noch nicht ausgetrunken, da sei die Dudl mit dem Zwirn wieder zur Tür hereingekommen. – Eine andere Geschichte: Eines Tages ist die Dudlhex in Hohenreut an einem Bauernhof vorbeigegangen, da sieht sie, wie die Bäuerin Butter rührt und verzweifelt sagt, daß sie schon zwei Stunden rührt, aber es wird und wird nichts. Da lacht die Hex laut auf und sagt: »Plag di net, dein Butter hab i schon lang im Fürtuch, im Schurz.« – Es ist ja interessant, daß noch heute die Haut auf der Milch »die Hex« heißt. In diesem Zusammenhang erwähnt unser Professor Sepp auch, daß die Frauen, damit ihnen

die Milch nicht verhext wird, »zum Ausrühren … geweihte Sachen, sogar Wachs von den Opferkerzen in der Kirche hernehmen.«
Die Dudl habe sogar von der Stube aus die Kühe draußen im Stall melken können. Dazu habe sie eine Nestel an den Ofenfuß gebunden und an der habe sie mit der Hand auf- und abgestrichen, was wunderbar funktioniert habe. Eine Nestel war eine Schnur oder ein Riemen – für Schuhbandl zum Beispiel. Wer den Kübel unter die Kuh gestellt hat, davon erzählt diese Geschichte nichts.
Wenn man verhindern hat wollen, daß die Dudl ins Haus kommt, dann hat man nur einen Besen mit dem Stiel nach unten vor die Haustür stellen müssen. Hat man das versäumt und den Besen erst aufgestellt, wenn sie schon im Haus war, dann war sie festgebannt und hat nicht mehr fort können. Wenn sie aber einen grünen Zweig erwischt hat, war sie fort und nicht mehr gesehen.
Noch eine Geschichte von der Dudlhex. Vom Krautnkaspar von Arzbach hat man sich erzählt, er sei mit der Dudlhex auf einem »Nudelmolter«, einem Nudelwalker, durch die Luft geflogen. Rücklings sei er aufgesessen, denn sonst sei der Gegenwind so stark gewesen, daß er nimmer hätt schnaufen können. Und ein Weber, der auf der Stör war, hat erzählt, daß er selbst gesehen habe, wie die Dudlhex die Ofengabel geschmiert hat. »Hui aus und ninderscht ani«, habe sie dazu gesagt, das habe er genau verstanden. »Ninderscht ani«, also nirgends anstoßen. Und dann sei die Ofengabel schnurstracks zum Kamin hinausgefahren. Er selbst habe diese Salbe an seinem Webstuhl ausprobieren wollen, aber er sei zu Tod erschrocken, als sich der Webstuhl ganz von allein in Bewegung gesetzt hat. Er war froh, wie der Webstuhl nach einiger Zeit wieder aufgehört hat. Ein zweites Mal hat er das nicht mehr versucht.
Die letzte Geschichte von der Dudl soll wieder derjenige, der diese Geschichten gesammelt hat, selber erzählen: »Unter Einstigem saß die Dudl auf einem hohen Tannenbaum bei Gmund und führte ein schreckliches Hagelwetter über den Tegernsee herauf. Da fingen die geweihten Glocken in den benachbarten Kirchen zu läuten an, wofür der Mesner vor Zeiten den Glocken-

strickkreuzer und noch eine Glockengarbe von Flachs oder Getreide bekam. Damit (mit dem Läuten der Glocken) war der Zauber gebrochen und die Dudl konnte nicht mehr weiter schaden, sprach aber: ›Wär die große Schelln zu Gmund, der Kottbauer von Eck und das Geißglöckerl von Ried net gwesen, so hätt' i desmal alles in Grund und Boden einigschlag'n.‹«
Noch kurz was von den Wetterhexen. Wer hat gegen Wetterhexen helfen können? Kirchenglocken, das hat man ja gerade erfahren. Aber Pfarrer waren in solchen Fällen auch sehr gefragt. Da hat es sozusagen »wettergerechte Herren« gegeben, eben Geistliche, die solchen abgefeimten Sparifankerln und dem Hexengesindel Herr geworden sind. Da erzählt unser Professor Johann Nepomuk Sepp, daß der Sattlerbauer von Wessobrunn, auf dessen Grund die Kreuzkapelle an der Straße nach Landsberg gestanden ist, wenn er ein Gewitter hat aufziehen sehen, gerannt ist, so schnell er hat rennen können, um mit den »zwei Hundeln«, den beiden kleinen Glocken, zu läuten. Und soweit man die habe hören können, hätte so ein Wetter, auch so eine Wetterhex, nicht schaden können. Und über die Klosterherren von Andechs heißt es: Sie »trieben mit dem Hochwürdigen Gut die Wetter in den Ammersee und ließen sie vom Peißenberg nicht herüber. – Doch ist das Wettersegnen nicht immer ungefährlich. Ein Geistlicher von Nantesbuch wurde einmal bei der Prozession in die Höhe gehoben; dasselbe passierte ihm auch bei der Messe, und wäre er nicht so fromm gewesen, so hätte der böse Feind gewiß Gewalt über ihn behalten. Dasselbe erzählt man sich vom Pater Gusterer (dem Kusto) in Benediktbeuern.« Gerade bei besonders scharfen Gewittern hätten die Hexen die meiste Kraft und Gewalt und würden dem Geistlichen, der sie bannen will, wie dem Mesner, der ins Wetter läutet, gefährlich. Aber es kommt noch schöner. In Benediktbeuern sei einmal ein besonders scharfes Wetter gewesen und da habe ein Jäger, vielleicht der Klosterjäger, die Hex aus den Wolken heruntergeschossen. Der Klosterherr habe eine Hex heruntergebetet auf den Boden. Splitternackt sei sie dagelegen. »Es war, wie die alte Bötin versicherte, noch dazu eine bekannte, wohlhabende Bäuerin. Es gibt überall böse Leute, auch in Thanning hat der Pfarrer den Wettermacher aus den Wol-

ken niedergebetet … auf den Dunghaufen.« Nun, ich glaube, das ist ein angemessener Schluß für meine Hexengeschichten. Heutzutage denkt man ja kaum mehr an Hexen – außer vielleicht in der Nacht vom 30. April zum 1. Mai, wenn sie auf ihren Besen alle zu ihrem Sammelplatz auf den Brocken in den Harz sausen. Da müßt's ja bei uns in der Walpurgisnacht verhältnismäßig ruhig sein. Allerdings ist diese Nacht zugleich eine Freinacht, in der viel Unfug geschehen kann. Aber daran sind dann nicht die Hexen schuld.

Abschied vom Taler

Über die Währungsumstellung zur Mark

In unseren Tagen beschäftigt uns der Euro. Ist er was? Wird er was? Bleibt er was? Viele von uns werden der Deutschen Mark nachtrauern. Für die Münzsammler wird der zukünftige Markt immer magerer. Die Vielfalt von Münzen wird mit einem Mal nicht mehr gegeben sein und alte Münzen werden mit der Zeit noch teuerer, als sie sowieso schon sind. – All das erinnert mich daran, daß es bei einer Währungsumstellung nach dem Deutsch-Französischen Krieg von 1870/71 schon einmal solche Aufregung gegeben hat. Vor diesem Krieg hat jedes deutsche Land seine eigenen Münzen gehabt. Dann ist die Reichsgründung gekommen und damit die Umstellung zur Mark. In Bayern waren die königlichen Rentämter mit der Einführung der neuen Währung beschäftigt. Königlicher Rentamtmann in Traunstein war Hartwig Peetz und er hat seine Erlebnisse damals genau aufgezeichnet.

Aber zuerst etwas über seine Person. Hartwig Freimund Peetz ist 1822 in Bayreuth geboren und 1892 in München gestorben. Zunächst hat er Theologie studiert, wohl weil der Vater Konsistorialbeamter gewesen ist. Er hat dann hinübergewechselt zum Studium der Juristerei. Nach Abschluß des Studiums wird Peetz Rechnungskommissär bei der Regierung von Oberfranken in seiner Heimatstadt Bayreuth. 1859/60 findet man ihn als Rentamtsverweser in Trostberg und 1860 dann als Rentamtmann in Traunstein. Dort wird er zweiundzwanzig Jahre bleiben, ehe er an das Landrentamt in München versetzt wird. Dort ist er weitere zehn Jahre bis 1892 im Dienst. Hartwig Peetz war an Geschichte äußerst interessiert. Zunächst verdanken wir ihm eine Arbeit über den Markgrafen Christian zu Brandenburg und »seine beiden löblichen Städte Bayreuth und Kulmbach 1603–1655«, später dann schreibt er von seinen Erlebnissen und Beobachtungen im Chiemgau, vor allem in seinen Rentamtsgebiet Traunstein – übrigens genießt er in Traunstein so hohes Ansehen, daß man ihn zum Ehrenbürger ernennt. König Max II. macht ihn gar zum Ritter des Verdienstordens zum Heiligen Michael und König Ludwig II. verleiht im die goldene Medaille für Kunst und Wissenschaft.

In Hartwig Peetz' erstem kleinen Band »Chiemgauer Volk. Erinnerungen eines Chiemgauer Amtmannes« gibt es ein Kapitel mit der Überschrift »Einblick in die Renteistube«. Und in diesem Kapitel findet man etwas über die Währungsumstellung. »Ich erinnere nur an die Zeit der bayerischen Geldeinlösung zum Zwecke der Einführung unserer jüngsten Reichsmünze. – Dieser Vorgang war auf dem Markt des täglichen Verkehrs einem Erdstoß zu vergleichen, für das Landvolk um so unheimlicher, als in der Lokalpresse gewisser Parteien die verzeihliche Abneigung gegen die neuen Moneten unverzeihlich gesteigert wurde.« Da haben nicht nur Ängste um den Wert der Währung mitgespielt, sondern auch eine tiefe Abneigung gegen die »Preißen«. Das Jahr 1866 und der verlorengegangene Krieg gegen Preußen war nicht vergessen. In bürgerlichen Kreisen war Bismarck ob der Reichsführung hoch gelobt und hoch geschätzt, draußen auf dem Land jedoch hegte man großes Mißtrauen. Was kann denn von Berlin schon Gescheites kommen? So eine Geldumstellung kann ja nur einen Grund haben: daß man sich in Berlin an uns bereichern will. In diesem Sinn hat auch die Presse auf dem Land entsprechend geeifert und gegeifert. Und Hartwig Peetz schreibt: »Die Wirkung der Presse war erschütternd.« Es war natürlich vorauszusehen, daß der Abschied von den bayerischen Talern ungemein hat verbittern müssen. Wenn wir heute im Vergleich zu der Währungsumstellung von damals an die Umstellung zum Euro denken, so ist heute wohl niemand »ungemein verbittert«; trotzdem haben wir die Abschaffung der D-Mark auch nicht mit großen Freuden gesehen.

Wie gesagt, die Währungsumstellung nach dem Deutsch-Französischen Krieg von 1870/71 hat für genügend Aufregung gesorgt. Und – wie der königliche Rentamtmann Peetz von Traunstein schreibt – es schwirrte »damals in der Volkspresse täglich von aufrichtigen und mehr noch von geheuchelten Klagerufen der Massen über den Verlust ihrer schönen blanken Silberschätze!« Peetz wundert sich noch zwanzig Jahre später, daß die Währungsumstellung unter solchen Umständen überhaupt hat funktionieren können. »Von dem gewaltigen Umschwung der Münzwährung (mit Papiergeld hat er sich ja nicht plagen müssen) und ihrer Einführung in den großen internationalen Verkehr ganz abgesehen, war es gleichwohl kein Leichtes, den Umtausch der Baarschaft eines jeden Individuums bis zur Sparkasse der Kinder mit ihrer Fülle von Kleinkreuzern in raschem Tempo zu bewirken. Die Umwandlung auch des kleinsten Vermögens eines jeden Individuums bis zum schmutzigen Lederbeutelchen des Bettlers herab mit seinem Gemisch von an's Wertlose streifenden Kupfermünzen sofort zu bewirken, erforderte bedeutende Anstrengungen.« – Peetz hat diese Währungsumstellung in Traunstein erlebt und er erzählt, bei aller Arbeit habe ihm seine Aufgabe doch einen Einblick in die sozialen Verhältnisse in seinem Amtsbezirk gebracht. Übrigens hat Peetz sichtlich auch etwas von Münzen verstanden. Es seien ihm zwar keine besonders wertvolle Seltenheiten in die Hände gekommen, aber es sei auch durchaus nicht nur bayerisches Geld gewesen. Hie und da sei schon einmal markgräflich-brandenburgisches Geld abgeliefert worden oder ein sächsischer Mansfelder oder gar eine schwedische Gedächtnisprägung. Durch die Nähe zu Salzburg – Salzburg war ja ein selbständiges Land mit dem Erzbischof als Landesherrn – sei eine Fülle von erzbischöflich-salzburgischen Konventionsthalern zum Eintauschen gebracht worden, aber – und hier spricht der Kenner – kein einziges Exemplar des sogenannten »Rübentalers« des Erzbischofs Keutschach. Das hat ihn doch überrascht, aber von diesem Taler hat es schon damals nur mehr wenige gegeben – er spricht von kaum einem Dutzend, die fest in den Händen von Sammlern waren. Aber der Traunsteiner Rentamtmann macht sich auch so seine Gedanken, auf welchem Weg so manche Münze überhaupt in das königliche Bezirksamt Traunstein gekommen sein mag.

Da sind zunächst einmal die Handelswege. »Der älteste Handelsweg führte ja von Regensburg über Landshut nach dem erzbischöflichen Fruchtstapel Mühldorf.« Mühldorf war nicht immer bayerisch, sondern jahrhundertelang eine fürstbischöfliche salzburgische Enklave und ist erst 1803 bayerisch geworden. Interessant auch, daß Peetz den »Fruchtstapel« von Mühldorf nennt. Es ist also ohne Frage über den Inn Obst aus Südtirol angeliefert worden. Dann gab es noch den Handelsweg zu den Tauernübergängen nach dem Süden über Villach nach Venedig, alles »Straßenzüge«, wie Peetz so schön schreibt, »an denen mildthätige Hände der Handelskarawanen und darunter später weltfremde Besucher von Bädern, zum Beispiel Reichenhall und Adelholzen, oder Bewunderer von Naturschönheiten, dem nach Hilfe ausblickenden Auge der Armen am Weg jahrelang geringwertige Kupferdenare zugeworfen haben. – Türkische, griechische, selbst japanesische und noch fremdere Münzen blieben so in den an Hauptverkehrsadern zunächst liegenden Ortschaften haften.« Diese fremdartigen Kupfermünzen hätten längst nur noch Gültigkeit in den Opferstöcken der Kirchen gehabt, bis auch sie, »diese Kupferminen des Kultus« endlich haben geräumt werden müssen. Dabei erfährt man so nebenbei, daß auf Reichsbefehl auch all das Kleinzeug hat eingewechselt werden müssen, und da mögen so manche Peseta, so manche Kopeke und natürlich auch die österreichischen Doppelpfennige in prallen Säcken unter nun deutscher Flagge ihre Seereise von Hamburg nach Indien angetreten haben, denn die Reichsregierung hat dieses »little Grobzeug« nach dem Sackgewicht dorthin verkauft.

Erstaunlich muß gewesen sein, wo die Leute ihr mühsam erworbenes Geld, auch Geld, das ihre Vorfahren erspart haben, aufgehoben, wo sie es versteckt haben. Diese Ersparnisse hat man damals, wohl nicht nur im Chiemgau, einen »Hund« genannt. »Viele Hunde hinten haben«, hat geheißen, daß man zu den Wohlhabenden gehörte. »Auf den Hund kommen« wiederum bedeutete, daß einer an die Ersparnisse gehen muß, daß er am Ende gar auf die Gant kommt. Unser königlicher Rentamtmann von Traunstein macht dazu eine interessante Bemerkung: »Die Kupferschmiede konnten vor Jahrzehnten wohl besseren Aufschluß über Kapitalansammlungen der Bauern geben als gegenwärtig ein Steuerausschuß.« Warum das so ist, dafür hat er dann auch gleich eine Erklärung: »Die Fertigung von sogenannten Tausendguldenflaschen, nämlich von kupfernen Urnen, welche gerade für ein Tausend in schweren Silberthalern Raum boten und nach der Füllung in der Werkstatt vom schweigsamen Meister zwischen Lichten und ohne Zeugen verlöthet wurden, diese Flaschen zählten zu den einträglichsten Erzeugnissen seines Gewerbes. – Solche Schatzurnen wurden dann gewöhnlich in die Stollen des Kochofens in der Bauernstube eingemauert oder auch von besonders ängstlichen Haushaltern unter den Dielen des Viehstalles vergraben.«

Und Peetz meint, diese Praxis mag gerade in Kriegszeiten entstanden sein. Und das ist sicher nicht nur eine Chiemgauer Erfindung gewesen. Im hohen Norden hat es vergleichsweise im 18. Jahrhundert den bekannten Spruch gegeben: »Fridericus rex, wer noch was hat, der verstecks.«

Ein anderer, sicher sehr verbreiteter Grund, das Geld zu verstecken, war ohne Frage der Geiz, das Mißtrauen gegenüber dem eigenen Nachwuchs. Da erzählt unser Rentamtmann beispielsweise von einem Schmied. Er hat bereits ein Ziegeldach über seiner Werkstatt, wohl aus Gründen der Feuersicherheit. Seine Doppelgulden hatte er heimlich unter die Dachziegel auf die Dachbalken gelegt. Er war sicher, daß sie an dieser Stelle, die von der Gasse her für jedermann zugängig war, niemand vermutet. »Als er das Geld wechselte, hat es von dem Rauch der Esse einen platinartigen Glanz angenommen, der fast den Verdacht der Fälschung erregen mußte. – Ein anderer, mehr dumm als schlau, mauerte Hypothekenbanknoten ohne jede Umhüllung in eine Wand und war äußerst überrascht, als er sie beim Aufbrechen der geheimen Stelle von Mörtel bis zur Unkenntlichkeit zerfressen und daher wertlos wiederfand.« Dazu kann man nur sagen: »Da war der Hund wirklich begraben.«

Man muß sich das einmal vorstellen. Da ist der königliche Rentamtmann, eine angesehene Respektsperson, zu dem die Bauern »gnä Herr« sagen, und zu dem tragen die Bauern ihr Geld zum Wechseln. Dabei helfen wird ihm ein Rechnungsaktuar, vielleicht auch ein Schreiber, aber sehr viel umfangreicher wird das

Amt nicht besetzt gewesen sein. Und vor ihm schütten die Bauern ihre Schätze, ihre »Hunde« auf den Zahltisch.
Stellen Sie sich das einmal heute vor. Der Vorstand des Finanzamtes an einem Tisch und vor ihm die Bauern, die ihre Schätze einwechseln wollen. Wie persönlich war das damals – ohne Computer und Datenbank. – »Mancher Bursche brachte einen alten Strumpf voll verschimmelter und nach faulem Bettstroh riechender Gulden, welche er von seiner Base geschenkt erhalten zu haben angab; dabei aber verriet eine Röte im Gesicht nur deutlich sein Vergehen.« Nun, der Computer unserer Tage könnte solche Beobachtungen nicht machen. Für den wären Überlegungen, wie sie unser Traunsteiner Rentamtmann anstellt, auch nicht möglich. Er – der Bursche – hatte es sicher einer Anverwandten, wenn nicht seiner eigenen Mutter aus dem faulen Stroh ihres Bettes entwendet; und Peetz schließt mit der vernünftigen Überlegung: »… wo es wahrscheinlich auch nicht mehr zum Umwechseln gekommen wäre«.
Auch bei dieser Währungsumstellung, im Zuge der Neuorganisation im neuen Kaiserreich, hat es natürlich einen Stichtag gegeben, sozusagen einen letzten, einen allerletzten Tag, an dem man sein Geld zur Einwechslung in das königliche Rentamt hat bringen können. Der Termin ist nachts um zwölf Uhr abgelaufen. Doch am nächsten Tag in aller Früh geschieht folgendes: »Da, am letzten Morgen nach dem verordneten Schluß stürmte schweißtriefend noch ein Alpenwirt in die Rentstube und schüttete ohne Weiteres einen Haufen Doppelgulden auf den Zahltisch, so daß dicker Staub davon wegwirbelte. Auf die Frage, warum denn das Geld so schmutzig, setzte er sich ganz ermattet auf einen Stuhl und bat, man solle nur um Gotteswillen die Baarschaft zuerst noch auswechseln, den Grund, warum dieselbe so schmutzig sei, woll er ja gleich mitteilen: ›Schaungs, gnä Herr‹, hat er g'sagt, ›sechs Jahr lang scho hab i mein Nachbar um a Darlehn bitt. Und wia i'hn bitt hab. Aber gebn hat der mia nix. Taub hat er si gstellt. So als müaßt ma eahm selber a Fünferl gebn. Und gestern um d' Vesperstund kaam er daher: Er hätt no an raren Hund hint' im Garten. Und er moant, daß an der Zeit waar, den an d' Luft z'bringa. So is er mit oammal im Hausflöz

gstanden und hat mi gfragt, ob ich dennerscht no a Geld braucha taat. – Wohl, wohl, hab i gsagt, beim Möslkultivieren, da magst allwei no was neisteck'n.‹ Drauf der andere: ›No, bald du dös ganze Gerschtl heut no außerscharrn willst, ko'st as ham.‹« Wieviel Geld im Garten vergraben ist, weiß der Besitzer auch nicht. Es stellt sich heraus, daß er das Geld beim Bau der Eisenbahn für Fuhrlohn eingenommen hat. Und er weiß es noch ganz genau, lauter pure neue Zwoaguldenstückl vom Sud weg seien es gewesen. Und wie viele es seien? Die Antwort: »Grabs aussi und trags ins Rentamt eine. Dort schreibts der gnä Herr uns scho auf, was ebba ausmacht.« Er wisse eh nicht, wieviel Neugeld man dafür bekomme. Was der Herr halt schreibe, das sei er ihm dann schuldig.

Nun, der Bauer holt sich einen Spaten, ein »Grabscheit«, wie er ihn nennt, und macht sich im Garten des Nachbarn an die Arbeit. Grad »wie d' Engerlinge im Lanks« (also im Frühling) seien die Geldstückl aus der Erde »außigwurlt«. Spät ist es geworden, der Mond sei schon hinterm Berg aufgangen, der sei auch der einzige Zuschauer gewesen bei seiner Schatzgräberei, denn zuletzt sei der Nachbar müd geworden und schlafen gegangen. Jedenfalls habe er, was er gefunden hat, alles in seinen »Troadsack«, in seinen Getreidesack, geschaufelt. Wieviel es ist, wisse er nicht. Er hat halt solang »neigeschaufelt«, bis er gemeint hat, das könnte jetzt langen. Es könnten gut noch Geldstücke in der Erde liegen. Schlafen kann er in dieser Nacht nicht. Er hat nur eine einzige Sorge: Wird mir der Rentamtmann das Geld noch einwechseln? Er macht sich in aller Früh auf den Weg zur Bahnstation, fährt mit der Eisenbahn nach Traunstein und kommt endlich beim Rentamt an. Seine Rede: »Jetzt waar i do und taat halt den gnä Herrn recht schö bitten, daß er mer's auf an Zettel schreibt, was i meim Nachbarn schuldi bin.« Und Hartwig Peetz meint, »in Anbetracht solcher naiven wie charakteristischen Darlehensübergabe« habe er doch wirklich die verspätete Annahme der staubigen Summe nicht verweigern können. Er läßt die Taler und Gulden erst einmal waschen. Er zählt dann das Geld ab, 1642 Gulden, und legt den Einlösungsbetrag auf den Zahltisch hin. »Der biedere Älpler war nicht wenig erstaunt, daß die umgewandelte Frucht seiner Anstrengung so viel klein sich erwies und er den Ersatz so kommod in seinen Geldbeutel unterbringen konnte. Der einfache Zettel, auf welchem der Betrag zu 2814 Mark 86 Pfennig und der Name des Amtsmannes als Vertrauensmann geschrieben stand, genügte übrigens vollends als Handschein dem Gläubiger sowohl als wie dem Schuldner.« Dazu bemerkt Peetz: »Das Vertrauen in die absolute Integrität des Rentamtmanns als geschworenen oder unfehlbar getreuesten Gewährsmann in Geld- und Finanzsachen war vor mehreren Jahrzehnten im Volk noch tief eingewurzelt.«

Nun, unser königlich-bayerischer Rentamtmann Hartwig Peetz von Traunstein erzählt noch so manches Erlebnis im Umgang mit dem Geld. So berichtet er aus Tagen, in denen von der Reichsmark noch keine Rede war, in der nur die schweren blanken Silbertaler etwas gegolten haben. Damals hat man die offiziellen Amtstage auf den Tag des Schrannenmarktes, also Getreidemarktes, verlegt, da sind die meisten Bauern sowieso nach Traunstein gekommen – auch die Bürgermeister, die man damals noch bescheiden Ortsvorsteher geheißen hat. Aber lassen wir das Peetz selber erzählen: »Da schnallten die Gemeindevorsteher, am frühen Morgen im Rentamt angelangt, ihre ledernen Geldkatzen von den Bäuchen ab, legten sie in Haufen unter den Tisch des Amtmanns, ganz gleich ob er selbst anwesend war oder nicht, begaben sich zu ihren Getreidewägen, … handelten stundenlang da und dort, ein und aus … Vieh oder Brotfrucht.« Und wenn sie damit fertig waren, sind sie in die Rentstube gekommen. Sie waren nämlich nicht nur Ortsvorsteher, sondern offiziell auch »Einhebeorgane« für die Steuern. Bis sie vom Markt zurückgekommen sind, war im Rentamt der fällige Steuerbetrag festgestellt und in die Abrechnungsbücher eingetragen worden. »Nun erst leerten sie ihren Leib- und Geldgurt, der wirklich meist an eine siebenträchtige Katze erinnerte, sofern aus demselben Säckchen an Säckchen hervorgeschüttelt wurden auf die Marmorplatte des Zahltisches. Jeder solcher Spezialbeutel enthielt gleiche Münzart und war sorgfältig zugebunden.« Wenn dann der Amtmann so einen Gemeindevorsteher gefragt hat: »Weißt doch, wieviel in dem Sackl ist?«, dann hat er schon ein-

mal hören können, des wüßte er »accrat net«. Die Bäuerin hätte das Geld abends noch zusammengerichtet. Aber sie hätte gemeint, »es müaßat sogar noh eppas übrig bleim«. Als einmal eine Bäuerin in so ein Sackl statt einer bestimmten Summe bayerischer Gulden die gleiche Menge in neu eingeführten k. k. österreichischen Silbergulden eingefüllt hatte, hat ihr Mann vom Rentamtmann eine gute Summe zurückgekriegt, weil die österreichischen Gulden hierzuland mit einem Gulden 10 Kreuzer gehandelt worden sind. Er will mit der Bemerkung »Ja seit wann sollten denn die österreichischen ›Plaberer‹ mehra gelten als unsere schwaren boarischen Gulden???« – das Geld absolut nicht annehmen.
Der Rentamtmann meint – sicher nicht zu Unrecht – wahrscheinlich hat er sich nicht getraut, seiner Frau zu sagen, daß ihre Abrechnung falsch ist, aus Angst, sie könnte ihm die steuerlichen Arbeiten hinschmeißen. – Nun, Peetz hält ihm das Sackerl mit dem Rückgeld energisch unter die Nase. »Jetzt nimm's endlich.« Aber der zögert, er überlegt ein bißl und macht dann dem Rentamtmann den hinterkünftigen Vorschlag: »Verlaub'ns, gnä' Herr, wie waars jetzt, bals des bissei Geld eppan aufhalt'n thaten, bis is amal abholat! ...Wissen s', diamamal verliert ma am Troad (am Getreide) oder ma bleibt amal beim Tarock hint, und da taats oam wohl scho guat, wenn ma woaß, wo ma sich wieder a bißl aufmanndln ko, ohne daß as Wei glei was davo erfahrt!« – Nun, ein königlicher Rentamtmann war keine Bank, erst recht keine Winkelsparkasse, »wie sie der unter dem Pantoffel stehende Ehegatte wünschte«. Da hat nur ein »Aufheber« helfen können. »In jeder Gemeinde hat es früher sogenannte Aufheber gegeben, welche sich für die Einlagen an Baarschaft noch ein Prozent zahlen ließen, aber selbst die Summe nicht daheim behielten, sondern an eine Bank einsendeten.« Und zu so einem »Aufheber« hat der Gemeindevorsteher seinen Überschuß wohl auch getragen.
Das Büchl von Hartwig Peetz hat mich nimmer losgelassen, ich hab mich festgelesen. Da trauert Peetz den alten »grobkörnigen Originalen der Gemeindevorsteher« nach. Sie seien dahin wie ihr offizieller Titel. Nun, um 1812 also, als Peetz sein Büchl ver-

faßte, hießen sie Bürgermeister. Es sei halt nun einmal so, »daß der Mensch, welcher eine öffentliche Pflicht übernimmt, auch diesem Offizium entsprechend benannt sein soll. Die neue Bezeichnung schaffte dem Ortsobmann der Gemeinde gebührendes Ansehen, sogar die Frau Bürgermeisterin braucht fortan im Kirchenstuhl schon mehr Raum für ihre Röcke wie früher.« Nach dem Krieg von 1870/71 seien vor allem Männer zum Ortsvorsteher gewählt worden, die vom Deutsch-Französischen Krieg mit den entsprechenden Auszeichnungen heimgekommen sind. »Mit dem eisernen Kreuze und allen Militärverdienstzeichen dekorierte Bürgermeister finden sich nur mehr selten.« – Die alten Motive, jemanden zum Ortsvorstand zu wählen, würden an Bedeutung verlieren. Auch die Analphabeten würden im »Dorfsenate«, also im Gemeinderat, nach und nach verschwinden. Früher habe die aktiv wie passiv wählbare »Gemeindegenossenschaft« in einem Dorf sich in keiner Weise geniert zuzugeben, daß sie den größten Schreier und Besserwisser gerade deshalb in den Gemeinderat wählen, damit er zur Strafe lerne, wie schwer das besser zu machen ist. – Noch ein anderer Gesichtspunkt: So habe man gern einen Bauern gewählt, der weit draußen in der Einöde, jedenfalls weit ab von Kirche und Wirtshaus daheim war, »um in der Hauptortschaft bei verschiedenen Gelegenheiten … von seiner persönlichen Polizeiaufsicht so wenig als möglich behelligt zu sein.« – Aber es kommt noch besser: »Ja, man schreckte hin und wieder auch nicht vor einem als geistig beschränkt bekannten Landwirte zurück, weil derselbe von seiner Verwandtschaft oder vom Pfarrherrn, ja nicht selten selbst vom Schullehrer als Gemeindeschreiber gelenkt und gehörig beeinflußt werden konnte.«
Jetzt, also in der Zeit nach 1870, sei in den Amtsstuben der Bürgermeister schon mehr Ordnung eingekehrt. Man sei sehr wohl bemüht, die Kanzleidienste gleich zu erledigen oder die Söhne einzuspannen, die man zur landwirtschaftlichen Winterschule nach Landsberg geschickt hat. Das sei eine völlig neue Entwicklung im Gemeindeleben. Im Vergleich dazu denkt Peetz an die Zeit vor 1870 zurück. – Da war es die Aufgabe eines Visitationscommissärs, nicht nur die Richtigkeit der Kassenführung zu

überprüfen, sondern auch die Art und Weise, wie die Steuern eingehoben wurden. – Ich darf daran erinnern, daß die Gemeindeverwaltungen damals aufgrund der vom Rentamt ausgestellten sogenannten »Heberollen« die Abgaben haben einsammeln müssen. Das war die Aufgabe des Ortsvorstehers höchstpersönlich. Der hat die Steuern auch abgeliefert, das ist ihm in seinem Quittungsbüchl bescheinigt worden. – Nun, dieses einfache Verfahren war dem Herrn Commissär doch etwas suspekt und er hat wissen wollen, ob der einfache Steuerzahler vom Ortsvorsteher und Steuereinheber auch eine Quittung bekomme. Und weil es der Herr Commissarius genau wissen will, bleibt dem Rentamt nichts anderes übrig, als einen Gemeindevorsteher herzuzitieren. Peetz erzählt: »… dafür gab sich die Gelegenheit von selbst. Es war gerade der wöchentliche Getreidemarkt vor dem Amtshause und da bedurfte es nur eines Klopfens an das Fenster, um einen der Vorsteher zu zitieren. ›He – Wolf! – Da 'rein!‹ – Nach wenigen Minuten trat einer jener baiuwarischen Typen in die Thüre … Eine gedrungene markige Gestalt in Hemdärmeln. Die kurze Lederhose hatte gerade zu halten, um den Bauch nicht ungebührlich vorfallen zu lassen. Die Wadenstrümpfe dehnten sich stramm um die eisernen … Muskeln der Unterbeine und ein schwer beschlagenes Rindsledergehäuse schirmte das breitspurige Fußgestell des gewichtigen Mannes, dessen buschiger Haarschopf schwer die ohnedies nicht hohe Stirn beschattete.« Also, der Traunsteiner Rentamtmann beschreibt seine Gestalten schon unerhört malerisch. Wenn man so eine Geschichte illustrieren müßte, hätte man gute Vorgaben.
Der zum Herrn Commissär Zitierte ist übrigens der Bauer Wolf von Hasperting, der Vorsteher der Gemeinde Vachendorf. Unter der Tür sagt er zuerst einmal »Grüaß Good beinand« – und gottergeben fragt er, was der gnä' Herr wolle. Der Rentamtmann sagt ihm, der Herr neben ihm sei der Herr Commissarius, und der wolle einiges von ihm wissen. »Wolf zwang sich zwar, eine ziemlich anständige Verbeugung gegen den Visitator zu machen, zur gleichen Zeit traf aber den Amtmann aus dem rothbraunen Rundgesichte des Bauers ein Blick so schalkhaft, wie er dem erklärtesten Schelm nicht besser gelungen wäre.« Der Rentamt-

mann erklärt, daß der Commissär von ihm wissen wolle, ob er jedem einzelnen Steuerzahler seiner Gemeinde ebensogenau eine Quittung ausstelle, wie ihm eine bei der Ablieferung im Rentamt ausgestellt wird. Also, »raus mit der Sprach!« – Und der Commissär muß auch noch dazutarocken: »Ja, Herr Wolf, ich möchte von Ihnen die Wahrheit hören.« – Der Wolf von Hasperting grantelte vor sich hin. – »Geh! geh – ös stimmts mi!« sagt er und dem Rentamtmann zugewandt nuschelt er: »Was will denn der? – Ha??« – Aber dann findet er wieder seine Fassung und lächelt nichtssagend. Als der Commissär bohrend weiterfragt, wird er mit einem Mal ernst: »Geh, laßts mi aus! Ihr wißts do selm die Sach viel besser!« – Den weiteren Verlauf schildert Peetz wieder sehr plastisch: Bei weiteren bohrenden Fragen erlosch »das gemüthliche zutrauliche Mienenspiel in seinem Vollmondantlitz, … die buschigen Augenbrauen fielen wie Gewitterwolken über ein trotzig Blitzen herab. Der Mann wurde harb: ›Was solln des mit dera Quittiererei!! Wißt's doch eh, daß i net lesen ko und schreibn ko i aa net!‹« – Da schmunzelt der Amtmann still in sich hinein, dem Commissär aber bleibt die Luft weg, der ist sprachlos. Und der Amtmann fragt den Gemeindevorsteher von Vachendorf: »Na Wolf – wie machst as denn nacha, wenn halt dann doch oaner von Deine Steuerzahler eine Quittung möcht?« Der Commissär sagt noch etwas von der Berechtigung, die jeder hat, eine Quittung zu bekommen. Drauf der Wolf: »Zum Hiasln müaßts euch scho an andern kemma laßn! – Vastehts mi? –« Aber lassen wir Peetz selber den Schluß machen: »Nun wars dem dicken Bauern mit der administrativen Inquisition genug. Zornig ballte er die Faust, … erhob drohend den Arm, daß der Votzring oder Schlagring am kleinen Finger emporfunkelte. ›Wer vo mir oamal a Quittung kriagt hat, der verlangt sei Lebtag koa zwoate! Jetzt wißts es! Pfüat enk Good beinand!‹«
Ein Kapitel überschreibt Peetz: »Eine Urwahl im Gebirg«. Es ist eine Wahl, die unter seiner Obhut stattgefunden hat. Es war kurz vor dem Deutsch-Französischen Krieg von 1870/71, also Ende der sechziger Jahre. »Es handelte sich … um die Wahl der Wahlmänner des Amtsbezirks Traunstein, der deshalb in verschiedene

Wahlbezirke eingtheilt wurde.« Peetz ist Kommissar der Gebirgsgemeinden Unter- und Oberwössen, Schleching und Reit im Winkl. Er fährt schon einen Tag vorher in einem flotten Landauer nach Unterwössen, damit er am nächsten Tag pünktlich zur Stelle ist. Es zieht ihn in den Gasthof »Zum Schafferer«. Dort trifft der königliche Rentamtmann den Oberförster von Marquartstein und andere Honoratioren. Die »Wählstatt« hat man nach dem Mittelpunkt des Bezirks in das Dorf Oberwössen verlegt. Zum Wahllokal ist das Friedlwirtshaus bestimmt. Es liegt an der Straße nach Reit im Winkl und wird vor allem von Holzfuhrleuten frequentiert. Weil aber nun in den kleinen Stuben kein Platz für so eine Volksversammlung ist, wird sie einfach auf die Wiese vor das Gasthaus verlegt. In Prozessionen sind sie anmarschiert. »… von ihren Kuraten geleitet die Bauern des Graßauer Thales. Dorthin zogen die Marquartsteiner Mannen mit ihren Unterweßner Nachbarn, rechts der Ache in Gesellschaft der Forstherrn.« Peetz ist ja nicht nur Amtsperson, sondern auch aufmerksamer Beobachter. Der »Herr Baron vom Herent« schüttelte dem »Herrn Baron von Drent« zum Gruß die Hand und der Förster Hohenadel von Raiten reichte seinem Kollega von Oberwössen, dem schneidigen Kracher Maxl, das farbige »Brisilglasl« zur Begrüßungsprise. Und dann kommen die Reit im Winkler beim Felsenkeller ums Eck, stürmen die untere Gaststube, um sich mit einem sogenannten Voressen entsprechend zu stärken.

Nun wird es ernst mit der Wahl der Wahlmänner im Amtsbezirk Traunstein. Es ist im Grund eine Wahl zwischen den Anhängern der Pfarrer, der Schwarzen, und den Anhängern der Forstleute. Der Wahlkommissar hat im oberen Zimmer des Wirtshauses das Lokal für den Wahlausschuß herrichten lassen und hat festgestellt, daß alles in Ordnung ist. Die Wahlurne, die Wählerlisten, das Schreibzeug, alles war an seinem Platz. Dann hat er wie vorgeschrieben mit dem Wahlakt begonnen, das Wahlgesetz vorgelesen und erläutert. Anschließend ist es an die Arbeit des Wahlzettelschreibens gegangen und dabei hat man schon Fraktionsbildungen beobachten können. »… da trat eine feierliche Stille ein«, heißt es bei Hartwig Peetz. »Es schied sich die

Heerde zusehends, in dem die eine Schar ihr Vertrauen dem hochwürdigen Herrn Vicari zuwendete, während die andere sich die Giltigkeit ihrer Zettel bei dem Forstegehilfen controlieren ließ.« Dabei sei es zunächst so gewichtig ernst zugegangen, wie wenn die Bauern bei einem Totenamt in der Kirche beim Opfergang um den Altar gehen. Ein Brauch, den man heute nur mehr sehr selten erleben kann. Und Peetz meint, »wenn das politische Bewußtsein so gewichtig und würdevoll erscheint wie die Mienen der Bauern, dann müßte man vor diesem Volksentscheid einen Respekt haben wie vor einem Gottesurteil«. Aber wie es bei diesen Bauern im Innern aussieht, das könne der beste Kenner dieses Volkes auch nicht enträtseln. Schließlich gäbe es da die unglaublichsten Überlegungen. Zum Beispiel die Rede: »Wart's desmal geht er ei, derschlagn könn man net. Wißts, jetzt wähln ma'n. Der Kerl, der denkt net dran im Schlaf, jetzt wähln man extera zur Straf.'« – Das ist natürlich auch eine Lösung. – Nun, die Wahlurne ist voll, die Stimmzettel sind abgegeben. Ein Ausschußmitglied hat die Urne geöffnet, die Wahlzettel sind einzeln herausgenommen und vorgelesen worden, wer auf dem Zettel gewählt worden ist, zwei haben die entsprechenden Strichlisten geführt. Die Spannung ist größer und größer geworden, der Wahlkommissar hat das Ergebnis verkündet und am Ende ist Stimmengleichheit.

Damit war ein zweiter Wahlgang fällig. Jedoch: »Es bildete sich plötzlich ein wilder Knaul, darin alles wirr durcheinander. ... Immer dicker drängte die Masse ins Haus zur oberen Stube, wo der Ausschuß seines Amtes gewaltet, um sich zu überzeugen, ob hier denn alles mit dem Rechten zugegangen ist? Vor der offenen Thüre kam es schon zu einem wilden Geraufe zwischen wüthenden Heißspornen.« Der Herr Rentamtmann und Wahlkommissar wird, in die Menge gezwängt, die Treppe hinaufgeschoben, aber dann gelingt ihm die Flucht über den Tennenboden ins Freie. Vor dem Haus springt er auf einen Tisch und verliest, richtiger er schreit die Droh- und Strafparagraphen der gesetzlichen Wahlordnung auf die aufgebrachten Wahlmänner herunter. Dann greift er, doch ein geborener Psychologe, zu einem beruhigenden Mittel. Es ist unterdessen Mittag geworden, die Sonne scheint und er läßt sich vor dem Haus, im Freien seinen Mittagsbraten servieren. Die ersten, die das sehen, murren wegen Verzögerung des zweiten Wahlganges. Also es geht ein zweites Mal zum »Zettelschreiben«. Sofort beginnt wieder »die eingeborene Leidenschaftlichkeit«, schreibt Peetz. »Die Anklage des Oberförsters gegen den Vikar vom Reut im Winkel wegen unberechtigter Beeinflussung gab der Situation ein aufgeregtes Relief, reizte fast wieder zu Thätlichkeiten, zumal der geistliche Herr überwiesen werden konnte, einzelne mit Gott weiß was für Bußen bedroht zu haben, wenn sie nicht seinem pastoralen Rathe folgen würden.« Da packt den Rentamtmann und Wahlcommissär der Zorn, er droht »den klerikalen Wühler mit Arretierung« und zudem die Wahl für null und nichtig zu erklären und auf Kosten der Gemeinden vom Bezirksamt anderwärts abhalten zu lassen. Das hilft, und nun geht die Wahl deutlich aus zugunsten »der Grünen«. Das hat, das sei doch festgehalten, mit den heutigen Grünen gar nichts zu tun. Das war die Partei der Forstleute. – Peetz hat auch eine Begründung für diesen Wahlsieg. Sei es, daß sich mancher schlichte Hofbauer durch die Pfarrhofstaktik allzu »eifriger Bevormundung in seinem im Grunde aristokratischem Wesen verletzt fühlte«, sei es auch, daß manche Gütler von weither einfach heimgegangen sind.

Unser Hartwig Peetz war sichtlich nicht nur Amts- und Respektsperson, er muß auch eine ausgesprochene psychologische Begabung gehabt haben. Eine Menschlichkeit, die Vertrauen weckt, die Menschen auf sich zukommen läßt, die es Menschen möglich macht, mit ganz persönlichen Fragen und Nöten auf einen zuzukommen. Als Beispiel dafür mag eine hübsche Geschichte dienen, die Peetz erzählt: Er hat mit einem Freund, dem Staatsanwalt im Traunsteiner Amtsgericht, in einer Almhütte übernachtet. Die beiden sind hochzufrieden mit ihrem Quartier, mit der »bescheidenen Wirtin«, wie Peetz schreibt und mit der »noch bescheideneren Bedienung«. – »Wein und Fleischimbiß brachten wir ja selbst mit und Butter und Brod teilte Leni, die Sennerin, gar reichlich mit uns. Aber was meinen Begleiter doch etwas sonderbar vorkam, das war die offene Schlafstelle unterhalb des Dachfirstes. Nicht, daß er sie anders als ein einfaches Heulager erwartet hätte. Aber daß sich nach unserm Aufstieg in dasselbe und nach verlöschtem Lampenlichte die Sennerin selbst in halber Etage hart vor und unter uns ihr Lager bereitete, diese gar überraschende Situation regte meinen Freund doch eigenthümlich auf.« – Und unser Traunsteiner Rentamtmann, Jahrgang 1822, amüsiert sich darüber. Am nächsten Tag das schönste Wetter. Die beiden verabschieden sich, machen sich auf den Weg zum Hochgern, und die Leni sagt noch zum königlichen Rentamtmann: »Am Ruckweg aber kehrst wieder zuawi?!« Am Berg zeigt Peetz seinem Freund, wie der Weg hinunter geht. Er selber aber geht zurück zur Alm. »Hatte ich doch der treuherzigen Sennerin versprochen, nochmals bei ihr vorzusprechen, weil sie, wie sie mir bemerkt hatte, gar sehr meines Rathes bedurfte.« – Es ist schon Mittag, heiß, die Leni nicht da. Die Alm offen für jeden. Er macht's sich bequem, Joppe und Schuhe ausgezogen, streckt er sich auf der Bank aus. Sie kommt, beladen mit Grasbündeln, und zeigt große Freude. »Ja weils nur Wort g'halten hab'n, Herr Amtmann.« Jetzt kann sie reden. »… denn vor dem Herrn Staatsanwalt hätt i mi do net traut.« Mit Hochwürden, dem Herrn Pfarrer, sei sie nicht zurecht gekommen. Wie gesagt, die Leni schüttet unserm Rentamtmann Peetz ihr Herz aus. Sie sei auch einmal ein frisches Dirndel gewesen und habe auch einen Buam gehabt. Ganz fest seien sie beieinander gewesen. Die schönsten Pläne hätten sie gemacht, aber immer wieder hätten sie feststellen müssen, daß ihnen für das künftige Leben was abgeht, nämlich der Kataster und 's Geld. Und ihr Bua ist als Müllersgeselle auch nicht reich geworden. Der Müller aber will, daß der Geselle seine einzige Tochter heiratet. Der willigt ein und der alte Müller geht auf die Alm, um der Leni das zu sagen, weil der Lenz dazu zu feig ist.

Nun, dem jungen Müller stirbt nach sieben Jahren die Frau. Als das Trauerjahr auf den Tag vorbei ist, kommt der Lenz zu ihr auf die Alm. Sie schweigen sich zunächst an, dann sagt er zu ihr: »Leni, jetzt waar i wieder frei und ledig – jetzt könnt ma heiraten.« Er müsse sich um eine Regentin in der Mühle umschauen. Sie läßt ihn sitzen, sucht das Weite. Am nächsten Sonntag kommt ihr Bruder und redet ihr ins Gewissen. Etliche Tage später auch der Pfarrer. Und jetzt weiß sie überhaupt nicht, was sie tun soll und ob die Lieb vom Lenz ehrlich ist? Unser Traunsteiner Rentamtmann meint, er habe schon Verständnis für ihre Vergeltungsgefühle, verdient hätte der Lenz sie ja. Als brave Christin müsse sie aber doch auch an Gottes Vorsehung glauben, wie alles durch des Himmels Fügung – wenn auch auf bitterem Umweg – doch noch zu einem guten Ende kommen könne. – »Glück oder Reue liegt in deiner Hand. Sagst nein, wird die ganze Gemeinde in der ersten Woche dir recht geben. – Aber was ist dann? Dann wirst du erleben, daß er sich zwangsläufig eine andere sucht. Es wird die Zeit kommen, wo du als ehrengeachtete alte Jungfer im Haus des Bruders überflüssig wirst. Wo du zum Spott der Dorfjugend wirst, wo man deinen verbissenen Harm … meidet und dich bei der Prozession mit dem bewußten blauen Schurz angethan als zahnlose Keiferin hinterdrein humpeln läßt, verlassen und freudlos.« – Und sie solle daran denken, daß es nicht selbstverständlich ist, daß der Lenz auf den Tag nach dem Trauerjahr ausgerechnet zu ihr gekommen ist. Das müsse doch ihre letzten Zweifel zerstreuen. Ein Mannsbild könne seine erste Liebe im Leben nie ganz vergessen, denn »alte Liebe rostet nicht«.

Alles findet ein gutes Ende. Als Peetz jedenfalls ein Jahr später an einem schönen Sommertag an der Mühle vorbeiwandert, steht eine strahlende Müllerin, ein Wickelkind im Arm, an der Haustür.

Ende gut, alles gut.

Pfingstl und Wasservogel

Brauchtum zum Pfingstfest

Pfingsten – leider muß man das so sagen – war einmal ein hoher Feiertag. Das ist dieser Tag genaugenommen noch immer, nur ist Pfingsten im Bewußtsein unserer Landsleute längst zu einem verlängerten Wochenende, zu Urlaubstagen geworden, bei denen viele gar nicht mehr wissen, warum es diese Feiertage überhaupt gibt.

Der Pfingstsonntag ist vor allem dem Heiligen Geist gewidmet. Und grad den könnten wir in unserer Zeit, glaub ich, besonders gut brauchen. Nötig hätten wir ihn auf jeden Fall.

Als Joseph Schlicht, Schloßbenefiziat von Steinach bei Straubing, seine Gedanken zu Pfingsten und zum Heiligen Geist für sein 1875 erschienenes Buch »Bayrisch Land und bayrisch Volk« niederschreibt, kann er noch von einer festgefügten Ordnung erzählen: »Von einem Geiste werden wir Menschen regiert, das weiß der katholische Bayer aus der Glaubenslehre und aus der Erfahrung, die er mit sich selbst und anderen Menschen macht. Regiert uns nicht der Heilige Geist aus den lichten Höhen des Himmels, nun, so regiert uns dafür der unheilige Geist aus den dunklen Tiefen des Abgrunds. Er fährt uns in Seele, Sinn und Denken, Aug' und Ohr, Sprache, Hände und Füße: solch ein Mensch ist dann bös wie ein Teufel.« – Daß es einem nicht so gehe, darauf habe man seinerzeit sehr wohl geachtet.

Von mancherlei Bräuchen um Pfingsten möchte ich also heute erzählen. Sie kennen sicher den Brauch, denjenigen der Familie, der am Palmsonntag als letzter aufsteht, den »Palmesel« zu heißen. Dazu hat es ein Gegenstück gegeben, »... gar am hochheiligen Festtage der flammenden Zungen das Frührot verschlafen, das gilt mit Recht als Volksschande«, schreibt Schlicht. »... wehe dem, der zuletzt aus den Federn kriecht, er ist der ›Pfingstl‹ und fällt dem spottenden Scherze anheim. Ist das

Hochamt zu Ende, so weiß man auch schon aus jedem Haus den Pfingstl …« Den »Festtag der flammenden Zungen« muß man heutzutag wohl erklären. In der Apostelgeschichte im Neuen Testament heißt es: »Und als der Pfingsttag gekommen war, waren sie« – die Jünger nämlich – »alle an einem Ort beieinander. Und es geschah plötzlich ein Brausen vom Himmel wie von einem gewaltigen Wind und erfüllte das ganze Haus, in dem sie saßen. – Und es erschienen ihnen Zungen zerteilt, wie von Feuer, und sie setzten sich auf einen jeden von ihnen, und sie wurden alle erfüllt von dem Heiligen Geist, und fingen an zu predigen in andern Zungen« – also in anderen Sprachen – »wie der Geist ihnen gab auszusprechen.« Und daß man gerade am Tag der flammenden Zungen die ersten Sonnenstrahlen nicht verschläft, war damals eine Selbstverständlichkeit. Heutzutage sehen nur diejenigen die ersten Sonnenstrahlen, die, so sie nicht schon am Freitag oder Samstag gefahren sind, am Sonntag früh genug nach Süden fahren, um nicht in den üblichen Staus steckenzubleiben.
Zurück zum Pfingstsonntag in früheren Zeiten. Da erzählt unser Joseph Schlicht eine köstliche Geschichte: »Nach zwölf Uhr bläst und schnalzt der Hirte durch die Dorfgassen; alle Augen wenden sich heute nach der Viehherde. – Und richtig, da stolziert schon eine alte Kuh einher mit dem sogenannten ›Pfingstkranz‹ um den Hals. Der bayerische Dorfhirt muß nämlich gar viel schlucken im Jahr, nicht bloß Sturm und Regen, Frost und Hitze, sondern auch allerhand Plackerei durch saumselige Dirnen. Aber am Pfingsttag kommt seine Zeit. Er hat den Spottkranz gewunden, und wem er denselben heute auftischt, das weiß er schon längst. Er hängt zwar der Kuh den Pfingstkranz um, allein der Dirn gilt's: sie ist damit als die Faulste des Dorfs an den Pranger gestellt. Man deutet spottend mit den Fingern nach ihr, und die ganze Welt weiß nun, daß sie die langsamste Dirn ist, die dem Hirten den größten Ärger macht, weil sie, wenn er austreibt, niemals mit ihren Kühen zu rechter Zeit, sondern hinterdrein kommt …«
In vielen alten Kirchen, vor allem in Kirchen des 18. Jahrhunderts, findet man oben im »Kirchenhimmel« das sogenannte Heiliggeistloch. Durch dieses Heiliggeistloch ist am Tag Christi

Himmelfahrt eine Christusfigur hinaufgezogen worden. In Mittenwald hab ich das einmal selbst gesehen. Da war die Christusfigur, gleich hinter den Stufen zum Presbyterium zusammen mit zwei Engeln aufgebaut. Die Engel haben brennende Kerzen getragen. Und Christus mit der Siegesfahne und die Engel sind unter den Klängen einer fast tänzerischen Geigenmusi hinauf in den Himmel gezogen worden. Und aus dem gleichen »Himmelsloch« ist dann an Pfingsten die Heiliggeisttaube erschienen. Joseph Schlicht schildert die Vesper am frühen Nachmittag des Pfingstsonntags besonders anschaulich: »In die Vesper strömt groß und klein: man sieht ja heut die Heiliggeisttaube herniederschweben. Etwas nach zwei ist zusammengeläutet. Alle Augen blicken nach der Rosette, welche das Gewölbe durchbricht; ihr Hauptzweck ist, die Kirche zu lüften, aber der bayerische Bauer nennt sie das ›Heiliggeistloch‹. – Schon tritt der Pfarrer, angetan mit dem hochfesttäglichen Rauchmantel und umgeben von seinen vier Ministranten, unter die Rosette, und betet in dem feierlich angestimmten lateinischen Hymnus ›Veni Sancte Spiritus: komm, Heiliger Geist!‹ Der Orgelspieler entnimmt seinen Tasten die akkordreichsten Klänge, das katholische Kirchenlied vom heiligen Geiste schallt himmelwärts, und der Dorfwagner als angestammter Maschinenmeister bringt vom Dachstuhl heraus die Pfingsttaube ins Schweben. ›Da Heili Geist!‹ flüstert die halbe Kirche.«
In der Zeit, in der dieser Kirchenbrauch noch sehr verbreitet gewesen ist, hat es einen netten bescheidenen Witz gegeben. Pfingstsonntag, Nachmittagsvesper in einer Gemeinde, in der man immer eine echte weiße Taube aus dem Heiliggeistloch herunterfliegen hat lassen. Es ist soweit, der Pfarrer singt dreimal »Veni Sancte Spiritus«, also: »Komm, Heiliger Geist« und es rührt sich nichts. Der Pfarrer meint, der Mesner habe es nicht gehört. Singt es noch einmal. Da ruft der Mesner atemlos verzweifelt vom Himmel runter: »Herr Pfarrer, an Heiligen Geist hat d' Katz gfressen.«
Ich erinnere mich gerne an einen Pfingstsonntagnachmittag in der Zeit kurz nach dem Zweiten Weltkrieg. In Habach bei Murnau, Vespergottesdienst. Da ist zwar keine Heiliggeisttaube

aus dem Heiliggeistloch heruntergekommen, dafür hat es Pfingstrosenblätter heruntergeregnet, als symbolischen Ersatz für die feurigen Zungen, die vom Himmel gekommen sind. Dazwischen waren auch noch kleine rote, gelbe, grüne, blaue Zettel, so groß wie zwei Briefmarken, bedruckt mit frommen Sprüchen.
Aber noch einmal zurück zu Joseph Schlichts Schilderung, zurück zur Heiliggeisttaube. »Es ist die anmutig geschnitzte und gemalte Taube, die, als Symbol des Heiligen Geistes, sonst zu Häupten des Predigers den Schalldeckel der Kanzel ziert. Unter der goldglänzenden Strahlenscheibe die Fittiche … ausgespannt schwebt an der festlich roten Ampelschnur die Pfingsttaube zur Erde. Durch den Druck der Hand je tiefer herabkommend, desto weitere Kreise geheimnisvoll ziehend. Nun werden, in Gestalt seiner Erscheinungstaube, dem Tröstergott … mit dem Weihrauch die göttlichen Ehren erwiesen, und nachdem das Gebet des Lobpreises, der Bitte und des Dankes an ihn gerichtet worden, schwebt die Pfingsttaube in immer kleineren Schwingungen wieder hinauf, bis sie in die Rosette hinein den Blicken entschwindet …« Und er schließt: »In jedem Jahr dieselbe Zeremonie – und jedesmal übt sie ihre geheimnisvolle Zugkraft auf Kind und Erwachsene aus. Das Christentum ist eben Schauspiel und Gnade zugleich.«
Schlicht vergißt in seiner Erzählung natürlich die Heiliggeisttaube, die in so manchem Bauernhof im Stubeneck über dem Tisch schwebt, nicht. Entweder ist es die große bemalte Holztaube unter dem goldenen Strahlenkranz oder die kleine Heiliggeisttaube in der Glaskugel. Mancherorts hat man sie ja an einer Darmsaite aufgehängt, auf daß sie sich je nach Wetterlage dreht. Damit ist sie zu einem Wetterpropheten geworden.
Und noch etwas: Schlicht berichtet, daß in so manchem Haus der Heilige Geist, der gute Geist, daheim war und ist und in so manch anderem eben nicht. So erzählt er von zwei Bauern, die sich zerkriegt haben. Es ist um irgendeine Dorfangelegenheit gegangen und jeder der beiden hat halt der Gescheitere sein wollen, bis dann der wirklich Gescheitere die Auseinandersetzung grantig beendet hat: »No jetzt, an Heilinga Geist hast du dermal aa no net gfress'n, sonst stand dir sei Schwoaf zum Maul naus.«

Um jetzt in den weltlichen Bereich zu kommen; an Pfingsten ist es auch ehemals nicht nur fromm zugegangen. »Tugendfeste Jungfrauen« haben an Pfingsten nichts befürchten müssen. Aber diejenigen, die die »christlich holde Schamröte« abgelegt haben, die sind sicher etwas unruhig geworden. Denn so eine hat an Pfingsten damit rechnen müssen, daß die Burschen mit ihr recht grob umgehen. »Sie verfällt denn auch am Pfingstfeste einem eigenartigen derben Volksgericht: In tiefer Nachtstunde stellen ihr die Burschen einen strohernen ›Pfingstlümmel‹ vor ihrem Fenster auf.« Und so schnell kann das betroffene Mädel diesen Strohmann gar nicht wegräumen, als daß nicht die ganze Mädchenwelt herumtuschelt: »Die oder jene hat an Pfingstlümmel kriagt!« Ganz abgesehen davon, daß im allgemeinen die Burschen den Pfingstlümmel meistens so angebracht haben, daß er nicht so leicht zu entfernen war. So ein Volksgericht war schon hart, es schmeckt fast ein bißl, als wäre es noch aus der Zeit des Faustrechts. Und man wird dabei das ungute Gefühl nicht los, daß bei so einem Unternehmen der eine oder andere dabei war, der es schon verdient hätte, daß man ihm selbst gut zwei Pfingstlümmel vor die Haustür stellt.
Nun hat es zu Pfingsten schon noch andere Bräuche gegeben, Bräuche, die vergessen sind, vergessen waren, vereinzelt vielleicht wieder zu neuem Leben gekommen sind. Das sind vor allem das Brauchtum um den Pfingstl und den Wasservogel. Von ihnen erzählt unser Steinacher Schloßbenefiziat Joseph Schlicht im Rückblick auf seine Jugendzeit: »Am Fuß des Gollnerbergs, der … stattlich aufragt aus dem bayerischen Vorwald, spielt sich am Pfingstmontag nach der Vesperstunde ein gar lustiger Volksscherz ab.« Schon in einem Nachdruck von Schlichts »Bayerisch Land und bayrisch Volk« um 1930 heißt es in einer Fußnote: »Eine Sitte, die heute abgekommen ist. Der Gollnerberg ist übrigens der Gallnerberg bei Stallwang.« Schlicht beschreibt einen seltsamen Aufzug. Voraus kommen zwei Burschen, zwischen ihnen eine wunderliche Gestalt, völlig in grüne Zweige gehüllt. Sie hat, wie Schlicht schreibt, ein weites Maul, als wenn die Mutter sie mit der Ofenschüssel aufgezogen, gefüttert habe. Und die Ofenschüssel war jeweils für einen großen Laib Brot. Da

zeigt sich wieder, wie gut es wäre, wenn man von diesem Pfingstl – so heißt nämlich diese Gestalt – eine Zeichnung hätte, dann wüßte man, wie groß und weit so ein Pfingstlmaul tatsächlich war. Zudem hat dieser Pfingstl noch einen großen Schöpflöffel mitgetragen. Die drei Burschen waren aber nicht allein. Mit und hinter ihnen schreiten drei Mädchen einher, jede mit einem Korb. Ihnen wieder folgen an die zehn Paare. Die Burschen juchzen entsprechend. So ziehen sie von Haus zu Haus. Vor der Haustür hat dann der rechte Flügelbursch des Pfingstl einen Spruch aufgesagt:

»San unsa drei Pfingstlknecht
lauta Narrn, lauta Narrn
heunt nacht san ma erst zeiti worn.

Da erst is da Vorreita,
der zwoat is da Begleita,
der dritt hat'n Löffelstiel,
wo man hituat, frißt a viel.

Jetzt tuan ma halt Vettern und d' Basl schö begrüaßn,
daß uns a paar Batzn herschiaßn.
Und da Batzn is no nöt gnua:
A paar Schilling Oar, die g'hörn aa no dazua.«

Dann zieht die ganze Gesellschaft ins Haus, in die Stube. »Der Pfingstl stellt sich als König in die Mitte und kommandiert: welche und wie viele Tänze. Einer von den Burschen ist Mundharmonikaspieler, der macht die Stücklein auf, und alles tanzt um den Pfingstl herum. Das heißt man die sogenannte ›Pfingstlhochzeit‹, und je nachdem nun die Produktion gut oder schlecht ausgefallen ist, darnach richtet der Bauer seine Batzen und die Bäuerin ihre Eier ein.«
Bleibt noch nachzutragen, daß sich das in jedem Haus so abspielt, das dieser Zug besucht. Allerdings besucht die Gesellschaft natürlich nur die Häuser, in denen etwas zu holen ist, also die ländlichen Honoratioren und die größeren Bauern; beim Wirt

beginnt der Lauf und beim Wirt endet er auch. Das Geld, das sie eingesammelt haben, wird zum guten Teil verzehrt. »Die Eier, welche … die drei Mädchen in ihren Körblein tragen, hat man eben auch flugs im Handel zu Geld gemacht. Das Drittel der ganzen Einnahme fällt nach altem Volksrechte dem Pfingstl in die Tasche als Schmerzensgeld: er hat nämlich in seinem bocksteifen Anzug einen mühsamen Gang gehabt.«
Jetzt aber zu einem anderen Pfingstbrauch, dem Wasservogel. Dieser Brauch soll einmal recht verbreitet gewesen sein. Schlicht muß ihn in jungen Jahren erlebt haben in einem Quertal zwischen Ilm und Amperfluß, im Hopfenland also. Er begegnet als erstes einem »Dorfrangen«, einem Lausbuben, und fragt, was denn im Dorf los ist, weil es so zugeht. Die Antwort: »Bei uns werd da Wasservogel badt!« – Es muß auch das ganze Pfarrdorf auf den Beinen gewesen sein, denn das Wasservogelfest ist seinerzeit ein großes Dorffest gewesen, ein Fest, das schon hat organisiert sein wollen. Aber lassen wir das unsern Joseph Schlicht erzählen: »Der Hauptplatz ist der Bach in der Mitte des Dorfes, wo es nun leibhaftig wie ein polnischer Jahrmarkt buntscheckig durcheinander wimmelt. Vier rüstige Mannsarme bauen mit Pickeln, Schaufeln, Pflöcken, Brettern und Faschinen einen Damm auf und stauen den Bach zu einem geräumigen, halb mannstiefen Tümpel.« Vor allem als dieser Damm gebaut worden ist, müssen die Buben in ihrem Element gewesen sein. »Sie steigen mit aufgestülpten Hosen wie Fischreiher in Tümpel herum.« Als es dann endlich soweit ist, sammelt sich das ganze Dorf, zur Feier des Tages im Feiertagsgewand. Die Buben rennen immer wieder auf einen nahelegenen Buckel, um Ausschau zu halten, wann der Wasservogelzug endlich kommt.
Endlich geben die Buben Alarm. Schon galoppieren zwei Burschen hoch zu Roß in das Dorf, jeder von einem anderen Ende. »Sie sprengen von Fenster zu Fenster«, heißt es bei Joseph Schlicht, »und recken langstielige Sammelbüchsen in die Bauernstuben.« Sie gehen dabei auch nie leer aus. Beim Tümpel, beim aufgestauten Bach, treffen sie sich, reiten unter das Volk und sammeln erfolgreich weiter, denn da läßt sich auch niemand lumpen. Nach und nach kommen auch noch entsprechende

Spenden in Schaffeln und Körben, Eier, Schmalz, Speck; aber auch das ist bestens geregelt. Da hat Jahr für Jahr der Traglersepp drauf gewartet. Der hat alles aufgekauft und dafür gesorgt, daß die Finanzen geordnet waren. – Dann kommt der große Zug. »Schon rühren die Buben auf dem Pfannenberg die Lärmtrommel, und richtig, im scharfen Trab schwenkt ein fröhliches Geschwader von einem halben Hundert ländlicher Reiter im langen Bogen um das Kalvarienkirchlein herum, herunter ins Tal und herbei zum Tümpel.« Voller Begeisterung beschreibt unser Schlicht die Pferde. Die Eisenschimmel und Rappen, die Braunen und Fuchsen, ihre weißen und roten Ohrenschützer, die Buchssträußl, mit denen Mähne und Schweif eingebunden sind. Dazu das buntfarbige, blankgeputzte Zaumzeug und natürlich die Reiter: schwarze lange Lederhosen, dann die blankspiegelnden Faltenstiefel, an den Westen und Joppen die blanken Silberzwanzigerknöpfe, die verwegenen Hüte, auf denen ein Laubstrauß steckt, um den Arm ein »flatterndes Band, in der Joppentasche das blind geladene Terzerol«, also eine kleine Pistole. Und dann endlich kommt der Wasservogel, auch er hoch zu Roß. »Um den Kopf trägt er eine riesige Rindenlarve. Sie fällt ihm bis auf die Schultern hernieder und sieht … aus wie ein Starenkobel. Ein paar großglotzende Augen, eine ungeschlachte Nase und ein angelweites Maul sind in die Maske geschnitten. Arme und Beine starren struppig und zottig, weil ganz umflochten mit der lang gestengelten rauhblättrigen, blaublumigen Heidestaude.« Dieses Waldungetüm ist der Wasservogel, der mit einem großen Hallo empfangen wird.

Der Zug mit dem Wasservogel ist also an der Stelle, an der der Bach aufgestaut ist, angekommen. Dort warten seit einiger Zeit die zwei handfesten Mägde vom Wirt, durchaus nicht feierlich gekleidet. Kaum ist der Wasservogel eingeritten, zerren sie ihn vom Pferd herunter, tauchen ihn ins Wasser, reißen ihm die Maske herunter und zerrupfen und zerzausen ihn, bis kein Zweigerl mehr an ihm ist. »Darüber schmollt der Unhold durchaus nicht, im Gegenteil, er umhalst die beiden Elfinnen und zu guter Letzt tauchen alle drei mehrere Male in die … Pfingstflut.« Sein weißes Hemd und seine blaue Zwilchhose (heut würden wir Jeans dazu sagen) sind nicht nur naß, sondern auch entsprechend dreckig. Er schwingt sich wieder auf sein Roß, etliche Terzerole krachen und die Reiter galoppieren in allen Richtungen davon, jeder nach Haus. Die Alten gehen nach Haus, das tanzlustige Volk zieht's ins Wirtshaus, nach und nach kommen die Burschen, nachdem sie ihre Rösser versorgt haben, auch der Wasservogel kommt, nun trockengelegt und schön sauber angezogen. »Jetzt treibt der Wirt den Hahn auf, man trinkt und juchzt, der Spielmann fingert auf seiner Klarinette Tanz um Tanz, die Paare walzen: es ist die Schlußfreude des Wasservogels bis in die tiefste Nacht hinein ...«

Als unser Joseph Schlicht seine Schilderung über den Wasservogel um 1870/75 niedergeschrieben hat, ist es für ihn eine Jugenderinnerung, denn er schreibt gegen Ende: »Die Zeit hat, wie manch andern Volksbrauch so auch den Wasservogel zwischen Ilm und Amper aus der Welt geräumt.« Gewiß sei allerdings, daß auch der Pfarrer sich nicht sonderlich um ihn gekümmert habe – vermutlich, weil er ihm zu heidnisch erschien. Ein heidnischer Ursprung dieses Brauches liegt durchaus im Bereich des Möglichen. Für viele war es aber einfach ein uralter Brauch, der den Sommer angekündigt hat.

Als Joseph Friedrich Lentner um 1850 für König Max II. eine Schilderung von Land und Leuten »erwandert« und seine Erkundungen aufzeichnet, stößt er ebenfalls auf den Wasservogelbrauch. So schreibt er in dem Kapitel »Oberbayern« auch über das untere Flachland zwischen Lech und Isar. Er erzählt kurz aus Staudach bei Siegenburg, daß am Pfingstnachmittag ein Umritt stattfindet und daß an der Spitze des Zuges der Wasservogel einherschreitet, – er ist also zu Fuß. Der Anführer des Zuges ist auch nicht selbst in Gestrüpp eingebunden, sondern trägt »eine aus hohen Weidenruten und Schilf geflochtene Figur, welche einem langen Vogelhalse gleicht, an dessen Spitze ein aus Holz geschnitzter bemalter Kopf eines vogelartigen Ungeheuers hin und wieder schwankt. Der lange Hals ist mit Blumen und Laubwerk umwunden und früher umschlang ihn auch ein Schnürriemen, jetzt ein seidenes Halstuch, das zum Gewinn bestimmt ist. Dieser Zug ritt zu allen Häusern, aus welchen ihnen früher ein

Beitrag zum Feste zugekommen war und trabte bei jedem dreimal im Kreise durch den Hof. Zum Schlusse wendete man sich ins Wirtshaus, wo der Wasservogel durch Würfeln unter den Sandriegelbuben (den Burschen) ausgespielt wurde. Das Seidentuch, wie früher der bescheidene Schnürriemen gehört dem Mädchen des Gewinners.« Also naß ist dabei keiner geworden. Den Holzkopf des Vogels aber hat der Gewinner mit besonderem Stolz auf den First seines Stadels gesteckt. Dort ist er bis zum Umritt im nächsten Jahr, sozusagen als Wetterschutz, geblieben. Wie man sieht, war auch dieser Brauch, wie alle Bräuche, von einer großen Vielfalt. Es war eben nicht überall das gleiche.
Es würde sich gewiß lohnen, noch über andere Pfingstbräuche zu schreiben, etwa vom Pfingstritt in Kötzting, vom Englmarisuchen in Sankt Englmar und vor allem von der Riesenkerze, die alle Jahre am Pfingstmontag zum Bogenberg getragen wird. Aber diese Bräuche gibt es ja noch und so kann man sie vielleicht einmal selbst sehen.

Die Erlebnisse der Frau von Paur und des Infanteristen Deifl

Aufzeichnungen aus dem bayerisch-tirolischen Krieg

Am 2. Dezember 1804 krönt sich Napoleon in der Kathedrale von Notre-Dame in Paris zum Kaiser der Franzosen, und im Jahr darauf – 1805 – kommt es zum dritten Koalitionskrieg gegen Frankreich. England, Rußland, Österreich und Schweden vereinigen sich gegen Bonaparte. Auf den Tag ein Jahr nach der Krönung, am 2. Dezember 1805, kommt es bei Austerlitz zur sogenannten Dreikaiserschlacht. Napoleon erringt gegen den Zaren Alexander I. und den österreichischen Kaiser Franz I. einen glänzenden Sieg. Damit ist der Traum, dem Franzosenkaiser Grenzen zu zeigen, ausgeträumt. Am 25. Dezember 1805 wird der Friede von Preßburg geschlossen. Bayern, das sich auf die Seite Frankreichs geschlagen hat, bekommt Tirol bis Trient zugesprochen. Am 1. Januar 1806 wird Bayern ein Königreich. Und nun muß die Verwaltung von Tirol in bayerische Hände übergehen. So kommen bayerische Beamte nach Tirol, unter ihnen ein Herr von Paur mit Familie. Und aus der Sicht der hochgestellten Frau von Paur sowie aus der eines einfachen Soldaten namens Joseph Deifl aus Neuessing im Altmühltal sollen die kommenden Wirrnisse dargestellt werden.

In ihren Aufzeichnungen schreibt Frau von Paur: »Da meinem Manne ein ziemlich bedeutendes organisatorisches Talent nachgerühmt wurde, hatte er das zweifelhafte Vergnügen, als oberster Mautkommissar an die südtirolisch-italienische Grenze geschickt zu werden, um zuerst die kleinen Grenzämtchen an den Übergangsstraßen und Pässen einzurichten und sie schließlich alle dem einen großen Hauptamt Bozen einzugliedern.«

So macht sich also die Familie Paur im Spätwinter 1806 auf den Weg nach Südtirol. Das alles muß man sich auf ausgefahrenen holprigen Straßen voller Schlaglöcher vorstellen. Nicht umsonst hat es seinerzeit geheißen: »Dreimal umzogn is einmal abbrennt.«

»Wir mußten also mit unseren drei kleinen Kindern und unseren nötigsten Fährnissen, die per Achse über den Brenner befördert wurden und ein paar Wochen unterwegs waren, dorthin übersiedeln. Was ein solcher Umzug in jener Zeit bedeutete, weiß nur der, der ihn einmal erlebt hat. Ich habe mit meiner Familie siebzehn solche Umzüge überstanden; denn es war damals Staatsprinzip, die jüngeren Beamten möglichst oft zu versetzen.«
Von dem Zustand der Straßen zeugen die Schmieden in Sterzing. In dem kleinen Städtchen gab es damals nicht weniger als zweiundsiebzig Schmieden, die in Friedenszeiten davon gelebt haben, den Pferden verlorene Hufeisen aufzuschlagen, auf die Räder der Frachtwagen neue Eisenreifen aufzuziehen.
Die ersten Jahre in Südtirol sind für die Familie Paur eine recht unbeschwerte Zeit. Sie hat ein gutes, persönliches Verhältnis zu den Einheimischen, was in den späteren bösen Tagen eine Hilfe sein wird. Denn schon recht bald nimmt der Ärger über die Bayern zu. Es wird unruhig im Land.
In Bayern, das ja schauen muß, nicht zwischen den beiden Machtblöcken Österreich und Frankreich zerrieben zu werden, wächst hinter den Kulissen ebenfalls eine antinapoleonische Stimmung, vor allem in den Gebieten, die ja gerade erst, ohne lang gefragt worden zu sein, vom Franzosenkaiser dem jungen Königreich Bayern zugeschlagen worden sind. Diese Stimmung will man in Österreich ausloten und ausnützen.
So wird der Bruder des österreichischen Außenministers, der Domherr Friedrich Lothar Graf Stadion, nach Bayern gesandt, um die Wittelsbacher und die Bevölkerung für eine Annäherung an Österreich umzustimmen. Agenten und österreichfreundliche Presseorgane sollten das Ihre tun. Stadion scheint die entsprechenden Eigenschaften besessen zu haben. Er muß ein Mann tiefer Frömmigkeit gewesen sein, der andererseits durch sein prunkvolles Auftreten entsprechend Eindruck gemacht hat. Dazu kam eine umfassende Bildung, die ihm den Weg zu den Kreisen in Bayern, die am frühesten gegen Napoleon und den frankreichfreundlichen bayerischen Hof gemurrt haben, erschlossen hat. Stadion berichtet sogar von entsprechenden Stimmen aus Franken und Schwaben, wo man sich Hilfe und Rettung von

Österreich erwarte. Es spricht sich herum, daß der bayerische Kronprinz Napoleon aus tiefster Seele haßt.
So braucht es einen nicht zu wundern, wenn Graf Stadion berichtet, Kronprinz Ludwig habe die österreichische Regierung durch ihren Gesandten förmlich aufgefordert, sie solle Frankreich während seiner Zwangslage in Spanien angreifen. Der Kronprinz habe dem ihm befreundeten österreichischen Fürsten Paul Esterhazy versprochen, die bayerische Armee werde nach dem ersten Erfolg der Österreicher zu ihnen übergehen.
Dazu muß man wissen, daß Napoleon 1808 den spanischen König Karl IV. und dessen Sohn Ferdinand VII. zur Abdankung gezwungen, das Land besetzt und seinem Bruder Joseph Bonaparte als König von Spanien eingesetzt hat. In der Folge ist es in Spanien zum Aufstand gekommen, vor allem zu erbitterten Guerillakämpfen, die das Land nicht mehr zur Ruhe haben kommen lassen und die ihren schauerlichen Ausdruck in den großartigen Radierungen Goyas gefunden haben. Sicher hat man auch in Tirol von diesem Aufstand gesprochen und hoffnungsvoll nach Spanien geschaut.
Um aber auf den bayerischen Kronprinzen zurückzukommen, so erzählt Bettina von Arnim, Kronprinz Ludwig habe bei einem Bankett mit dem Grafen Friedrich Lothar von Stadion auf den Untergang Napoleons angestoßen und dabei sei das Glas zerschellt. – Der Napoleon-Haß des bayerischen Kronprinzen ist auch dem französischen Kaiser nicht verborgen geblieben. Er soll ja einmal gesagt haben: »Wer hindert mich daran, diesen Bayernprinzen erschießen zu lassen.«
Übrigens erhält der Bericht Stadions in den Erinnerungen des Grafen Montgelas eine gewisse Bestätigung. Montgelas will aus dem Munde eines höheren Offiziers gehört haben, daß in der bayerischen Armee eine Partei bestehe, die nichts Geringeres als den Übergang zum Feind (sprich Österreich) im Schilde führe.
In jenen Tagen hat man in München mit Aufständen in Tirol gerechnet. Der Grund dafür lag sicher nicht so sehr in dynastischen Treuegefühlen als in den Ungeschicklichkeiten der bayerischen Verwaltung. Unter den Habsburgern hatten sich die Tiroler eines milden Regiments erfreut. Die Steuerlast war gering, eine

Verpflichtung zum Dienst im stehenden Heer hat es nicht gegeben. Der Bauer hatte politische Rechte, war sogar im Landtag vertreten. Seine Volks- und Kirchenbräuche wurden sogar während der Aufklärungswelle Kaiser Josephs II. sorgfältig geschont. So schreibt Michael Doeberl in seiner »Entwicklungsgeschichte Bayerns«: »Tirol erfuhr unter der bayerischen Verwaltung innerhalb dreier Jahre mehr Veränderungen als unter der österreichischen in drei Jahrhunderten; in kurzer Zeit sollte hier nachgeholt werden, was in Bayern seit 1799 vollzogen worden war. Besonders schwer wurde die bayerische Finanzpolitik empfunden. Die große habsburgische Monarchie konnte sich zufriedengeben, in Tirol eine natürliche Festung zu besitzen, in die man selbst etwas hineinzahlte; das kleine, junge Königreich Bayern, dem das Bündnis mit Frankreich schwere Geldopfer auferlegte, konnte keines seiner Glieder von der Beisteuer entbinden. ... die herkömmliche Steuer wurde um 20 Prozent erhöht. Dazu kam eine Kopfsteuer für den Unterhalt der im Lande stehenden Truppen. Der von der österreichischen Regierung der Tiroler Landschaft überwiesene Anteil an der Einnahme aus den Salinen und an dem Getränkeaufschlag wurde eingezogen.«
Das österreichische Papiergeld ist mit einem Mal kaum mehr etwas wert. Napoleons Kontinentalsperre wirkt sich bitter aus. Darunter leidet neben den Messingfabriken in Achenrain und Lienz vor allem die Leinwand- und Baumwollindustrie in Imst, in der nahezu fünftausend Arbeiter beschäftigt sind, in der also ein guter Teil der armen Bevölkerung des Oberinntals und der Seitentäler ihr Brot findet.
Auch in den Erinnerungen der Frau von Paur spiegelt sich der Stimmungswandel wider. »Die erste Zeit, da wir dort lebten, war auch alles ganz gut. Die Lebensmittel waren billig, die Gegend so herrlich als nur möglich, ... die amtliche Stellung meines Mannes durchaus nicht unangenehm. – Denn liebten die Tiroler die Bayern in politischer Beziehung nicht, so achteten sie doch den persönlichen Charakter des Menschen; und daß mein Mann freundlich zu ihnen war, das schlugen sie ihm hoch an, und habe ich später viel Nutzen davon gehabt. Daß die bayerische Regierung in Tirol nicht beliebter wurde, daran waren meist die bayeri-

schen Beamten selber schuld. Entweder stolzierten ihre Damen in frech dekolletierten Toiletten herum, ließen sich den Hof machen und sahen naserümpfend auf den stillen, schwer arbeitenden Tiroler Bauern herab, oder die Herren des Gerichtes oder anderer vorgesetzten Behörden verdonnerten den armen Tiroler zu unerhörten Strafen und Bußen, ohne daß er sich klar werden konnte, weshalb. Ja, einer der Herrn, der Landrichter von Brixen, soll, als er von Bittenden bestürmt wurde, doch die Strafgelder nicht gar so hoch zu bemessen, höhnisch gelacht und gesagt haben, der Bauer solle nur Heu fressen, dann könne er schon bezahlen. Daß bei dieser Behandlung die Liebe zu Bayern nicht wuchs, läßt sich denken. Daß die Tiroler sich zusammenschworen, das verhaßte Joch abzuwerfen, hab ich ihnen nie übel genommen.«

Die junge Frau von Paur macht die von ihr erwähnte aufreizende Mode nicht mit. Sie trägt immer ein deckendes Spitzentuch über ihrem Kleid. So ist ihr die folgende Peinlichkeit erspart geblieben: »Wenigstens erlebte ich einmal, bei der sonntäglichen Predigt, daß die Gräfin Sonnenberg, die mit mir in gleicher Lage, in Bozen zurückgebliebene Gattin des vormals dort angestellt gewesenen bayerischen Landrichters, von der Kanzel herunter angegriffen und mit Fingern auf sie gewiesen wurde, weil sie durch ihre Toilette das Schamgefühl der Bauern aufs tiefste verletzt hatte. Mir gegenüber dagegen benahm sich der betreffende Franziskaner nicht nur tadellos, er belobte sogar meinen anständigen und passenden Anzug mit den freundlichsten Worten.«

Ganz böses Blut macht auch die Kirchenpolitik. Die Abschaffung der Feiertage, das Verbot von Prozessionen, von Wallfahrten und der Christmette, die Reinigung des Gottesdienstes von Kultushandlungen, die der aufgeklärten Richtung anstößig erscheinen, werden ebenso wie die Klosteraufhebung in Tirol schwerer empfunden als im übrigen Bayern. Dann – etwas völlig Neues: Der Staat beansprucht das landesherrliche Kirchenpatronat, ein Streit mit der Kirche, der in der Ausweisung der Bischöfe von Trient und Chur gipfelt und in der Verhaftung widerspenstiger Pfarr- und Klostergeistlicher.

Zu all dem kommt noch die Konskription, die Aushebung junger

Tiroler zum Militärdienst, der denen genauso verhaßt ist wie den Oberländern und den niederbayerischen Bauern hundert Jahre früher, im Jahr 1705. In Axams nimmt eine Strafaktion ein klägliches Ende. Die Regierung sieht sich zuletzt genötigt, die Rekrutierung einzustellen und damit gleichzeitig ihr Ansehen preiszugeben. – Am Ende wird Tirol, wie Bayern auch, nach französischem Vorbild in Departements eingeteilt. Wie es einen Isar- oder Oberdonaukreis gibt, entstehen nun ein Eisack- und ein Etschkreis. Daß damit sogar der Name Tirol verschwindet, schürt die Erregung entsprechend.

Bei der Weinlese 1808 scheint es noch ruhig zu sein in Tirol. Im November knistert's bereits an allen Ecken und Enden, und als Frau von Paur am 18. Dezember einem vierten Kind, der kleinen Auguste, das Leben schenkt, hat man ihr Bett aus Sicherheitsgründen schon hinter einen Pfeiler gerückt, damit Flintenkugeln, die zuweilen durch die Fenster schlagen, Mutter und Kind nicht treffen können. Und dann wird es bitterer Ernst: »Zu Anfang des Januars 1809 kam dann eines Tages eine Art Bauerndeputation, die meinem Manne, übrigens ganz höflich, ankündigte, daß er, wie alle bayerischen Beamten und Bediensteten in Tirol, sich als Gefangener zu betrachten und ihnen zu folgen hätte. Widerstand gegen ein ganzes Land gab es nicht. So mußten wir denn Abschied nehmen, wozu uns übrigens widerspruchslos Zeit und Gelegenheit gegönnt wurde.«

Die Familie hatte einen ehemaligen Studenten mit nach Südtirol genommen, der sich der Kinder annehmen und sie unterrichten sollte. Das ist auch gutgegangen. Aber dann kam der große Schreck. Als ihr Mann abgeführt war und sie der Deputation erklärt hatte, daß kein Bayer mehr im Haus sei, da kommt dieser Mann, Zettler hat er geheißen, aus dem Ofenloch gekrochen. Frau von Paur wird es ganz beklommen zumute: »In meiner Angst vertraute ich mich meinem Hausherrn, dem Herrn Zahlinger, dem ja die Sache doch nicht verborgen bleiben konnte, an, und der bestimmte denn auch, daß der Jammermensch tagsüber immer im Ofenloch bleiben mußte und nur nachts zum Essen und Schlafen herausgelassen werden sollte. Solch ein Ofenloch aber war ein gar ungemütlicher Winkel, denn man konnte nicht stehen darin, weil es zu nieder, nicht sitzen, weil es zu kurz war. Nur aufs Hineinknien war es berechnet, weil man so die drei nach allen Seiten in verschiedenen Zimmern befindlichen Öfen anheizte, dabei lief einem bei … Regen die Nässe in den Hals, denn der Kamin, in dem das Ofenloch endigte, war oben offen, und so war er jeder Witterung völlig preisgegeben. Der arme Teufel hat drei Monate in seinem selbstgewählten Versteck zubringen müssen.«

Ermutigt durch die Verhältnisse in Spanien und durch die Erfolge der Aufständischen in Tirol versucht Österreich die Befreiung Tirols im Alleingang. Wieder ist Krieg zwischen Frankreich und Österreich.

Schnell spricht es sich herum, daß österreichische Truppen schon in Lienz eingerückt sind und daß der bei den Tirolern beliebte, hochgeschätzte Erzherzog Johann in einer Proklamation im Namen des österreichischen Kaisers wieder Besitz von Tirol ergriffen hat. Seine Proklamation geht in Handzetteln von Hof zu Hof. In den frühen Morgenstunden wird sie sogar in vielen Tiroler Kirchen, in denen sich Schützen und abenteuerlich bewaffnete Landstürmer vor dem Ausrücken versammeln, im Gottesdienst von der Kanzel verlesen. Der Weg über den Brenner ist frei. Der bayerische Oberst Karl von Ditfurth, der diesen Aufstand vorausgesehen hat, sieht sich von allen Seiten angegriffen. Man schreibt den 11. April 1809. Von den nahen Dörfern und Tälern ringsum kommen die Aufgebote. Die Übermacht der Aufständischen ist viel zu groß; Ditfurth muß sich mit seinen Soldaten zurückziehen. In der folgenden Nacht läuten die Sturmglocken und Hunderte von Bergfeuern rufen auf zur Befreiung von Tirol. Innsbruck ist nicht zu halten. Die Bauernhaufen dringen in die Stadt ein. Oberst Ditfurth wird schwer verwundet und erliegt einige Tage später im Innsbrucker Militärspital seinen Verwundungen. Tirol ist für Bayern verloren. Tiroler rücken in ihrem Siegestaumel bis nach Bayern hinein vor, bis in die Gegend von Murnau und Weilheim, wo sie herdenweise Kühe nach Tirol treiben und sich den Spitznamen »Tiroler Küahholer« einhandeln. Die Vinschgauer Viehhändler sollen sich dabei besonders hervorgetan haben.

In München ist man aufgeschreckt. Man holt die Division Wrede, die Napoleon abgezogen hatte, zurück, und nun marschieren von Salzburg und von Kufstein aus dem Inn entlang zwei Divisionen, die Division Wrede und die Division Deroy. Unter den Soldaten befindet sich der schon genannte Joseph Deifl aus Neuessing im Altmühltal. Neunzehn Jahre ist er alt und Eisenschmelzer in einer Hammerschmiede wie sein Vater auch. Er hat Erinnerungen an seine Erlebnisse in den Napoleonischen Kriegen aufgeschrieben und an den Feldzug anno 1809 in Tirol. Am 8. Mai geht es über den Inn, durch Kufstein: »Als am ersten Tag Nachmittag die Tiroler größtenteils versprengt waren, fällt hie und da noch von der Ferne ein Schuß. Im Lager auf den Linden angekommen wurde ich mit noch drei Mann zur Betroll (Patrouille) kommandiert nach dem Pulverturm, der eine halbe Stund vorwärts auf einer Anhöhe liegt. Wir wissen aber nicht den Turm, noch einen Weg … also vorwärts Marsch! Das nächste war ein Bauernhof, der Wissinger genannt, da verlangten wir einen Boten; es war aber keine Mannsperson da, Bäuerin allein, die Tochter und Magd, und der kleine Jörgl haben Flachs gebrochen im Backhaus. Also da muß eines mit uns zum Wegweisen nach dem Pulverturm. Aus war es vor Jammer. Keines läßt sich nicht zwingen. Unter diesem kommt mir der Blick in den Backofen, da sitzt der Bauer darin. – ›Heraus Alter, du mußt mit uns nach dem Pulverturm und uns den Weg dahin zeigen. Marsch, vorwärts!‹ Aber nein, das wollte er durchaus nicht. – Johann Bauer, ein junger Soldat, aber groß und stark – der nahm ihn bei der Kehle und zog ihn aus dem Backofen, und vorwärts – ich schiebe hinterdrein – mit dem Gewehrkolben. So schleppen wir ihn mit fort bis zum Pulverturm. Dort befand sich nichts Besonderes vor; dann gehen wir wieder zurück. Es ist kein Turm, sondern nur ein großes Haus mit starken Gewölben, wo die Festung in Friedenszeit den Pulvervorrat aufbewahrt. Der Bauer geht zitternd in seinen Hof – wir sagen: ›Behüt Dich Gott bis auf ein andres mal!‹« Und auf diesen Bauernhof wird unser Deifl Joseph tatsächlich noch einmal kommen.
Drüben auf der Salzburger Seite, am Paß Strub und am Loferpaß, war es am 11. Mai 1809, am Himmelfahrtstag, zu erbitter-

ten Kämpfen gekommen, mit für die Bayern gar nicht rühmlichen Begleiterscheinungen. In der 1826 in München erschienen »Kriegsgeschichte von Bayern unter König Maximilian Joseph I.« werden sie in keiner Weise verschwiegen oder beschönigt. Da schreibt der Verfasser Eduard Freiherr von Völderndorff und Waradein, ehedem Major im königlich-bayerischen General-Quartiermeisterstabe: »Der Strub- und Loferpaß, die Umgebungen, die Kanonen wurden genommen, die Oesterreicher gefangen. Aber so ergrimmt war der baierische Soldat, daß er in der ersten Wuth keines Lebens der Tiroler schonte, und dem Fluchen, Bitten, Befehlen und Drohen seiner eigenen Hauptleute nicht mehr gehorchte. Er mordete und plünderte, als wollt' er Sühne für die hundert Gefallenen und verwundeten Brüder machen und bedachte nicht, daß er den Ruhm seines Sieges besudle.«

Divisionskommandeur General Wrede ist wütend und läßt am 12. Mai einen geharnischten Tagesbefehl an die Soldaten vorlesen: »Ich habe heute und gestern, an den Tagen, wo ich über so manche tapfere That der Divisionen zufrieden zu seyn Ursache hatte, Grausamkeiten, Mordthaten, Plünderungen, Mordbrennereien sehen müssen, die das Innerste meiner Seele angriffen, und mir jeden frohen Augenblick, den ich bisher über die Thaten der Divisionen hatte, verbittern. – Wahr ist es, Soldaten! Wir haben heute und gestern gegen rebellische, ... irre geführte Unterthanen unseres allgeliebten Königs gekämpft, aber wer hat Euch das Recht eingeräumt, selbst die Unbewaffneten zu morden, die Häuser und Hütten zu plündern, und Feuer in Häusern und Dörfern anzulegen. Soldaten! Ich frage Euch, wie tief sind heute und gestern Euere Gefühle von Menschlichkeit gesunken ...?«

Scharf geht Wrede mit seinen Soldaten ins Gericht. Er befiehlt, daß dieser Tagesbefehl dreimal vor den versammelten Mannschaften zu verlesen ist. Daß früh um drei Uhr alle Offiziere ihre Soldaten zu visitieren haben – die Tornister und Mantelsäcke, die Wägen, auch die Marketenderwägen, und daß »alles geraubte Gut« der Mannschaft abgenommen, dem hiesigen Pfarrer zur Übersendung nach Sankt Johann und zur Rückerstattung an die Eigentümer übergeben werden soll.

»Ich forder Euch auf von heute an wieder das zu sein was Ihr seyn sollt und müßt, Soldaten und Menschen. … Sollten gegen Erwartung Unwürdige unter Euch seyn, die von heut an noch einen Unbewaffneten morden, die Häuser plündern und anzünden, so bin ich gezwungen, Beispiele zu geben, die solchen schändlichen Handlungen angemessen sind. Einen solchen Plünderer, Mörder und Brenner todt schießen zu lassen, würde zu ehrenvoll für ihn seyn, ich erkläre daher, daß der Erste, der noch eine solche schimpfliche Handlung begeht, am ersten Baum aufgehangen wird. Unterzeichnet: Wrede, Generallieutnant.«
Zurück ins Inntal. Auch die Kompanie vom Deifl Joseph rückt weiter vor, Richtung Innsbruck. Die Tiroler leisten erheblichen Widerstand. Weiter geht es nach Wörgl. Im Gasthof Post schlagen die ersten Flammen auf, einige Häuser brennen. Und Deifl schreibt in Erinnerung daran: »Waren wir es, weiß ich selbst nicht. – In Rattenberg war eine Schanze, und die Tiroler und Österreicher halten sich dort fest. … dies- und jenseits auf den Bergen war alles schwarz von Tirolern, weiß von Österreichern. Oben bei der Klausnerei – den besten Schuß auf die Brücken hernieder, jedoch werden sie zurückgedrängt, und einige gefangen. – Von unserer Kompanie blieb ein Offizier, einer blessiert Lieutnant Kaspars. Schützentrompeter und Gemeine blieben sehr viel. Das große Dorf Schlitters ist ganz abgebrannt, bis auf die Kirch welche mit Kupfer gedeckt war. – Alles ist den größten Unfug breisgegeben auf beiden Seiten – Raub, Mord, Plünderung und dergleichen.«
Und dann allerdings geschieht Übles und unser Deifl Joseph denkt mit Entsetzen dran: »Eine solche Geschichte sollte ich, da ich es weiß, auch beschreiben für die Zukunft. Da schaudert es mich – ich drücke Augen und Ohren zu und schreib es. – Dort an der Zillerbruck werden neun, ich sage neun Tiroler aufgehängt, wegen der Frage, ob sie bayerisch werden wollen. Antwort: ›Nein, lieber kaiserlich sterben, als bayerisch werden.‹ – Sodann werden sie aufgehängt in den dort stehenden Erlenbäumen. Ein königlich bayerischer Kanonier erfüllt die Exekution auf Befehl. – Ich weiß es nicht recht, wer den Befehl gab – es war auch ein französischer General da …«

Ja, »Lieber kaiserlich sterben, als bayerisch werden«. – Wie hat es im bayerischen Oberland hundert Jahre früher, 1705, unter österreichischer Besatzung, geheißen? »Lieber bayerisch sterben, als kaiserlich verderben!«

Aber es kommt noch schlimmer: »Wann es doch nicht wahr wäre, was ich jetzt schreibe. Bei den neun gehängten Tirolern war auch der Mesner von Markt Stuben (Stumm) im Zillertal, der hatte die Kirchenschlüssel bei sich. – Sein Sohn, der Soldat war beim Königlich bayerischen 7. Feldjägerbataillon ..., dieser kam herbei, nahm seinem Vater die Schlüssel aus dem Sack und stieß sie dem gehängten Vater so lang unter die Nase, bis einer hängen blieb und der andere herabhing. Wem schaudert nicht? Verräther gab es in Tirol bei ihnen unzählbar. ... Schwaz wird verraten von einem Schwazer, dem Korporal Rampfl vom 2. Jägerbataillon.«

Bei den Grausamkeiten, die geschehen sind, geben sich bayerische und französische Offiziere und Generale gegenseitig die Schuld. So ist auch nie restlos geklärt worden, wie es bei den weiteren Kämpfen zu dem katastrophalen Brand in Schwaz gekommen ist. Der Markt war von österreichischen Einheiten, von Tiroler Landstürmern und von Ortsbewohnern mit verzweifelten Anstrengungen verteidigt worden, um jedes Haus wurde gekämpft. Artilleriebeschuß und Nahkämpfe in den Straßen forderten auf beiden Seiten viele Opfer. Zwei Tage später, am 16. Mai, waren von den 425 Häusern des Ortes nur fünf übriggeblieben.

Der Vormarsch geht weiter, Hall wird eingenommen, Innsbruck auch. Aber dann zieht Napoleon die Division Wrede ab, um sie in Österreich beim Vormarsch auf Wien einzusetzen. Im Land bleibt allein die Division des Generals Deroy zurück. Es ist jener General Erasmus Graf von Deroy, der drei Jahre später, 1812, bei Polotzk in Rußland, fast siebzigjährig fällt. Sein Denkmal steht in der Münchner Maximilianstraße, mit gezogenem Degen deutet er zum Völkerkundemuseum.

Durch ganz Tirol geht zwar der Ruf: »Rache für Schwaz«; trotzdem sieht es zunächst so aus, als ob nach der Besetzung Innsbrucks Ruhe einkehren würde. Das stark dezimierte österreichische Militär unter General Chasteler zieht über den Brenner ab. Auf Drängen der Tiroler läßt Chasteler an die tausend Mann und fünf Geschütze im Land zurück. Als sich herumspricht, daß die Division Wrede abgezogen worden ist, beschließt der Tiroler Kriegsrat den Aufstand, den Angriff auf Innsbruck. Ein Aufruf von Andreas Hofer geht mit Handzetteln in aller Täler: »Für Gott, den Kaiser und das teure Vaterland! Morgen in der Frühe ist der letzte Angriff. Wir wollen die Bayern mit Hilf der göttlichen Mutter fangen oder erschlagen, und haben uns zum liebsten Herzen Jesu verlobt. Kommt uns zu Hilf. Wollt ihr aber gescheiter sein als die göttliche Fürsichtigkeit, so werden wir's ohne euch auch richten.«

Diese erste Berg-Isel-Schlacht dauert nur wenige Stunden, ehe ihr ein heftiges Gewitter und die einbrechende Nacht ein Ende machen, aber keine Entscheidung bringen. Am 29. Mai früh greifen die Tiroler auf breiter Front zwischen Volders und Kematen an. Die Verluste sind groß. In Innsbruck notiert ein Anton Knoflach in sein Tagebuch: »Blessierte werden ohne Ende hereingebracht. … Soeben komme ich vom Servitenkloster. Die Szene, die ich sah, war schrecklich. Zwey wurden in meiner Gegenwart versehen. Ich habe Leinwäsche zum Verbinden hingebracht.«

Unser Deifl Joseph kommt bis Innsbruck und nimmt an den Kämpfen am Berg Isel teil. Auch er erzählt von der feindlichen Übermacht: »Österreicher, Tyroler Schützen – wie vill! – und der Landsturm steht an! Alle Feind versammeln sich auf dem Berg Isel und greifen uns … an – wir halten ihnen stand, halten Widerpart, legen zweymal Sturm an, aber mit großem Verlust. Wir haben eine gute Bosition unter der Friedhofsmauer, als wir vergeblich gestürmt haben. … Sergeant Barth, der da immer zurüf: ›Brav Bogenschüsse müßt ihr machen.‹ – Den traf hier eine Kugel in seine Echt deutsche bairische Brust – andre mehr –. In der Nacht davon. Tode, Kranke, Blessierte blieben dem Feind.«

Als die Biwakfeuer gut angeschürt waren, ziehen sie sich zurück. Die Tiroler sollten meinen, daß die bayerischen Soldaten die Stellung halten. Kaum aber sind die Bayern über Hall hinaus, sind die Tiroler schon hinter ihnen her.

»Alle Wege waren uns verhaut und vergraben. … Von den Dörfern strömten Männer, Weiber, Knaben und Mägdchen herzu, daß wir selbst glaubten, sie gehen mit uns. … Die Fultusbrücke können wir nicht behaupten. Jeder Schritt muß erkämpft werden. Bei Rattenberg kommandiert Generalleutnant Deroy von unser Kompagni den ersten Zug auf die Brücke. … Es wird Abend, dann und wann fällt noch ein Schuß. Die Tyroller werden uns unkennbar – und wir hingegen mit unsern weißen Bantolier sind ihr Zielscheibe; ein Sergeant Winkler, zu Haus aus Schirling, wird dort blessiert und starb zu Rattenberg im Spitall.«
Der Jubel der Tiroler über den Sieg am Berg Isel war für die Frau von Paur in Bozen auch deutlich genug zu hören. Ihre Hoffnungen, bald nach Bayern zurückzukommen, waren damit zunichte: »So lebte ich zwischen Furcht und Hoffnung um meinen Mann. Zuweilen standen Anschläge an den Straßenecken: ›Die bayerischen Beamten wurden in einen Abgrund gestürzt!‹ Oder: ›sie wurden erhängt!‹ oder ›erschossen!‹. Aber dann kam immer gleich wieder mein Hausherr: ›Machen Sie sich nichts draus, es ist ihnen nichts g'schehen, sie sind bloß über die Grenze g'schafft worden!‹«
Der Herr Zahlinger hat ihr immer gesagt, sie wolle sich bitte um nichts sorgen, er werde sich schon um sie und ihre Kinder kümmern. Er war Inhaber einer großen Speditionsfirma. Seine Kasse stünde ihr zur Verfügung, und sie sollte ohne Umstände kommen, wenn sie etwas brauche.
»Einmal lachte er stillvergnügt: ›Ich hab' was für Sie eingekauft, gnä' Frau! Einen Zeiselwagen und zwei Maulesel, und sie in meinem Keller versteckt, damit sie gleich wegfahren können, sobald der Weg frei ist. Denn es ist eine große Frage, ob nachher noch Fahrgelegenheit zu haben ist.‹«
Nun, es kommt zum zweiten Einfall in Tirol. Die Einheit unseres Infanteristen Deifl liegt in Salzburg. Der Weg nach Tirol führt über Mittersill über die Berge nach Zell am See. Es war ein mühsamer Weg. Widerstand an allen Ecken: »Der Hauptmann rief: ›Vorwärts …‹ Da meinte ich, der Hauptmann stoße mich mit seinem Degen auf den Rücken: ich sehe ihn immer an, er sagt: ›Was gibt's?‹ Ich bin geschossen, und es zischen Kugeln vorbey. Wir

gehen abseits, meine Kamerathen untersuchen mich, es war aber nicht mehr durch die Hosen durch, nur durch den Mantel und Rock. Einen blauen Fleck hat's mir geschlagen!«

Der weitere mühsame Weg führt Deifl, wie er schreibt, über »verwunschene Alben, wo ewiger Schnee ist«. Er kommt hinunter nach Zell am See und wird bei einem Metzger einquartiert. Gleich nebenan ist eine Schmiede. Der Schmied kommt rüber, um die Bayern zu derblecken: »Er … sagte, daß er so schläffrig sey; er hätte schon mehrere Nächte nichts geschlaffen, weil er es so nöthig hat, mit den Tyrollern Gabelstöcke, Steigeisen und dergleichen zu machen. Heute Nacht müßte er Kugeln gießen: jeder Tyroller Schütz empfängt 50 Stück. ›Da werd Ihrs sehn, Boarn, deßmoall werdens euch nausleichten!‹ Wir schweigen.«

An einem regnerischen Tag stehen die Soldaten beieinander, alle bis auf die Haut naß, »vernäßt und verkält«, bös auf den Andreas Hofer. Und was sie ihm nicht alles wünschen: »Jetzt sagt einer um den andern ein mörderisch Urteil über Sandwirt Andre Hofer. Wenn er in unsre Hände fällt, so wollt einer ihn zerstückeln, der eine bey den Füßen aufhängen, ein anderer verbrennen etc. Und ich sage: ›Nein, ich det ihm nix zuleid; ich ließ ihm ein schönes Zimmer zubereiten und sehr gut einheizen (denn weil mich sehr stark friert) und mehrere Tonnen Herring dazu, hinein und nichts zum Trinken.‹ Alle: ›Ja! Das … soll er haben.‹ – Ein leeres Gesprech! Samt dem Elend wird jetzt doch gelacht.«

In Erinnerung an diese bitteren Tage schreibt Deifl – denn er hat sichtlich einen Sinn für Selbstironie – er sei damals halt auch noch ein »junger Brausekopf« gewesen, am meisten aufgebracht durch die Spottrufe der Tiroler: »Wann ganz Tirol einen Hals gehabt hätte, ich würde ihn mit meinem Säbel abgehauen haben, denn das Spotten und verfluchte Jodeln brachte manchen in die Hitze. Als sie einmal … immer geschrien haben: ›Boarnvak! (also Bayernsau!) Boarnvak, Boarnvak, zu, zu, zu – trululu‹ – dann Liedl: ›Der boarische Kini, der Hungerleider, der Kirchenausrauber, der Vakentreiber‹, da kann ich mich nicht anders rächen, als ich zog den Säbel und haue alle Kohlköpfe, türkischen Weizen, blühende Stämme etc. weit umher nieder auf dem

Feld; ja wenn mich nicht die Tiroler Kugeln abgekühlt hätten, ich würde einen großen Schaden angerichtet haben.«
Während die Bayern Richtung Innsbruck vorgehen, kommt es sogar in Bozen zu Gefechten. Frau von Paur schreibt darüber: »Eines Tages gab es großen Lärm: Schießen, Schreien – ich riß die Fenster auf. Es mußte in der Nähe ein Gefecht stattgefunden haben. Bayerische Soldaten kamen durch die Straße, in der wir wohnten. Aber in welchem Zustand! Abgerissen bis aufs äußerste, verwundet, vielfach nur notdürftig verbunden. Ich warf alles, was von meinem Manne da war, Wäsche, Kleider, Stiefel, alles zum Fenster hinaus, und mit welchem Jubel wurde es empfangen! – Aber eine Stunde später waren sie schon wieder zur Stadt hinausgedrängt, und es begann für mich das alte, bittere Warten!«
Das Warten auf einen Brief von ihrem Mann. – Lange umsonst, aber dann endlich kommt die ersehnte Nachricht. Auf eine mehr als sonderbare Weise, die zeigt, daß es, wie immer und überall in der Welt, in einer Welt der Brutalität auch Zeichen der Menschlichkeit gibt. »Eben wollte ich mein Kind besorgen, da wurde ans Fenster geklopft; das war noch nie geschehen. Als ich den Vorhang zur Seite schob, stand ein wildfremder Mann draußen, mit nackten Knien, dem pfaufedergestickten, breiten Leibgurt und der grauen rot ausgeschlagenen Joppe ... den geladenen Stutzen in der Hand: ›Mach auf!‹ – Als ich nach seiner Weisung getan, sprang er ins Zimmer, dann sah er sich um. ›Mach dein Kind in Ordnung!‹ – Ich tat's, da wies er aufs kleine Nachtlicht: ›Mach a stärkers Liacht!‹ Ich zündete zwei Kerzen an. – ›Jetzt setz dich her zu mir, ich hab' dir was mitbracht! Jetzt will ich seh'gn, ob d' auch was kannst!‹ – Gehorsam brachte ich Stühle und wir setzten uns. Dann griff er in seine Hosentasche, und holte aus dieser ein paar Hände voll kleiner Papierschnitzl heraus. ›Des is a Briaf vo dein'm Mann. Auf der Grenz' habn s' ihn z'riss'n, da z'reißen s' alle Briaf. Aber i hab' mir gedenkt, du sorgst dich um eahn, da hab i die Fetzl aufklaubt. Jetzt schaug, daß du's Ganze wiader z'samma bringst!‹«
Schnell hat sie den Brief zusammengestückelt. Jeden Tag hat er ihr geschrieben, in der Hoffnung, daß der eine oder andere Brief

doch bis zu ihr nach Bozen durchkommt. Selig ist sie, daß ihr Mann wohlbehalten in München ist. Sie weiß gar nicht, wie sie diesem Tiroler danken soll?

»Der aber lächelte sonderbar verlegen: ›Les mir den Brief vor!‹ Natürlich tat ich nach seinem Wunsch. Als ich zu Ende war, sah er mir treuherzig in die Augen: ›Steht auch sonst wirklich niachts drinna? Giab ma d' Hand drauf! – i kann ja net les'n!‹ Ich konnt' ihm ehrlichen Herzens die Hand drauf geben. Da lehnte er zufrieden alle meine Danksagungen ab: ›Jetzt is scho g'recht, jetzt is scho ganz g'recht!‹ und kletterte wieder zum Fenster hinaus, die Leiter hinunter.«

Die Frau von Paur scheint überhaupt den richtigen Ton mit den Menschen gefunden zu haben. Da kommen Männer oder Frauen aus benachbarten Ortschaften und fragen, ob sie ihnen den Buben oder das größere Dirndl nicht für ein paar Stunden anvertraut. Es geschehe den Kindern bestimmt nichts.

»Da gab ich sie dann zitternden Herzens mit. Aber immer wurden sie mir wieder frisch und gesund zurückgebracht, und immer waren sie schier zum Platzen angefüttert, mit Obst und Wein und allen möglichen bäuerlichen Delikatessen.«

Eine kurze Zeit nachher legt Andreas Hofer sein Hauptquartier nach Bozen in die »Sonne«.

»… Wieder etliche Tage später kam mein Hausherr … mit verlegener Miene: ›Gnä' Frau, i hab a Bitt. Wie Sie wissen, ist der Sandwirt hier, er ist a weitschichtiger Vetter von mir! Wenn Sie mit mir ihn besuchen wollten! Ich mein, daß er es als eine Aufmerksamkeit betrachten, es gewissermaßen erwarten dürfte.‹«

Nun, die Frau von Paur geht mit ihrem Quartierwirt Zahlinger in die »Sonne« – eine große Stube, darin ein Hocker, sonst nichts. Auf dem Hocker sitzt Hofer, an die fünfzehn, zwanzig Männer sitzen und liegen am Boden herum.

»Der Sandwirt … hatte allein seinen Hut ringsum mit kleinen Heiligenbildchen besteckt, daneben ein paar Pfaufedern, vom Gürtel hingen ihm zwei Rosenkränze nieder. … er lächelte ein wenig gutmütig-spöttisch: ›So, findst endlich den Weg, mich heimzusuch'n? Und wie geht's dir denn sonst? Kannst es derleiden auf deim Arsch?‹ Während er so sprach, paffte er große Wolken Rauchs aus seiner Stummelpfeife … und seine Kameraden taten desgleichen. Das gab einen Dunst und Qualm, dazu der Geruch von feuchtem Leder, Bier und Braten, daß man kaum sehen konnte. Ich mußte unwillkürlich husten; da lachte Hofer: ›Gell, der Knaster kimmt dir in Hals! Ist auch nicht schön bei mir herinnen!‹ – ›Nein‹, sagte ich, ›wenn ich du wär, tät ich mir eine bessere Luft verschaffen!‹«

Er fragt: »Wie?« – Sie sagt: »Ich tät halt lüften und räuchern.« – Er meint, das wär schon recht, aber mit was? – Am End verspricht sie, am nächsten Tag mit Räucherwerk zu kommen. In der Apotheke kauft sie Dreikönigsrauch, mischt zerstoßenen Zucker darunter und zerdrückt Wacholderbeeren, wohl eine pfundschwere Tüte voll. Die bringt sie anderntags mit in die »Sonne«.

»Hofer hatte mich erwartet und bereits die Fenster öffnen lassen, bevor ich eintrat; aber die Luft war noch immer verpestet. ›Kann ich etwas glühende Kohlen haben?‹ … Da machte Hofer eine befehlende Geste: ›Es Adjadanten tragt's a Gluat'nschaufl eini!‹ Zwei junge Männer sprangen sofort hinaus und brachten eine eiserne Schaufel von riesigen Dimensionen an mannslangem Stiel voll glühender Kohlen herein. Da warf ich zwei Hände voll von meinem Räucherpulver darauf, und wie sich allmählich der angenehme Geruch verbreitete, konnte ich meinen Freundschaftspakt mit Hofer und seinem Stab als besiegelt betrachten. Er, der rote Haspinger, … Speckbacher und der treuherzige Wirt an der Mahr schüttelten mir dankend die Hände, versicherten mich ihrer Wertschätzung als praktische Frau und boten mir ihre Dienste an, in allen etwaig schwierigen Lagen. Kurz, mein Räucherpulver hatte einen durchschlagenden Erfolg gehabt. Begleitet von Segenswünschen aller, schied ich.«

Unterdessen hat Napoleon Ende Mai 1809 bei Aspern seine erste Niederlage einstecken müssen, im Juli hat er bei Wagram gesiegt. Es kommt am 6. Juli zu einem Waffenstillstand, aber in Tirol nimmt man ihn nicht zur Kenntnis.

Ganz im Gegenteil, wie der Deifl Joseph berichtet: »Den 13. August versammeln sich die Tyroller auf dem Berg Isel, ja unendlich viel, auch ville Weibspersonen mit Stuzen sahen wir;

Österreicher ville, aber doch solche, die da zurückgeblieben sind, denn der General war damals schon abgezogen. Wir sagten zu einander: ›Gute Nacht‹ … wie geht's uns morgen?‹ Ja, den andern Tag bis neun Uhr war der Berg Isel roth von deutschem Baiern Blut. – Mit Tagesanbruch geht das Feuern an. Marschall Le Feberer, Herzog von Danzig, Franzos … ließ den Berg dreimal stürmen. – Da sangen die Tyroller: ›Der Herzog von Danzig, der war a so gschwanzig, dem Boarscht seine List, hoata a net al gwist.‹ (Den Andre Hofer hießen sie nur den Boarscht, weil er einen wulstigen Bart hat.)«

Dann kommt die Front zum Stehen. Lefebvre gibt den Befehl, daß nicht mehr geschossen werden soll. Nur im Notfall.

»Ein Spalier wird gezogen um den Berg herum, so alle fünf Schritt ein Mann; wenn allenfalls die Bauern einen Sturm auf uns anlegen sollten, daß wir gleich voranstehen, und die Kavalleri und die Artilleri und die übrigen schußfrei hinter uns sicher sein. … Die Tyroller machen Partie: vier bis fünf Mann nehmen allezeit einen Mann von uns als ihre Zillscheibe; wir sehen es sehr deutlich, wie sie ihre Stuzen auflegen auf ihre Gabelstöck und herschüßen, so daß uns die warmen Kugeln vor das Gesicht pfiffen, links und rechts, aber die meisten vor die Füße. Ich und alle sezten uns schräg auf unsere Tornister … und glaubten, es sei besser. Aber es wird eim ganz anders, wenn man hinsizen mus wie ein armer Sünder auf das Schaffot, der jeden Augenblik den Todesstreich erwartet. Ville gehen ab, werden aber wieder zurück kommantirt. Ich behaupte meinen Karakter und blieb auf meinem Schaffot sizen. … Ich hörte einmall von einem alten Katholischen Soldaten sagen, wenn einer das ›Gegrüßt seist Du, Königin‹ bittet, so soll ihn keine Kugel treffen. Ich kann es aber schön sauber nicht, habs auch nie beten gehört, vielleicht kann ich es aus einem Büchel gelesen haben; ich konnts nicht, aber gelernt hab ich es vollkommen und kann es heunt noch wie dort auf das vollkommenste. Ein Sprichwort: Wer nicht beten kann, der soll auf das Wasser gehen, er wird es gewiß lernen; da war es ebenso. – Die Tyroller behaupten, ville auß ihnen; jeder Schuß seinen Mann. Aber Menschenblut ist kein Bocksblut; der Mensch hat einen Schutzgeist, der ist stärker als eine Festung.«

Unser Deifl Joseph hat in dem Krieg mehr als einen Schutzengel. Die Bayern, auch die Franzosen müssen Innsbruck räumen. Die Übermacht der Tiroler und die Gefahr, eingeschlossen zu werden, ist viel zu groß.
An dem Tag, an dem Napoleon den Frieden in Schönbrunn unterzeichnet, gibt er seinem Stiefsohn Eugène de Beauharnais, dem Vizekönig von Italien, den Befehl, in Tirol einzumarschieren. Insgesamt sollen jetzt sogar 50000 Mann aufgeboten werden. Doch war diesmal keine Rede von Rache und Strenge. Schließlich will der Kaiser bei den künftigen Feldzügen keine aufständischen Tiroler im Rücken haben. Die Tiroler seien zu entwaffnen, die Anführer anzuzeigen, die Beschwerden der Bewohner entgegenzunehmen und, soweit sie berechtigt sind, Abhilfe zu schaffen. Ein französischer General soll jetzt die Neuorganisation des Landes, also von Nord-, Süd- und Osttirol, in die Hand nehmen, nicht eine bayerische Hofkommission. Von Salzburg aus werden drei bayerische Divisionen in Marsch gesetzt, um in Nordtirol einzumarschieren. Sie stehen unter dem Befehl der Generale Wrede und Deroy sowie des bayerischen Kronprinzen Ludwig. Gerade ihm mag der Einsatz besonders schwerfallen, denn seine ganze Sympathie gehört den Tirolern. Lieber hätte er sich wohl mit ihnen gegen Napoleon verbündet. Seine wahre Einstellung verrät eine Proklamation, die er im September entwirft, die er aber nie hat veröffentlichen können. Das Konzept ist überschrieben: »Wenn ich, Ludwig, König von Bayern wäre.« Und dann heißt es: »Tiroler! Was geschehen ist, alles sei vergessen. Unrecht habt ihr getan, Unrecht ist Euch widerfahren. Werdet meine treuen Kinder, lieben werde ich Euch als Vater. In früher Jugend fühlte ich mein Herz zu Euch gezogen, ich schätzte Euch, da ihr österreichisch wart, vor anderen Völkern der Anhänglichkeit wegen an Euren Herren. … Mein Wort gebe ich, kein Tiroler, auch die Anführer nicht, sollen wegen des Aufstands gestraft werden. … Bayern und Tirol sind einander verbunden durch Lage, Sitten und Sprache. Wir bekennen uns zu derselben heiligen römisch-katholischen Religion. Tiroler, gegen Euch hab ich nie streiten wollen. Tief schmerzte es mich, da ich sah, daß man Neuerungen bei Euch vornahm. Macht hatte ich

keine, es zu verhindern. … Euere Klagen und Vorstellungen anzuhören, werdet ihr immer bei mir Bereitwilligkeit finden und ein Herz, das Euch liebt. …«

Die drei bayerischen Divisionen stehen unter dem Oberkommando des französischen Generals Drouet d'Erlon, nachdem sich Lefebvre mit dem bayerischen Kronprinzen völlig zerstritten hat. Der Einmarsch erfolgt ohne größeren Widerstand. Der Kronprinz bleibt länger vor Innsbruck, um den Tirolern Zeit zum Einlenken zu geben und um Blutvergießen zu vermeiden. Beim Einzug in Innsbruck fällt kein Schuß. Die Bauern können sich ungehindert auf den Berg Isel zurückziehen. Jetzt will Hofer mit dem bayerischen Kronprinzen verhandeln. Daran hindert ihn aber der wütende Haspinger. So kommt es am 1. November erneut zu Kämpfen. Die Bayern erstürmen den Berg Isel. Der Vormarsch geht weiter Richtung Brixen, Klausen nach Bozen.

Dort, in Bozen, erlebt Frau von Paur den Einmarsch: »Wochen nach der Begegnung mit Andreas Hofer, ich werde den … Nachmittag nie vergessen – plötzlich Trommelwirbel und Trompetengeschmetter, dazwischen Schießen und schier herzzerbrechendes Jauchzen. Die Bayern! Mit fliegenden Fahnen zogen sie siegreich ein. Allen voran der junge Kronprinz Ludwig. Auf dem Obstplatz neben dem Neptunsbrunnen schlugen sie ein Zelt für das Hauptquartier auf. – Im Hauskleid, wie ich war, Hut und Handschuhe hatte ich vergessen – so flog ich die Silbergasse, in der wir wohnten, hinunter ins Hauptquartier. … Ich mußte zum Kronprinzen, um mir einen Paß zu verschaffen. Drei Monate hatte ich auf den Augenblick gewartet. … Sogleich ward ich vorgelassen. … ›Wer sind Sie?‹ kam er mir entgegen. Da ich ihm alles mitteilte, schlug er die Hände zusammen – ›Und davon hat man in Bayern keine Ahnung, absolut keine Ahnung, daß noch Bayern hier sind! Aber was kann ich jetzt für Sie tun?‹ – Ich bat um einen Paß. – ›Aber Liebste, Beste, es ist alles requiriert, nirgends mehr ein Karren oder ein Hund aufzutreiben, viel weniger Wagen und Pferde.‹ … Ich mußte lachen: ›Die Fahrgelegenheit habe ich seit langem‹ … und ich erzählte ihm von meinem Zeiselwagen und den Mulis. – Da drohte mir der Kronprinz mit dem Finger: ›O Weiberlist! O Weiberlist!‹ rief er lustig.

Dann … fertigte er mir einen Paß aus und gewährte mir eine Deckung von zwölf Kürassieren für meinen Wagen.«
Noch in der gleichen Nacht packt die Frau von Paur das Nötigste zusammen. Am anderen Tag sieben Uhr früh, als die Kürassiere angeritten kommen, ist sie mit Sack und Pack und den Kindern reisefertig. Es fallen zwar immer wieder vereinzelt Schüsse, aber sie kommen ohne Schaden nach Mittenwald.
Zurück nach Tirol: Ruhe kehrt dort noch nicht ein. Vereinzelt gehen die Kämpfe weiter, im Oberinntal etwa, wo bayerische Truppen mehrmals angegriffen werden. Erst im Lauf des Dezember läßt der letzte Widerstand nach.
Noch Anfang November schreibt Joseph Deifl: »Alte gehärtete Soldaten seh ich weinen. … keiner hat mehr einen guten Schuh, alles war verrissen und verbrannt. … Wir sahen da aus wie die Gespenster, … kein Brot, kein Fleisch.«
In diesem Zustand soll seine zusammengeschmolzene Kompanie dafür sorgen, daß es im Zillertal ruhig bleibt. Einmal nimmt Deifl mit vierzig Kameraden an einer Patrouille nach Zell teil: »Da hatten wir denen Schützen den Herrn Oberrichter abgejagt, den sie gefangen genommen hatten und mit fortgeschleppt. Er, (der Herr Oberrichter) ließ uns erquicken mit Wein und Brot in dem Städtl Zell auf dem Platz. Ein andersmal machen wir mit dem nämlichen Offizier Batroll nach Stuben, und es war schon abend. Da schlich ein Bauernknecht hinter den Häusern und Heustädeln zu uns herzu, da wir ankommen, und sagt leise: ›Lieben Leithe, ich bin euch gut. … ich habe 10 Jahre in Baiern als Bauernknecht gedient; merkt was ich sag! Der Pfarrer von Straß war hier mit 700 Mann, … er hielt diesen Abend eine Anrede an die Bauern und sagt unter anderem: ›Wer einen Baiern totschlägt oder schüßt, der gewinnt 100 Jahre Ablaß.‹ … über eine Weile sah ich den Pfarrer mit seiner Bande bergaus ziehen; ich zeige es meinem Offizier und Kamerathen, wir schreien ihm nach zu halten, er soll es probieren mit uns wenigen. Er aber … lauft davon mit den Seinigen. Wir sehen ihm nach, bis ihn die Nacht entzieht. Die Bauern oder Bürger von Stuben sehen uns nicht für gut an, denn sie hielten uns wirklich für lutherisch, wie es der Pfarrer gepredigt hat; wir ziehen uns auf unser Lager zurück.«

Als Deifl ins Winterquartier kommt, schließt sich der Kreis. Er wird bei einem alten Bekannten einquartiert, dem Wiesinger, dem Bauern, den er aus dem Backofen herausgezogen hat, auf daß er ihn zum Pulverturm führe. Die sieben, acht Monate haben er und die Seinen viel mitmachen müssen.
»Und im Winter hat er uns im Quartier vier Monate beynah, und das ist sein bestes selbes Jahr, ob er uns schon ganz verpflegen mußte, vier bis fünf Mann, das Biergeld mußte er bezahlen, dem Mann täglich acht Kreuzer, doch jammerte er nicht und keins durchaus nicht, nur beten sie um den lieben Frieden.«
Der Deifl Joseph schildert das stattliche Bauernhaus. Es hat im Giebel drei Lauben. Eine Werkstatt ist auf der ersten Laube.
»Als ich da arbeite, da seh ich eine Thür offen, die sonst fleißig zugeschlossen war; ich gehe hindurch und führt mich auf den zweiten und dritten Gang. Nun ich sehe eine wunderschöne Muttergottes-Kapelle (auf dem dritten Gang), ich sehe, ich staune, denn ich hab schon lang meine Augen an nichts Glänzendes und Schönes ergötzt. Ich betrachte und betrachte – und danke eine Zeitlang – ich gehe wieder herunter und sage aber niemandem etwas davon …«
Er sagt zunächst nichts, weil er den Eindruck vermeiden will, er habe das Haus neugierig durchsucht. Aber eines Abends sagt er es dann doch, als alle beieinander sitzen: »Dann … kommt es heraus. Alle einstimmig: das sey unsere Beschützerin, die Muttergottes im Himmel, die wir da in dieser Hauskapelle verehren und nebst Gott lieben über alle Dinge; und sie freiten sich, daß ich es gefunden habe. Dann beten sie wieder aller Tage öffentlich in dieser Kabele zusammen, auch wir gehen dann und wann einer um den anderen mit ihnen hinauf zum Beten.«
Im Frühjahr 1810 muß die Kompanie von Deifl Wache und Posten auf der Festung Kufstein beziehen. Er und seine Kameraden gehen ungern weg vom Wiesinger: »Thränen flossen beym Weggehen von unserem Wiesingerhof beider Seiten …«
Der Aufstand in Tirol war nach Hofers Festnahme und Hinrichtung am 20. Februar 1810 erloschen; erst 1814 wurde Tirol wieder mit Österreich vereinigt.

Sennerin und Hüatabua

Vom »Alpenwesen im bayerischen Hochgebirge«

In diesem Beitrag möchte ich etwas vom Almleben erzählen. Es ist ja interessant, daß darüber gar nicht einmal so viel geschrieben worden ist. Zumindest nur wenig Ernsthaftes. Als mir Mitte der achtziger Jahre die handschriftlichen Aufzeichnungen des Münchner Buchhändlersohnes Joseph Friedrich Lentner in die Hände gekommen sind, war darunter etwas über »das Alpenwesen im bayerischen Hochgebirge« zu finden. Lentner berichtet vom Almenwesen in den bayerischen Gerichten Werdenfels, Tölz, Tegernsee, Miesbach, Rosenheim, Traunstein, Reichenhall und Berchtesgaden. Dieser Beitrag ist in einem eigenen Manuskriptband zu finden. Lentner ist 1846 vom Kronprinzen Max, dem späteren König Maximilian II., mit der Aufgabe betraut worden, eine Ethnographie für das junge Königreich Bayern zu schreiben. Der Kronprinz und in der Folge der König möchte Land und Leute kennenlernen. Und dazu soll ihm auch Lentner verhelfen. Ludwig Steub schreibt in einem Nachruf: »Lentner ging mit ungemeiner Freude an das Werk, zu dem er alle Anlagen mitbrachte. … Es taugte auch sonst vortrefflich zu seinen Umständen, da er im Winter immer wieder in seinem lieben Meran sein konnte (Lentner war lungenkrank) während er im Sommer die Gauen des Baierlandes durchwandelte. Fortan war dies die Aufgabe seines Lebens. Überall Bekanntschaft machend mit Herren und Bauern, mit Pfarreren und Landrichtern, mit Jägern, Hirten, Fuhrleuten, Flößern, Näherinnen und Schnitterinnen, pilgerte er manches Jahr durch Stadt und Land, durch Wald und Flur von Ober- und Niederbayern, durch Bairisch-Schwaben, dann durch den Bairischen Wald und einen Teil der oberen Pfalz. Als er so weit war mußte er sterben.« Das war am 23. April 1852 in Meran.

Nun aber zu den handschriftlichen Aufzeichnungen Lentners

und zu dem Abschnitt »Das Alpenwesen im bayerischen Hochgebirge«. Dort errzählt er unter anderem von den »Almen und ihrer Einteilung«: »Die Alpen oder richtiger Almen, theilen sich vorerst in Senn- und Galtalmen, je nach Güte der Weide, auf die erstere werden die Milchkühe getrieben, letztere benützt man für das Jungvieh und nicht mehr tragfähige Kühe; das ist das Galtvieh. Ähnliche, weniger gute Futterplätze dienen auch als Roß- und Ochsenalpen; öfter werden Pferde und Galtvieh zusammen geweidet.« Dann erwähnt er, daß man die Almen aufgrund ihrer Lage Hoch- beziehungsweise Niederalmen nennt. Im Volksmund heißen sie auch »Hoch- und Niederläger« oder Vor- und Nachalmen. Diese Aufteilung sei bei uns in Bayern allerdings nicht gar so häufig. Die Nachalmen – schreibt er – seien vor allem »Schneefluchten«, wenn weiter oben plötzlich, mitten im Sommer, Schnee fällt. Im allgemeinen muß dann der Stall einer Alm für den Unterschlupf dienen und das Heu, das man vorsorglich einbringt, für das Futter sorgen.
Lentner schildert auch die Sennhütten. Er stellt fest, daß man sie im westlichen Alpengebiet, im bayerischen Oberland zwischen Isar und Mangfall Almhütten, Sennhütten, auch nur Hütten heißt, weiter im Osten dagegen »Kaser« – zum Beispiel im Berchtesgadener Land. Der Name Kaser hat übrigens nichts mit dem Käs zu tun, wie man meinen könnte, sondern mit dem lateinischen Wort casa, Haus. »Die Sennhütte ist immer auf einem lichten Grasplatz errichtet und wo möglich mit einem eingehegten Anger, welcher das für die Kälte und Schneefälle nötige Futter liefert, in Verbindung. Die einstöckige Hütte, wenn sie vom ächtem alten Bau ist, wird aus geschälten, unbehauenen, in allen Ecken zusammengefalzten Fichten- oder Tannenstämmen gezimmert, die auf einem ganz niederen Unterbau von Steinen ruhen.« Lentner stellt – als Wanderer mit offenen Augen – fest, daß in romanischen Gebieten, im Alemannischen, in Graubünden und im Piemont die Almen immer Steinbauten seien. »In neuerer Zeit (also um 1840/50) hat man angefangen, auch bayerische Kaser, besonders an der vorderen Hälfte von Steinen zu erbauen, doch sieht man daneben auch wieder andere in feiner Zimmerarbeit hergestellte. Jedenfalls sind die Holzbauten,

wenn sie gut versichert und zum Teil von innen vertäfelt sind, die entsprechenderen«, die ansprechenderen meint er wohl.
Lentner schaut sich alles genauestens an: »Die Hütte trägt ein sehr flaches, nach allen Seiten hin vorspringendes Dach, mit Schindeln gedeckt und mit Steinen beschwert. Für den Rauch des Herdes besteht kein eigener Kamin, sondern derselbe muß seinen Ausweg durch die Lücken der Schindeln und die Spalten des Gebälks suchen.« So eine Alm hab ich um 1980 im Nationalpark Berchtesgaden gesehen. Ich weiß aber nicht, ob es sie in diesem Zustand heute noch gibt.
Weiter schreibt Lentner über die Aufteilung einer Almhütte. Ein Drittel davon ist sozusagen der Wohnteil, zwei Drittel der Stall. In den meisten Kasern ist der Wohnteil durch eine Bretterwand unterteilt. »Der größere Teil gilt als Küche und Wohnstube, der kleinere als Milchkammer, häufig ist auch letzterer wieder nach der Quere getheilt und dient die vordere Hälfte zur Schlafkammer der Sennerin, der hintere zum Milchbehälter.« Er erzählt natürlich auch vom »niederen Herd«, umgeben vom Herdbäumel, das als Bank dient, von dem schwenkbaren Galgen, an dem an einer Kette der Käskessel hängt. »Daneben steht der Säure- oder Käswasserzuber, worauf die Seiher zum Dopferaufgießen und das Dopfertuch liegt, der Dopfer (also der Topfen) wird mit Bretteln und Schwersteinen belastet.«
Lentner nennt alles, was er sieht, bis herunter zur Schüssel zum Anmachen des Schmarren, bis zur kupfernen Pfanne zum Mus- und Milchkochen, einem eisernen Topf für die Brennsuppe, ein paar eckige Kochlöffel, einige blecherne oder hölzerne Löffel und so weiter. Ich möchte jetzt nicht mehr weiter von der bis ins Detail geschilderten Einrichtung, den Geräten erzählen, nur noch von der Lagerstätte der Sennerin, die ja im Volkslied oft genug, wenn schon nicht besungen, so doch angesprochen ist. »Die Lagerstätte der Sennerin steht auch im Nebenkämmerlein hart an der Wand und heißt der Kreister, im Reichenhallischen und Berchtesgadischen ›Hoß oder Hossen‹, sie besteht aus hoch aufgerichteten ›Lahnerheu‹, worüber ein Leintuch gebreitet ist. Die Füllung des Deckbetts und Kopfkissens ist ebenfalls Heu, und nur auf einigen Wackersberger, Jachenauer und Tegernseer

Alpen trifft man Federpolster und Federbetten (in denen ist man dann fast versunken), vielleicht weil da öfter Freunde der Gebirgsidylle zusprechen, welche man artig zu bedienen wünscht.«

Jetzt etwas von der Arbeit auf der Alm, vom Leben auf der Alm: Da korrigiert Lentner gleich das Bild von der blitzsauberen, rotbackigen, lebfrischen Sennerin. »Sennerinnen, die sich nur für eine Almenzeit den Sommer über verdingen, erhalten 12–13 fl. Lohn und das Recht, in Freistunden für sich zu arbeiten. Auch die Lebensmittel werden ihnen verabreicht. Zu diesem Dienst melden sich gewöhnlich alte Weibsleute von bewunderswerter Häßlichkeit.« Das schließt aber nicht aus, daß auch die jüngeren Töchter des Bauern auf die Alm gehen, wogegen »die Buben des Oberlandes, die Jäger und die Alpenfreunde weniger einzuwenden haben, als die betreffenden Herrn Pfarrer«. Nun, die lebensgescheiten Bauern haben in so einem Fall vorsichtshalber ein zweites Dirndl mitgeschickt, auf daß jeweils das eine auf das andere aufpaßt.

Der Almauftrieb ist ja immer schmucklos und unfeierlich gewesen, aber nicht formlos. Davon erzählt Rudolf Kriss in seinem Buch »Sitt und Brauch im Berchtesgadener Land«. Da heißt es zum Beispiel: »Am Freitag vor der Almfahrt haben die Sennerinnen des Berchtesgadener Landes und auch der Reichenhaller Gegend eine Wallfahrt nach St. Leonhard gemacht, zum Patron für das Vieh.« Nach Sankt Leonhard gleich drüberhalb der Grenze bei Schellenberg im Salzburgischen also. Dazu nennt Kriss ein Gebet: »Heiliger St. Leonhard, treib auf mei Vieh / über Stock und Stoa / opfer auch alle Glieder und Boan. / Mach das heilige Benediktuskreuz / is neunmal g'segnet und neunmal g'weiht.« Kriss erzählt auch, daß es sogar noch in den Jahren unmittelbar nach dem Zweiten Weltkrieg Brauch war, daß der Bauer vor dem Auftrieb die Seinen in der Stuben versammelt hat, die Familie, das Gesinde – um mit ihnen sieben Vaterunser und den Glauben an Gott zu beten. »Danach geht er in den Stall, besprengt die Sennerin, den Kühbuben und das Vieh, das aufgetrieben wird, mit Weihwasser. Wenn der Bauer die Sennerin mit Weihwasser besprengt hat, dann sagt er ernst und gewichtig:

›Jetzt ist dir's Vieh übergeben, behüt es wie dein Eigentum.‹« – Damit hat die Sennerin gleichsam offiziell die Herrschaft, aber ebenso die Verantwortung über das Vieh übernommen.
Auch die Ankunft auf der Alm hat ihr besonderes Ritual gehabt. Ehe die Sennerin den Kaser betreten hat, hat sie den Englischen Gruß gebetet. Dann sind die Kühe mit Weihwasser besprengt worden, das die Sennerin in einem Flaschl von daheim mitgebracht hat. Manchmal – schreibt Kriss – habe sie den Kaser auch ausgeräuchert mit einer Handvoll Kräuter aus dem Kräuterbuschen von Mariä Himmelfahrt (natürlich vom Himmelfahrtstag des vergangenen Jahres, den man für solche Fälle aufgehoben hat) auf einer Glutpfanne, dazu Weihrauch von der Dreikönigsweihe. Mit dieser Pfanne ist sie räuchernd durch die Hütte gegangen, das war sozusagen ihre erste Amtshandlung. Erst dann hat sie sich häuslich niedergelassen. – Ob das heute noch gemacht wird? Wohl kaum mehr. Und das ist vor sechzig Jahren noch Brauch gewesen. Damals hat in keiner Almhütte der Weihwasserkessel mit dem darüber gehängten Rosenkranz gefehlt. Es war auch Weihwasser drin. Heutzutag ist sicher so mancher Kessel ausgetrocknet, wenn er überhaupt noch an der Wand hängt.
Um im Berchtesgadener Land zu bleiben, sei ein interessanter Brauch erwähnt, den Kriss aus eigener Anschauung schildert: »Um 5 Uhr früh beginnt man mit dem ersten Melken. … Um 6 wird das Vieh auf den Weideplatz getrieben. Die Sennerin besprengt es mit Weihwasser, kniet nieder und spricht den Almsegen.« Kriss hat ihn damals aufgezeichnet. »Jetzt in Gottesnam' meine Küah, mit Gsunden und mit Freuden, der heilige Antoni wird euch treiben, über Stock und über Stein, über Glied und Bein, mach i das heilige Benedictuskreuz, is neunmal g'segnet, neunmal g'weiht, behüt euch Gott Vater, Gott Sohn und Gott Heiliger Geist, daß nichts abfällt, nichts umfallt, nix krumm wird, nix krank wird, nix alpreit, nix zappelbeißt.« (Daß nicht der Alp, der Alpdruck das Vieh reitet – daß also die Drud das Vieh nicht druckt, daß das Vieh keine Räude kriegt, sich nicht aufbeißt oder andere Kühe beißt). Und weiter heißt es: »Der heilige Antonius und der heilige Leonhard werden euch hüten und beschüt-

zen, den heutigen Tag.« Dreimal hat die Sennerin den Segen gesprochen, dreimal hat sie dazu das Vaterunser gebetet, das erste zu Ehren des heiligen Antonius, das zweite zu Ehren des heiligen Leonhard, das dritten Mal für die armen Seelen im Fegefeuer. Am Abend, wenn das Vieh zurück in den Stall gekommen ist, hat sie das wieder gemacht. Und das Tag für Tag, nur hat die Sennerin dann folgerichtig gesagt: »Der heilige Antonius und der heilige Leonhard werden euch hüten und beschützen die heutige Nacht.« So hat es Rudolf Kriss noch in der Zeit um den Zweiten Weltkrieg erlebt.

Schauen wir zurück in den Bericht, den Joseph Friedrich Lentner um 1850 aufgezeichnet hat. Überschrift: »Senner und Sennerin, ihre Arbeit und Lebensweise«. Dort schildert er beispielsweise die Aufgaben des Hüatabua. Er muß in der Frühe der erste sein. Bei heißem Sommerwetter treibt er die Kühe, das Melkvieh, das über Nacht draußen geblieben ist, schon um halb vier Uhr bis vier Uhr zur Almhütte. Während die Sennerin melkt, kocht er sich ein Frühstück, vielleicht ißt er sein hartgewordenes Brot auch so, ohne es einzubrocken. Ist das Vieh gemolken, so treibt er es wieder auf den Weideplatz zurück. Dann macht die Sennerin ihr Frühstück, eine Milch- oder Brennsuppe. Dann buttert oder käst sie, bis Mittag. In diesen Stunden schaut sich der Hüatabua beim Galtvieh um und treibt die Kälber, die sich verstiegen haben, zusammen. Zudem muß er Holz und Streu sammeln, das Holz auch spalten; aber dazu darf ich Lentner zitieren: »In Mußestunden schneidet er Schindeln und Späne (zum Anheizen) und verfertigt er Kochlöffel und Pfannenkratzer und Musbesen; – auch die Zäune muß er nachbessern und nach Talent und Kräften das Seinige zur Unterhaltung der Sennerin beitragen.« Und hier lesen wir etwas von der Volksmusik. »Der Hirt ist fast immer musikalisch; an der Stelle der immer mehr verschwindenden Schwägel (Querpfeife) und Maultrommel betreibt er mit Virtuosität das Spiel auf dem Fotzhobel (Mundharmonika), häufig versteht er die Zither zu schlagen; auch die Sennerin handhabt dieß ächte Alpeninstrument, daher man nicht selten es unter den Gerätschaften der Hütte findet.«

Das Mittagessen für Sennerin und Hüatabua ist eintönig genug.

Damit wär heutzutag niemand mehr zufrieden. »Das Mittagsmahl für die beiden besteht in Retzl, also nur Zweckeln (kleinen Wassernudeln) Mehlhaber und Dopfennudeln. Der Abendtisch in einer Suppe wie am Morgen.« Also: Milchsuppe oder Einbrennsuppe. Und Nudeln, das sind nicht, wie man heute meinen könnte, Bandnudeln oder Spaghetti, sondern Mehlnudeln aus dem kochenden Wasser. – Wie viele Besucher später, so betont auch Lentner, daß es in den meisten Almen blitzsauber sei. Vor allem dort, wo Sennerinnen das Regiment führen. Weil er sich aber alles genau anschaut, stellt er fest, daß es in den Hütten, in denen Mannsbilder hausen, ein bißl anders aussieht: »Sennen kochen sich dieselben Gerichte, natürlich nicht so appetitlich und regelmäßig. – Überhaupt sieht es in ihren Hütten mit der Reinlichkeit übel aus.« – Und was die Sennerinnen betrifft, so eine faul sei, halte sie Mittag eine Siesta, eine fleißige dagegen habe vollauf zu tun, das Geschirr blank zu scheuern, Tisch und Herdbaum ebenso, Wasser zu holen und wenn gar nichts mehr zum Putzen ist, ein Paar Strümpfe zu stricken oder ein Westl für ihren Buam. Wenn es dem Ende des Aufenthaltes auf der Alm zugeht, bastelt sie an den Aufsteckern, dem Schmuck für den Almabtrieb. Wenn mehrere Almen beieinanderliegen, besuchen sich die Sennerinnen gegenseitig und machen das miteinander. – Das hab ich selbst noch erlebt. – Liegen mehrere Almen beieinander, dann waren gegenseitige Besuche nach Feierabend ganz allgemein üblich. Da Lentner sich sein Wissen erwandert, begegnet er bei solchen Treffen auch dem Volksgesang. »Die Besucherinnen unterhalten sich auch oft mit Gesang. Mit den entfernteren, durch Tobel und Thäler getrennten Hütten unterhält man sich durch das sogenannte ›Reimen und Zusingen‹. Nach einer eigenen langsam parlando (also im Sprechgesang) gesungenen Melodie ruft man sich Worte zu, die in in der Ferne äußerst vernehmlich klingen, und mit der selben Gesangsweise beantwortet werden.« Der erste Vers des improvisierten Gesanges habe im allgemeinen keinen Sinn und mache nur auf den zweiten sozusagen aufmerksam. Lentner nennt sogar so einen Spruch: »A saubara Jaga, der taat ins scho g'falln.« – Zweiter Absatz: »Was habt's denn ös für Leut auf da Alm?« Schließlich

hat man gesehen, daß drüberhalb bergbegeisterte Fremde gekommen sind.
Und dann erwähnt Lentner auch noch Almrufe. Er erzählt, daß die Sennerinnen und Hirten unter sich wortlose Jauchzer und Rufe austauschen, welche als Grüße, Zeichen und Notschreie gebraucht werden. »Auch ankommende Besuche melden sich mit solchen Juschreyen, oder einem improvisirten Schnaderhüpfl, wie denn überhaupt der eigentliche fruchtbarste Boden dieser Poesie, die Hochmatten und Hütten der Alpen … sind. Die meisten und besten dieser Stegreiflieder beziehen (sich) auch auf das Alpenleben.« – Das also so hochromantisch angepriesene Almenleben war halt doch recht einförmig und darum war man um Besuche sehr dankbar. »Ledige Burschen, meist die Werber oder Liebhaber der Sennerinnen (der jungen natürlich) sprechen ziemlich häufig zu; was ein frischer Bua ist, läuft mindestens einmal in der Woche, gewöhnlich samstags Abend zu seinem Dirndl auf die Alm. – Benachbarte Holzer suchen auch die Hütten heim; beliebte Gäste sind die Jäger. Reisende werden mit vorzüglicher Gefälligkeit empfangen und gastfreundlichst beherbergt.« Von den Wildschützen erzählt Lentner übrigens nichts. Dafür erwähnt er, daß die Unsittlichkeit trotz dieses männlichen Zuspruchs nicht größer als anderwärts sei.
Anfang des 19. Jahrhunderts sind auch schon Fremde auf die Almen gekommen, vor allem junge Maler. Dabei denke ich zum Beispiel an Ludwig Richter, der um 1816 den Wendelstein besteigt. Ein Gewitter zieht auf, er rennt so gut und so schnell er kann zu einer Alm. Wenige Schritte davor bricht ein Wolkenbruch los und patschnaß stürzt er in die Alm. Dort am Herdsockl sitzt eine alte Sennerin, allein, sie hat eine schwarze Altöttinger Wetterkerze angezündet, verbrennt alte Kräuter von Mariä Himmelfahrt zum Schutz vor Wetter und Blitz und murmelt Gebete. Überall, wo es hinregnet, stehen Waidlinge, tönerne Schüsseln, auf dem Boden. – Mit der Zeit sind mehr und mehr Menschen in und auf die Berge gewandert. Dort spielte sich für die Stadterer die Begegnung mit dem Vieh nicht immer unkompliziert ab. Davon erzählt Karl Stieler 1875 recht anschaulich: Ein Herr Geheimrat ist mit einigen Damen auf dem Weg zu einer Alm.

Kurz davor stellt sich an einem Überstieg Jungvieh in den Weg. Gutes Zureden hilft nichts. Es ist am Waldrand. Tannenzapfen liegen herum und der Herr Geheimrat wirft mit Tannenzapfen. Erfolg? »Da erhebt sich langsam und trotzig ein junger Bulle und trollt dem Attentäter entgegen. ›Vater, Vater, wir sind des Todes‹, rufen entsetzt die Damen und ergreifen zitternd die Flucht. ›O Gott, hier oben zu sterben, – mußten wir deshalb von Berlin – o Gott, o Gott, er kommt!‹ – ›Seids nur net so dalkat, deswegen braucht ma no lang net sterben‹, klingt eine helle Stimme durchs Fenster und mit lautem Lachen tritt die Sennerin unter die Tür und ruft die Fliehenden zurück. ›Und jetzt machts, daß ös da weiterkommmts, ös Sappradi‹, ruft sie dann zürnend den Kühen zu. ›Damit die Herrschaften rein können – nur auseinander da, weiter – marsch!‹ ›Ach Fräulein, wie Sie strenge und wie Ihnen die Kühe gehorsam sind‹, flüstert die Frau Geheimrätin mit dem Gefühl der Erlösung, und zögernd trippelt die ganze Gesellschaft über die Stufen empor in die Hütte, die Sennerin aber erwidert mit Lachen: ›Ja, ja, scharf muß ma scho sein, wenn ma net amal recht aufbegehrt, na hams koan Respekt vor oam, des wissen die Viecher grad so guat als wie d' Leut'.‹ – Um den Herd der kleinen Hütte gelagert, dem Steinsockel, auf dem man offen das Feuer gemacht hat, kehrten die erschrockenen Gäste gar bald zur alten Lebenslust zurück und musterten mit liebenswürdiger Neugier die rauchige Wand, wo lauter Gegenstände hingen, deren Zweck und Namen ihnen ewiges Geheimnis blieb. Allein auch das hat seinen Reiz, man muß nicht alles verstehen.« Übrigens erzählt Stieler schon noch von anderen Stieren auf Almen. Und er meint, es gehe nicht immer so glimpflich ab, wie vorhin geschildert. »Ich selber kannte eine Sennerin, die wegen ihrer Schönheit und ihres Gesanges beliebt war, und die am selben Tag, wo ich noch fröhlich mit ihr zusammensaß, von dem Stier ihrer Herde getötet ward.« Und er schreibt auch: »Auf einem der Berge, welche den Walchensee umgeben, hausten vor etwa zehn Jahren (also um 1865) drei solche Ungetüme, die derart gefürchtet waren, daß niemand ohne Not den Berg beging, und auch in der Nähe des Spitzingsees gab es einen solchen kohlschwarzen Gesellen, der die Geißel aller Holzknechte war, die dort in den Wäldern fällten.« – Gott sei Dank waren solche Begegnungen selten. Aber in diesem Zusammenhang ist vielleicht recht interessant, daß im Berchtesgadener Land beim Almabtrieb der Stier ganz besonders geschmückt worden ist, mit der sogenannten »Brua« – der »Stierbrua«. Das war ein Gewinde, das man ähnlich wie ein Sielengeschirr über den Stier gehängt hat. Es hat den Stier vom Kopf bis zum Schwanz und auf beiden Seiten geschmückt. Dieser bis zu fünfzehn Meter lange »Strähn« ist zopfartig aus langen, sehr dünnen Lärchenästen und Zweigen geflochten und dicht mit Rösln besteckt worden. – Damit sind wir nun beim Almabtrieb angekommen. Geschmückt hat man nur dann abgetrieben – das muß man noch dazusagen – wenn man in dem Almsommer kein Stückl verloren hat. Und das ist heute noch so der Brauch.

»Die allerschönste Kirche«

Die Wieskirche und ihre Wallfahrt

Vor etlichen Jahren, genauer gesagt: 1999, hat man in der Wies, der Wieskirche, ein Jubiläum feiern können. Am 24. August 1749 – also 250 Jahre zuvor – war der Chor der Kirche fertig, ist er auch geweiht und das Gnadenbild feierlich dorthin übertragen worden.
Ich selbst hab die Wies das erste Mal 1934 oder 1935 erlebt. Ich war in München am Maximiliansgymnasium und da hat – damals recht ungewöhnlich – das ganze Gymnasium von der ersten bis zur neunten Klasse eine Fahrt gemacht. – Mit einem Sonderzug ist es bis nach Peißenberg gegangen, dann mit Omnibussen nach Rottenbuch und weiter zur Wies. Damals war vor dem Chorraum noch ein großes schmiedeeisernes Gitter. Zurück sind wir dann über Schongau und mit dem Sonderzug nach München heim. Das zweite Mal ist mir die Wies in der Literatur begegnet, und zwar mitten in Rußland. In Mogilew hat es im Zweiten Weltkrieg eine Frontbuchhandlung gegeben und dort hab ich mir Josef Hofmillers »Wanderbilder und Pilgerfahrten« gekauft. Ich hab dieses broschierte Buch noch, es ist, dem Krieg entsprechend, auf holzhaltiges Papier gedruckt, vergilbt, es fällt schon auseinander. Vorn mit Bleistift eingetragen steht: »Mogilew Frontbuchhandlung 3. V. 43«. Und da nun ist ein Kapitel überschrieben mit: »Die Wieskirche bei Steingaden«. Dabei kann man feststellen, daß der viel und weit gewanderte Josef Hofmiller, als er im Sommer 1918 im Pfaffenwinkel unterwegs ist, von der Wieskirche noch nie etwas gehört hat. Und so ist es schon erstaunlich, daß sich fünfzehn bis sechzehn Jahre später bereits ein ganzes Gymnasium auf den Weg zur Wies macht. Denn so bekannt war sie auch um diese Zeit noch immer nicht.
Aber jetzt darf ich Josef Hofmiller zitieren. Er steht mit einem Bekannten auf dem Hohenpeißenberg. Bei ihm einige Flieger-

beobachter, die bei der Wetterwarte heroben hausen. Man kommt ins Gespräch. »Ein Wort gibt das andere. Zufällig sagt einer, die Gegend hier herum heiße der Pfaffenwinkel. ›Warum?‹ fragt ein anderer. Wir haben's ihnen erklärt und ein wenig von Andechs erzählt, von Dießen und Wessobrunn, Rottenbuch ... Polling und Steingaden; wie schön die Kirchen sind, aus was für einer Zeit. Da sagt einer, der bis dahin still gewesen: ›Die allerschönste haben Sie vergessen, das ist die dort hinten.‹ – ›Wo?‹ – ›Sehen Sie den weißen Tupfen mitten im Wald? Schauen Sie einmal mit dem Glas hinüber!‹ – ›Aber das muß ja eine ziemlich große Kirche sein‹, sagt einer, ›wie kommt denn so ein Ding mutterseelenallein in die Einöd?‹ – ›Das kann ich nicht sagen‹, erwiderte der erste, ›aber daß sie die schönste von allen ist, das weiß ich.‹ – ›Verstehst du denn was davon, weil du das für so gewiß hinstellst?‹ – ›Wär schon gut, wenn ich das als gelernter Fassadenmauerer nicht verstünd! Was eine feine Stukkatur ist und ein Gepfusch, kenn ich Gott sei Dank auseinander. Das dürfen mir die Herrn ruhig glauben‹ (er hatte sich an uns beide gewandt), ›daß die Wies die schönste Kirche ist im Oberland bis hinüber nach Ottobeuren. Ich habe selber mitgearbeitet, wie sie restauriert worden ist.‹«

Hofmiller und sein Freund wandern noch bis Bad Kohlgrub, hören da von der Kellnerin, daß sie schon ein paarmal drüben war »mit dem Kreuz«, also auf einem Bittgang. Ein Herr am Nebentisch schwärmt auch noch von der Wies, und so machen sich die beiden auf den Weg. Eigenartigerweise gehen sie zuerst nach Steingaden, dann wieder zurück, »nach etwa einer Stunde bog eine schmale Straße nach rechts – da liegt sie, die Wies, auf den ersten Blick eine weiße Wallfahrtskirche, wie hundert andere, bloß ungewöhnlich groß, von außen nichts Besonders, der Hauptteil macht einen wunderlichen Kamelbuckel, aber wie sie so dasteht auf dem grünen Anger, dahinter das Gebirg, hat sie etwas Seltsames, es zieht einen unwillkürlich hinein. Der erste Blick ins Innere: unbeschreiblich!« – Nun, das hab ich also 1943 in Rußland lesen können.

Und meine nächste Begegnung: Einige Jahre nach dem Krieg war ich auf einer Jagdhütte hinter der Wies eingeladen, um die

Hirschbrunft zu erleben. Es war schon heller Mondschein, als ich mit dem Fahrrad über die letzte Kurve aus dem Wald gekommen bin. Anfang Oktober. Unten in der Senke dicker Nebel, dahinter glasklar die Berge. Auf dem Nebelmeer die Wies, wie ein schwimmender Schwan. Und rundherum haben die Hirsche geschrien.

Aber zurück zu Hofmillers Beschreibung: Als er müde vom Wandern und vom Schauen in dem kleinen Gasthaus neben der Kirche einkehrt, kommt er auch mit der Wirtin ins Gespräch. Und sie erzählt ihm die bekannte Geschichte: Die Kirche sei schon zur Zeit der Säkularisation für baufällig erklärt worden und für den Abbruch vorgesehen gewesen, aber da sei ein Jäger gewesen, der habe die Kirche gerettet. Er habe den König auf der Jagd begleitet, habe ihn mehr oder weniger zufällig in die Nähe der Kirche geführt. Der König sei ganz begeistert gewesen und entsetzt, als ihm der Jäger erzählt, daß diese Pracht abgerissen werden soll. – »Ja«, sagt die Wirtin, »ohne den Jäger gäb's die Wies nimmer.« Der bissige Kommentar vom Hofmiller: »Manchmal packt einen eine wahre Wut, wenn man durch die alten Gaue geht und überdenkt, was die Säkularisation verwüstet hat, was alles sie noch hätte in ihrer Torheit zerstören wollen, hätten nicht die einfachsten Leute oft mehr Gefühl fürs Schöne gezeigt als die Aktenhengste von Anno dazumal.«

Nun aber zur Wies, zum Gnadenbild des gegeißelten Heilands und dazu, wie diese Wallfahrt entstanden ist. Man schreibt das Jahr 1730. Der Abt des Prämonstratenserklosters Steingaden, Hyazinth Gaßner, will in seiner Hofmark – so wie anderswo – eine Karfreitagsprozession einführen. Bei solchen Prozessionen hat man Szenen aus dem Alten oder Neuen Testament dargestellt mit Figuren, teilweise sogar mit lebenden Personen. Bei dieser Prozession soll dem Volk auch der gegeißelte Heiland gezeigt werden. Aber folgen wir dem Büchl von der »Gnaden-Blum« auf der Wies, erschienen 1746: »Zu diesen End ist ein zwischen Staub vollen Geräffel schon vor etlich Jahren gefundener, und nach bildhauer Kunst wohl ausgearbeiteter hölzerner Kopff, welcher schlechthin unter andern Sachen aufgehalten, widerum hervorgezohen worden. Disem Haupt dann die übrige theil einer

bildnuß' zu geben, suchte und fande man unter dem Tach einen holtz schlecht ausgearbeiteten obern Leib, an einem andern Orth ebenfalls unter gleichsam verworffenen Sachen Arm und Füß, aber weilen dise Theil von unterschidlichsten Wincklen zusammen getragen nach Proportion … sich nit wohl zusammen schickten wurden der ganze Leib mit einer Leinwat überzogen, hin und wider absonderlich an denen Glidmassen mit Werck und Tüchlein außgefüllet, das Haupt mit gemachten Haaren bedeckt und letstlich durch Fr. Lucas, Layen-Bruder deß Closters Steingaden, einen erfahrenen Mahler mit Oel-Farben gefaßet.« So war also der Gegeißelte Heiland für die Prozession hergerichtet.
So wie der Bruder Lukas die Figur des Gegeißelten hergerichtet hat, ist sie also bei der Karfreitagsprozession mitgetragen worden. Drei Jahre lang. Aber dann habe sie keinen Gefallen mehr gefunden. So hat man sie 1735 nicht mehr verwendet, sondern abgestellt »in der Kleyder-Cammer des Closters unter andern Theatralischen Sachen«, wie es heißt. Zuerst erbettelt sich der Tafernwirt von Steingaden dieses Bild. Er will es zu seiner Hausandacht in den Garten stellen. Aber die Kinder spielen damit und richten die Figur »mit Biegung der Glieder« übel zu. Aber lesen wir in dem Büchl »Neu-entsprossene Gnaden-Blum auf der Wis«: »Ungeachtet dieser Verstellung und zerbrochnen Außsehen ersuchte den bemeldten Closter-Würth seine Gevätterin, und Bäuerin auf der Wis, so lang und inständig um dises Bild, biß er ihr endlichen selbes den 4. May Anno 1738 geschencket, welches sie voll der Freuden ungesäumbt in ihr schlechtes, einsames, ein Stund weit entlegenes Bauern-Hauß in der Wis genannt, übertragen, und in ihre Kammer stellen lassen.« – Und nun geschieht das, was die Wallfahrt auslöst. Und zwar am »14. Brachmonath«, also am 14. Juni. Die Wiesbäuerin betet Tag für Tag voller Andacht zu dem geschundenen Heiland. Als sie an diesem 14. Juni, einem Samstag, am Abend und auch am folgenden Sonntag früh vor dem Gegeißelten betet, sieht sie »einige Tropffen in dem Angesicht der Bildnuß, welche sie vor Zäher (Tränen) haltete. Wußte derohalben vor Schröcken ihr selbsten nit zu rathen, sondern laßte gleichwohl ihren Mann die abhangende Tropffen abtrucknen: Sie aber verfügte sich des

anderen Tags nach dem Closter Steingaden, zeigte solches erstlich ihren Beicht-Vatter, alsdann Ihro Hochwürden und Gnaden etc. Herrn Praelaten an.« – Diese Geschichte oder diese Erscheinung spricht sich in Windeseile herum, und sehr bald nach diesem Junitag 1738 gibt es die ersten Gläubigen, die vor dem Gegeißelten Wunder bezeugen und Hilfen, die sie erfahren haben. »Aus dieser frühen Zeit, auf das Jahr, nachdem dies Wunder geschehen«, sind im ersten Mirakelbüchl Gebetserhörungen genannt, oder »Gutthaten«, wie es heißt. Eine Aufzeichnung berichtet von einer Anrufung des Gegeißelten Heilands vom 19. Juni 1739 »in gefährlichen Kindsnöthen« durch eine Euphrosina Schwartzin aus Litzau, einem Weiler an der alten Straße von Steingaden. Die zweite ist eine Verlobung der gleichen Euphrosina Schwartzin im Jahr 1740. Und in der »Gnaden-Blum auf der Wis« heißt es: »Und dise ist die erste durch dises Gnaden-Bild ertheilte Gutthat.«

Man mag sich über die Entstehung solcher Wallfahrten seine Gedanken machen, gute, gläubige oder zweifelnde, spöttische. Wir erleben ja auch in unseren Tagen immer wieder, daß kleine oder gar große Wallfahrten entstehen. Man muß nur an die jüngsten Marienwallfahrten in Kurescek bei Ljubljana (Laibach) denken oder die Marienerscheinung in Medjugorie bei Mostar, die einen so unglaublichen Zulauf hat. So war es damals auch. Der Abt von Steingaden ist nach dem sogenannten Tränenwunder recht zurückhaltend und verfügt zunächst, daß das Bild des Gegeißelten in der Kammer der Maria Lori, der Wies-Bäuerin, bleiben soll. Noch im Jahr 1739 aber erlaubt er einen Kapellenbau, denn der Zustrom der Gläubigen wächst, und alle drängen in das Haus der Wies-Bäuerin. Mit der zu erbauenden Kapelle hätten »die in diesem einsamen Orth umliegend-einschichtig und von allen Kirchen Stund weit entfernten Bauern-Höf Gelegenheit, an denen Feyrtägen Abends der Andacht mehrers abzuwarten«. Der Abt von Steingaden »verwilligt«, in diesem kleinen Gotteshaus »das Bild zu verehren« und schenkt dazu »Holz, Kalch, Ziegel und Stein«. – Der Gegeißelte Heiland von der Wies, das »Wies-Herrle«, wird ohne jede Feierlichkeit übertragen. Und die Wallfahrer werden mehr und mehr.

Nun, es hat auch Spötter gegeben. Wenn vielleicht nicht gleich, so doch im Lauf der Zeit, vor allem in den Jahren der Aufklärung. Voran Johann Pezzl. In seiner 1784 erschienenen »Reise durch den Bairischen Kreis« schreibt der hitzige Aufklärer: »Vor nicht sehr vielen Jahren fiel es dem Prälaten … ein, ebenfalls ein Miracelbild zu haben. Er zog also einen gegeißelten Kristus aus einer alten heiligen Rüstkammer hervor, ließ ihn kostbar verzieren und stellte ihn auf den Altar. Man ließ durch bestellte Leute einige kleine Mirakel wirken, log noch andere dazu, umhängte den Altar mit Ex voto, stellte Prozessionen dahin an etc. etc. So wie der Pöbel zu einem neuerstandenen Quacksalber oder Gaukler hinzuläuft«, so sei er halt auch zu einem neuen Gnadenbild hinübergewechselt. – Anders schreibt der Naturwissenschaftler Franz von Paula Schrank im Jahr 1786, nachdem ihn der Weg über die Wies geführt hat: Seit ungefähr vierzig Jahren kämen andächtige Wallfahrer, um vor dem Gnadenbild zu bitten, aber auch zu danken. »Schon dieser Umstand sollte gewisse Leute mit den Wallfahrten aussöhnen, über die sie manchmal so unanständig spotten. Ich werde wohl niemals in meinem Leben eine Wallfahrt errichten helfen, und kann es gleichgiltig ansehen, wenn hier und da welche aufgehoben werden, aber der Spott darüber ist mir unerträglich; es ist allemal lieblos, ungerecht …« Schrank kennt sichtlich auch Pezzls Tirade und kommentiert: »Was … die Wallfahrt betrifft, so ist die Erzählung davon in einer, bissigen Spottes vollen Reisebeschreibung … zuverlässig Hirn- und Herzensgespinst des Verfassers.«
Wie gesagt: Es gibt Menschen, die solchen Wallfahrten mit Unverständnis begegnen. Aber ich glaube, man sollte daran denken, wie viele Menschen dabei seelischen Ausgleich und Trost gefunden haben, den heute andere Menschen, die keinen Bezug dazu haben, beim Psychotherapeuten suchen.
In der Wies jedenfalls wird der Zulauf der Wallfahrer größer und größer, von weither kommen sie, bis aus dem Elsaß und aus Ungarn, aus dem Mährischen, aus Tirol, Wien und Wiener Neustadt, bis aus Villach und Körtschach in Kärnten, aus der Gegend um Waldsassen und dem damals noch bayerischen Schärding. Sogar aus Solothurn in der Schweiz. Einzelpilger machen sich

auf den Weg und auch Bittgänge – nicht nur aus den umliegenden Dörfern. Jahr für Jahr kommen sie aus Füssen und Schongau, bis aus Schwäbisch Gmünd und aus Lauingen, zu Fuß wohlgemerkt, nicht mit dem Omnibus. Wohl den weitesten Weg legen die Pilger aus Krumau im Böhmischen zurück. Alle zwei Jahre kommen sie. Im Frühjahr machen sie sich auf den Weg; wohl drei Wochen sind sie unterwegs, hin und zurück gute sechs Wochen. – Es sind Massen, die zur Wies strömen, an den ausgegebenen Hostien kann man sie ermessen. Allein 1762 werden 39000 Hostien benötigt. – Im Lauf von fünfundzwanzig Jahren werden in der Wies 84800 Messen gelesen. Das schon genannte Mirakelbüchl erzählt von den Guttaten, die die Gläubigen beim »Wies-Herrle« erfahren und gemeldet haben. Es sind die üblichen Leiden und Krankheiten, dann geht's natürlich um Verluste beziehungsweise verhinderte Verluste im Stall, auf dem Hof, es geht um Feuers- und um Wassernot, Gefahren bei der Arbeit und in Kriegszeiten. Verfaßt hat dieses Büchl zum Ruhm der Wallfahrt ein Pater Magnus Straub. Ein Beispiel: Der »Ehrengeachte Würth und Gastgeb des Löb. Closter S. Salvator in Unterbayern, hatte ein Pferdt verlohren … ruffet dahero den gegeißelten Heyland in der wiß um Hülff, verlobet dahin eine Wallfahrt, und Opffer, auf welches er das Pferdt wider gefunden, um im Monath October An. 1745 solche guthat persönlich angesagt.« Bis aus der Passauer Gegend kommt der Danksager. – Noch ein besonderer Fall: In Schongau verschwindet ein elfjähriger Bub, der Franz Michael Steidl. Die Mutter ist todunglücklich. Sie bittet zum heiligen Kreuz in Schongau. Umsonst. Nach zwei Jahren endlich gelobt sie eine Wallfahrt in die Wies. »Kaum ist darauf, die bekümmerte Mutter eine halbe Stund von Hauß gegangen, … das … Gelübd zu erfullen, begegnen ihr zwei Weiber, so den so lang beweint und gesuchten Sohn mitgebracht.« Anno 1745 war das.

Nun, die Wallfahrer werden mehr und mehr. Man hat zwar die Kapelle mit einem hölzernen Anbau vergrößert, aber der Andrang ist so groß, daß Wallfahrer klagen, daß sie das Gnadenbild gar nicht hätten sehen können, daß »vile ungetröst beklagen, sie haben vor Menge des Volcks entweders die Gnadenbildnuß gar nicht ansichtig werden, oder nur von weitem, und obenhin sehen können, da doch dise Capellen 44 Werckschueh in der Länge zählet«. Das sind etwa fünfzehn Meter. So plant man eine Kirche zu bauen.

Schon 1745 beginnt der Bau, wegen der schlechten Witterung kann der Chor nicht mehr hochgezogen werden, erst 1746 erfolgt die offizielle Grundsteinlegung durch den vom Kurfürsten beauftragten Abt Herkulan Karg vom Augustinerchorherrenstift in Dießen. Drei Jahre später, 1749, ist dann der Chor der Kirche fertig, aber nur er allein. Der Altar allerding steht, der Platz für das »Wies-Herrle« ist bereit. Am 24. August 1749 wird der Chor geweiht und am 31. August (es war damals der letzte Sonntag im August) wird der Herrgott von der Wies in einer feierlichen Prozession zum Altar des neuerbauten Chores übertragen. Es ist eine feierliche, aufwendige Prozession, von der wir uns gut eine Vorstellung machen können. Es gibt die große Tafel, die sich einst in der ursprünglichen Kapelle befamd und heute in der Kirche hängt. Und es gibt eine ausführliche Beschreibung in der schon öfters genannten »Gnaden-Blum auf der Wis«. Unterdessen ist sie immer wieder ergänzt und neu aufgelegt worden. War das erste Büchl 1746 in Augsburg erschienen, so ist der »Anderter Theil« 1748 und der »Dritter Theil« 1751 bei den Buchdruckern Stark und Neth in Kaufbeuren gedruckt worden. Um im dritten Teil finden wir eine Schilderung dieses Festes.

Am Vorabend ist »bey der neuen Kirchen« eine Triumph- und Ehrenpforte errichtet worden. »Etlich sechszig Schuh« sei sie groß gewesen. Für die Prozession waren Sinnbilder zum Mittragen gemalt worden. Bei der Prozession ist eine »zahlreiche Soldateska zu Fuß und zu Pferd« erwähnt. Das war natürlich kein reguläres kurfürstlich bayerisches Militär. Das waren – würde man heute sagen – eine Art von Schützenkompanien oder auch Bürgerkavallerien. Auf dem Bild kann man sie sehen: Die Infanterie von Kohlgrub in ihren himmelblauen Röcken, den roten Hosen, den weißen Gamaschen, den schwarzen Dreispitz auf dem Kopf. – Die »Cavaleri von der Hofmarkh« hoch zu Roß, ebenfalls mit schwarzem Dreispitz, blauen Röcken, roten Hosen, schwarzen Stiefeln. Die »Cavaleri aus Trauchgau«, voran der

Chef im blauen Rock und roter Hose, gefolgt von zwei Reitern, in Uniformen wie die Panduren. Dann sieht man zwölf Trompeter in grünen Röcken und schwarzen Knieröcken. Dazu ein Pauker, zu Fuß, in weißem Rock mit roten Aufschlägen. Die Pauken werden von zwei Negern in blauen bestickten Jankern getragen. – Dazwischen die Kreuzträger und das Volk der umliegenden Gemeinden. Der Zug ist genauestens festgelegt. Er setzt sich, wie es heißt, »unter Militarischer Music« am 31. August 1749, um neun Uhr früh, in Bewegung, »neben etlichen Pfareyen, samt Creutz und Fahnen nach ausgesetzter Ordnung alles eingetheilet, ... die Gnaden-Bildnus das gegeisleten Heylands auß der kleinen Capellen von 6 Geistlichen Herren des Closters Steingaden, Canonicis genommen, auf ein schönes Ferculum oder Trag-Figur gesetzet, in Begleitung Ihro Hochwürden und Gnaden Hrn. Hrn. Prälaten Mariani etc. in Pontificalibus, und mit denen nachfolgenden Geistlichen Chorherrn, unter dem Schall von 12 trompeten, in drei Chör abgetheilt, neben gewexelter Absängung eines Hymni, und Loßbrennung des grösser- und kleinen Geschütz feyrlichist im Chor der neuen Kirchen übertragen und eingesetzet worden; das dann nach gehaltener Predigt, und Hoch-Amt mit Absingung des Te Deum laudamus dise Feyerlichkeit beschlossen worden.«

Das alles fand – wie schon erwähnt – vor gut einem Vierteljahrtausend statt. Und obwohl die Wies einmal beinah abgerissen worden ist und zeitweilig in Vergessenheit geraten ist, kommen heut wieder viele Leut zur »allerschönsten Kirche« des Pfaffenwinkels.

»In die Ernte gehen«

Dienstbotenmarkt und Getreideernte im Gäuboden

In diesem Beitrag möchte ich in den Gäuboden schauen – mit Hilfe von Joseph Schlicht, dem berühmten Schloßbenefiziaten von Steinach bei Straubing. Geboren ist er ja in Geroldshausen, in der Holledau, nicht weit von der großen Autobahnbrücke. Er stammt aus einem kleinen Sachl raus, wird Pfarrer, beobachtet seine Schäflein sehr genau und schreibt, angeregt durch die Bücher von Wilhelm Heinrich Riehl, auch durch die Brüder Grimm oder von Leoprechtings »Aus dem Lechrain«. Diesem Joseph Schlicht verdanken wir Aufzeichnungen und Geschichten übers Jahr, zum Beispiel etwas über die Erntezeit im Gäuboden. Und die hat seinerzeit erheblich anders ausgesehen wie heute, wo große Erntemaschinen das schaffen, wofür man zu Schlichts Zeiten Hunderte von Menschen gebraucht hat.
1831 ist Joseph Schlicht geboren, 1917 ist er gestorben. In dieser Zeit hat sich bei der großen Ernte wenig geändert, denn erst um die Jahrhundertwende werden die ersten Maschinen eingesetzt. Jedes Jahr aber findet eine Völkerwanderung aus dem Bayerischen Wald in den Gäuboden statt. Wann es soweit ist, spricht sich damals im Wald, gar über die Grenzen auch im grenznahen Böhmischen schnell herum. Dann kommen sie in »buntscheckigsten Volksschwärmen«, wie Schlicht schreibt, nach Straubing zum sogenannten »Sklavenmarkt«. – »Angesichts des fünfspitzigen Straubinger Stadtturms nehmen sie ihre letzten Rastplätze, das umfangreiche Bündel Familienwäsche auf dem Rücken, die lappenumwundene Sichel im Arm.« Damals haben die Frauen das Getreide mit der Sichel geschnitten, eine neben der andern, gestaffelt, und sie haben so gesichelt, daß das Stroh zwanzig bis dreißig Zentimeter hoch stehen geblieben ist. Das hat man später eigens geschnitten, mit der Sense, als Einstreu für den Stall. Damals macht unser Joseph

Schlicht Beobachtungen, die uns – obwohl wir heute ganz anderes gewöhnt sind – auch nicht so recht gefallen wollen. »Diese weibliche Truppe lagert sich friedlich um das Feldkirchlein, welches das ›Hochkreuz‹ genannt wird. Die jungen Dirnlein, die das erste Mal herauskommen ins Gäuland, schreiben, ehe man aufbricht, mit schönsten Buchstaben und Zierrat ihre Namen auf die weiße Kapellenwand. ›Anna Mühlbauer ist in die Ernte gegangen 1874‹. So stehts geschrieben wie ein Großereignis im Leben.« Dann geht's ins Dorf hinein, sicherlich ist Steinach gemeint. »Der Schwarm, welcher nun einmarschiert, setzt sich ins Dorfwirtshaus: Männer und Weiber, Brüder und Schwestern, Bräutigame und Bräute. Der Schwarm hat seinen Häuptling, der in Rede und Gebärde den Überlegenen spielt, die allgemeine Stimmung ist eine gehobene. ... die Gesichter röten sich, Gesänge erschallen, der Gesellschaftskrug geht von Mund zu Mund. ›Anders wird heuer die Sichel nicht angesetzt als um (die) beste Bauernkost und vierundvierzig Gulden!‹ spricht der Häuptling herausfordernd, schlägt die Faust hinein und schielt nach dem Seitentisch, an welchem zwei Ausnahmer (Austragler) in Eintracht und Frieden ihr Seidl Brauns trinken.« Nun, diese Krakeelereien vernimmt man bis hinaus in die Kegelbahn – der Oberkrakeeler aus dem Wald schimpft auf die Austragler, das hören die Söhne der beiden und im Handumdrehen drängen sie in die Wirtsstube, der eine der beiden, ein Riesenmannsbild, der packt den Hauptkrakeeler beim Kragen, dann noch drei, die auch das laute Wort geführt haben, und als die vier am Boden liegen, da »hudeln«, also wälzen sich »die buntscheckigen Wäldlerinnen schockweise mit Sack und Pack und den Bissen im Mund zur Stube, Flur und Tür hinaus«.
Am Samstag ist Schrannentag in Straubing. Auch hier schaut unser Steinacher Schloßbenefiziat sich das Treiben recht genau an. In langen Zeilen stehen die Schnitter und Schnitterinnen auf dem Stadtplatz, die Bauern schauen sich das Auf- und Angebot genau an. Die Gesichter, den Knochenbau. Und dann handeln sie den Lohn aus. Unter den Bauern, die sich ihre »Sklaven« raussuchen, ist auch der Mordskerl, der am Tag vorher die Krakeeler aufgemöbelt hat. Mit ihren blauen Flecken schauen sie ihn miß-

trauisch an. Aber dann bietet sich ihm ein kräftiger Bursch aus freien Stücken an. Und da gibt es folgenden kurzen Dialog: »Woaßt was? Jetz gehst zerst zu an andern, wenn der der mehr gibt, will i deim Glück net entgegen sein. Vo mir, dös merk da, kriagst dreiavierzg Guldn und an g'höringa Fraß, aber arbet'n muaßt wia a Bär.« – Der schlagt ein und sagt: »As Geld ist ma gnua, da Fraß is ma recht und arbet'n tua i wia a Bär!« Schlicht beschließt diesen Abschnitt: »Ungezählte Kreinzenwägen rappeln vom Zwölfeschlag bis zum Gebetläuten mit dem Schnittervolk zu allen Toren nach den Dörfern hinaus.« Ein Kreinzenwagen war übrigen ein Wagen, dessen Obergestell ein ganz großer geflochtener Korb war, in Südtirol hat man sie noch lange gekannt, kennt man sie vereinzelt vielleicht heute noch.
1968, als Straubing 750 Jahre Stadtjubiläum hat feiern können, ist im Auftrag der Stadtverwaltung eine Festschrift entstanden, für die Karl Bosl als Herausgeber zeichnet. Unter den Mitarbeitern ist Günther Kapfhammer, der dem Brauch des »Sklavenmarktes«, offiziell dem Gesindemarkt, nachgegangen ist. Er hat noch Leute ausfragen können, die ihn erlebt haben, und dabei so manches erfahren, was man heute nicht mehr erfragen könnte. Auch Kapfhammer schreibt, daß die Arntleut bis von der böhmischen Grenze gekommen sind, vor allem aber aus dem Wald. Der Schneidermeister Roth von Mötzing erzählt ihm, daß die Arntleut aus seinem Gebiet das Gepäck, das sie für die Erntezeit gebraucht haben, im allgemeinen dem Dorfkramer mitgegeben haben, der am Freitag eh nach Straubing gefahren ist, um dort für die kommende Woche einzukaufen. Dann erzählt er noch etwas Interessantes: »Der Weg nach Straubing wurde im Sonntagsanzug oder -kleid angetreten. Männer trugen über dem dunklen Filzhut einen breitkrämpigen Strohhut, sie waren so für die andingenden Bauern als Arner erkennbar.« Wie hat nun das Gepäck ausgesehen? Die Mannsbilder haben nach 1900 zwei oder drei Arbeitshosen dabei gehabt, eine Weste, Hemden aus grobem Leinen, höchstens sechs, die Frauen zwei oder drei Arbeitskleider. Verpackt war das alles in einem derben Rucksack oder früher in einem ehemaligen Salzsack. Später vielleicht in einem Papierkoffer. Vor und nach dem Ersten Weltkrieg wird es

auch die bekannte Persilschachtel gewesen sein. Auch darüber, wer in die »Arnt« gegangen ist, gibt Günther Kapfhammer Auskunft: »Der Markt wurde vor allem von Bauernsöhnen und -töchtern, verheirateten Inwohnern (Häuslmanna, Häuslleit), den sogenannten ›kloanan Leit‹, Holzknechten, Dorfmaurern, Zimmerleuten, Gelegenheits- und Heimarbeitern und Soldaten aufgesucht, die Ernteurlaub erhielten.« Einer seiner Gewährsleute erzählt, daß die Bauern des Bayerischen Waldes nicht nach Straubing gegangen sind. »Soichane, die wei scho mehr gehot hom ois zwoa Küah, die han net in d'Arnt ganga.«
Wie sich Kapfhammer so durch die Dörfer fragt, erfährt er im Landkreis Kötzting, daß 1938 auch »Schwirzer«, also Schmuggler, auf den Straubinger Markt gekommen sind, um sich für die Erntearbeit zu verdingen. Am Anfang seien es zwar nicht allzuviel gewesen, als aber am 1. Oktober 1938 deutsche Truppen im Sudetenland einrücken, somit die Grenzen fallen und folglich das Schmuggeln uninteressant wird, kommen auch die »Schwirzer« auf den Straubinger Markt, um sich dort was zu verdienen. – In Allersdorf im Landkreis Viechtach erzählt man Karpfhammer, es seien eigentlich alle »in d'Arn« gegangen, die einigermaßen weg konnten, denn bei ihnen sei die Ernte mindestens um vierzehn Tag, drei Wochen später erfolgt, als draußen im Gäuboden. Es hat übrigens an den zwei folgenden Samstagen auch noch einen Dienstbotenmarkt gegeben. Welcher der Märkte den größten Zulauf gehabt hat, ist davon abhängig gewesen, wie das Wetter war, wann man mit der Ernte hat anfangen können. Noch um 1900 waren auf den Bauernhöfen eine Menge Ehalten beschäftigt, also Knechte und Mägde, doch zur Erntezeit hat man zusätzliche Arbeitskräfte gebraucht. Dafür hat es eine Faustregel gegeben. Ein Hof mit hundert bis hundertzwanzig Tagwerk habe zwei Arner beschäftigt. Ein Hof mit dreihundert Tagwerk habe bis zu fünf Arner und ein Arnmensch, also eine Magd benötigt; ein Hof mit vierhundert Tagwerk acht Arner neben den sechs bis acht Dienstboten, die sowieso das Jahr über auf dem Hof waren. Es hat aber noch eine andere Faustregel gegeben. So erzählt einer aus Aiterhofen: »Do homa mir oima gsagt – wenna vier Roß ghot hot, na hot a oan (Arner) ghot,

wenna sechs Roß ghot hot, na hot a zwee ghot, wenna acht Roß ghot hot, hot a drei ghot, wenna nei oda zeha (neun oder zehn) ghot hot, des is nacha scho a greißana Baua gwen, na hot a viere ghot.« – Nun, wenn der Bauer mit dem Arntknecht nach mehr oder weniger zähen Verhandlungen einig geworden ist, ist der mündlich ausgehandelte Vertrag mit Handschlag besiegelt worden. Und mit dem Dinggeld, so zwischen zwei und drei Mark, war er dann rechtskräftig. Nun hat der Arner dem neuen Arbeitgeber die Invaliden- oder die Wapperlkarte geben müssen. Wapperlkarte deshalb, weil man da die Versicherungsmarken, halb so groß wie eine einfache Briefmarke, hat einkleben müssen. Das war noch Jahre nach dem Zweiten Weltkrieg so. Und so eine Wapperlkarte war für den Bauern auch eine entsprechende Sicherheit.

Kapfhammer hat bei seinen Umfragen aber noch etwas Interessantes erfahren: Da hat es nämlich Bauern gegeben, die in Straubing angekommen, das nächste Wirtshaus angesteuert haben, nicht auf den Sklavenmarkt gegangen sind, sondern die Suche nach einem Arntknecht einem Schmuser überlassen haben. Das seien meist Rentner gewesen, auch Frauen, sogenannte »Hindingerinnen«, die in Straubing gewohnt haben. Dieser Bericht hört sich so an: »Do san die Leit dagstonna auf dem Trottoar (dem Bürgersteig) … ganze Mengen … Und jeda hot sein Schmusa ghot. Die Gröißan, die wo mehr Ehoitn braucht hom (mehr Arbeitskräfte), die homad oisam an Schmusa ghot.«

Nun hat es aber auch Erntearbeiter gegeben, die sind erst gar nicht auf den Sklavenmarkt gegangen, auf die hat sich der Bauer schon verlassen können. Mit ihnen war es bereits das Jahr vorher abgesprochen worden, daß sie wiederkommen. Andere aber, die haben wissen wollen, wie es auf anderen Höfen aussieht. Da erzählt damals um 1965 der Johann Dengler aus Heilbrunn: »I hätt aa scho wieda an gleichn Plotz geh kinna, awa i bi eifach a so gwen, i hon ma denkt, i mecht wieda woannas sei, i mecht an Brauch sehgn, immer wieder an anane Gegend, woandas is wieda andas, i bin imma an an frischn Plotz ganga.«

Die Ernte im Gäuboden zu Joseph Schlichts Zeiten hat an die fünf, sechs Wochen gedauert, um 1900 sind es dank der ersten

Erntemaschinen, die noch pferdebespannt waren, nur mehr vier Wochen gewesen. In den dreißiger Jahren hat man noch gute vierzehn Tage gerechnet. Und um 1960 dann hat die Technik schrittweise Einzug gehalten und damit hat man keine Erntehelfer mehr gebraucht. Der Straubinger »Sklavenmarkt« war überflüssig geworden. Den letzten großen Zulauf hat der Markt nach dem Ersten Weltkrieg und zur Inflationszeit gesehen. Da sind die meisten gegangen, um sich in Naturalien bezahlen zu lassen.
Zurück zu den Erinnerungen unseres Joseph Schlicht aus der Zeit um 1870. Die auf dem »Sklavenmarkt« angedingten Knechte und Dirndl sind mittlerweile auf den Höfen. »Des anderen Tags geht es schon ins Feld, in grauender Morgenstunde. Ein munterer Böhmake fiedelt voran durchs Dorf hinaus, und hinter dem gellenden Geiglein her tanzt das übrige Erntevolk lachend, scherzend und mit Juchschreien.« So etwas kann man nicht erfinden, das muß man gesehen haben. Aber lassen wir Schlicht weitererzählen, seine Schilderungen sind ja volkskundliche Quellen ersten Ranges. Nun beginnt »ein ameisenartiges Regen und Schaffen in den Feldern. Da links zischen siebenundzwanzig Sicheln in der Weizenbreite, das zeigt auf einen Großbauern mit dreihundert Tagwerken. Da rechts schneiden achtzehn Personen, das kündigt einen Mittelhof an, dort dreizehn, dort neun, dort sechs, dort drei. An jenem Berglein arbeiten zwei: Mann und Weib, das ist das Leerhaus mit ein paar Äckerlein. Man sieht auch Stockböhmen zu Fünf, Sieben und Fünfzehn in Kompanie die rauschenden Halme legen.« Und dann berichtet Schlicht Interessantes über die Arbeitstracht. »Die Böhmakinnen tragen das schirmende Kopftuch, bis Mittelleib nichts als ein Hemd, von da abwärts ein dürftiges Kittelein. Die in allem besser gestellte Gäuschnitterin rümpft aus Züchtigkeitsrücksichten darüber die Nase, aber auch: Dies Böhmervolk scheint von Haus aus recht bettelarm zu sein.« Bei der sauberen Sichelarbeit würden sie sich von niemanden übertreffen lassen, zu anderen Erntearbeiten fehle ihnen die Kraft und die Erfahrung.
Wie gesagt, Joseph Schlicht schaut sich alles sehr genau an und er beobachtet dabei, daß auch das Schärfen der Sichel einer ganz bestimmten Regel unterworfen war. Schließlich ist sie beim lan-

gen Sicheln unscharf geworden. »Der Oberknecht hat der Oberdirn die Sichel zu wetzen, der Anderknecht der Anderdirn, der Drittelknecht der Dritteldirn, der Erntekerl dem Erntemensch.« Erntemensch ist im übrigen kein abwertender Ausdruck. Noch um 1950 hat man die Frauen, die im Forst Baumkulturen angelegt haben, »Kulturmenscher« geheißen.
»Der Bursch erhält von der Maid als seinen Wetzsold ein seidenes Halsbindlein aus der Dult.« Und eine gute Schneid hat man bitter nötig gebraucht, denn der Oberknecht, der vom Bauern ein eigenes Aufgeld versprochen bekommen hat, hat schon ein entsprechendes Tempo vorgelegt. Bei dieser Gelegenheit erinnert sich Schlicht an daheim, an die Holledau; dort ließen sie sich nicht so treiben, »da stehen sie gegen den allzu strammen Vorarbeiter auf, bleiben in ihrem Tempo und schicken dem Oberknecht den Spott nach: ›Grüaß uns an Gottvata schö und wir kemma scho a noamol nach.‹« Die erste Brotzeit gibt es um acht Uhr. Und zwar eine recht sonderbare. »Der eben angekommene Bauer hat das Bier aus der Krugel in die Schüssel gegossen. Der Oberknecht schneidet vom Brotlaibe mächtige Schnitten, … sämtliche Hände fangen dieselben auf und brocken sie … in die Schüssel. … Beim Schmause selbst sitzen die drei Mägde sittsamlich; von der Mannschaft liegen drei auf dem Bauche und stechen die größten Bierbrocken aus der Schüssel (mit dem Messer nämlich), zwei schnabulieren ins Gras gekniet, zwei hocken wie Türken auf den Fersen …« An der Brotzeit um acht Uhr vormittags und drei Uhr nachmittags dürfe niemand rütteln. Schließlich dauere die Erntezeit von vier Uhr in der Früh bis acht Uhr am Abend, und da ging's streng her. »Brot, Bier, Rettig, Kletzen, Brot, süße Brühe, Bier und Brot, so wechselt's an den verschiedenen Plätzen.« Und dann erzählt unser Joseph Schlicht noch vom Wasserbuben, der ein Wasserfaßl auf einem zweirädrigen Handwagen hinaus aufs Feld fährt. Und wenn das Faßl leer ist, dann läuft er, um es wieder zu füllen. Wenn es besonders heiß ist, mische die Bäuerin ein bißl Essig ins Wasser. Und wenn dann der letzte Weizenacker abgeerntet ist, steckt der Oberknecht oder einer der Schnitter, einen dicken Büschl mit Ähren und Feldblumen an ein Eck des Ackers.

Immer wieder muß man sich bewußt machen, was von den alten Bräuchen noch überliefert wäre, wenn unser Schloßbenefiziat von Steinach sie nicht aufgeschrieben hätte. Zum Beispiel von dem Brauch, der mit der ersten Fuhre Weizen verbunden war. »Je das erste Fuder mit Weizen und mit Gerste fährt der Bauer selbst ein, das läßt er sich nicht nehmen, es handelt sich um einen religiösen Familienakt. Siehe, da kommt er schon, die … Gäule schnauben und wollen die etwas steile Tenne hinauf, … der Bauer hält die Zügel in der Linken, greift mit der Rechten ins schwarzglasierte Weihbrunnkrüglein, … das hat ihm auf väterlichen Pfiff, … die Zenzerl, im Lauf gebracht und ist damit zum Stadel gesprungen. Daraus schöpft er nun mit seinen breiten Fingern etliche ausgiebige Tropfen und wirft sie unter Kreuzesform und im Namen des Dreifaltigen Gottes ins erste Getreide: ›Hüa‹ und donnernd ist die Fuhre im Stadl.« Unser Joseph Schlicht schildert das, als müßte er es malen.
Nun, wenn's ans Einfahren geht, kommt Fuhre um Fuhre und dann geht's zum Abladen. Und um das etwas zu erleichtern, hat eine Dirn auf dem Wagen die Garben sauber anrichten müssen. Damals hat es ja keinen Garbenbinder gegeben, der beim Mähen gleichzeitig die Garben gebunden hat. Das Abladen war, so erzählt jedenfalls Joseph Schlicht, so mühsam, daß sich die Männer im Dreierrhythmus abgewechselt haben. Abgeladen wird auf der Tenne, jeweils in eines der Gevierte, Gerste in eines, Weizen in ein anders. Und dazwischen muß der »gewichtige Stallochs, von Manneshand geführt, … die Gerste treten«. Und das beschreibt Schlicht wieder unglaublich malerisch: »Viel hundertmal durchschreitet er den Stock in die Kreuz und Quer und rundum, schüttelt mißvergnügt den Kopf, bläst aus den Nasenlöchern, bohrt mit den Hörnern ins Stroh, setzt sich rastend auf die Hinterbeine, wiederkaut an einem Gerstenbüschl … und steigt mit dem wachsenden Gerstenstock turmhoch hinauf.« Doch wie bringt man den Ochs wieder hinunter auf den Tennenboden? – Auch das schildert unser Gewährsmann. »Ist die vorletzte Fuhre herein, so hat der Ochs sein Werk getan: man bauscht auf der Tenne einen Strohberg zusammen, fährt das letzte … Fuder entsprechend nah an den Gerstenstock, und

zwischen beiden Strohwänden macht der Musje ›Muh‹ seine Rutschfahrt herunter, daß es ein Gaudium des ganzen Bauernhofes ist.«
Weiter erzählt Schlicht dann noch, wie nach dem Abschluß der Ernte entsprechend gefeiert worden ist, wobei das Feiern in einer wahren Freßorgie ausgeklungen ist. Da geht es heutzutag halt viel nüchterner zu – eigentlich schad oder?

Urlaub auf dem Lande

Von der Sommerfrische in früherer Zeit

Als mein Vater geheiratet hat, das war 1923, ist der Polizeimajor Eugen Rattelmüller mit seiner Frischangetrauten auf Hochzeitsreise gegangen. Nicht nach Südtirol, nicht nach Italien, sondern ganz bescheiden nach Oberbayern, an den Staffelsee, nach Seehausen, in einen Bauernhof. Beim Iblhör. Und weil man, wenn es einem schon einmal gut gefallen hat, immer wieder an den gleichen Ort zurückgekehrt ist, so war von da an die Sommerfrische beim Iblhör in Seehausen vorbestimmt. Und als ich das Licht der Welt erblickt hab und hergewachsen bin, war auch für mich die Sommerfrische in Seehausen eine Selbstverständlichkeit; am Anfang mit dem Milchflaschl und dem Mittagsschlaf auf der Küchenbank oder am Boden und später halt draußen im Dorf oder beim Baden. In Seehausen hat es damals bereits eine Badeanstalt gegeben, an deren Eingang in einem Holzhüttl, nicht größer als ein Schilderhaus, das Fräulein Gege gesessen ist, jeden freundlich begrüßt und Eintrittskarten verkauft hat. Man ist mit den Kindern vom Hof und aus der Nachbarschaft Jahr um Jahr hergewachsen und ich bin dem Josef kaum von den Fersen gegangen, der, obwohl mindestens sechs, sieben Jahre älter, mich immer hat mitkommen lassen. Nun – was bleiben da für Erinnerungen nach nunmehr fünfundsechzig Jahren? Die Leni, die ältere, schon erwachsene Schwester des Josef, die jeden Abend die Zentrifuge gedreht und der der kleine Kerl am liebsten nicht vom Rockzipfl gegangen wäre. Und eine Zentrifuge hat sich mühsam drehen lassen. Dann während der Nacht ein Alarm mit dem Feuerwehrhorn und in der Früh der älteste Sohn, der mit seinem blitzenden Messinghelm von einem Einsatz zurückkommt, denn in der Nacht war ein Bauernhof im nahen Rieden abgebrannt, dann die Pferde vor dem Heufuhrwerk, auf denen ich hab reiten dürfen, und böse Bremen, die einen an

gewitterschwülen Nachmittagen drangsaliert und gestochen haben; die vor Sonne schützenden Kastanien im Biergarten beim Aumiller oder der Herr Führer, der am Abend mit dem Kahn auf den See hinausgerudert ist, um mit seiner Trompete Volkslieder zu blasen, so schön wie es mir ein Leben lang geträumt hat, daß ich es auch können möchte. Und dann natürlich am Anfang und am Ende die Fahrt mit dem Gäuwagl vom beziehungsweise zum Bahnhof.
Aber eine Lebenserfahrung der frühen Kindheit sei hier nicht verschwiegen, denn sie gehört zu den frühesten Kindheitserinnerungen. Neugierig bin ich im Kuhstall gestanden, um beim Melken zuzuschauen. Die Leni ist auf ihrem umgeschnallten Melkschemel gesessen, denn damals hat man ja keine Ahnung gehabt, daß es einmal Melkmaschinen geben würde. Es ist also mit der Hand in einen Eimer gemolken worden. Da hat man am Anfang, solang der Weißblecheimer leer war, den scharfen Strahl gehört und dann das Pritscheln in dem halbvollen und vollen Eimer. Ich bin jedenfalls dabeigestanden, hab neugierig, andachtsvoll zugeschaut, nicht ahnend, daß die Kuh links hinter mir ein Attentat auf mich vorhat. Ich merkte nicht, daß sie ihren Schweif hebt, ihren Buckel leicht krümmt … Was dann war, hab ich allerdings schon gemerkt, als nämlich der beachtliche Kuhfladen nicht auf den Boden geplatscht, sondern über mich heruntergeronnen ist. Entsprechend muß ich ausgesehen haben. – Den kleinen Buben unter die Wasserleitung stellen und waschen hat gewiß keine sonderlichen Schwierigkeiten bereitet. In den Haaren mag sich der Duft noch ein bißl erhalten haben. Das Hemd waschen war vermutlich auch kein Problem. Aber die kleine Lederhose?? Die wird wohl für feine Nasen noch Wochen später, daheim in Regensburg, nach dem Kuhstall in Seehausen geschmackelt haben. Und die Moral von der Geschicht, die Erfahrung: Man komme, um vor solchen Überraschungen sicher zu sein, dem Rindvieh von hinten nicht zu nah.

Wie mag es zu der Sitte, »in die Sommerfrische« zu gehen, gekommen sein? Das hängt ohne Frage mit der Entdeckung von Land und Leuten zusammen. Hat man sich in den Städten ehedem weder für das Land noch für die Leute sonderlich interessiert, so ändert sich das um die Jahrhundertwende, um 1800. Der Rousseausche Ruf »Zurück zur Natur!« erreicht auch die Städte. Die ersten, die sich auf den Weg machen, sind Professoren, Gelehrte, ein Lorenz Westenrieder zum Beispiel, der dann wiederum mit seinen Büchern die Leser anregt, selbst auf Entdeckung zu gehen. Fast schlagartig merken auch die Künstler, die es bis jetzt auf dem schnellsten Weg über den Brenner gezogen hat und denen frühestens in Trient oder Verona die Augen aufgegangen sind, daß es in Oberbayern ebenfalls malenswerte Motive gibt. Dazu kommt, daß die Alpen nach und nach entdeckt werden, eine Bewegung, die in der Schweiz beginnt; und daß man im 19. Jahrhundert mehr und mehr – wie Ludwig Steub einmal so schön schreibt – »alpenbedürftig« wird. Es ist die Sehnsucht nach dem Archaischen, dem Ursprünglichen, heute würde man sagen: die Sehnsucht nach dem ach so gesunden Landleben. So sind die Münchner Künstler zu den Begründern, den Wegbereitern der Sommerfrische und in der Folge des Fremdenverkehrs geworden. Und da nun scheint einer der ersten Anlaufpunkte ein Wirtshaus in Schliersee gewesen zu sein. Sie haben ohne Frage das Wirtshaus der Fischerlisl entdeckt und bekannt gemacht. August Lewald, der auf den Spuren der Münchner Maler auch nach Schliersee kommt, erzählt in seinem 1835 erschienenen Buch »Panorama von München« davon: »Die Maler, welche das Gebirge nach allen Richtungen durchziehen, halten in Schliersee stets eine mehrwöchentliche Rast. Sie haben die Lisl, die indes geheiratet hat und mehrere Häuser im Dorf besitzt, wo Fremde Unterkommen finden können, zur ›Donna del Lago‹ erhoben und ihr Wohnhaus mit einem schönen Schilde beschenkt, worauf sie abgebildet ist, wie sie malende und musizierende Jünglinge über den See führt. Die Inschrift lautet: ›Ala Donna del Lago‹.« Heinrich Noë überliefert uns, diese Tafel habe Dietrich Monten gemalt. Aber bleiben wir bei August Lewald und seiner Schilderung. »Lisls Wirtshaus ist groß genug für alle. Sie hat Räume für die Bauern wie für die Vornehmen. … Man findet's hier nun eben wie überall im Gebirge; an guten Speisen und Getränken ist kein Mangel. Gemsen, Spielhühner, Forellen, Saiblinge und kleine Lachse werden den unnachsichtigsten Feinschmecker zufrieden stellen können. Auch Bier und Wein ist gut zu haben; Milch und Butter sind unvergleichlich, und Lisl ist auch imstande, für größere Gesellschaften sogar mit silbernen Bestecken zu servieren.« Aber dann kommt's: »Aber all dieser Vorzüge ungeachtet vermißt man Eines hier, was man in der kleinsten Hütte der baierischen Alpen gewöhnlich antrifft: die Reinlichkeit. Wer im Wirthshaus von Schliers einige Zeit mit Lust verleben will, der bringe mindestens einige Servietten, Gläser und Teller mit und trage deren Reinigung seinem Bedienten auf.«

Das ist ja nicht gerade die ideale Fremdenverkehrswerbung. Wenn man bei August Lewald nachliest, dann mögen einem schon einige Parallelen zu unseren Tagen einfallen, ein gewisser Hang, durch entsprechende Grobheit die eigene Originalität entsprechend zu zelebrieren. Das zieht immer, findet auch gläubige Gäste. Nicht umsonst meint Lewald, die Fischerlisl habe sich ihre »derbe Naivität zu erhalten gewußt«. Eine Naivität, wie sie wohl »bei der ersten Entdeckung dieses Tales, nach der Aufhebung des Klosters von Tegernsee«, hier überall zu finden gewesen sein mag. Sie nenne alle Leute »Du« und mache nicht viele Umstände. Und wie das Nicht-viele-Umstände-Machen ausgesehen hat? Davon ein Beispiel: »Einst wollte sie uns mit einem recht ausgesuchten Gerichte nach ihrer Meinung erfreuen und knetete, während ihre Gäste auf dem Spaziergang waren, einen ungeheueren Pudding zusammen. Wir hatten uns verspätet und bekamen dafür nicht eben freundliche Blicke von ihr zum Empfange; doch sagte sie nichts und setzte uns die Suppe auf. Es lagen alte Hennen darinnen, deren Sehnen und Flechsen so strohtrocken und hart waren, daß fast niemand sie hinunter zu würgen imstande war und wir unter Scherzen und Lachen uns bei dieser Schüssel etwas länger als gewöhnlich aufhielten. Lisl erschien mehrmals nachzusehen, ob wir denn nicht fertig würden, und bruemmte ein ›Malefiz‹ und ›Sakrisch‹ übers andere. Endlich trägt sie Schüssel und Teller ab und wirft den ungeheueren, dampfenden Klos so auf den Tisch, daß die brühende Sauce weit umherspritzt, in dem sie im höchsten Zorn ausruft: ›Da habt's ihn, den Buh-dung – nu ist er zerfallen! – Warum habt's denn gar so lang an de Henna g'fressen?‹ Ein unvertilgbares Lachen erfolgte von unserer Seite, und selbst die ärgerten sich nicht, welche die Sauce von ihren Kleidern wischten.«

Ja – für ein so uriges, originelles Erlebnis war man schon bereit, Fettflecken auf dem Gewand hinzunehmen. Dafür war man eben bei der Fischerlisl in Schliers; so hat man seinerzeit zu dem Dorf Schliersee gesagt. – Eines muß man allerdings erwähnen, was den Ärger der Köchin etwas verständlicher macht: Damals hat es in den Gasthäusern und Hotels, jedenfalls in den Gegenden, in die Fremde zur Sommerfrische gekommen sind, mittags die sogenannte Table d'hôte gegeben. Das heißt: jeden Tag, Punkt zwölf Uhr Mittag ein Essen, meistens ein dreigängiges Menue. Darauf war die Küche eingerichtet. Nach der Karte zu essen war nicht üblich.

Aber wir wollen doch noch ein bißl bei dieser Schlierseer »Berühmtheit« bleiben. Sie muß auf der einen Seite unerhört großzügig gewesen sein, auf der anderen aber schon mehr als sonderbare Umgangsformen gehabt haben: »Da sie nur schwer Namen behält, so bezeichnet sie ihre Hausfreunde auf eine ihr bequemere Weise. Der Dicke heißt bei ihr ›der Wampete‹, der mit glänzender Glatze der ›Glatzete‹ oder ›der Glanzete‹; dieser ›der Schnauzbartel‹, jener ›Schwarzbartel‹ usw.«

Das ist die eine Seite der Lisl – die andere: »Schmutziger Eigennutz ist ihr fremd, und auf ein paar Schüsseln, die einer oder der andere wünscht, kommt's ihr nicht an, und wenn sie gleich die Mahlzeit für den Tag schon auf das Reichlichste bestellt hätte. Sind die aufgetragenen Speisen verzehrt, so fragt sie: ›Schafft's nachtragen?‹ und wird dies bejaht, so werden die Schüsseln aufs neue gefüllt. Dasselbe ist bei dem Kaffee der Fall, wo eine Kanne nach der andern nachgetragen wird, obgleich man nur immer den für eine Tasse akkordierten Sechser zahlt. Dieses Benehmen der Wirte im Gebirge sticht freilich bedeutend gegen die Ängstlichkeit ihrer Brüder im Flachlande ab und macht auf den Reisenden, der zum ersten Male diese Gegend besucht, einen sehr erfreulichen Eindruck.«

Lewald scheint öfters im Gasthaus der Fischerlisl gewesen zu sein und zusammen mit Münchner Malern und anderen Gästen die Frau Wirtin zum Singen aufgefordert zu haben. Sie sollte uns ihre »Schnaderhüpferln« singen, schreibt er. Lewalds »Panorama von München« ist ja ein Stück Reiseliteratur der Biedermeierzeit; etwas Information und einige Schilderungen der Dinge, die den Reisenden, den Wanderer, den Sommerfrischler erwarten. Folglich erklärt er dem Leser, was ein »Schnaderhüpferl« ist, und als weitgereister und interessierter Mann zieht er auch Vergleiche: »Das sind nämlich kleine, epigrammatische Lieder von zwei Zeilen, die während der Tanzes von den Bauern erfunden und abgesungen werden. Etwas Ähnliches findet sich in der Gegend von Krakau, beim Nationaltanz Krakowiek oder Krakowianka, auch bei einigen Schiffertänzen in Norwegen und Schweden. Die Schnaderhüpferln werden auch oftmals in der Absicht angestimmt, um den Gegner herauszufordern, woraus ein Wettgesang entsteht, der wegen der geschickten Wendungen und der Geläufigkeit im Reimen mit Recht bei den Zuhörern Bewunderung erregt.«

Hier haben wir sozusagen eine frühe Information über die Volksmusik. Die Fischerlisl hat den Volksgesang sichtlich nicht in ihr Programm der Fremdenwerbung einbezogen, denn – laut Lewald – sei sie selten zum Singen zu bewegen gewesen. Wenn sie es doch einmal getan hat, dann allerdings mit der entsprechenden Pose: »War sie aber besonders guter Laune, so drückte sie den hohen Spitzhut, den sie immer trug, tiefer in den Nacken, griff nach einem hohen Alpenstock, den sie mit ausgestrecktem Arme am oberen Ende ergriff, und fing mit lächelnder Miene zu singen an. Obgleich die Fischerlisl nicht mehr jung ist und wohl nie schön gewesen sein mag, läßt sich nicht läugnen, daß ihr Gesicht eine angenehme Bildung zeigt. Das Auge ist von einem schönen Ausdrucke beseelt, und wäre ihr Mund zierlicher geformt, so würde man mit noch größerem Wohlgefallen den Blick auf ihren Zügen ruhen lassen können.«

Vom Schliersee aus ist man natürlich auch in die Nachbarschaft oder in die Berge gewandert. Nach Bayrischzell zum Beispiel oder in die Kaiserklause. Gerade die Kaiserklause war ein besonders beliebtes Ausflugsziel. Als König Max. II im Sommer

1858 – übrigens einem recht verregneten Sommer – seine berühmte, sogenannte Fußreise entlang der Berge, von Lindau nach Berchtesgaden macht, wird er unter anderem von Friedrich von Bodenstedt, einem in seiner Zeit berühmten Dichter, begleitet. Als die Reisegesellschaft von Wildbad Kreuth in Richtung Kaiserklause reitet, vorbei an Rottach-Egern, erzählt Bodenstedt von seinen Erlebnissen als Sommerfrischler. Die Kaiserklause übe im Sommer eine beachtliche Anziehungskraft auf alle tanzlustigen Bergbewohner in der weiten Umgebung aus. Und nicht nur auf die. Die Kirchweih in der Valepp war auch für die Sommerfrischler etwas Besonderes.

»An besonderen Feiertagen steigen die Holzknechte von den Felswänden, die Senner und Sennerinnen von den Almen herunter, um sich im Verein mit anderem jungen Volk in der Valepp einmal wieder recht auszustampfen, auszujuchzen und auszusingen. Das Forsthaus sorgt für gute und billige Bewirthung und der Tanzboden ist im Freien aufgeschlagen. ... oft wiederholt sich das Vergnügen nicht, welches nur an Erinnerungstagen weniger auserwählter Kirchenheiliger stattfindet, aber dann auch gründlich genossen wird. Und was unter den Sommergästen im Gebirge noch Sinn für urwüchsige Lebenslust hat, kommt aus der Nähe und Ferne herbei, um sich das muntere Treiben mit anzusehen, welches oft auch vornehme Herren und Damen in seine tanzenden Kreise zieht, ohne jedoch im Geringsten gegen den Anstand zu fehlen, der allen Hochländern in Baiern eigen ist.«

Na ja! Wirklich allen? Nach dem es ein »Preiß« geschrieben hat, wollen wir es einmal nicht anzweifeln.

»So habe ich in der Valepp, die ich von Rottach und Schliersee aus öfters besuchte, Prinzen und Grafen mit Sennerinnen und Prinzessinnen und Gräfinnen mit Holzknechten tanzen sehen, in harmloser Unbefangenheit auf beiden Seiten.«

Bei dieser »Fußreise« Seiner Majestät – unter diesem Namen ist sie jedenfalls in die Geschichte eingegangen – hat der König in der Valepp genächtigt. Im Forsthaus, und auch ihm ist hier die Volksmusik begegnet: »... es verging nach unserer Ankunft noch eine geraume Zeit, bevor wir unsere Schlafgemächer aufsuchten, denn der Revierförster besaß … ein paar sehr schmucke Töchter, welche weit umher wegen ihrer Kunst im Citherspiel und Gesang bekannt waren. Sie entfalteten die Schätze ihrer Stimme ohne Ziererei und sangen dem Könige zum Klange der Cither ihre schönsten Gebirgslieder vor, in Herzenstönen, die noch lange in uns nachtönten.«

Um noch kurz bei der Sommerreise König Max' II. zu bleiben. Der König besteigt einen Tag später, am 14. Juli 1858, den Wendelstein, nachdem es über Nacht endlich das Regnen aufgehört hat, bei einem blitzblauen Himmel. Als er dann von Bayrischzell nach Schliersee fährt, ist es schon dunkel. Am nächsten Tag führt der erfahrene Sommerfrischler Bodenstedt den König in Häuser, in die die Moderne noch nicht eingezogen war. Denn er, Bodenstedt, habe bei seinen Wanderungen um den Schliersee noch »baierische Hochlandstypen« kennengelernt, die »treu an Tracht und Sitte« festhielten, Menschen, »die mich in hohem Grade fesselten, und Hauseinrichtungen von stilvoller Eigenthümlichkeit«. Und das will er, der norddeutsche Sommerfrischler, dem König zeigen.

»Ich führte Se. Majestät in einige solche Häuser, welche von außen und innen als charakteristisch für die Landschaft gelten konnten, prunklos, aber zweckmäßig gebaut, wetterfest und voll Einklang in all ihren Theilen, und die schlichten, nicht auf weichliche Bequemlichkeit berrechneten Möbeln, sowie die Geräthschaften, überall den Räumlichkeiten entsprechend. Eine gewisse Ausschmückung zeigte sich vorwiegend in demjenigen Theile des Hausraths, welcher die ererbten oder durch eigenen Fleiß erworbenen Schätze der Familie barg, alte Krüge, Tassen, Ringe, Leuchter, Lampen u. s. w. und vor allem einen reichen Vorrath an Leinwand. Diese und ähnliche Schätze wurden in sogenannten Tölzer Schränken und hochgewölbten Koffern in einem besonderen Zimmer aufbewahrt, an dessen Wänden neben alten Bildschmuck auch zierlich geformte und bemalte Siebe von verschiedenem Umfange glänzten, denen man es ansah, daß sie nicht zu praktischem Gebrauch, sondern nur als symbolischer Zierrath dort hingen. Die Schränke und Koffer waren bemalt, aber nicht mit schreienden Farben; alles stimmte zu einander. …

Und zwischen dem zur Ausstattung für die Kinder bestimmten hochaufgestapelten Bettzeug u. dergl. war eine Art Hausaltar mit schützendem Heiligenbilde angebracht.«
Bodenstedt führt den König auch in das Haus des Hofbauern, von dem er erzählt, daß unter dessen Dach oft auch sehr vornehme Gäste zur Sommerfrische kommen. Und damit sich nun der Kreis in Schliersee schließt: Der König hat natürlich auch von der Fischerlisl gehört, war neugierig sie kennenzulernen und so wird er zur kleinen Halbinsel hinübergerudert, zu der Wirtschaft, die die Fischerlisl, nun aufs Altenteil gesetzt, nebenher noch betreibt.
»Kaum waren wir ans Land gestiegen, als sie mit ausgebreiteten Armen auf den König zugeeilt kam und ihn dann auch wirklich an ihr pochendes Herz drückte, mit dem Ausruf: Grüß Di Gott, Kini Max! Was sichst Deinem Großvater gleich. – … Es wurde nun von der Alten mit zahnlosem Munde die Erinnerung an so viele Kaiser, Könige und Prinzen aufgefrischt, daß der König an dem romantischen Zauber bald genug hatte und sich mit mir an ein einsam schattiges Plätzchen am See zurückzog, um von anderen Dingen zu sprechen.«
Als Joseph Friedrich Lentner für den Kronprinzen Max, für den eben genannten späteren König Max II., seine Ethnographie von Oberbayern und Niederbayern schreibt, widmet er auch den Wirtshäusern und den Wirtsleuten ein Kapitel. Lentner erlebt zwischen 1846 und 1852, welchen Einfluß die Sommerfrischler schon damals auf die Wirtshäuser und die Wirte haben. Die jüngere Generation lege bereits die altehrwürdige Tracht ab. Der Luxus mache sich auch in Stall und Remise bemerkbar. Statt mit dem kleinen Schweizerwagerl mit dem einfachen Geschirr und dem bemalten Bendelschlitten »prangt« der Wirt neuerdings mit einem »modernen Chaischen«, einem viersitzigen Wagen, und einem eleganten Rennschlitten. – In den Gasthäusern sei es im allgemeinen jedenfalls ziemlich beim Alten geblieben. Aber in den Gegenden, die durch die Sommerfrischler Zulauf haben, da spüre man schon die neue Zeit. Und Lentner ist ein unbestechlicher Beobachter. »Natürlich wird in den vornehmen Gaststuben städtischer Luxus nachzuahmen versucht, sie sind oft in allen

Farben des Regenbogens gemalt, mit seltsamen Wolken von Vorhängen drappierirt und als Eigenthümlichkeit erscheinen die Spiegel, die hart unter der Decke aufgehangen werden. Die Möbel sind hier alle politirt, die Betten hoch und gewichtig.«
In den »gemeinen Kammern«, wie Lentner schreibt, sei der Fortschritt nicht ganz so deutlich. Hier seien durchwegs noch die alten »zweischläfrigen Betten« üblich und das »Toillettgeräth« bestehe in einem Maßkrug mit Wasser mit darübergehängtem Handtuch; die Möbel meist nur in einem Tisch und hölzernem Stuhl. Irgendein geistlicher Zierat und der Weihbrunnkessel fehlten nirgends.
Lentner erlebt, wie sich so mancher biedere Gasthof zum ländlichen Hotel mausern will. Und sein Kommentar ist entsprechend. »Es wurden manche stattliche Wirthsgebäude im Oberland oft zweistöckig mit einer Unzahl von Gelaßen aufgeführt, leider nicht immer mit Geschmack und im entsprechenden Styl; dagegen sieht man auch wieder recht stattliche erfreuliche Bauten mit Beibehaltung der einheimischen Bauart. In solchen Neugebäuden wird natürlich das Innere so modern zugerichtet, als man es eben versteht und weit treiben will. Die Zechstube behält jedoch immer irgend etwas bei von ihrem eigenthümlichen nationalen Charakter.«
Lentner berichtet dann, wie so eine Wirtsstube in den älteren Gasthäusern damals ausgesehen hat. Ist man in den Hausgang gekommen, war gleich links die Gaststube, damals Zechstube genannnt. Daran angeschlossen, durch eine Bretterwand geschieden, das sogenannte »Herrenstübl«, in dem die Honoratioren bewirtet werden und die Familie ißt. Die alten Wirtsstuben sind gewöhnlich holzvertäfelt, zumindest bis zur Kopfhöhe der Sitzenden, ringsum läuft eine Bank, drei bis vier Ahorntische mit Freibänken und hölzernen Stühlen sind davor aufgereiht. Im Erker steht ein besonderer Tisch mit einer eingelegten Schieferplatte, um auf ihr mit der Kreide zu rechnen. In einer Ecke befindet sich meist ein auf vier Beinen stehender Block zum Wurstmachen. Den Sommerfrischlern zuliebe sei manchmal auch ein Stoßpudel zu finden, das ist ein Tischkegelspiel; zur Verzierung der Stube diene meist eine Schwarzwälder Uhr in einem eigenen

Gehäuse; und an den Wänden hängen in einer Ecke ein Kruzifix und Heiligenbilder und an den Wänden Lithographien mit Porträts des Königs und der königlichen Familie, Bilderbogen mit Szenen aus dem Leben von Wilhelm Tell, vom verlorenen Sohn, der Genofeva oder dem ägyptischen Josef.
Und in diesen Gasthäusern, nur ein kleines bißl abseits von den Etablissements der zentralen Fremdenverkehrsorte, muß der Sommerfrischler von 1850 sich streng an einheimische Bräuche halten. »Für's Erste hat die Kellnerin, die hauptdienende Person, daselbst eine gewisse Art zu grüßen und die Gäste zu empfangen, und zwar nicht mit der Frage, was er wünsche, sondern gleich mit der Zumuthung: ›Schaffens oder schafft ihr eine Maas oder eine Halbe‹; etwas später folgt die Frage: ›Wollt ihr was zu essen auch?‹ wobei allenfalsige frische Leckerbissen, z. B. Leberwürste u. dgl. angegeben werden. – Zu Mittags und Abends beim Gebetläuten tritt die Kellnerin in die Mitte der Stube und betet den sogenannten Englischen Gruß laut vor.«
Auch der Düsseldorfer Maler Alfred Rethel erlebt das Beten in der Gaststube, als er neunzehnjährig im Jahre 1835 von München nach Innsbruck wandert und an einem Abend in Iffeldorf an den Osterseen Quartier findet. In einem Brief an seine Eltern schildert er den Gasthof –, es ist der Gasthof zur Post –, die säuberlich mit Holz vertäfelte Stube und den großen Ofen, die Bauern, die an langen tannenen Tischen sitzen, Pfeifen rauchen, das Bier in ihren Deckelkrügen vor sich, und »ihr Messer, Gabel und Löffelbesteck« ragt, wie er schreibt, »aus den Taschen ihrer gamsledernen Hosen«. Alle haben sie natürlich den Hut auf dem Kopf.
»So unterhielten sie sich über ein auf einem benachbarten Dorf vorgefallenes Brandunglück, alles Du und Du, und als sie eben mitten im heftigsten Erzählen und Parlieren waren, läutet es zur Vesper; alsbald waren alle Häupter entblößt, und der Älteste aus ihrer Mitte sprach ein lautes Gebet. Das Gebet dauerte so lange, als die Glocken auf der Kirche ertönten, und als sie aufhörten, waren auch gleich die Hüte auf dem Kopf, und das Gespräch wurde fortgesetzt.«
Nun, die Sommerfrischler sind schon bald in die Bauernhöfe

gegangen, und haben dort Quartier bezogen; Übernachtung mit Frühstück – und mit Familienanschluß. »Urlaub auf dem Bauernhof« würden wir heut dazu sagen. Zum Essen sind die Sommergäste ins Wirtshaus gegangen.
Um aber ins Geschäft zu kommen, hat es schon einiger Investitionen bedurft. In einer Partenkirchener Familie hat sich ein Einschreibbüchl erhalten, das um 1950 Therese Bauer-Peißenberg in die Hand bekommen und darüber gechrieben hat. In diesem Büchl hat der Hausvater fein säuberlich all das eingetragen, was er hat ausgeben müssen, um Zimmer für die »Herrschaften« herzurichten. Das Büchl ist aus dem Jahr 1870.
Therese Bauer-Peißenberg entnimmt diesem Büchl folgendes: »Schreiner, Schlosser, Sattler und die ›Nahterin‹ bekamen Arbeit. Zwei ›Zweibettzimmer‹ …! stellte man bereit. Vier ›Bettladen‹ … mußte der ›Schreiner Johann von Farchant‹ anfertigen, jede kostete 3½ Gulden. Zwei Waschtische kamen dazu, vier Nachtkastl und je ein Kleiderkasten. Ein ›Kommotkasten‹ wurde angestrichen.«
Sicher braun angestrichen, mit brauner Ölfarbe, in dem fast rührenden Glauben, daß ihn dann jeder für dunkelbraun poliertes Holz hält. Denn die Blumenmalerei war nicht mehr gefragt. Eine teuere Investition waren die Matratzen. Der Bauer hat zwar noch auf dem Strohsack geschlafen, aber den hat man einem herrschaftlichen Sommerfrischler wahrlich nicht zumuten können. So ist der Sattler ins Haus geholt worden, um die Matratzen zu machen. Er hat nicht in der eigenen Werkstatt gearbeitet, er ist vielmehr wie so viele Handwerker damals ins Haus gekommen. Auf die Stör gehen hat man dazu gesagt. So rechnet der Partenkirchner Bauer in seinem Büchl für die Arbeit »und Maren« sechs Gulden; Maren hat man im Werdenfelser Land die Brotzeit geheißen. Und genau hat der Werdenfelser Hausvater Buch geführt.
»… 58 Pfund Tratfedern, die von auswärts geschickt worden waren – es sind die Frachtspesen dabei vermerkt, ebenso bei den 21 Ellen ›Parchent‹ und den 66 Pfund ›Grana friko‹ – wohl ein Füllmaterial. Die ›Tratsteften‹ und der Spagat waren am Ort gekauft. – Für das Anfertigen der Betten bekam die ›Nahte-

rin‹ geringen Lohn … Weiberarbeit war auch früher schlecht bezahlt.« Dabei muß es eine äußerst mühsame Arbeit gewesen sein.
»Der Barchent war nicht federdicht, er mußte vor dem Einfüllen gewachst werden. Für ›Wax‹ war fast so viel ausgegeben worden wie für Arbeitslohn. Ganz groß war die Summe, die für ›Federn und Pflaum‹ hingelegt wurde – 52 Gulden und 43 Kreuzer – ein Heidengeld. Die ›Herrschaften‹ lagen gut gebettet …«
Mit den Betten allein war es aber noch nicht getan. Ein »Waschlavoar« hat für jeden Gast bereitstehen müssen, eine Steingut- oder Porzellanschüssel, mit dem dazugehörigen Wasserkrug. Kupferne oder zinnerne Wärmflaschen haben besorgt werden müssen, denn in verregneten Sommern haben die Betten ganz schön klamm sein können. Und das berühmte Haferl unterm Bett hat auch nicht fehlen dürfen. Dabei fällt mir eines dieser Gefäße der Nacht ein, das mein Vater einmal unter seinem Bett hat herausblitzen sehen, und auf dem blumenumrankt gestanden ist: »Hier werden gesammelt von Mann und Frau Liebesgaben für den Ackerbau, drum dränget und drücket mit aller Kraft für die notleidende Landwirtschaft.« Weniger dekorierte Haferl haben aber auch ihr Geld gekostet. Und das alles natürlich mußte viermal angeschafft werden. Zwei Fußschemel hat der Schreiner noch machen müssen und zwei »Spucktruhel«, für jedes Zimmer eines. Damals haben nämlich die Herren bedeutend mehr geschnupft und sich folglich bedeutend mehr geräuspert, gespuckt natürlich auch. So ein kurioses Gerät hat damals fast jede Amtsstube geziert: ein Holzkistl mit Sägemehl gefüllt, mit einem Deckel geschlossen. Dazu ein hohes hölzernes Gestänge mit einem Knopf. Hat man oben auf den Knopf gedrückt, ist unten der Deckel aufgesprungen.
Um aber die Ausstattung der Partenkirchner Fremdenzimmer noch zu vervollständigen: »Zwei messingne Tafelleuchter von Tölz wurden angeschafft, … für eine ›Butzsche‹, eine Lichtputzschere, mit der man den Kerzendocht zurecht machte – schneuzen hieß man diese Prozedur – ist dreimal ein Betrag vermerkt. Den sicher blühweiß gescheuerten Boden bedeckten ›2 Fustebich, 4 Ellen‹, die 8 Gulden kosteten …«

Das alles war ein schönes Stück Geld, eine beträchtliche Investition. Nun war also alles wohl vorbereitet. Die »Herrschaften« haben kommen können. Und sie kommen, mit Kind und Kegel, manche gar mit eigener Köchin, mit Stuben- und mit Kindermadl.

Wenn man sich mit dem frühen Fremdenverkehr und der Sommerfrische in Oberbayern befaßt, stößt man immer wieder auf die Arbeiten von Ludwig Steub. Er ist zwar nicht der typische Sommerfrischler, der alle Jahre zur gleichen Zeit, am gleichen Ort »in die Sommerfrische« geht, denn er wandert in Oberbayern, auch in Tirol, beobachtet bei dieser Gelegenheit die Sommerfrischler und notiert seine Beobachtungen. So schildert er beispielsweise eine Eisenbahnfahrt an den Tegernsee im August 1859. Der Zug der königlich-bayerischen Staatsbahn ist in der Endstation Holzkirchen angekommen. »Hundert Menschen also sprangen aus dem Wagen«, schreibt Steub, »und stürzen dahin, um die hintere Front des Bahnhofs zu gewinnen …, wo das ehrsame Holzkirchen sich darstellte und die blauen Alpen, leider aber nur vier oder fünf Stellwagen.«

Große Aufregung, Aufbegehren, Schimpfen. Einige Erfahrene nehmen, verärgert zwar, gleich den Wandersack und marschieren wenigstens bis zu den Sommerkellern von Holzkirchen, andere bestürmen den blauuniformierten Kondukteur, der Billette für die Stellwagen austeilt, und sich die entsprechenden Beschimpfungen anhören muß, weil er längst nicht soviel Fahrkarten ausgeben kann, als er bräuchte. Diejenigen, die nach Miesbach oder Schliersee wollen, sind noch verhältnismäßig gut bedient. Aber die, die Tegernsee zum Ziel haben? Diese »stritten zu Dreißig sehr höflich um Einlaß in einen schmalen Kasten, der kaum ein halb Dutzend fassen konnte …«

Alles schimpft und murrt, ein Stuttgarter meint, im Königreich Württemberg gäbe es so etwas nicht. Da wüßte man bei gutem Wetter immer, daß mehr Leute kommen und da würde man den Posthalter »zwingen«, daß er lieber einen Wagen mehr bereitstellt als zu wenig, und wenn einer leer bleibe, könne der ja wieder heimfahren.

Das wiederum reizt natürlich unseren Steub zum Spötteln: Ein solches Benehmen sei ein neues »Beispiel von der tiefen Kluft zwischen den deutschen Stämmen! Diese grausame Energie der Schwaben gegen die Herren von Dienst, und dabei der unwürdige Servilismus gegen das Publicum! Wie ganz anders ist das bei uns! Einen bayerischen Posthalter zwingen, – mich überlief es kalt! Und erst die Stuttgarter, die im Voraus wissen, daß bei gutem Wetter mehr Leute ins bayerische Gebirge reisen? Wahre Teufelskerle!«

Aber Steub meint, es habe auch andere Reisende gegeben – »denkende Reisende« hat er sie genannt. Die haben sich schnell zum Tarock zusammengesetzt. Dieses Spiel sei nämlich auch an verregneten Sommertagen hoch geschätzt, nicht nur bei den Laien, auch bei der Geistlichkeit. Nach eineinhalb Stunden kommen doch noch Stellwagen und es stellt sich heraus, daß es nur deshalb so lang gedauert hat, weil die Pferde auf dem Feld und die Knechte beim Heuen waren. Und es geht weiter, »eingeschindelt und eingeschachtelt, Kopf an Kopf und Knie an Knie«, wie er schreibt.

Steubs Fahrt führt zunächst bis Gmund am Tegernsee, und auch hier macht er so seine Beobachtungen: Hier »sieht man nur die bekanntesten Münchner Köpfe zu den Fenstern herausschauen. Münchner Mütter wandeln auf den Altanen der Bauernhäuser; Münchner Fräulein jodeln aus den Dachlucken; Münchner Kinder spielen … auf den Gmunder Wiesen. Die Stadtwelt drängt jetzt furchtbar über ihre Mauern; jeder Thorwart, jeder Milchmann geht aufs Land und selbst die abgelegendsten Berghöfe werden aufgesucht, um dort arkadisch zu leben.«

Also um das idyllische, ach so gesunde Landleben zu genießen. Gmund habe einen ganz großen Vorzug. Daß es nämlich nicht Tegernsee ist, das eh längst von der Münchner Schickeria in Beschlag genommen sei. Gmund sei halt noch ein liebenswürdiges Dorf mit »zierlichen Bauernhäusern«, einer stattlichen Kirche, und das, zusammen mit den Wäldern der Umgebung, dem Rauschen der Mangfall, der reinen Luft – das betont er eigens –, das alles zusammen sei doch sehr angenehm und erholsam.

In einem anderen Zusammenhang schildert Steub das Sommerleben in Tergernsee. Wie auf einem Jahrmarkt ginge es da zu. Ein halbdutzend Stellwagen, dazwischen noble Equipagen, Sonntagsreiter und eine Menge Volk – ein »Kranz von Schifferinnen, Wildpretschützen, Almerinnen und Landleuten, … die Kellnerinnen rannten, die Lakaien schwirrten, die Hausknechte brüllten …« Viele Ankömmlinge stünden ratlos herum. Es gäbe kein Quartier, kein Bodenloch!

»Desto sicherer drehte sich da um die eigene Achse ein unzerstörbarer Stock von wohlvermieteten Münchnern – lauter gute Leute, die zum Ausschiffen der Stellwagen herbei sputen wie die Kinder zur Wachtparade. Es ist so angenehm, sagt der alte Dichter, vom sichern Ufer aus dem Schiffbruch der andern zuzusehen. Die Zuschauer gewährten auch in der That lauter angenehme Gesichter, und schienen in der herrlichsten Sonntagslaune. Herr Oberlieutenant, in der Stadt so vornehm grüßte mich sogar. Viele andere gebildete Civilpersonen von der Altane … deßgleichen. Und wirklich diese Blumenlese von lieben Bekannten, wer konnte sie nur im Traume ahnen! Sie gieng weit über die kühnsten Wünsche. Hier der Herr Secretär, dort der Assessor, der Herr Bezirks-, der Herr Regierungs-, der Herr Appelations- und Oberappelationsrath, der Herr Staatsanwalt, der Herr Commissär, der Herr Oberkommissär, der Herr Inspector, der Herr Director, der Herr Consistorialrath mit seinem christlich-germanischen Lächeln – auch der Herr Baron, der Herr Freiherr, der Herr Graf aus München waren da, alle in der Joppe und im ländlichsten Humor – aber es war fast zuviel auf einmal, und wirklich überwältigend. – Ach lieber Gott, betete ich endlich, nur ein norddeutsches Gesicht, sei's ein Hannoveraner ein Märker, ein Mecklenburger oder Pommer, nur einmal eine Abwechslung!«

Nun, heut tät sich unser Ludwig Steub viel schwerer, einen Münchner zu finden. Sein Wunsch ist ihm aber damals doch in Erfüllung gegangen. Es geht auf zwölf Uhr mittag zu. Er eilt zur »Table d'hôte« zum Guggenmoos und bekommt einen Platz an einem Tisch, an dem doch tatsächlich ein Hochzeitspaar aus Niedersachsen sitzt.

Wie es scheint, war das »ruhige Landleben« so ruhig nicht: »Frau Crudelis fuhr schiffend dem Gestade entlang, mutter-

seelenallein in einem bemalten Kähnchen. Die Zephyre hatten – ich weiß nicht wie – den Weg in ihre weiße Crinoline gefunden, welche sich wie ein Segel blähte, so daß sie nur milde durch die Seerosen hin zu steuern brauchte, was sie mit himmlischen Lächeln that. Derweilen schollen aus allen Fenstern die kunstreichsten Clavierconcerte – die Chansons d'Amour, der Marsch aus dem Sommernachtstraum. Eine Cither schlägt den Elfenchor aus Oberon; Fräulein Amara jodelt: ›Zu Dir zieht's mich hin‹ u.s.w. mit jugendlichem Ungestüm, als wenn sie gar nicht mehr aufzuhalten wäre. Hin und wieder ein Trompetenstoß aus dem Wirthsgarten wie ein Posaunenschall aus einer andern Welt, und von der nächsten Wiese die Musik des Rindviehs, welche wir weit oben im Bergwald aus sentimentaler Schwelgerei Alpengeläute nennen, während uns hier die einfachen Instrumente derselben neben der Harmonie der Pianoforte doch auch nur vorkommen, wie die gewöhnlichsten Kuhschellen.«
Es lohnt sich, bei Ludwig Steub zu bleiben, denn an anderer Stelle schildert er, was einen Gast, der um 1850 seine Sommerfrische in einem oberbayerischen Wirtshaus verbringt, so alles erwartet. »Ein leidenschaftlicher Hang zur Unbequemlichkeit ist den Altbayern, bei allen ihren sonstigen Tugenden, ohnedem nicht abzusprechen. Man hält viel auf Sitzbänke, die zu schmal, auf Betten, die zu kurz sind, und auch die Wohltat einer leichten Sommerdecke schleicht sich erst allmählich ein, in schwerem Kampf mit den alten winterlichen centnerschweren ›Plumeaux‹, dem Stolz der Wirthinnen.«
Und diese »Plumeaux« waren dicke schwere Federbetten, die selbst im Sommer, bei Schnürlregenwetter, feucht und klamm waren, in die der Gast dann am Abend eine kupferne Wärmflasche bekommen hat. Weiter schreibt Steub, man zerbreche sich im übrigen in altbayerischen Gasthäusern weiter nicht den Kopf, wenn eine Tür so krachend zufällt, daß bei Nacht alle Schläfer erwachen, auch nicht, wenn irgendwo ein Nagel herausschaut, an dem man sich sein Gewand zerreißt, oder ein Balken, an dem man sich den Kopf anrennt und eine Beule holt: »So z. B. findet sich beim Husarenwirth zu Garmisch im oberen Stock ein Ort, den man täglich besucht, und an dessen Thürpfo-

sten ein überflüssiges Brett so weit heruntergenagelt ist, daß sich jeder, der das Rekrutenmaß hat, das Haupt anrennt. Wenn dann der Unglückliche mit der Hand vor der Stirn und dem Ausdruck des Leidens im Gesicht wieder herniedersteigt, so lächelt die Husarenwirthin freundlich, als wenn etwas eingetroffen, was sie längst vorausgesehen, und sagt dann schmeichelnd: ›Haben sich gewiß da oben angestoßen! Ja, ja da stoßt sich jeder … an, das weiß ich schon!‹ Weil es aber ein altes Herkommen ist, so bleibt es bei dem Brett, und die Eingebornen, die von Jugend auf sich hier zu bücken gewöhnt sind, würden es wohl auch ungern vermissen.«

Und auf diese Schilderung folgt eine erstaunliche Charakteristik der oberbayerischen Gastronomie auf dem Land. Reinlichkeit und Sauberkeit gelte nach wie vor als eine nicht ganz wertlose, mehr dem eigenen Ermessen freigestellte Tugend, die man allenfalls mit Treue und Redlichkeit ersetzen könne. Die Betten seien zwar sehr sauber, auch gut erhalten, aber die Tischtücher in der Woche öfters als einmal zu wechseln, sei auf dem Land »noch unversucht«. Aber es kommt noch viel schlimmer: »… Selten wird man auch in der Bratenbrühe eine geschmorte Fliege, noch seltener im Salat jenes Würmlein vermissen, welches uns bedeutsam an unsere Vergänglichkeit erinnert und auf das Jenseits hinweist. – Noch immer werden auch die ›Krügeln‹ nicht in laufendem Wasser, sondern in ehernem Kessel, eines in der Jauche des andern gespült.«

Und von noch einer Unsitte weiß Steub zu berichten: »Die wunderliche Sitte, aus den verschmähten Tropfen, die etwa heikle Zecher zurückgelassen, einen neuen Trank zusammenzuschütten für den arglosen Nachfolger, und ein anderes Herkommen, kraft dessen das getrübte Naß, welches vorne vom Hahn abläuft, samt dem Schmutz, der von den Krügen und den rauhen Händen des Schenken sich löst, wieder oben als heimliche Nachspende in das Faß gegossen wird, diese beiden Stammeseigenthümlichkeiten fristen auf dem Lande noch immer ihr Leben, obgleich die Obrigkeit in der Stadt ihnen schon vor mehreren Jahren ihr blaues Auge zugewendet hat.«

Aber in einer Fußnote tröstet Steub seine Leser. Er, der große

Wanderer, meint, in den Gasthäusern in Ober- und Unterfranken, überhaupt in den Wirtshäusern anderer Gegenden Deutschlands schaue es bedeutend schlimmer aus, da wären die oberbayerischen Verhältnisse Gold dagegen. »Den größten Schmutz hab ich immerhin im romantischen Graubünden gefunden; sowohl in reformirten Thälern als in katholischen, obwohl sonst unreiner Glaube und reine Wäsche in einer gewissen Wahlverwandtschaft stehen.«

Wenn ich an die Sommerfrische meiner Kindheit denke, an das Dorfwirtshaus, und wie es da um die Küche bestellt war, um die vielgepriesenen bayerischen Schmankerl, da kommt mir natürlich gleich der Schweinsbraten in den Sinn. Der beste auf der Welt. Aber wenn ich an das Gemüse denke – alles Salat: grüner Salat: Bohnensalat, Selleriesalat, Tomatensalat, Gurkensalat, Kartoffelsalat; das einzige gekochte Gemüse waren ein wässriges Blaukraut, ein durchgetriebener Wirsing im Mehlpapp. Alles aber, soweit ich mich erinnere – zur Ehre des Wirtshauses sei's gesagt – ohne geschmorte Fliegen. Am Freitag hat es noch Dampf- oder Rohrnudeln gegeben und Pfannkuchen mit Marmelad' natürlich. Doch zurück zum Bericht von Ludwig Steub. Natürlich erwähnt er auch die Kellnerin, denn ein Kellner war in bayerischen Wirtshäusern so gut wie unbekannt: »Die früheren bayerischen Kellnerinnen, die schlanken, leichten, neckischen Elfen, haben sich nahezu verloren. Die schönen kann man, wie vielfache Erfahrungen gezeigt, länger als drei Vierteljahre nicht im Hause behalten, und der ewige Wechsel ist zu lästig. Man wählt jetzt lieber garstige, die über Hoffnung wie Furcht hinaus sind und ihren Dienst oft sehr pflichtgetreu verrichten, nur daß die Grazie fehlt. Immerhin ist man noch stets viel wohliger daran als mit dem vornehmen, windigen Kellnertroß in den großen deutschen Hotels.«

Wenn man von der Sommerfrische redet, so darf man den oberbayerischen Schnürlregen nicht vergessen. Es gibt ja bekanntlich Jahre, in denen es sich ausgiebig einregnet und das wichtigste Utensil der Schirm ist – Das Regenwetter in den Bergen hat sogar einen Münchner Maler zu einem Bild angeregt. Eines der bekanntesten Bilder des heute hoch und höchst gehandelten

Malers Heinrich von Bürkel zeigt einen Wolkenbruch in Partenkirchen. 1838 hat er es gemalt. Sturzbäche fallen vom Himmel, vom Sturm verweht stürzt das Regenwasser aus den weit überstehenden hölzernen Dachrinnen auf die Straße. Die einzigen Lebewesen: Kühe, die aufgeregt herumirren, ein Mann, der gegen das Wetter ankämpft, eine Frau mit Regenschirm und aufgeblähtem Rock, ein Schaf und ein Hund, die Schutz suchen.

Nach solchen Gewittern hat es sich oft genug entsprechend eingeregnet, tagelang, manchmal wochenlang. Der Schnürlregen war sprichwörtlich, aber auch gefürchtet, so daß ihm sogar Karl Stieler eine entsprechende Schilderung gewidmet hat. »›Nein, dieses gräuliche Wetter, es ist wahrhaftig nimmer zum aushalten!‹ so murrt der Kommerzienrath, der unter dem Regenschirm seinen Spaziergang macht und dabei dem Regierungsrath begegnet. ›Juten Abend, Amalie‹, hallt es von der zweiten Etage herab, ›wie, Du gehst aus bei diesem Wetter? Ach es ist wahrhaftig nicht mehr zum aushalten, unsere Kinder haben alle den Schnupfen.‹ Es gibt Tage im Gebirg, wo man auf den Straßen nichts mehr hört als diese Jammermelodie. … Das dauert bisweilen vierzehn Tage. Sie haben Katarrh, Migräne, Kosten und Langeweile, was Wunder, wenn sie sich alle zusammen in einer elegisch rabbiaten Stimmung befinden?«

Was tut nun der Sommerfrischler an solchen Tagen? Er langweilt sich. Damals gibt es noch kein Fremdenverkehrsamt, kein Haus des Gastes, in dem man sich ja auch nur langweilt, keinen Heimatabend, der die wahre Originalität »ächt« und »unverfälscht« vor allem unterhaltend geboten hätte.

»Solche … Tage … lassen sich nur überleben, wenn man sie in weihevollem Fleiß hinbringt. Deßhalb schreibt die Mutter endlich ihren lang verschobenen Brief …, der Alte aber liest im Nebenzimmer die ›Allgemeine‹ und stellt mit barbarischem Fußgetöse die Ruhe her, wenn man draußen zu laut wird …«

Die »Allgemeine« ist übrigens nicht die Frankfurter Allgemeine, sondern die Augsburger Allgemeine, die damals jeder Münchner Bürger, der was auf sich hält, bezieht und sich in die Sommerfrische nachschicken läßt. Was die königlich-bayerische Post pünktlichst besorgt.

»Emsig nadelt die ältere Tochter, die man schon ein Fräulein heißt, und die Kinder sitzen über den Tisch gebeugt und kauen an einem Rechenexempel, das ihnen der Hauslehrer oktroyiert hat. … All das in einer Stube, all das in lautloser Stille. Nur der Regen klatscht … an die Fenster.«
Stieler erlebt ja die Sommerfrischler sozusagen als »Tegernseer«, er fühlt sich als »Eingeborener«, und spöttelt aus eigener Anschauung über die »wohleingemieteten Münchner«, die an diesen verregneten Tagen ihre Zuflucht im Tegernseer Bräustüberl suchen, weil sich bei so einem Wetter eh nichts Gescheiteres anfangen läßt. Das Tegernseer Bräustüberl hat damals noch etwas anders ausgesehen als heutzutag. Das rauchige Eckstüberl ist der eigentliche Ehrenplatz …
»Nebenan ist eine steinerne Halle, die zur Filiale dient. Auf Bauernbänken und allerlei Sitzgerümpel sucht man hier Platz zu finden, … dicht zur Seite prasseln die Dampfkessel und johlen die Bräuknechte, die mit dem Sieden beschäftigt sind. In dieser Halle und in jenem Stübchen vereinigt sich die durstige, die geistreiche – ja manchmal sogar die schöne Welt. … Manche Tenöre ersten Ranges netzten hier ihre unbezahlbaren Kehlen und sangen auf dem Heimwege den ›Abendstern‹ …«
Hier an den Gestaden des Tegernsees erholen sich Professoren aus Heidelberg, aus Berlin, aus Göttingen, auch aus München; Kommerzienräte aus Hamburg, Beamte, Offiziere, Ballettänzer und höhere Töchter, und alle versammeln sich mittags bei der Table d'hôte und freuen sich an solch trüben Tagen auf diese Abwechslung. Dann zieht sich alles wieder in die Zimmer, in die Quartiere zurück. Wenn ein Regentag angemessen verlaufen soll, dann muß am Nachmittag tarockt werden. Und eine Neuerung findet an so verregneten Tagen einen besonderen Zuspruch. Stieler jedenfalls stöhnt: »In jedem Wirtshaus des bayerischen Gebirges befindet sich heutzutage eine Klavierruine, und die schlechten Tage sind es natürlich vor allem, die zum schlechten Musizieren reizen. … o dieses vierhändige, dreistimmige, zweibeinige, eintönige Mißgeschick – wahrhaftig, solch ein Piano ist eine Geißel Gottes für die Nachbarschaft!«
Den Abend dann verleben die einen in der gemieteten Bauern-

wohnung mit Hausmädchen, mit Hausdame, auch mit Hauslehrer, bei einem bescheidenen Abendbrot, in Schlafrock und Pantoffeln. Andere, die nicht mit einem ganzen Troß gekommen sind, geben es noch etwas bescheidener. »Schlag acht Uhr wird der jüngste Sprößling in einer Kommodeschublade oder in dem großen Koffer zu Bett gebracht, dann kommt die Friedenspfeife des Papa und das mütterliche Strickzeug.«

An größeren Orten ist man auch damals schon »ausgegangen« – zum Tanzen. Gut Mitternacht mag es geworden sein, bis man heimgegangen ist, der Vater, die Mutter, die Töchter, begleitet von galanten Tanzherren, in Regenmäntel gehüllt, in Gummigaloschen und mit Regenschirm, um die vielen Pfützen herum oder in dieselben hinein. »Als alles zu Bett gegangen war und die Mutter das Kerzenlicht ausgeblasen hat, sagt sie zum Vater: ›Horch nur, wie es gießt‹, … und dieser schüttelt den Kopf und spricht: ›'s ist doch infam hier auf dem Land.‹ – ›Horch nur, wie es gießt‹, sagt die ältere Schwester zur kleineren, aber diese schüttelt den Kopf und spricht: ›'s ist doch famos hier auf dem Lande.‹«

Bauernleben

Vom Wandel der Sitten auf dem Land

Ich bin ja immer auf der Suche nach neuen Themen für unseren Hoagascht, wobei ich mich meistens auf meine Bibliothek verlassen muß. Und wie ich wieder einmal so suche, kommt mir ein kleines Büchl in die Hand, Titel »Das Bauernleben«. Es sind Auszüge aus den Predigten und Werken bayerischer Barockprediger. Ausgewählt hat diese Stellen Karl Böck. Das Büchl aus dem Jahr 1953 ist hochinteressant und wäre es wert, wieder veröffentlicht zu werden, vielleicht sogar in einer erweiterten Form. Dort zitiert Böck drei bekannte Prediger, nämlich: Christoph Selhamer, der um 1630, also mitten im Dreißigjährigen Krieg, in Burghausen geboren und 1708 in Salzburg gestorben ist, dann den Kapuzinerpater Jordan von Wasserburg (1670–1739) und endlich Johann Christoph Beer, den Pfarrherrn im schwäbischen Gottmannshofen, der 1690 geboren, 1760 in Gottmannshofen gestorben ist. Sie alle haben, wie man so schön sagt, »dem Volk aufs Maul geschaut«. Und sie alle haben die Verhältnisse in und auf dem Lande bestens gekannt.

Fangen wir mit dem Kapuzinerpater Jordan an.

Man ist erstaunt, was dieser Kapuzinerpater beispielsweise über die Sprache von der Kanzel auf die Köpfe seiner Gläubigen herunterdonnert. »Liebste Muttersprach! Wie bist du so gar verkehret?! … Wie gar schlimm hast du verändert deine Wort und Reden? O ihr ehrliche teutsche Landsleuth, wie gar übel ist eure Zunge verderbet. … Teutsch reden wir zwar noch, aber mit auf teutsche Art, das ist: nit mehr so löblich, so andächtig, so Gottesförchtig, so auferbäulig, wie vor diesem.« – Ja, die Alten hätten noch um ihren Herrgott gewußt. Da habe man bei einer Begegnung gesagt »Gott Grüß den Herrn, Gott Dank dem Herrn, Gott willkommen, Herr Bruder, Gott lob, daß wir einander sehen.« – Nun, das »Grüß Gott« hat sich ja bis heute, Gott sei Dank, erhalten, aber damals, um 1700, scheinen schon ganz neumodische Reden eingerissen zu sein. Da höre man »Einen guten Tag, einen guten Morgen, einen guten Abend«. Unser Pater Jordan trauert alten Redewendungen nach, wobei einige doch bis heute nicht ganz ausgestorben sind. Ich darf ihn zitieren: »... hat einer genieset, so sprach man zu ihme: Gott helfe euch« – »Helf Gott« kann man heut noch hören – »hat man voneinander Urlaub genommen (hat man sich auf längere Zeit verabschiedet), so war das letzte Wort: Gott behüte euch oder Gott seye mit euch«; nun »Pfüat di God«, behüte dich Gott, kann man auch noch hören. Genauso wie das »Vergelt's Gott« als Dank. Dann erzählt der Kapuzinerpater: »So man bey anbrechender Nacht das Liecht in die Stuben gebracht (hat), da pflegte man zu sprechen: Gott verleyhe uns das ewige Liecht.« Die Arbeit hat man mit der Rede »in Gottes Namen« begonnen, man hat sie mit der Rede »Gottlob« – »Gott sei Dank« beendet. Das kann man ja noch heute hören, zumindest als Stoßseufzer.

Nun, der Kapuzinerpater predigt seinen Schäflein, wie traurig und beschämend es ist, daß Gott aus dem täglichen Sprachschatz auf diese Weise verschwindet, und er hält ihnen den Wandel ihres Sprachgebrauchs vor: »Und wie redet man jetzt? – Höret: Ihrer zween treffen auf dem Weg zusammen und lautet der Gruß also: Serviteur Herr Bruder, schuldigster, oder gehorsamster Diener, das Wort Gott höre ich da nit. Man trinket und da heißt es: A vous, a votre santé. Man getraut sich gar wohl einen gesunden Trunck zu thun, wann schon Gott denselben nit gesegnet. Es niest einer, da muß das ausländische Wort herhalten: Sanita. Man danket einander nit mehr mit Gott. Gott Danck euch ist abkommen, aber dafür ist aufkomm grand merci, oder schönster Dank.« Das Merci hat sich erhalten bis in die Zeit vor dem Zweiten Weltkrieg, vereinzelt hört man es heute noch. Und der Pater Jordan von Wasserburg murrt, daß auch die Abschiedsformel früher schöner war, »man gehet voneinander ohne Gott, wie man ohne Gott zusammenkommt, und mit dem ›Ich recommendire mich‹ gandet man ab (also geht man weg). Will man ... fortreisen, besteht der gantze Segen in einem kurtzen abgeschnellten Allons. Hat einer eine Gnad, einen Dienst, ein neues Ehren-

Ambt erhalten, so muß das Vivat an Statt Gott Lob gelten und sich hören lassen. … seithero die ausländische Wort hereinkommen, haben wir das heilige Wort Gottes schier gar aus dem Gedächtniß verlohren.« Die altdeutsche Weise zu reden und jetzt für eine »einfältige Sach« zu halten und auszumustern, wolle ihm gar nicht gefallen. Hier komme ihm ein Verserl der Vorfahren in den Sinn: »Trink und iß, Gott nicht vergiß.«

Nun unser Pater Jordan von Wasserburg würde wohl staunen, wenn er wüßte, daß sich wenigstens das »Grüß Gott« oder das »Gott sei Dank« bei uns bis ins dritte Jahrtausend gerettet hat. Er würde sich wundern, daß man sich nicht mehr an Frankreich orientiert, sondern auf die penetranteste Art und Weise an England oder richtiger an Amerika. Wir zerbrechen uns den Kopf, wie man unseren Dialekt erhalten könnte, in möglichster Vielfalt, dabei geht die deutsche Sprache vor die Hunde. Wir haben eine City, wir haben ein Handy, eine Sprachschöpfung, die man nicht einmal in England kennt, wir haben nur noch Center, Partys, man hat ein Outfit, Zehnjährige sind bereits cool, also lässig, überlegen – und Kinder haben wir keine mehr, nur noch »Kids«.

Christoph Selhamer, der Prediger und Stadtpfarrer von Weilheim, hat in seiner »Tuba rustica« 1701 seine Donnerpredigt schwarz auf weiß unter das Volk gebracht. Er hat über Brauch und Mißbrauch seiner Schäflein bestens Bescheid gewußt und geht deshalb mit ihnen auch entsprechend ins Gericht. So widmet er etwa dem Fensterln einen Beitrag. Und den beginnt er mehr als massiv: »Erstlich war Moyses dazumahl als ein 24. jähriger Kund, ein frecher, ein gottloser, verruchter und verhurter Knecht, der gantze Nächt in und außerhalb des Dorfes, wie ein Dorff-Stier herumgeschossen, allenthalben eingestiegen, gefensterlt, buelt und geludert. Mit Aufgang der Sonnen kam er nach haus …« Woher unser Prediger in diesem Zusammenhang den Namen »Moyses« hat? Wir werden es nicht erfahren. Vielleicht war es damals ein Spitzname für so einen Streuner, ein Spitzname wie für einen Schiffsjungen, den man aus unerfindlichen Gründen auch Moses heißt. Wie dem auch sei, zurück zu Christoph Selhamer und seiner Sittenpredigt. Wie geht es nun zu auf einem Hof, wo so ein Streuner daheim oder richtiger öfters

nicht zu Haus ist: »Wie aber ist es mit der Arbeit von statten gangen kann man wohl denken, elend genug, die Roß im Stall ließ er halb vermodern, das arme Vieh fieng an zu rören, wollten ihr Futter haben, der Knecht war weiß Gott wo.« Wo es so zugehe, hole man nichts als den Teufel ins Haus und damit das Unglück. Die Arbeit bleibt hinten oder geschieht nicht einmal halb. Vor solchen Leuten könne man nichts Gescheites erwarten und man täte gut daran, wenn man solchen Ehhalten, solchen Dienstboten »den Sack gibt«. Wenn man ihnen also kündigt, wenn man sie hinauswirft. Dienstboten haben damals ihr Hab und Gut meist in einem Sack gehabt und daher kommt wohl auch der Ausdruck, einen mit Sack und Pack fortschicken.
Selhamer warnt seine Mitmenschen, besonders Bauernleute, vor solchem Ludervolk, von dem man wahrlich nichts Gutes zu erwarten habe. Die Bauern und die Hausherrn sollen auf ihr Gesinde, auch solches »Gsindl, fleißig Obsicht haben«. Die Haustüren sollen verriegelt sein, daß bei der Nacht niemand hinaus, und niemand »hineinschliefen« kann. Wenn man das tue, wird dieser Bursch das »Rollen«, das Streunen bald aufgeben. Der Bauer hat in seinem Haus für Ordnung zu sorgen, er solle zur Nacht fleißig nachschauen, ob seine Knecht, »seine gewachsenen Buben« zu Haus sind. Das Weib im Haus hat Verantwortung zu tragen und zu »visitieren«, also zu schauen, daß die Dirnen und die Töchter zu Haus sind. »… mercken sie einen Fehler, sollen sie so gefährliche Leut zeitlich weiterschicken, ehe durch sie ein Unglück im Haus angestifft werde, den Kindern ein ernstliches Biß einlegen«, sie in Zaum halten. Und Selhamer schreibt: »An etlichen Orten tragen ihnen schlimme Knecht, wann man sie dingt (einstellt), diß vor aus: ›Ja Baur, ich will Dir wohl um 12 und 15 Gulden, um ein Hemmet und 2 Paar Schuh ein Jahr … dienen, aber das sag ich dir vor, das Nacht-Gäßlen laß ich mir nit wehren‹, das ist so viel geredet: Das Huren und Bueben nimm ich mir vor auß.« Und das Bueben in seiner fragwürdigen Form kennen wir ja heute noch im »Spitzbuben« oder in den »Bubereien«, sozusagen für ein liederliches Leben. »Wo ein Knecht Heillosen Fättlen nachlaufft, ist vor ihm schon nichts mehr sicher. Man … kleibelt (stiehlt) wie man kan und mag, daß man

die schlimme Kepsmenscher befridigt.« Und was die liederlichen »Kepsmenscher« betrifft, so werden sie »von diesen Lumpen zum Bier und zum Meth geführt. Ist's Markt (Jahrmarkt), so muß man ihnen ein Kram kaufen, dazu braucht man Gelt. Seine Besoldung mag ihm nicht klecken (ausreichen), also muß er nur kleiblen.«

Unser Pfarrer Selhamer ist wahrlich nicht der erste, der in seiner 1701 erschienenen »Tuba rustica« gegen das Fensterln etc., etc. wettert. Schon hundert Jahre früher – 1603 – wendet sich Bischof Heinrich von Augsburg in einem Erlaß gegen die Unsitte, daß Dienstboten bei der Einstellung fordern, daß man sie nicht daran hindert, wenn sie nachts das Haus verlassen, um »Personen des anderen Geschlechts zu besuchen«, wie es so schön heißt, oder am Fenster mit denselben zu reden. Außerdem verbietet er auch, daß Knechte und Mägde gemeinsam in einer Schlafkammer untergebracht werden.

Selhamer ist nicht allein, wenn es darum geht, dem Volk den Kopf zu waschen. Da gibt es auch den Pfarrherrn Johann Christoph Beer in Gottmannshofen, also im Schwäbischen. Er hat mehrere Büchl herausgegeben. Darunter eines mit dem Titel »Das Gericht der Eltern«, es ist 1751 erschienen. Darin benützt er gerne die Form des Dialoges. Das heißt, daß zum Beispiel eine Mutter Fragen stellt und er darauf antwortet. Die Frage ist kurz, seine Antwort lang, sehr lang. So möchte eine Mutter wissen, wie man die Kinder vor übler Gesellschaft schützt. Und er antwortet: Das erste sei, daß man die Kinder vor solcher Gesellschaft abhält. So solle man darauf schauen, daß die Söhne »des Nachts nicht so lang aus seyen, und sich weiß nicht wo aufhalten. Die Töchter sollt ihr an Sonn- und Feyrtägen abhalten, wo die Mannsbilder hinzukommen pflegen. Auf dem Land ist diser armseelige leichtfertige Brauch, daß die Eltern an denen Wercktägen im Winter ihre Töchter des Nachts mit der ›Gunckel‹ auslauffen lassen, auch in solche Häuser, wo viele Mannsbilder hinkommen, was kan anderst hinaus erfolgen, als die schweriste Sünden und Laster?« Und dann kommt's: Nicht weniger leichtfertig und lasterhaft sei jener Brauch, »daß viele Töchter des Nachts von bekannten Mannsbildern aus dem Schlaf sich lassen

aufwecken, und gantze Stunden in verborgenen Orten und Winkeln mit ihnen allerhand leichtfertige und verliebte Gespräche führen, mit nicht kleiner Gefahr ihrer Seelen, damit also alle Buhlerey in solchen Umständen vermieden bleibe, so sollt ihr eure Söhn und absonderlich Töchter jederzeit nur an solchen Orten des Nachts schlafen lassen, in welchen sie wohl verwahret seyen, und ohne eur Wissen und Willen niemand fremder zu ihnen kommen, oder mit ihnen reden könne …«
Da fällt mir jetzt der alte Spruch ein, wo eine Bäuerin, die einen Buben hat, sagt: »Sperrts eure Henna ein – i laß mein Gickl laufen.«
Ja, wie gesagt, der Pfarrer Johann Christoph Beer von Gottmannshofen im Schwäbischen, gleich drüberhalb vom Lech südlich von Donauwörth, bringt in seinem 1751 erschienenen Büchl »Das Gericht der Eltern« sogar Beispiele. Dabei kommt so manche Mutter gar nicht gut weg. Da erzählt er etwa von einer Mutter, die, weil sie mit ihrem Mann nicht »stellig«, also nicht einig, vielleicht sogar zerstritten war, sich einmal in der Kammer zu ihrer »groß erwachsenen« Tochter gelegt hat. »Da hörte sie, wie ein Manns-Bild öfters an das Fenster klopfte und ihre Tochter mit Namen rufte, weilen nun also die Tochter vor der Mutter dieses Klopffen und Ruffen nicht verstehen wollte, so fragte die Mutter die Tochter: ›Wer klopfet dann? Wer ist draussen?‹ Auf welches die Tochter sagte: ›Ha, wer wird es seyn? Der N. ist es halt, kennest ihn dann nicht am Reden?‹ Worauf dann die Mutter zu der Tochter sagte: ›So stehe gleichwohl noch dißmahl auf, und gehe hinunter zu ihme, aber kommst Du mir noch einmahl so, so will ich Dirs gewiß sagen.‹ Die Tochter nun aber kame disem Befehl fleißig nach, und kame auch nicht mehr, sondern als eine Mutter zurück, wie es die lebendige Prob hernach erwiesen hat.«
Das war die eine Geschichte, die andere erzählt Beer von einer Mutter, die er wohl kenne, und die um kein Haar besser sei. Zu ihr kommt ein ihr bekannter junger Bursch zu einer Zeit, als die Tochter sich schon schlafen gelegt hat. Der bettelt die Bäuerin an, sie solle ihm erlauben, die Tochter zu besuchen. »Därf ich nicht ein Weil hinauf zu der N. in den ›Heimgarten‹.« – Ich leg natürlich Wert darauf, daß unser Heimgarten, Hoagarten, Hoa-

gascht sich aufs Singen, Musizieren, Erzählen beschränkt. – Jedenfalls, er möchte halt zu ihr, zu der Tochter auf einen »Hoagascht« gehen. Und was sagt die Mutter? »Ich will dirs endlich wohl erlauben, aber ich sag dirs, stellt mir fei nichts an miteinander.« Wie deutlich diese Ermahnung auch gewesen sein mag, geholfen hat sie nichts, denn nach der angemessenen Zeit wurde ein Kind geboren.

Dann geht der hochwürdige Herr mit solchen Müttern entsprechend ins Gericht. Sie seien es, die ihre Töchter in solche Gesellschaften treiben, die es geschehen lassen, daß so liederliche Gesellen ihre Töchter zum Tanzen ausführen, mit ihnen auch ganze Nächte ausbleiben, weil sie glauben, »auf eine so ehrvergessene Weiß« ihre Töchter »in den Ehstand (zu) bringen«. Die Entschuldigungen der Tochter würden sie um so leichter annehmen, »wann sie mir etwan einen Fetzen von einem kalten Stuck Braten aus dem Sack ziehet, und selben euch für einen Gruß von ihrem Buhler bringet …« Bestechlich auch noch.

Vorhin ist einmal der Ausdruck gefallen, es sei Brauch, die Töchter nachts mit der Gunkel auslaufen zu lassen. In der Zeit der langen Nächte war es üblich, daß die Mädel auf einem Hof in der Stube zusammengekommen sind, um Wolle zu spinnen, um Handarbeiten zu machen – das hat man Gunkel geheißen. Dabei haben sich natürlich auch junge Burschen eingefunden. Und weil da auch nicht gerade die strahlendste Beleuchtung gewesen ist, na ja, im Dunkeln ist gut munkeln, deshalb ist der hochwürdige Herr von Gottmannshofen auf die Gunkelstuben schlecht zu sprechen. Und er herrscht seine Schäflein entsprechend an: Ihr versündigt euch, sagt er, »wann ihr eure Kinder des Nachts in die Gunckel-Häuser lasset; alldieweilen die Nacht vor die Jugend allzeit eine verdächtige und gefährlich Zeit ist. 2. Wann ihr eure erwachsene Kinder in solche Gunckel-Häuser lasset, in welchen auch andere Personen beyderley Geschlechts zusammenkommen. 3. Wann jene, welche die Gunckel-Häuser halten, selbsten schon keinen guten Ruff haben. 4. In denen Gunckel-Häusern geschiehet zum öfftern nichts anderes als Fressen, Sauffen, Buhl-Lieder singen: Die Kinder bringen auch offt gestohlene Waaren dahin. 5. Es werden eure Kinder in selben oft zu der

Leichtfertigkeit abgerichtet, wider euch aufgehetzt, sie werden mit leichtfertigen Personen bekannt, von welchen sie nichts anderes sehen, hören, auch nichts erfahren als lauter ärgerliche Ding. Zu welchen sie unter dem Namen einer Kurtzweil angereitzt werden.« Nun, verlassen wir dieses leidige Kapitel.
Zum Schluß noch etwas ganz anderes, etwas Bitteres, was das Leben der Bauern in weitem Umfeld von Weilheim und dann wohl im ganzen Land betrifft, denn der Stadtpfarrer Selhamer hat es in seiner »Tuba rustica« geschrieben. Er kennt die Verhältnisse genau, und er prangert sie entsprechend an. »Ihr Bauernleut könnet Christo unserm Heyland weit leichter nachfolgen, als alle andern Weltleuth, ja wohl als manche Geistliche. Warum diß? Ihr habt vor andern einen großen Vortheil in Händen. Wollust und Freuden, Hochheit und Reichthumben geben euch in diser Welt wenig zu schaffen, weil ihr mit der sauren Arbeit bloß die Nothdurfft und eure Lebens-Mittel erschnappet; also könnet ihr in der Armuthey dem armen Christo viel leichter nachfolgen als alle hochtragene Haußen, als reiche Kanitzen (in diesem Fall Geizhälse), Kuchel und Keller ist bey euch Bauern schlecht bestellt, der Hunger ist euer Koch, der Gänßwein (das Wasser) löscht euch den Durst, euer gantze Kost bestehet in ungeschmaltznen Wasserschnallen, in saurem Kraut, in schwartzem häbernen, wohl auch gantz klewenen (aus Kleie gebackenen) Brod, wo reiche Leuth, wol auch Laxe Brüder, ungeistliche Geistliche gar sechsfach auf die Schüssel schlagen lassen, und nur im besten Wein herumb baden. Von guten Bißlein wisset ihr sauber nichts, süße Milche und Weißbrocken darein, haltet ihr für ein halbes Himmelreich, also könnet ihr leicht fasten. … Sollte mancher mit euch Ostern halten, därffte er bald meynen, der Charfreitag wäre auf den Ostertag gefallen. Wein sehet ihr ein gantz Jahr nit, als etwan am St. Johannis Tag, wo man euch seinen Heil. Seegen Tröpfelweis verkosten lasset.« Mit der übrigen Kleiderpracht im Gäu hätten sie gar nichts zu schaffen. Sie gingen die meiste Zeit gut kapuzinerisch barfuß, da »man euch offt so vil nit lassen will, daß ihr euch recht kuntet beschuehen«. – Geschrieben wurde das fünfzig Jahre nach dem Dreißigjährigen Krieg, in dem das Land durch die Pest leergestorben war.

Im Lauf der Zeit ist es den Bauern besser gegangen, obwohl man in den alten Physikatsberichten aus dem 19. Jahrhundert lesen kann, daß auch um 1860 das Essen der Bauern einseitig und mager genug gewesen ist. – Aber das Selbstbewußtsein ist immerhin so gestiegen, daß einmal ein Bauer zornig gesagt hat: »Schlagts doch die Bauern all tot, dann verrecken die Herren ganz von alloa.« – Und das gilt heutzutag leider schon wieder, nur sehr eingeschränkt.

Wie der Münchner lebt

Eine »Beschreibung der Haupt- und Residenzstadt« aus dem 18. Jahrhundert

Ich hab mir wieder einmal die Beschreibung der Haupt- und Residenzstadt München von Lorenz Westenrieder angeschaut, erschienen 1782 bei Johann Baptist Strobl. Westenrieder, 1748 in München geboren, erhält 1771 die Priesterweihe. Acht Jahre später wird er Mitglied der bayerischen Akademie der Wissenschaften. Er macht sich einen Namen als Schriftsteller und als Historiker; als Historiker, der auch die Gabe hat, sein Wissen durch viele Veröffentlichungen seinen Zeitgenossen nahezubringen. Daneben schildert er aber auch seine Zeit und diese Schilderungen sind für uns heute volkskundliche Quellen ersten Ranges. Eine dieser Quellen ist das oben genannte Buch »Beschreibung der Haupt- und Residenzstadt München (in ihrem gegenwärtigen Zustande)«, also 1782. Westenrieder schreibt darin nicht nur von den Sehenswürdigkeiten, er erzählt auch von den Menschen, zum Beispiel davon, was und wie sie essen.
»Allgemein gesagt, nimmt der Bürger und Handwerker noch kein Frühstück, und setzt sich um elf Uhr Vormittag zur ersten, und um sechs Uhr Nachmittag zur zweiten Mahlzeit. Rind- oder Kalbfleisch, Bier und Brod sind das gewöhnlichste, was er genießt, und Schweins-, Kalbs-, und Gänsebraten sind seine besten Gerichte und Bier sein bester Trank. Wein oder Branntwein wird ordentlicher Weise nicht getrunken, auch nicht Toback geschmaucht.« Beim Essen gäbe es sogar Besonderheiten, »bei einigen Zünften seien gewisse Speisen, an gewissen Tägen, oder nach Herkommen üblich.« Bei den Schustern müsse man »alle Nachttischzeit Salat aufsetzen«. – »Der Vornehmere überläßt sich dem Ueblichen der Ueppigkeit.« Soweit er es sich halt leisten kann, manchmal auch mehr, als er es sich eigentlich leisten kann. Das ist ein Zug, der unserer Gesellschaft heute gar nicht so fremd ist. Unterdessen zieht der Kaffee in die kurfürstliche Resi-

denzstadt München ein. Aus den Ausführungen bei Westenrieder geht nicht hervor, ob das immer echter Bohnenkaffee ist, oder ob damals schon Gersten- oder Malzkaffee eingeführt wird, vielleicht am Feiertag veredelt mit ein paar echten Bohnen. Für die wohlhabenden, die – wie es so schön heißt – »vornehmeren« Häuser schildert uns Westenrieder schon einen üppigeren Tisch. Haben die einfachen Leute um elf Uhr gegessen, so hat man in vornehmen Häusern erst nach zwölf oder gar erst um halb zwei gegessen: Das Frühstück »sind Koffee, Chokolade, oder Thee, und seine Speisen und Getränke auf die Tafel sammelt er aus ganz Europa und läßt sie, wie viele seiner Medicinen, über entfernte Meere kommen. Nach der Tafel bedient man sich scharfer, gebrannter Wässer, Weine, oder des Koffees, um die Speisen zu verdauen.« Das schließt natürlich nicht aus, daß es in dieser Stadt auch Menschen gegeben hat, die froh waren, wenn sie an der Pforte eines Bettelordens einen Teller warme Suppe bekommen haben.

Das dritte Kapitel in Westenrieders Buch ist mit »Von öffentlichen, und gemeinschaftlichen Anstalten« überschrieben. Dort schildert er beispielsweise, daß jeder Bürger verpflichtet ist, einen Fremden, den er beherbergt, bei dem eigens dafür aufgestellten Schreiber seines Viertels zu melden, der wiederum hat seinerseits weiter gemeldet. Sicher dem Polizeipräsidium. Und das hat natürlich um so mehr für die Gasthäuser gegolten. – »Für die öffentliche Sicherheit«, heißt es bei Westenrieder, »ist auf das vollkommenste gesorgt«; daß auf den Straßen jemand verletzt worden sei, dafür gäbe es kaum ein Beispiel. Um zehn Uhr Abend ist Polizeistunde. Patrouillen kontrollieren das, und wenn nach zehn Uhr noch einer im Wirtshaus sitzt, wird er auf die Hauptwache geführt und bleibt dort in der Zelle, bis er am andern Tag seine Geldstrafe entrichten muß. Wer eine Polizeistundenveränderung will, gar eine »Freynacht«, die Freiheit, Gäste die ganze Nacht zu bewirten, der muß darum beim Platzhauptmann um Erlaubnis bitten. – Damals gibt es bereits eine hochgeschätzte Straßenbeleuchtung: »Die Laternen werden (einige Zeit im Sommer ausgenommen) so bald es dunkel wird, angezündet. Es seynd über 600, und sie beleuchten die Gassen trefflich.« Damals – das kann man sich heute gar nicht vorstellen – war die Stadt mit der Stadtmauer und den Stadttoren, dem Sendlinger, dem Neuhauser, dem Schwabinger, dem Isartor und dem Angertor zu Ende. Davor waren Wiesen und der Isar zu Bäche. Um gleich bei der Nachtzeit zu bleiben. Von zehn Uhr nachts an »schreyen die bürgerlichen Nachtwächter … die Stund aus«. Sie sind übrigens mit einem Degen und einem Spieß bewaffnet. In stürmischen Nächten rufen sie auch, man möge sich vor Feuer schützen. Damals gab es in den Häusern noch offene Herde, und wenn dann so ein Föhnsturm in die Glut gefahren ist, dann hat es schon gefährlich werden können. So manche Brände, sogar Großbrände, sind dadurch entstanden. Dann waren natürlich die Turmwächter da, sie haben Tag und Nacht ihren Dienst tun müssen. Haben sie einen Brand entdeckt, haben sie das Feuerhorn geblasen und Sturm geläutet, bei Tag ein rotes Tuch an der Seite des Turmes herausgehängt, in dessen Richtung der Brand war, bei Nacht eine Laterne. Und beide, der Türmer von St. Peter und der der Frauenkirche, haben zum Zeichen, daß sie wachsam sind und nicht schlafen, zu jeder Stunde, einmal nachschlagen lassen müssen.

Wenn wir gerade bei den Türmern von der Frauenkirche und von St. Peter sind – dazu muß man sagen, daß es zwischen den beiden Pfarreien immer Rivalitäten gegeben hat, genau besehen heute noch gibt. Da hat der Türmer von St. Peter schon bestimmte althergebrachte Privilegien gehabt und gepflegt, so zum Beispiel den Münchnern das Abendlied zu blasen, im Winter um acht Uhr abends, im Sommer um neun Uhr. – Um aber bei der Feuersgefahr zu bleiben – da heißt es bei Lorenz Westenrieder: »Die hiesigen Feueranstalten sind vortrefflich.« Wohl nicht hinsichtlich der technischen Ausrüstung, die war, wenn wir das heute lesen, recht mager. Sicher, man hat Pumpen, Spritzen gehabt, aber sonst werden vor allem Leitern, Feuereimer und Einreißhaken erwähnt. Im Ostteil der Stadt hat man Bäche, aus denen man Wasser holen kann, in der ganzen Stadt Brunnen und »in dem Stadthaus stehen Tag und Nacht vier Pferde angeschirrt, »um unverzüglich erscheinen zu können«. Ansonsten ist das Militär zum Einsatz gekommen. Zum einen sind die Nacht über

Patrouillen durch die Stadt gezogen, und wenn so eine Patrouille einen Brand entdeckt, »brennt« sie die Gewehre los und dann schlägt man von der Hauptwache aus in allen Gassen Alarm. Und weil die Kasernen noch alle innerhalb der Stadt waren, sind die Regimenter ausgerückt, »nach den ihnen schon bestimmten Plätzen«. Die Bräuer sind mit Faßwagen zum Brandort gekommen, denn sie haben ja Fässer mit Wasser bereit halten müssen, abrufbar Sommer wie Winter. Sie haben im Winter auch dafür sorgen müssen, daß das Wasser in den Fässern nicht einfriert.
Was Westenrieder zu berichten weiß, ist an vielen Stellen eine Aneinanderreihung, von deren jeder Absatz, und sei er noch so kurz, interessant ist. Da erzählt er etwa von der »Wegschaffung der Bettler«: »… zur Aufhebung des müßigen, und verdächtigen Gesindels sind Rumorknechte von der Policey bestellt, welche in – und ausser der Stadt unabläßlich herumgehen, und die … zugehörigen Personen gemeiniglich nach dem Zuchthaus bringen«. – Oder er schreibt von einer öffentlichen Kindsstube beim Heiliggeistspital, in der verlassene Kindbetterinnen (eheliche und uneheliche) aufgenommen werden, übrigens auch Findlinge. – Es gibt schon eine Hebammenschule, in die »fähige Frauen unentgeltlich gehen können«, ebenfalls im Heiliggeistspital. Für diese Schule hat die Stadt einen eigenen Medicus, einen Arzt, angestellt. Westenrieder merkt an, daß die Hebammen streng geprüft werden, ehe sie als fähig erklärt und in den Beruf entlassen werden. – Zwei Abschnitte weiter geht es um etwas ganz anderes. »Unmittelbar nach dem Gebetläuten am Abend werden unter dem Landschafts-Bogen bey dem Fischbrunnen die vergandeten Häuser von einem Stadtdiener ausgerufen und sodann der Preis wieder auf eine öffentliche Tafel geschrieben.« Das war natürlich die einfachste Form einer Versteigerung. – Gleich danach erfährt man, daß man Lohnlakaien zur Bedienung der Fremden in den Gasthöfen finden könne. – Die Vorläufer unserer Taxis hat es auch schon gegeben. »Mietkutschen sind zu allen Stunden, und um leichten Preis zu haben. Man bedient sich auch häufig bey Tag und Nacht der Tragsessel, welche in der Dienersgasse zu jeder Stunde augenblicklich zu haben sind.« Es ist schon erstaunlich, daß die Sänftenträger zu Ende des 18. Jahr-

hunderts immer noch eine Rolle zu spielen scheinen. Jedenfalls haben die Sänftenträger eine Art Bereitschaftsdienst. »Die Träger, welche aufgenommen werden, sind daselbst auf einer eignen Gemeinstube unabläßlich zugegen: sie tragen blaue Röcke, und haben eine rothe breite Schärpfe um die Mitte gebunden.« – Eine Zeitung gibt es im damaligen München auch. Nur ist sie in Format und Umfang bedeutend bescheidener als die heutigen Zeitungen. Viermal in der Woche erscheint sie. Alle Samstage gibt es einen Nachtrag und jeden Mittwoch ein eigenes Blatt, »worin gefundene und verlorene Sachen, Wohnungen, Dienste, welche vergeben oder gesucht werden, … die Anzahl der Geborenen und die Anzeige der Verstorbenen mit ihren Namen, Stande und Lebensjahre, und der Gasse, wo sie wohnten, die Fremden, welche in Weingasthäusern ankamen und endlich die Schrannenpreise bekannt gemacht werden …«

Es hat übrigens im alten München um 1780 schon eine offizielle Lebensmittelkontrolle gegeben. Die hat zunächst, wie sollte es anders sein, vor allem dem Bier gegolten. Man war sehr besorgt, daß es »der gesundheit nicht nachtheilig sey«. Die Kontrolle war genauestens organisiert. Es hat zwei Kommissionen aus Mitgliedern des bürgerlichen Stadtrates gegeben, die bei jedem neuen Sud eines Bräus zur Beschau gekommen sind. Und wehe, das Bier hat einen »beträchtlichen Fehler« gehabt, dann ist der Preis von dieser Kommission entsprechend heruntergesetzt oder das Bier gleich »auf die Straße geführt und losgelassen«, also weggeschüttet worden. – Auch auf dem Markt hat man entsprechend kontrolliert, ob die Gewichte stimmen, ob die Früchte nicht unreif oder gar schlecht sind. Es war ein eigener Gerichtsdiener angestellt, der hat prüfen müssen, ob die Schwammerl, die auf dem Markt angeboten werden, in Ordnung sind, und ob beim Verkauf von kleineren Portionen Butter auch richtig gewogen wird! Dann erfahren wir ganz allgemein, wann Märkte sind; daß es einen Dreikönigsmarkt und einen Jakobimarkt, eine sogenannte Jakobidult, gibt und daß beide je vierzehn Tage dauern. Daß auf dem Nikolausmarkt nur Stadteinwohner zugelassen sind und meistens Sachen für Kinder verkauft werden. Daß es die ersten drei Mittwoche in der Fastenzeit im Tal einen Roßmarkt

gibt und an Jakobi auf dem Anger. Dagegen wird alle Donnerstage ein Hornviehmarkt abgehalten, »wozu das Vieh meistens bis vom Gebirg hergetrieben wird«. – Alle Sonn- und Feiertage hat es einen Vogel- und Hundemarkt gegeben, auch einen eigenen Taubenmarkt, einen Früchte- und Kräutermarkt, von den Münchnern am Schrannenplatz, dem Marienplatz, von Fremden auf dem Franziskanerplatz. Das ist der Platz vor dem Nationaltheater, denn wo heute die Oper steht, befand sich damals das Franziskanerkloster. Die Gaststätte zum Franziskaner erinnert heute noch daran. Weiter heißt es: »Die Tyroler verkaufen ihre Früchte alle Quatember unter dem Rathausturm.« Einen Holzmarkt hat es gegeben und einen Heumarkt, einen eigenen Markt für Möbel, für Truhen, Bettstattl und die buntbemalten Tölzer Kästen, die die Floßleut von Tölz auf der Isar heruntergebracht haben. Der berühmteste Markt aber war der Schrannenmarkt auf dem Schrannenplatz, der Getreidemarkt auf dem heutigen Marienplatz, und der muß alle Samstage gewesen sein.
Schauen wir noch in das nächste Kapitel »Vom Ueblichen in Nahrung und Kleidung«. Von der Nahrung habe ich ja schon erzählt, aber Lorenz Westenrieder weiß auch einiges über die Kleidung zu sagen. Damals kann er eine doch recht einheitliche, gültige Kleidung beschreiben. »Der Bürger trägt blaue, graue und weisse baumwollene Strümpfe, lederne Beinkleider (Bundhosen), an den Werktägen Rock und Weste vom Landtuch, diese letzte auch von Leinwand; eine Halsbinde von Flor oder weisser sehr feiner Leinwand und einen runden großen Hut, den er mit Schnüren zu drei Flügeln aufschlägt. Wenn er in seiner feyerlichen Kleidung erscheint, trägt er gewöhnlich ein feines ausländisches Tuch zur Weste, Rock, und dem sehr weiten Mantel, der ihm in vielen Falten von den Schultern bis an die Schuhe hinabhängt. Dieser letztere hat einen Kragen, welcher nicht selten mit silbernen und goldenen Borten verbrämt ist. Die Knöpfe an Rock und Weste, die Schnallen an den Schuhen, wie auch die Hutschnallen sind fast immer von geschlagenem Silber; dazu kömmt ein goldener oder silberner Ehering, und eine Sackuhr.« Diese Beschreibung gilt sicher und vor allem für das wohlhabendere Bürgertum, Bräuer und Wirte.

Wenig später schreibt Westenrieder auch, daß sich die höheren Stände kleiden wie der Adel. Daß sich diese Bürger sogar erlauben, einen Stock, genauer gesagt: ein spanisches Rohr mit einem silbernen Knauf zu tragen, manche sogar einen Degen. Die Haare trägt der Bürger meist abgeschnitten (sicher im Nacken gebunden, wie man das heute ja auch immer wieder sehen kann). Aber zuweilen könne man auch einen Bürger mit Perücke sehen. – Die Kleinbürger und der »gemeine Mann« tragen daheim im allgemeinen eine ärmellose Weste. »Die Trauerfarbe (außer dieser trägt er alle Farben) ist schwarz; wozu er vier bis sechs Wochen einen Flor auf dem Hut trägt. Bey der ersten Seelenmeß behält der Hauptkläger (Hauptklagende) in der Kirche den Hut auf dem Kopf.«

Lorenz Westenrieder merkt auch, wie schwer es ist, Kleidung zu beschreiben – vor allem Frauentrachten. Deshalb bemerkt er, »die Frauenzimmerkleidung ist theils wegen ihrer Mannigfaltigkeit, theils wegen ihrer Veränderlichkeit schwer zu beschreiben, so daß ich nicht versichert bin, ob nicht, während ich dies schreibe, bey etwelchen einige Stücke sich ändern. Da die Moden nicht selbst erfunden, sondern nachgeahmt werden …« Aber ich will doch ein paar Dinge erwähnen: »Die Bürgersfrauen tragen gewöhnliche Unterröcke, deren der äusserste von Landzeug, oft auch von feinsten Tuch, oder Seide und unten mit einem Silber oder Goldspitz verbrämt ist. Da zu kommt ein Fürtuch«, ein Vortuch, ein Schurz. Das Mieder ist mit Fischbein gestützt, dazu ein passender Brustfleck mit einer Silberkette verschnürt. Darüber wird ein kurzes Jackerl von Zeug oder Tuch, mit Knöpfen versehen, getragen. Dann ein Halstuch, um den Hals eine silberne oder goldene Kette, deren Schließen oft mit Edelsteinen besetzt sind. Diese Schließe wird eigenartigerweise vorne, aber auch rückwärts getragen. Ohrringe kennt man bei den Bürgerinnen damals noch nicht. Dafür tragen sie silberne oder goldene Ringe, und an ihren Schuhen silberne Schließen. Westenrieder beschreibt auch die Frisuren. Sie tragen die Haare meist zu Knoten geflochten oder um den Kopf gebunden. Im Sommer Kronen mit Bändern, teilweise mit kostbaren Steinen besetzt, mit silbernen, sogar goldenen Haarnadeln besteckt.

Noch gibt es eine ausgesprochene Bürgerinnentracht. An Feiertagen sei sie gewöhnlich schwarz oder braun, einige Frauen tragen damals noch die alten »ehrwürdigen« Gürtel, auch die letzten Arten der einfachen Halskragen, also fast die Tracht aus der Zeit um 1700. Dazu große Hauben, deren Boden von Seide und Sammet, das Gepräm – also der Pelz – in Gestalt des halben Mondes ist. Hier würde – wie es oft der Fall ist – die einfachste Skizze mehr aussagen als die Beschreibung. Jedenfalls müssen die Frauen ausgesprochen würdig ausgesehen haben. Westenrieder kommentiert: »Für ein deutsches, gesundes Weib eine Kleidung von wahrhaftem Ansehen.«
Bei der Kleidung der höheren Stände macht sich damals, 1780, die Mode bemerkbar. »Die Kleidung der höheren Stände, welche, im allgemeinen gesagt, den Zehrstand ausmachen, läßt sich nicht bestimmen ...« Diese Kleidung nenne man »bey den Frauenzimmern die Französische, ungeachtet sie keiner Nation angehört, sondern sich mit jedem Fremden ändert, welcher zum Thor hereintritt«. Alles, was beide Geschlechter auf dem Leib tragen, würde im Ausland um bares Geld hereingekauft. Man könne Männer sehen, die einen Brillantring tragen, eine Sackuhr, die Stutzer tragen seit kurzem sogar zwei. Man könne neuerdings auch Ohrringe sehen. Das Rouge, das Schminken komme auf, und Haarbeutel. – Andererseits gebe es noch immer Frauenzimmer, die einen Kopfputz tragen, der wenigstens um die Hälfte größer ist als ihr Kopf, die Reifröcke tragen von einer Größe, daß sie damit eine mittelmäßige Gasse ausfüllen. »Auch färben sich einige ausser dem Gesicht die Augenbrauen und die Lefzen (die Lippen) so wie sich Männer künstliche Waden machen.« Der Niedergang der Tracht ist eingeläutet.
Doch auch zur Wesensart der Münchner hat Westenrieder einiges zu sagen. Da schreibt er zum Beispiel: »Die Musik gehört zu den Lieblingsfreuden der Einwohner, und in wohlgeordneten Häusern wird sie ohne Ausnahme als ein wichtiges Stück einer guten Erziehung betrachtet. Ueberhaupt sind sie sehr empfindsam, und weinen herzliche thränen bey einer tragischen Vorstellung, wozu sie mehr, als zu lachenden Scherzen geneigt sind.« – Der aufgeklärte Mensch von heut tät sagen: »Sentimental san s' halt gwe-

sen.« Und weil sie so veranlagt sind, hängen sie auch »mit Wärme und edler Unbeugsamkeit an jeder Einrichtung oder alten Herkommen, wovon sie überzeugt zu seyn glauben, daß selbe sie alle betrifft. Sie sprechen bey gemeinschaftlichen Dingen, als gehörten sie alle zu einer Familie, und der Name Vaterland ist ihnen heilig, und jeder Flecken, der dazu gehört, ist ihnen wichtig. Sie lieben sehr die öffentlichen Feyerlichkeiten. ... bey ihren Lustbarkeiten ist aller Zwang und alle Verstellung entfernet, und die Lebhaftigkeit, und das gesellige Wesen ziehet jeden in den Kreis ihrer Freunde. Der wahre Eingeborene wird nicht erst hier gegen Fremde offen, ... er ist dies zu allen Zeiten, und man darf (braucht) mit ihm nicht Jahre lang umgehen, um zu wissen, woran man ist.«

Westenrieder lobt allerdings nicht alles. Er wendet ein, daß es auch Einheimische gäbe, die sich gut verstellen könnten oder die an sittlichen Krankheiten leiden. Aber das habe seinen Grund im Umgang mit ansteckenden Fremden oder – soweit sie lesen können – in schlechten Schriften. Auch damals schon hat es so was ähnliches wie Schundheftl gegeben. Und Westenrieder meint, daß diese Erscheinungen »den Reingebliebenen schon kennbarer« machen. – Und weil Westenrieder damals noch die Münchner den Altbayern ganz allgemein gleichsetzen kann, schreibt er: »Das Blut der Altbayern wird nie versiegen; – es ist hier gut seyn, und wer nur eine kleine Zeit zugegen ist, will sich hier seine Wohnung bauen.«

Das Blut der Altbayern wird nie versiegen? Diese Aussage hat sich als falsch erwiesen. Es ist über weite Strecken wenn schon nicht versiegt, so doch wenigstens bis zur Unkenntlichkeit verdünnt. – Daß sich allerdings der Fremde, wenn er nur eine kleine Zeit zugegen ist, hier seine Wohnung bauen will, das hat unser Westenrieder weit vorausgesehen.

Der Bayer und das Roß

Über heilige Pferde und Pferdeheilige

Jedes Jahr im November finden in Bayern große Leonhardifahrten statt, die Pferdebesitzer und »Roßnarrische« von weitum anziehen. Im übrigen kann man aber auch vom Brauchtum um Pferde erzählen, ohne sich auf den heiligen Leonhard festlegen zu müssen. – Wenn man nämlich frühe Nachrichten über Sitten und Gebräuche unserer Vorfahren sucht, so ist nach wie vor die früheste zuverlässige Quelle die »Germania« des Publius Cornelius Tacitus aus dem Jahr 98 nach Christus. Sie läßt uns auch nicht im Stich, wenn wir etwas mehr über das Verhältnis unserer Vorfahren zum Pferd erfahren wollen. Das zehnte Kapitel gibt darüber Auskunft. Da heißt es: »Zu den Eigentümlichkeiten des germanischen Volkes gehört es, die Ahnungen und Mahnungen der Pferde zu erkunden. Sie werden öffentlich, das ist von Staats oder Gemeinde wegen, in heiligen Waldgebieten und Hainen gehalten. Schimmel sind es, die durch keinerlei Arbeit im Dienste der Sterblichen entweiht sind. Sie werden an den heiligen Wagen gespannt. Der Priester und König beziehungsweise das Gemeindeoberhaupt geleiten sie und achten auf ihr Wiehern und Schnauben. Keinem Vorzeichen glaubt man mehr, nicht bloß beim einfachen Volk, selbst in den oberen Schichten, bei den Priestern. Nach dem Volksglauben sind nämlich die Priester nur Diener, die Pferde dagegen Mitwisser der Götter …« – Das ist das älteste Zeugnis vom Verhältnis unserer Vorfahren zum Pferd. Vor allem zum Schimmel. Der gilt ja bei vielen Menschen heute noch als was Besonderes.

1932 ist ein Buch erschienen, das bis heute den Stellenwert eines Standardwerkes behalten hat. Sein Autor ist Rudolf Hindringer und der Titel des Buches lautet: »Weiheroß und Roßweihe«. Dieser Titel ist sehr gezielt gewählt, denn aus den Aufzeichnungen des Tacitus geht deutlich hervor, daß damals nicht das Roß eine

Weihe erhalten hat, daß vielmehr das Roß den Menschen die göttliche Entscheidung vermittelt hat. Deshalb möchte ich zunächst vom »Weiheroß« erzählen. Aus dem, was Tacitus schreibt, geht deutlich hervor, daß in der Religion der Germanen der Schimmel in einen ganz besonderen Kult eingebunden war. Diese Schimmel, diese »Weiherosse«, hat man ganz besonders gepflegt und gehegt, schließlich waren sie es, die den Menschen Glück oder Unglück gekündet haben. Diese Pferdeorakel hat dann der Priester oder das Oberhaupt des Volkes gedeutet, die großen Befragungen der König oder Stammesfürst selbst. Die kleineren Befragungen nahm das Oberhaupt der Sippe oder der Mark vor, »die ja nach altem deutschen Recht ebenso einen religiösen Verband als eine Kultusgemeinschaft bildete«. So deutet und erklärt Hindringer den alten Tacitus. Wenn man das so liest, mag einem der Gedanke kommen, dieses Buch könnte schon vom »Tausendjährigen Reich« der Nationalsozialisten beeinflußt sein. Schließlich steht es 1932 unmittelbar vor der Tür. Aber die Tatsache, daß Hindringer Generalvikar der Erzdiözese München und Freising war, macht solche Überlegungen doch hinfällig.
Hindringer geht der Bedeutung des Pferdes intensiv nach: »Das Pferd war im Volksglauben wohl immer hoch angesiedelt. Wotan reitet auf Sleipnir. Swantewit, der höchste slawische Gott, reitet auf einem weissagenden Schimmel …« Er zitiert auch den römischen Historiker Livius, der im Jahr 17 nach Christus gestorben ist und von Camillus erzählt, einem römischen Feldherrn und Diktator, der 384 vor Christus die Gallier besiegt hat. Er sei auf einem mit vier Schimmeln bespannten Wagen als Triumphator in Rom eingezogen. Und das hätten seine römischen Mitbürger nicht nur für eine maßlose Überheblichkeit gehalten, sondern, viel schlimmer, für eine religiöse Vermessenheit. Denn so eine Bespannung war Jupiter, dem höchsten Gott, oder dem Sonnengott Apoll vorbehalten, vielleicht noch dem Herrscher. Ein Triumphator durfte jedoch höchstens auf einem Schimmel reiten, auf keinen Fall mit vier Schimmeln fahren.
Beispiele von der besonderen Verehrung des Schimmels gibt es in der Antike mehrere. Aber es gibt auch Beispiele von der Dämonisierung von Pferden. Dabei handelt es sich meist um

kohlschwarze Rappen, auf denen der Teufel reitet. Anders der Schimmel, er ist ein Glücksbringer. Und es kommt sicher nicht von ungefähr, daß das Hufeisen als Glücksbringer gilt. Heute noch. Dieser liebenswürdige Aberglaube entsteht jedoch in späteren Jahrhunderten; die Römer und Germanen kennen nämlich das Hufeisen noch nicht. Bei uns scheint es erst mit dem ausgehenden 9. und dem beginnenden 10. Jahrhundert gebräuchlich geworden zu sein. Die erste älteste und sicherste Darstellung eines Pferdes mit Hufeisen ist die berühmte Reiterstatue im Bamberger Dom, geschaffen vor gut siebenhundert Jahren. Es würde zu weit führen, all die Sagen zu erzählen, in denen Schimmel oder überhaupt Pferde eine Rolle spielen. Im Bösen wie im Guten. Von dem Schimmelreiter zum Beispiel, der zur Mitternachtsstunde um die kleine Kirche auf dem St.-Georgs-Hügel bei Ascholding an der oberen Isar sprengt. Noch um 1880/1900 hätte es deshalb niemand gewagt, um Mitternacht hinauf zu dieser Kapelle zu gehen. – Edle Gestalten reiten auf Schimmeln, der heilige Georg zum Beispiel oder der heilige Martin. Auf dem Haidplatz zu Regensburg besiegt, in Gegenwart des Kaisers, der edle Ritter Dollinger – natürlich auf einem Schimmel – den finsteren, riesenhaften, herausfordernden, bösen ungarischen Ritter Graco auf seinem kohlschwarzen Rappen. Das soll um das Jahr 930 gewesen sein. Da waren die Ungarn schon gefürchtet. Sie fallen dann ja auch ins Land ein und treten erst nach der berühmten Ungarnschlacht auf dem Lechfeld 955 endgültig den Rückzug an.

Nachdem Bräuche im Zusammenhang mit Pferden bis hinein in vorchristliche Zeiten nachweisbar sind, es andererseits aber auch heute noch Bräuche im kirchlichen Bereich gibt, zu denen Pferde gehören, könnte man sich schon fragen, wie es der Kirche gelungen sein mag, das Pferd in den christlichen Brauch einzubinden. Wie mag es zugegangen sein, das Pferd, das ja ein Mittler zwischen den Göttern und den Menschen gewesen war, auf einmal zu einem Wesen zu machen, das des Segens Gottes bedarf? Zu dieser Überlegung schreibt Rudolf Hindringer, hiermit betrete man »ein Gebiet der Kirchengeschichte, aus der uns die Weisheit der Kirche in der Erziehung und seelischen Höherführung der

Völker … klar entgegenleuchtet. Man kann, so klein der zu behandelnde Abschnitt innerhalb der großen germanischen Bekehrungsgeschichte ist, sehen, wie Güte, die nie zur Schwachheit wird, und Kraft, die mit unwirscher Gewalt nichts gemein hat, sich zu dem großen Werk der germanischen Heidenbekehrung verbündet haben. – Die christliche Mission ging von der Überlegung aus, daß der Gottesglaube älter ist als der Götterglaube, daß die ursprüngliche Menschheit im Besitz einer ersten Offenbarung Gottes war, und daß sich in der Folge Erkenntnisse aus der Uroffenbarung, wenn auch oft in grober Entstellung, erhalten haben und im religiösen Leben des Volkes … einen Ausdruck fanden.« – Nun könnte man diese Betrachtung damit abtun, daß ein Geistlicher sie geschrieben hat. Man kann sich sicher sein, daß die Missionierung nicht nur in Form von Güte stattgefunden hat, daß Missionierung auch den Glaubenseifer der Missionare voraussetzt, und wo es Eifer gibt, da gibt es auch die Eiferer. Aber wie dem auch sei, man muß feststellen, daß sich Hindringer sehr um Objektivität bemüht, daß er den vorchristlichen Bräuchen einen Einfluß einräumt, der bei einem geistlichen Würdenträger seiner Zeit recht ungewöhnlich ist. – Sicher hat die Christianisierung auch ein Gefühl für Anpassung, Angleichung vorausgesetzt. Wenn wir einstmals heilige Tiere wie Schimmel als Reittiere christlicher Heiliger sehen, dann bedeutet das nicht, daß ein heiliger Georg oder ein heiliger Martin heidnische Glaubensgestalten abgelöst hätten. Es bedeutet viel eher, daß das Volk den Heiligen in der Weise hat auszeichnen wollen, die ihm für einen Heiligen am angemessensten erschienen ist.
Vielleicht noch etwas zu dem vorhin angeschnittenen Thema. Es ist ja interessant, daß man den alten Germanen den Schimmel genommen, ihn aber nicht dem christlichen Gott zugeordnet hat. Der bekehrte Heide stellt sich den allgegenwärtigen Gott nicht beritten vor. Beritten ist der Heilige, wie zum Beispiel der heilige Georg. Dem hat man sozusagen die Ehre erwiesen, auf einem Schimmel reiten zu dürfen. Der Übertritt zum Christentum scheint im allgemeinen durch Volks-, durch Stammesbeschluß geschehen zu sein, oder durch das Beispiel des Königs. Aber die Christianisierung ist sicher nicht von heute auf morgen

geschehen. Das mag viel Geduld vorausgesetzt und viel Zeit erfordert zu haben. Die Verehrung der Schimmel als heilige Tiere scheint allerdings sehr schnell und ohne große Auseinandersetzung ein Ende gefunden zu haben, denn es läßt sich in den verhältnismäßig zahlreichen kirchlichen Erlassen aus der Zeit der Missionierung kein einziger Hinweis darüber finden. Dabei ist es sicher so manchem schwer gefallen, in dem Schimmel, über den er den Segen seiner Götter empfangen hat, mit einem Mal nur ein Tier wie jedes andere zu sehen, ein Tier, das selbst den Segen Gottes nötig hat. Früher ist der Schimmel im heiligen Hain gestanden, jetzt aber im Stall, wie die anderen Tiere. Einst hat er durch keine Arbeit im Dienst der Sterblichen entweiht werden dürfen, jetzt muß auch er Wagen und Pflug ziehen. Ehedem haben ihn Priester oder Stammesfürsten in angemessenem Abstand begleitet, jetzt mit einem Mal kann jeder auf ihm reiten, noch schlimmer, jeder kann ihn, wenn er nicht tut, wie der Reiter will, auch schlagen. Diesen Wandel müssen die Alten damals nur mit Kopfschütteln gesehen haben. Vielleicht sogar mit Angst, Angst vor der Rache der alten Götter. Es wird erzählt, daß im 11. Jahrhundert Bischof Burchard von Halberstatt zum Heimritt einen als heilig verehrten Schimmel bestieg, um seiner Bevölkerung zu zeigen, wie sinnlos ihr alter Glaube war. Da mögen vor allem die Alten auf die Strafe der Götter gewartet haben, die aber ausblieb. Das wird auch die Alten unsicher gemacht haben. Wie hätte unter solchen Umständen das Schnauben oder Wiehern eines heiligen Schimmels überhaupt noch etwas bedeuten können!
Es hat in heidnischen Zeiten auch Tieropfer gegeben, aber die Forderung an die jungen Christen, jeden Sonntag die Messe zu besuchen und die Kommunion zu empfangen, hat natürlich ein Umdenken zur Folge gehabt. Die alte Form des Opferns, das Opfern von Tieren, war damit überflüssig, weil sinnlos geworden. Diese Umstellung hat sich sicher nicht von heute auf morgen durchsetzen lassen. Jedenfalls verpönte das sogenannte »Deutsche Konzil« im Jahr 741 nicht nur Tieropfer für die alten Götter, sondern auch die Tieropfer »auf den Namen von heiligen Märtyrern und Bekennern bei Kirchenfesten«. – Es scheint nichtdestotrotz Stämme gegeben zu haben, die Pferde geopfert

und Pferdefleisch gegessen haben, aber natürlich keine Schimmel aus heiligen Hainen. Es gibt nämlich einen Brief von Papst Gregor III. an den heiligen Bonifatius, aus dem man das herauslesen kann. Da heißt es: »Du meldest, daß einige Leute wilde, mehrere aber gezähmte Pferde essen. Das, heiligster Bruder, lasse fürderhin um keinen Preis mehr zu, sondern bekämpfe es mit Christi Beistand auf alle Weise und lege solchen Menschen die verdiente Strafe auf; denn es ist unrein und verabscheuungswürdig.« – Bischof Otto von Freising, ein Onkel von Kaiser Barbarossa, erzählt um 1140/50, er habe von einem wilden Volk gehört, den »Peschenaere«, die auch im Nibelungenlied genannt sind. Das sei ein rohes Volk, das sich noch immer von Pferdefleisch ernähre. Und wie lang hat sich die Abneigung gegen Pferdefleisch gehalten?! An der Qualität des Fleisches kann es nicht gelegen haben. Ich erinnere mich, daß während des Zweiten Weltkrieges in Rußland so manches Pferd, das man hat erschießen müssen, in die Feldküche gewandert ist. – Am Viktualienmarkt in München gibt es heute noch einen Pferdemetzger, den Kaspar Wörle. Bei dem sieht es unerhört appetitlich aus. Ich war vor nicht allzu langer Zeit bei ihm, weil das Schaukelpferd meines Vaters, aus der Zeit um 1884/85, zu viele Haare gelassen hat und Roßhaar kann man ja nur bei ihm kriegen. Da hat er mir ein kleines Zündholzschachterl mitgegeben mit Adresse und Telefonnummer. Und auf dem Klappdeckel ist gestanden: »Genier dich nicht, tritt ruhig ein, das Pferd ist reiner als das Schwein.«
Tiere, auch Pferde, hat man der Kirche allerdings schon geopfert. Sie sind aber nicht mehr bei einer Kulthandlung geschlachtet worden. Man hat sie vielmehr der Kirche geopfert, geschenkt, sozusagen als ein Wertobjekt statt Geld. Auch nach Altötting hat man Pferde geopfert. Diese Gaben sind ursprünglich während der Messe gegeben worden. Geblieben ist von diesem Brauch heute noch der Klingelbeutel. – In diesem Zusammenhang mag man auch den sogenannten »Versehschimmel« einer Pfarrpfründe alter Ordnung sehen, der den Priester mit den heiligen Sterbesakramenten zu den Schwerkranken gebracht hat. Der Kötztinger Pfingstritt führt ja sein Entstehen auf so einen Ritt

zurück. Oder denken Sie an die berühmte Geschichte von Rudolf von Habsburg, der im Wald an einem Wildbach einem Geistlichen begegnet, der auf dem Weg zu einem Sterbenden ist. Er gibt ihm sein Pferd, natürlich einen Schimmel, und führt ihn hinüber. Als der Geistliche das Pferd zurückgeben will, schenkt ihm Rudolf seinen Schimmel. – Eine andere Geschichte: Bei einem festlichen Totenamt für Kaiser Maximilian II. im Veitsdom zu Prag – 1576 – waren im Dom Pferde aufgestellt, die dann zum Offertorium des Seelenamtes feierlich um den Altar geführt und dann durch einen Seiteneingang hinausgebracht worden sind. Die Kirche hat als eine Opfergabe die Pferde behalten dürfen. Ein ähnlicher Brauch: Als 1509 ein feierliches Requiem für Herzog Albrecht IV. in der Münchner Frauenkirche abgehalten wurde, sind beim Opfergang Pferde mitgeführt worden. Der Gottesdienst fand fast ein Jahr nach dem Tod Albrechts statt, sonst hätten ja die Fürsten des Heiligen Römischen Reiches, gar nicht alle kommen können. Sie alle sind, geleitet vom Herold in seinem »Klagkleid«, um den Altar der Frauenkirche gegangen, um ihre Opfer zu geben. Und in diesem Zug sind in der Kirche Pferde mitgeführt worden: »Darnach sind sechs Rösser mit schwarzen wollenen Tüchern bis auf die Erde bedeckt, durch die hernach Benannten um den Hochaltar gegangen und geführt worden. Hat jedes drei brennende wächserne Kerzen an der Stirn stehend, darunter, aber auch an beiden Seiten, jedes ein Schild des Baiernlandes gehabt.« Die Rösser sind von je zwei Rittern geführt worden. Das sechste zum Beispiel von einem Ritter Peter von Altenhausen und dem berühmten Ritter Caspar Winzerer von Tölz. Und wenn man davon liest, könnte man vermuten, daß auch diese Pferde der Kirche aufgeopfert, also der Kirche geschenkt worden sind.

Es hat übrigens vereinzelt Beispiele dafür gegeben, daß man Pferde in die Kirche und um den Altar herumgeführt hat, aber nicht, um sie dann der Kirche zu schenken, sondern in der Vorstellung, damit einen kräftigeren und nachhaltigeren Segen zu erhalten. So ist es beim Stephanikircherl, der heutigen Leonhardskapelle auf den Bühlberg in Beilngries Brauch gewesen, die Pferde nach dem Gottesdienst um den Altar herumzuführen.

Davon ist das Kirchenpflaster nicht besser geworden, die Platten sind zerbrochen. Deshalb hat seinerzeit der Eichstätter Generalvikar Vitus Priefer in seinem Visitationsbericht für die Jahre 1601 und 1602 geschrieben: »Obwohl dieser Brauch schon bei der letzten Visitation abgeschafft wurde, ist er bis jetzt geduldet worden, und da man ihn nicht ganz abschaffen kann, sollte man die Pferde wenigstens außen um die Kirche führen.« – Der Willibaldsritt in Jesenwang bei Fürstenfeldbruck erinnert noch an diesen Brauch, auch wenn die Pferde nicht unmittelbar um den Altar geführt werden. Aber diese Kirche hat an den Seiten zwei stattliche Tore, die sich gegenüberliegen. Sie sind bei diesem Ritt weit geöffnet, damit der Zug von Rössern und Reitern quer durch die Kirche ziehen kann.
Sicher steht so manche Kapelle, die heute umritten wird, an einem Platz, der für die Menschen in vorchristlichen Zeiten auch schon von Bedeutung gewesen ist. Und man braucht nicht zu glauben, daß der Wandel von der heidnischen Kultstätte zur christlichen immer mit Feuer und Schwert durchgeführt worden ist. In diesem Zusammenhang ist der Brief des schon genannten Papstes Gregor, den er dem Bischof und Abt Augustinus auf seine Missionsreise zu den Angelsachsen mit auf den Weg gibt, interessant. Es ist eine Empfehlung, man solle die Götzentempel bei diesem Volk nicht zerstören, nur die Götzenbilder, die sich darin befinden; man solle die Mauern mit Weihwasser besprengen, Altäre darin errichten und Reliquien niederlegen, damit das Volk sehe, daß man seine Tempel unversehrt lasse, und dann um so lieber seinen Irrtum ablege, und sich an den nun einmal gewohnten Stätten zur Anbetung des wahren Gottes um so williger versammle. »Wenn diese Heiligtümer gut gebaut sind, so müssen sie vom Götzendienst für den Kult des wahren Gottes umgewandelt werden ...«
Nach dieser Vorgeschichte ist es klar, was es mit den kleinen Umrittskirchen und -kapellen auf Hügelkuppen, an Quellen oder irgendwo im Wald für eine Bewandtnis hat. Wenn das auch nicht bei allen zutreffen mag, so doch sicher bei mehr als man denken möchte.
Rudolf Hindringer kommt bei seinen Forschungen zu der

Erkenntnis, daß man die Urwurzel eines Umrittes vereinzelt auch an dem Brauch selbst erkennen kann. Vor allem bei Stephaniritten, die ja nahe der Wintersonnwende liegen. So stößt er in Enghausen bei Moosburg auf einen Flurumritt am Stephanitag, der zwischen Mitternacht und Sonnenaufgang stattfindet beziehungsweise stattgefunden hat und auf jeden Fall vor dem Frühgebetläuten zu Ende hat sein müssen. Gerade aus dem Zeitablauf könne man den »unchristlichen« Charakter dieses Umrittes erkennen. Ein christlicher Umritt brauche das Gebetläuten nicht zu scheuen, auch das Mittag- und Abendläuten nicht. Der würde nicht in die Nacht verwiesen. Es spricht also vieles dafür, daß so mancher Umritt tatsächlich seine Wurzeln in vorchristlicher Zeit hat, daß sogar der Ort der gleiche geblieben ist. Mögen unsere Vorfahren einst um einen heiligen Baum geritten sein, so war es später an seiner Statt vielleicht eine Kapelle. Von der Leonhardskapelle auf dem Kalvarienberg in Tölz erzählt man sich das ja.
Die Umritte sind, wie die Flurumgänge auch, in die Reihe der Prozessionen und Bittgänge aufgenommen worden. Und von dem Gedanken des Umgangs, der Prozession zu einem Umritt, bei dem sogar das Allerheiligste mitgeführt worden ist, war es nicht mehr weit zu einem Antlaß- oder Fronleichnamsritt. Von so einem Umritt erzählt schon der Donauwörther Sebastian Frank, 1499 geboren, 1543 in Basel gestorben. Ein unruhiger Geist, zunächst katholischer Geistlicher, später dann evangelischer Prediger, dann Buchdrucker und Verleger in Ulm. Und dieser Sebastian Frank schreibt in seinem 1534 erschienenen »Weltbuch«: »…Vmb das korn / wein und alle velder reyten sy in Pfingstfeyren mit dem Pfaffen / der das H. Sacrament in eim beuttel am Hals mit / vmbher füret / bittet Gott mit frechem mut / das er jm jre Velder wöll lassen befohlen sin / für allem vngewitter.« Das Wort Pfaff hat hier nicht den Beigeschmack von heute. Aber aus diesem Text spricht natürlich schon der Geist der Reformation.
Dennoch – die Umritte haben sich halten können, sie haben sogar die Zeit überlebt, als wegen der zunehmenden Maschinisierung der Landwirtschaftimmer weniger Pferde da gewesen sind.
So ein tiefverwurzelter Brauch läßt sich halt nicht ausrotten.

»Krieg in den bayerischen Bergen«

Von Jagern und Wildschützen

November ist der Monat der Jagd, der Jäger, aber auch der Wildschützen. Und dieses Thema ist in Bayern ja fast unerschöpflich. So hat Arthur Achleitner schon 1896 ein Buch darüber veröffentlicht, für die Zeitschrift »Deutscher Jäger« hat er ebenfalls einschlägig geschrieben; 1935 dann hat Dr. Conrad Adlmaier ein Buch mit dem Titel »Wilderer und Jäger im Hochgebirg« herausgegeben. Unter anderem sind dort folgende Geschichten aus dem Jahr 1868 enthalten, Überschrift: »Der Fall Pfnürr, der tapfere Resch Kaspar und die Seeschlacht«. Und wenn einer Pfnürr oder Resch heißt, dann weiß man im allgemeinen, wo man ihn suchen muß, nämlich im Berchtesgadener Land. Adlmeier ist bei seinen Nachforschungen auf einen Bericht des königlichen Forstmeisters Peter Sutor vom Revier Königssee an seine vorgesetzte Dienststelle gestoßen. Da heißt es: »Gestern, 12. September 1868, rapportierte hieramts des kgl. Forstgehilfe Josef Zeller von Königssee, daß der dortige Waldaufseher Josef Pfnürr seit neun Tagen weder nach Hause gekommen, noch zu Wald und Berg zu finden sei. Folgendes steht fest: Der Waldaufseher Pfnürr übernachtete vor zirka zehn Tagen in der Scharitzkehl-Holzstube bei den Holzknechten. Letztere hörten den 2. dieses Monats abends, ziemlich spät im Endstal (ein Kessel am Fuß des Hohen Göll) einen Schuß fallen. Pfnürr kam nicht in die Hütte zurück, was bei den Leuten auffiel, da ihn sein Heimweg von dem vermeintlichen Schußplatz unmittelbar an der Holzstube vorbeiführen mußte. Die Holzknechte beruhigten sich aber wieder. Nun aber erschien nach zwei Tagen der Hund des Pfnürr beim Hinterbrandlehen, der Heimat des Waldaufsehers und verblieb alldort. Genauere Nachforschungen führten zu keinem Resultat. Pfnürr ist wahrscheinlich verunglückt.« – Bald darauf findet man den Waldaufseher im Endstal zwischen Felsbrocken,

tot. Von hinten erschossen, neben ihm sein Gewehr, geladen, den Hahn gespannt. Er muß wohl schon etwas Verdächtiges gehört haben. Der Wildschütz, der ihn erschossen hat, hat ihm noch den Hut über das Gesicht gelegt. Und als Adlmaier 1930 an diese Stelle kommt, sieht er noch ein einfaches Marterl, auf dem der erschossene Pfnürr zu sehen ist.
Ein Monat später, am 21. Oktober 1868, hat der Jagdaufseher Resch, Kaspar Resch vom Hintersee, mehr als Glück. Er macht an diesem Tag seinen Reviergang am Kammerlinghorn. Dabei entdeckt er einen Wilderer aus dem Pinzgau. Für Wildschützen hat es keine Grenzen gegeben – so hat ja beispielsweise um dieselbe Zeit der Vater von Ludwig Thoma bei der Ministerialforstabteilung über die wildernden Tiroler geklagt, die massiv im Isarwinkel gewildert haben. Und so war es halt an der salzburgischen Grenze auch. – Nun, unser Kaspar Resch sieht, wie gesagt, am Kleineis einen Pinzgauer Wilderer, der sichtlich Gemsen nachsteigt. Pflichtbewußt wie er ist, geht er einer Auseinandersetzung nicht aus dem Weg. Er versucht, dem vermummten Wilderer den Weg abzuschneiden und kann ihn auf einen ziemlich schmalen Steig in der Wand stellen. Aber lesen wir in dem dramatischen Bericht Adlmaiers: »Da der Wilderer sich zur Wehr setzte, schlug ihm der Jäger mit dem Bergstock das Gewehr aus der Hand. Da sprang ihm der Pinzgauer an die Kehle und ein wildes Ringen auf dem engen Felsband begann. Die Kämpfenden fielen zu Boden und durch einen unbedachten Stoß des Wilderers stürzten beide über die steile Wand hinab. Zum Glück milderten die Latschen den Sturz. Gleichwohl brach sich Resch mehrere Rippen. Auch der Pinzgauer war verletzt. Der schneidige Jagdaufseher hatte auch im Sturz den Wilderer nicht losgelassen. Trotz der gebrochenen Rippen war er imstande, den Burschen dingfest zu machen.« – Und gebrochene Rippen, hab ich mir sagen lassen, tun saumäßig weh. Jeder Schnaufer. Als dann der Kaspar Resch mit dem Pinzgauer nach einem schwierigen Abstieg am Hirschbichl an der Grenzstation angekommen ist, hat er seinen »Fang« der Gendarmerie übergeben. »Dann brach er zusammen«, heißt es – auch der Pinzgauer war am Ende seiner Kräfte. Und weil er nur am Kopf verletzt war, sei

der Kommentar des Resch gewesen: »Der wird schon wieder, die Pinzgauer haben harte Schädel«. Und unser Resch Kaspar ist gottlob auch wieder geworden.
Jetzt schauen wir vom Berchtesgadnerischen hinüber in den Isarwinkel, damals eine Hochburg der Wilderei. Und die Auseinandersetzungen waren brutal und rücksichtslos. Viele kennen wahrscheinlich die Geschichte von den Halsenbuben, in der uns Ludwig Thoma eine Wildererschlacht auf der Isar spannend schildert. Spannender als es der Bericht seines Vaters kann. Thoma hat von diesem Ereignis nur aus Erzählungen erfahren. Er war gerade eineinhalb Jahre alt, als sich sein Vater hingesetzt hat, um einen Tag später einen Bericht an seine vorgesetzte Behörde im königlichen Staatsministerium der Finanzen zu schreiben: »Revier Rieß. Forstamt Tölz, Rieß, den 27. Juli 1868. Der kgl. Forstgehilfe Franz Rauchenberger begegnete in der Nacht vom 25. auf den 26. dieses Monats dem als Wilderer bekannten Sebastian S. von Lenggries, welcher eben im Begriff war, mit dem ›Ochsensitzer‹, einem Bauern, und dessen beiden Brüdern seinen durch einen Schuß tödlich verwundeten Kameraden, den ebenfalls übel berüchtigten Anton G. von Lenggries, vulgo Hoißentoni, zu holen und in ein Haus zu bringen. Rauchenberger ging diesen Leuten nicht mehr von der Seite und als sie zu dem Verwundeten kamen, war dieser schon verschieden. Die Leiche wurde auf eine Bahre gelegt und in die Sägmühle in der Nähe des Forsthauses in der Rieß gebracht, den Sebastian S. aber transportierte Rauchenberger zu dem Unterzeichneten (also dem Revierförster Max Thoma), wo derselbe auf Befragen zugestand, daß er und G. aufs Wildern gegangen und im Revier Krünn und Walchensee zwei Stück Wild geschossen hätten. Diese Wildstücke hätten sie dann auf einem Floß, zu welchem sie die Bäume gestohlen haben, verladen und seien abgefahren. Plötzlich seien dann sechs bis sieben Schüsse auf sie gefallen und Anton G. getroffen worden, er selbst sei unverletzt geblieben und mit dem Floß fortgefahren, bis er bei dem sogenannten großen Ofen (in der Isar) auf einen Felsen aufgefahren und das Floß in Trümmer gegangen sei. Beide seien dann samt der Ladung – zwei Stück Wild, Gewehre etc. etc. – in die Isar gefal-

len und nur mit großer Anstrengung sei es ihm gelungen sich mit dem Verwundeten wieder herauszuarbeiten. – Dann habe er den Anton G. ans Ufer hingelegt und sei fort, um Hilfe zu suchen und am Rückweg dem kgl. Forstgehilfen Rauchenberger begegnet. – Bald darauf kam aber die Nachricht, daß noch ein dritter und vierter Wildschütz ebenfalls ziemlich schwer verwundet seien, von denen der eine nicht mehr vom Platze könne und der andere nur mühsam den Ochsensitz (den Bauernhof isaraufwärts von Vorderriß) erreicht habe. Der Unterzeichnete ließ dann die Verwundeten abholen und nach Lenggries fahren«.

Noch ein kleiner Nachtrag zu den beiden Brüdern, dem Hoißentoni und dem Hoißenblasi, die sich Grünwald geschrieben haben. Am 30. November 1990 hat Hans Holzhaider in der Beilage der Süddeutschen Zeitung, dem »Magazin«, unter der Überschrift »Jagdszenen aus dem Isarwinkel« über diese beiden geschrieben. Anlaß war ein altes Foto, auf dessen Rückseite mit akkurater Schrift steht: »links Hoißnblasi, rechts Hoißntoni«. In einer alten Pappschachtel mit Bildern der Verwandtschaft und Freundschaft hat auch dieses Foto die Zeiten überdauert. Das Bild hat der Münchner Fotograf Luger in seinem Atelier gemacht. Und das muß vor der berühmten Wildererschlacht auf der Isar gewesen sein, also vor dem Juli 1868. Da sitzt, vor einem drapierten Plüschvorhang auf einem »altdeutsch« gedrechselten Stuhl der Blasi, der ältere der Brüder, mit seinem Schnurr- und Backenbart wie König Max II. Rechts steht der Toni, mit einem Flaum auf seinem Hut und einem Schnurrbartl, beide in der grauen Joppe mit Revers und grünem Stehkragl, beide in der bis zum Knie reichenden Lederhose und den reichbestickten Wadenstutzen. Und beide – und das ist für die zwei zwar sehr verständlich, aber doch mehr als sonderbar – mit einem doppelläufigen Gewehr. Da kann man sich schon fragen: Hat man im alten Königreich Bayern seine Flinte oder seine Büchs einfach so zum Fotografen in die Landeshaupt- und Residenzstadt mitnehmen können? Sichtlich ja! – Als Hans Holzhaider den Hoißnbrüdern und ihrem Schicksal nachgehen will, führt ihn der Weg auch in das Staatsarchiv. Dort legt man ihm einen dicken Akt voller Unterlagen zum Thema »Wildfrevel« vor, darin findet er natürlich auch die

Namen der beiden Hoißnbrüder, auch die Geschichte mit dem rettenden Taler an der Uhrkette, der dem Blasi bei der Wildererschlacht auf der Isar das Leben gerettet hat; für weitere zwölf Jahre, dann war's auch mit ihm aus. Als Holzhaider in dem dicken Akt blättert, tut sich eine Welt auf, die einem heute sehr fremdartig erscheint. Da heißt es in einem Rundbrief der Königlichen Kammer des Innern an sämtliche Polizeibehörden schon vom 12. August 1839, in kurzer Frist seien im Isarkreis acht des Wilddiebstahls verdächtige Individuen erschossen worden«, wobei in den meisten Fällen »der dringende Verdacht, zum Theile selbst Gewißheit besteht, daß Jagdbedienstete die Täter seyen …« Von 1842 bis 1846 starben neunundzwanzig Wildschützen eines gewaltsamen Todes. Es herrschte, das wird aus dieser dürren Statistik deutlich, Krieg in den bayerischen Bergen.
Das Revier Garmisch hat – zumindest 1884 – den zweifelhaften Ruf, nach dem Isarwinkel das am meisten von Wilderern heimgesuchte Revier zu sein. Stark heimgesucht von Tirolern. Da hat auch der berühmt-berüchtigte Tirolerwastl sein Unwesen getrieben und auch ein gewisser »Puiseler Hans«. In der Zeitschrift »Deutscher Jäger« vom 16. März 1884 steht über ihn folgendes zu lesen: »Der sogenannte ›Puiseler Hans‹, ein sehr gefährlicher Wilderer, wurde am 24. Februar 1884 von dem kgl. Forstgehilfen Klempfl und dem kgl. Forstgehilfen Ostler bei Ausübung der Jagd in der Gegend von Garmisch betreten (gestellt). Der Wilderer, welcher sich mit seinem Gewehr den Jägern widersetzte, wurde nach kurzem Kampf, in welchem er Klempfl verwundete, entwaffnet und ins Gefängnis nach Garmisch abgeführt, nachdem er auf diesem Weg noch den Versuch machte, die Jäger mit dem Messer anzugreifen.« – Es ist heute nicht zu begreifen, welche Ausmaße das Wildern damals angenommen hat, wie erbittert die Auseinandersetzungen zwischen Jägern und Wilderern gewesen sind, daß da ein wahrer Kriegszustand ausgebrochen war. Auge um Auge, Zahn um Zahn! Eines darf man dabei nicht vergessen, daß nämlich die Jäger im Recht waren, daß ihr Beruf voller Risiko war. Und wenn man Adlmaiers Buch durchblättert, hat man den Eindruck, daß mehr Forstpersonal und Gendarmen

auf der Strecke geblieben sind als Wilderer und daß der Haß der Wildschützen grenzenlos gewesen ist. Der ist sogar so weit gegangen, daß sie vor einer Grabschändung nicht zurückgeschreckt sind. Als der Gendarm Neuner am 14. September 1886 von Wilderern erschossen wird, stecken diese am Allerseelentag, an dem die Gräber geschmückt werden, in den frischen Grabhügel zum Hohn abgeschnittene Rehläufe. Da fragt man sich schon, was in solchen Köpfen eigentlich vor sich gegangen ist. Wenn wir heute an Wildschützenliedern unser Vergnügen haben, sollte man darüber nicht vergessen, wie feindselig, brutal, teilweise auch unmenschlich und haßerfüllt die Auseinandersetzungen waren und daß die Helden immer die Wildschützen waren. Die haben schon ihre Dorfbarden gehabt, die sie entsprechend besungen haben.

Auch bei Heinrich Noë kann man immer wieder etwas über Wilderer entdecken, zum Beispiel im ersten Band seines 1875 erschienenen Alpenbuches. Er ist ja der großer Wanderer, der sich auf seinen Wanderungen nicht nur umschaut und registriert und aufnotiert, sondern am Abend mit Einheimischen zusammensitzt, sich von ihnen erzählen läßt. Noë schreibt in diesem Zusammenhang: »Wenn ich die vielen Geschichten durchgehe, die ich seinerzeit in Ramsau und Hintersee, in Bartholomä und auf der Gotzenalm, auf dem Hirschbichl und Herrenpoint von Jägern gehört habe, so fällt mir immer wieder eine Gestalt ein, die jetzt noch unter die Lebenden gehört und die ich deshalb bei Niederlegung dieser Skizzen mit einem anderen Namen belegen will.« »Der Seethaler« – so nennt Noë den Mann – »war ein stämmiger Bursche, königlicher Jagdgehilf und die Wilderer sagten ihm nach, daß er ›keinen guten rauche‹.« Aber auf der anderen Seite gibt es auch unter den Wilderern verwegenere Kerle als sonst im ganzen bayerischen Gebirge. Und der weitgewanderte Noë zieht aufgrund seiner Begegnungen Vergleiche und meint: »Ein Wilderer von Hohenschwangau, Partenkirchen und Mittenwald ist ein Tropf gegen die Gestalten, welche von Zeit zu Zeit in dem endlosen Krieg des unberechtigten gegen den berechtigten Jäger auf den Bergen des Berchtesgadener Landes auftauchten.« Und einer von den Unberechtigten – Noë nennt

ihn Hansl – sitzt zur Kirchweih in Berchtesgaden in einem kleinen Wirtshaus. Die Wirtsstube ist gut voll, als der Seethaler auftaucht. Die beiden wissen ganz genau, was sie voneinander zu halten haben. »Der Krieg war ohne Erklärung längst zwischen ihnen ausgebrochen und es bedurfte nur eines Funkens, um den Haß zur Lohe zu entflammen«, heißt es bei Noë. Und er erzählt: Als der Seethaler ins Wirtshaus trat – es war längst nicht mehr das erste, das er an diesem Tag besucht hatte – sei der Hansl an einem Tisch gesessen und habe gezecht. »Es ist Sitte«, heißt es weiter, »daß man eintretenden Bekannten ›es bringt‹«, will sagen, daß man ihnen den Bierkrug zum Bescheid hinhält. »Wäre der Seethaler nüchtern gewesen, so hätte er ohne Zweifel das Anerbieten schweigend angenommen, um nicht Veranlassung zu unnützen Händeln zu geben.« Aber der Seethaler hat halt schon etwas geladen gehabt und so ist diese Begegnung ganz anders gelaufen.
Der Seethaler nämlich pöbelt seinen Kontrahenten an: »Moanst du, daß i von an Lumpn trink?« Darauf der andere: »Du elendiger Jager! Was sagst du? Was kannst denn du mir beweisen?« – Darauf der Seethaler wieder: »Moanst du, i trink von an solchana Lumpen?« – Gegenrede: »Du Tropf, du elendiger, wia magst du so was sagn?« – »So«, ist die Antwort, »des woaßt du wohl nimmer – wiar i di vor vier Wochen droben am Drischhübel abglauert hab? Mi hast freili net gsehn – aber des sag i dir, wenn mir wieder amal zsammkomma, dann kenn i oan, der as Singa lerna soll«, schreit der Seethaler. – Darauf der Hansl: »Du Taubenjager, … gib nur Obacht, daß du net vor mir fertig wirst.« Im höchsten Zorn brüllt der Seethaler noch: »Du Lump, di wer i scho treffen!« – Und das ist nun zuviel. Für den Hansl steht die ganze Reputation, das ganze Ansehen auf dem Spiel. Solche Beschimpfungen kann er nicht auf sich sitzen lassen. Die erzwingen sozusagen eine Genugtuung. Noë schreibt: »Er erhob sich deshalb rasch von seiner Bank, ergriff den Seethaler am Hals, schleifte ihn, nachdem er die Stubentür aufgerissen hatte, über die Schwelle und durch den Hausflur und warf ihn auf das Pflaster der Gasse, daß er auf der Nase lag.« Obwohl es kein großes Kunststück war, einem Besoffenen Herr zu werden, hat er natür-

lich von all denen, die das miterlebt haben, einen entsprechenden Zuspruch gefunden. Der Jäger dagegen hat nur Spott geerntet. Als er sich unter dem Hohngelächter wieder aufgerappelt hat, hat er nur noch rufen können: »Des sollst du mir büaßn!« So die dramatische Schilderung Heinrich Noës.

Nun, der königliche Forstgehilfe Seethaler hat natürlich die Schande, die ihm geschehen ist, nicht vergessen. Kurz darauf ist der Allerseelentag (der 2. November), ein Feiertag, der Wildschützen geradezu zum Wildern verführt – aufgrund der Vorstellung, daß das Wild, das die Herren für sich beanspruchen, Eigentum des armen Volkes ist, und daß deshalb die armen Seelen gerade an diesem Tag das Wild und vor allem den Wilderer vor den Jägern schützen. Laut Noë hat der Wildschütz, der Hansl, sich mit Schroten und Kugeln eingedeckt, die er an Weihnachten, zusammen mit einem Blindschleichenkopf gegossen hat, damit der Schuß unfehlbar wird. Der Seethaler wiederum paßt auf seinen Jagdgängen höllisch auf, an jenem Allerseelentag ganz besonders. Er setzt sich auf der Watzmannscharte in einem Felsversteck an, nicht weit von der Kuhrointalm, und tatsächlich entdeckt er drei Wildschützen, die von dem großen Schneefeld der Scharte gerade auf ihn zugehen. Nichtsahnend. Der mittlere von ihnen trägt eine Gams, der letzte ist der besagte Hansl. Als sie nahe genug da sind, schreit der Seethaler: »Halt!« Die Wildschützen zucken mit ihren Gewehren auf. Aber dem Seethaler ist's nicht lang ums Warten. Er feuert den ersten Lauf ab. Der trifft den, der die Gams trägt, tödlich, der zweite Schuß gilt dem Hansl, der versucht noch zu seinem Kameraden zu kriechen, aber er schafft es nicht mehr. Der dritte Wildschütz kann entkommen. – Es wird übrigens immer wieder betont, daß auch mit Schrot geschossen worden ist. Dazu muß man sagen, daß das keine so kleinen Schrotkügerl waren, sondern ganz grobe, sogenannte Rehposten. Als am nächsten Tag die Kommission, die der Seethaler geholt hat, die beiden Toten untersucht, werden von ihr die beiden erst dann eindeutig erkannt, als man ihnen den Ruß aus den Gesichtern gewischt hat.

Dieser Vorfall hat natürlich den Haß entsprechend geschürt. Den königlichen Forstgehilfen hat man sofort versetzt. Aber auch an

seiner neuen Stelle hat sich das Ereignis herumgesprochen. Lesen wir bei Heinrich Noë: »Einige Zeit darauf saß er dort im Wirtshaus, als ihn ein anwesender Bursch unter allerlei anzüglichen Reden damit zu hänseln begann, daß er es gewesen sei, von welchem die Geschichte auf dem Watzmann erzählt wird. ›Und wenn's so ist, geht's dich vielleicht was an?‹ fuhr der Seethaler auf. So gab ein Wort das andere, bis der Bursch, der sich ohne weiteres als Wildschütz bekannte, drei Bleikugeln aus der Tasche zog und sagte: ›Unter den dreien ist wohl eine für dich!‹ – Auf das hin schlugen sie einander in die Hand und wetteten und der Wirt wurde als Zeuge ihrer Wette herbeigerufen.« – Um es kurz zu machen: Keine zwei Wochen später sitzt der Seethaler während der Kirchzeit an einem Schlag, um auf einen Hirsch zu passen, da kommt der Besagte mit den drei Bleikugeln. Und der Seethaler streckt seinen Kontrahenten mit einem Kopfschuß nieder. Weil der Schuß von vorn gefallen ist, wird er von der Kommission durch das ärztliche Gutachten freigesprochen.
Das waren Zeiten, die man sich heutzutag gar nimmer so recht vorstellen kann. Gott sei Dank.

»Gott zur Ehr, dem Nächsten zur Wehr«

Die Feuerwehr in vergangenen Tagen

Wer auf dem Land oder in einer kleinen Stadt wohnt und eine von den Heimatzeitungen abonniert hat, kann immer wieder von Feuerwehren lesen, von Übungen, Feuerwehrtagen, Tagen der offenen Tür, Fahrzeugweihen, Jubiläen, natürlich auch von Bränden, von Unfällen, von Einsätzen bei Hochwasser. Und nun hat mich das Fest »125 Jahre Feuerwehr Traubing« auf den Gedanken gebracht, wieder einmal etwas von freiwilligen Feuerwehren zu erzählen. Viele Leser sind sicher schon einmal an Traubing vorbeigefahren. Es liegt an der Olympiastraße, der Bundesstraße 2, zwischen Starnberg und Weilheim. Es hat am 21., 22., 23. und 24. Mai 1999, den Pfingsttagen, von sich reden gemacht. 120,9 Liter Regenwasser auf den Quadratmeter hat es allein am 22. Mai gekübelt. Die Folge: eine unglaubliche Überschwemmung. Das Dorf, das in einer Senke liegt, hat einem See geglichen. Die Traubinger haben sich allein nicht mehr helfen können. Neunzehn freiwillige Feuerwehren der weiten Umgebung sind zu Hilfe gekommen. Um denen auch einmal eine Verschnaufpause zu geben, ist dann zusätzlich noch die Berufsfeuerwehr München ausgerückt, dazu die technischen Hilfswerke Starnberg, München, Rosenheim. Das alles war natürlich nur aufgrund der gutentwickelten Nachrichtentechnik zu organisieren.
Nun möchte ich Ihnen natürlich nicht von den hochtechnischen Möglichkeiten unserer Tage erzählen, sondern von einer Zeit, in der es all das noch nicht gegeben hat, in der man noch mit dem Feuerwehrhorn, den Kirchenglocken und mit dem Feuerreiter alarmiert hat.
Die Freiwillige Feuerwehr Traubing hat zu ihrem Fest eine beachtliche Festschrift herausgebracht, in der auch so manches aus alten Zeiten berücksichtigt ist. Daß man sich im Landkreis Starnberg bei den Feuerwehren in den letzten Jahren mehr und

mehr für die eigene Geschichte interessiert, hat einen ganz bestimmten Grund. Da gibt es nämlich den ehemaligen Kreisbrandrat Gfüllner, Karl Gfüllner aus Niederpöcking. Ein Mann, der sich leidenschaftlich für die Geschichte »seiner Feuerwehren« interessiert, der dann feststellen hat müssen, daß es ein äußerst lückenhaftes, dürftiges Kreisfeuerwehrarchiv gibt, in das man Ordnung bringen und das man erst aufbauen muß. Er ist dann von Feuerwehr zu Feuerwehr, um zu sammeln, was es zu sammeln gibt. Und wenn man etwas herausrücken soll, dann interessiert es einen mit einem Mal doch auch selber.
Aber zurück zum Brandschutz in früheren Zeiten. Bei der Feuerordnung von 1791 erfährt man zum Beispiel, daß die Obrigkeit bei Neubauten stark eingreifen will. Da heißt es im Paragraph 5: »Die Häuser, Städl, Schupfen und Stallungen sollen aller Orten, besonders in Städten und Märkten in Zukunft nicht mehr mit Holz, Schindeln, Brettern, Stroh oder andern feuerfangenden Materialien gedeckt, sondern durchaus mit gebrannten Ziegelplatten eingedacht werden.«
Die Polizeiobrigkeit habe dabei zu helfen, daß die Untertanen auch solche Ziegeltaschen bekommen können, daß immer genügend Vorrat bereitsteht. Wo mit Torf oder Steinkohle Ziegel gebrannt werden können, sollen die »Polizey-Obrigkeiten Sorge tragen, daß die Ziegeltaschen auch zu einem wohlfeilen Preise unaufhaltlich abgeholt werden können«.
Weiter heißt es: »An den mit Ziegeltaschen, oder Steinplatten versehenen Dächern sind … die sogenannten Vorschüsse von hölzernen Schindeln, nächst der Dachrinne nicht zu dulden, weil die Erfahrung bewiesen hat, daß bey entstandenen Feuersbrünsten eben diese Schindelvorschüsse das Feuer von einem Hause in das andere, unerachtet der Feuermauern befördert.« Schon 1342 hat Kaiser Ludwig der Bayer mit Zustimmung der Münchner Bürgerschaft verfügt, daß Häuser möglichst mit Stein gebaut werden, auf jeden Fall aber mit Ziegel gedeckt werden sollen. Das hat sich natürlich nicht alles auf einmal durchsetzen lassen. Am ehesten noch in Städten und Märkten, vor allem nach großen Bränden, also beim anschließenden Wiederaufbau. Aber auf dem Land hat es sicher noch eine lange Zeit gedauert, bis sich in

einem Dorf der erste dazu entschlossen hat, sein Dach rot zu decken. Die Holzschindel hätte er billiger haben können. – Aber diese Vorschrift läutet eine Entwicklung ein, die im 19. Jahrhundert schließlich das Dorfbild grundlegend ändert. Die Dächer werden rot, die Dachneigung wird steiler. – Die Feuerordnung nennt nicht nur Gebote und Verbote, sie gibt auch Anregungen. Paragraph 6 rät den Zimmermeistern, »alles Holz, so sie zu Dachstühlen, Balken und anderem Bauwerk brauchen, zuvor mit Wasser, in welchem Alaun aufgelöst worden, zu überstreichen, damit selbes nicht so leicht Feuer fangen könne.« – Ob man um dieses Mittel heut überhaupt noch weiß? Die Drohung im Paragraph 3 ist allerdings deutlich genug: »Alle Baumeister von Maurern und Zimmerleuten müssen künftig bey ihrer Orts-Obrigkeit ordentlich verpflichtet, und mit aller Schärfe dahin angewiesen werden, daß sie bei Vermeidung schwerster Geld- und sogar nach Verhältnis der Umstände empfindliche Leibes- und Schandstraphen, dann Verlust ihres Meisterrechts sich niemal unterfangen sollen, feuergefährliche Gebäude selbst aufzuführen, oder durch andere aufführen zu lassen.«

In derselben Feuerordnung aus dem Jahr 1791 wird schon gefordert, daß die hölzernen Dachrinnen durch blecherne oder kupferne ersetzt werden sollen. Und dann befaßt sich die Feuerordnung nachhaltig mit den Kaminen. Paragraph 10: »Weder in Städten, noch in Märkten, oder auf Dörfern sind Rauchfänge von Holz, oder Brettern künftig zu gestatten, sondern dieselben nach und nach abzureißen.« Ich hab noch unmittelbar nach dem Zweiten Weltkrieg so eine »Hur«, so hat man den hölzernen Rauchfang geheißen, in Parsberg bei Miesbach gesehen. Dieser Kamin hat die Feuerordnung von 1791 um 150 Jahre überlebt. Das hört sich heute besonders gefährlich an, ein Kamin aus Holz. Er war allerdings, das muß man dazu sagen, aus Hartholz und Feuer hat man mit Weichholz, auch aus Torf gemacht. Und wenn der Holzkamin erst einmal verrußt war, dann haben Funken nur mehr schwer einen Brand auslösen können. Die Sache ist erst dann richtig »brenzlig« geworden, wenn man auch mit Braunkohle gefeuert hat. Noch früher hat es in kleinen bescheidenen Bauernhäusern oft gar keine Kamine gegeben. Da ist der Rauch durch das offene Dach hinaus. Wenn dann die hölzernen Schindeln ordentlich eingerußt waren, war das auch wieder ein bescheidener Feuerschutz. Solche Almen hab ich noch im Berchtesgadener Land erlebt und in Südtirol.

Dann werden in der Feuerordnung natürlich die Schmiede, Schlosser, Bäcker und Bierbrauer angesprochen, die Berufe, die am häufigsten mit dem Feuer umgehen. Sie müssen an ihren Arbeitsstätten feuerfeste, steinerne oder geziegelte Kamine haben. Die Malzdörren sollen mit guten Steingewölben versehen werden. Übrigens, das darf ich hier einflechten, haben die Bierbrauer für die Feuerwehr Faßwagen bereitstellen müssen. Die Vorläufer der Tankwagen. Sie haben sogar dafür sorgen müssen, daß im Winter, und war es noch so kalt, das Wasser nicht einfriert.

Dann geht es noch um Vorschriften für die Kaminkehrer, die auch für Nichteinhaltung von Vorschriften entsprechend verantwortlich gemacht werden. Die Kaminkehrer dürfen keine »schludrischen und liederlichen Gesellen, oder gar unerfahrene Lehrbuben« in die Häuser schicken, die in ihren »Verrichtungen saumselig und pflichtwidrig seyn«. – Der Hausvater wiederum hat dafür Sorge zu tragen, daß alles in Ordnung ist, auch bei den Mietern und Dienstboten, vor allem zur Winterszeit und in stürmischen Nächten, daß alle Kaminlöcher, welche ohnehin mit einem eisernen Türlein versehen sein müssen, bei der Nacht fleißig zugemacht werden. Dienstboten und Knechte sollen sich nicht unterstehen, mit einem offenen Feuer, mit angezündeter Pfeife in den Stall oder den Stadel zu gehen. Wird einer dabei erwischt, soll er mit einem Reichstaler gestraft werden und so weiter.

Nach all den Geboten, Verboten und Strafandrohungen stellt sich eigentlich die Frage, seit wann es die Möglichkeit gibt, sich gegen Brandschäden zu versichern. Die erste »Feuerversicherung« im heutigen Bayern hat es im Ansbacher Land gegeben. Am 10. Juli 1754 hat der damalige Markgraf Carl Wilhelm Friedrich die »Brand-Assecurations-Societät in Ansbach« gegründet. Vorbild waren die einige Jahre früher gegründeten Assekuranzanstalten in hannoverschen Fürstentümern. In der Ansbacher Societät war vorgesehen, landwirtschaftlich Gebäude zu versichern, für welche an den Markgrafen unmittelbar Steuer zu entrichten war. Die »müssen nothwendig versichert werden«. Während es im Fränkischen sehr bald viele weitere Versicherungen gegeben hat, in Bayreuth und Aschaffenburg, in den Bistümern Würzburg und Bamberg, in Nürnberg, Rothenburg, in einer Reihe von schwäbischen Reichsabteien – alles Gebiete, die ja damals noch nicht bayerisch waren –, hinkt das Kurfürstentum Bayern hinterdrein. Erst am 17. September 1799 hat sich Kurfürst Max IV. Joseph, der spätere König Max I., entschlossen, »nach dem Beispiel anderer Staaten eine Brandversicherungsgesellschaft unter unseren höchsten Schutz« zu stellen.

Nun – die Versicherungen werden auf dem Land am Anfang nur schwer haben Fuß fassen können. Strohgedeckte Häuser hat man sowieso nicht versichern können. Die Versicherung auf dem Land war die gegenseitige Hilfe. Ist ein Hof abgebrannt, dann haben die Nachbarn die betroffene Familie aufgenommen, auch das Vieh, soweit man es hat retten können. Und dann hat man den Hof gemeinsam wieder aufgebaut. Bei Bergbauern in Südtirol hab ich das selbst noch erleben können. Brandversicherungen finden dann vor allem in der zweiten Hälfte des 19. Jahrhunderts Zuspruch. Und die Älteren unter uns erinnern sich sicher noch daran, daß an so manchem Bauernhaus eine kleine emaillierte Blechtafel angebracht war, die verkündet hat, bei welcher »Assekuranz« man versichert ist. Diese Tafeln, einst eine Werbung, haben heutzutag einen hohen Sammlerwert.

Daß Orts- und Stadtbrände gar nicht so selten waren, zeigen ja etliche Votivbilder. Eines der ältesten ist in der Felixkapelle von Gars am Inn zu finden. Man sieht von Norden her auf Gars. Links das Kloster, rechts der Markt, der eher einem Dorf gleicht. Rechts im Markt stehen Häuser in hellen Flammen. Auf dem Weg vom Kloster zum Markt eine Prozession der Augustinerchorherren im weißen Habit. Darunter wird das Bild erläutert: Es wurde gestiftet wegen der »Anno 1675 den 3. September zu nachts höchstgefährlich entstanden erschröcklichen Feuersbrunst erlödigt und unbeschädigt verbliebener Seiten (des Marktes nämlich) durch gegenwarth des hochheilig. Sacraments und

biltnuß der Glorwürdig. H. Martyrers und Patron. Felicis, welche die Geistliche Herren Canonici auß dero Chorstüfft und Closter in besagtem Markt herein und umbgetragen, auch vielfältig gethanen gelübden zu erwerdten H. Martyrer«.
Von Löscharbeiten ist auf der Votivtafel nichts zu sehen. Was hätten die Leute damals, wohlgemerkt 1675, schon viel tun können. Vor Bränden dieser Größenordnung hat man nur hilflos stehen, da hat man nur noch hoffen und beten können. – Und weil der Bittgang damals sichtlich geholfen hat, ist auch diese Votivtafel entstanden. Es ist nämlich bei dieser Prozession »augenscheinlich vermörkt worden, die Abwendung der erschröklichen Flammen, durch gählinger verwunderlicher Veränderung des windts«. Der Wind hat also umgeschlagen, ein Nordostwind muß aufgekommen sein, der ein Übergreifen auf andere Häuser verhindert hat.
Eine bekanntere Votivtafel kann man in der Wallfahrtskirche Weihenlinden sehen. Es ist im Jahr 1799, ein Bauernhaus in Högling steht in hellen Flammen, gleich neben der Wallfahrtskirche. Ein Mann trägt Habseligkeiten aus dem brennenden Haus. Der Pfarrer steht beschwörend auf dem Friedhof. Einige Dörfler versuchen das Übergreifen des Feuers auf die schon ziegelgedeckte Kirche zu verhindern. Die wenigen, die einen Bottich Wasser tragen, oder einen Feuerhaken, stehen hilflos herum. – Gestiftet hat diese Tafel der »Franciskus Festmair – Zehetmair zu Högling – Öfle Haus im Feuer war / Stund auch das Meine in Gefahr / Allein Maria schützte mich / Dafür dank(e) ich ihr inniglich«.
Nicht weit von Weihenlinden steht die noch berühmtere Wallfahrtskirche Tuntenhausen, deren Turm damals noch eine einfache barocke Doppelhaube trägt. Hier bricht am 31. Juli 1844 um zehn Uhr abends im Bäckerhaus ein Brand aus. Es ist Brandstiftung, ein »boshaft gelegtes Feuer«, wie es auf der Votivtafel heißt. Auf ihr sieht man, wie der Ort südlich der Kirche in hellen Flammen steht. Der Text unter dem Bild erzählt dazu: »Beim Wahrnehmen schlug die Flamme schon über das Wirtshaus an die Thürme. Der Bäckermeister Nik. Demel kam in den Flammen um. Binnen 4 Stunden waren das Bäcker-, Höher-, Kastl-,

Kistler-, Sixten-, Schul- und Huberhaus mit Nebengebäuden in Flammen. Das Uhrdächlein am Thurme und der Aufzug an der Kirche flammten bereits, die Fenster sprangen.« Man kann auf dem Bild eine Saug- und Pumpenspritze sehen, mit deren Hilfe Männer versuchen, das Übergreifen des Feuers auf ein noch stehendes Gebäude zu verhindern. Ob sie es geschafft hätten? Jedenfalls heißt es: »Ganz Tuntenhausen schien verloren mit der Kirche. Doch die Gelübde der machtigen Jungfrau wurden erhört. Plötzlich drehte der Wind die Flamme weg von der Kirche … 72 Hausväter, Augenzeugen, bestättigen es protokollarisch, als Wunder, Gott, dem Herrn der Elemente, und Maria der Fürbitterin Lob!«

Am Anfang hab ich Ihnen ja gesagt, daß die Feuerwehr von Traubing ihr Hundertfünfundzwanzigjähriges gefeiert hat, daß dazu eine Festschrift entstanden ist, und daß mich dieses Jubiläum auf den Gedanken gebracht hat, wieder einmal etwas über die Feuerwehren zu erzählen. Und in dieser Festschrift nun finden sich auch geschichtliche Hinweise auf Brände. Maurus Friesenegger, Abt von Andechs, überliefert in seinem berühmten Tagebuch aus der Zeit des Dreißigjährigen Krieges, unter dem 11. Januar 1634, »endlich müßten unsere Schrecken dieser Tage (die Schweden wüteten im Land) auch noch auswärtige Unglücke vermehren: nämlich wurde zu Traubing das Pfarrhaus und der Thurm abgebrannt. Das Gotteshaus wurde noch kümmerlich gerettet«.

Hundertachtzig Jahre später ist die Traubinger Kirche wieder in Gefahr. »Als am 11. Mai 1822 der Blitz in den Thurm der Pfarrkirche in Traubing schlug, rettete Joseph Hartman von Machtlfing den Thurm u. Kirche, in dem er nach Anrufung der hl. Mutter Maria u. ihres götl. Sohnes sich mitten in die Flammen hineinwagte u. den brennenden Dachstuhl auseinander schlug, so daß das Feuer gelöscht werden konnte.« So steht es auf dem Votivbild. Man sieht Joseph Hartman oben aus dem offenen Kirchturmspitz rausschauen, wie er in Feuerstrahlen die Axt schwingt und brennende Balken herunterwirft. Links unten ein Reiter auf einem Schimmel, vielleicht der Feuerreiter auf dem Weg, Nachbarorte zu alarmieren. Am Dorfbach Frauen, die mit

Ledereimern Wasser schöpfen, an der Kirchhofmauer Frauen mit einer tragbaren Spritze.

Zu einem anderen Thema: Wenn man die Districts-Feuerlöschordnung für das königliche Bezirksamt München links und rechts der Isar vom 1. Januar 1879 liest, dann merkt man, daß die Ausbildung damals recht militärische Formen hat. Das mag durch die Gründung des deutschen Reiches und die Zeit nach dem siegreichen Frankreichfeldzug 1870/71 gekommen sein. Da gibt es für unsere freiwilligen Feuerwehren ein »Reglement«, ein Exerzierreglement. Es beginnt mit dem Kapitel »Fußexercitium«. – Ein paar Proben: »1. In zwei Gliedern angetreten. Sobald dieses Commando erfolgt, hat die gesamte Mannschaft die größte Ruhe zu beobachten und die sofortige Aufstellung vorzunehmen. Die Entfernung von einem Glied zum anderen ist ⅘ Schritt (etwas mehr als 2 Fuß) – bei Aufstellung der ganzen Compagnien kommen die Steiger auf den rechten Flügel, die Ordnungsmänner auf den linken Flügel und die Spritzenmannschaft in die Mitte – die Chargierten (also die Dienstgrade) treten zwei Schritt vor die Mannschaft und werden nunmehr eingetheilt.« – Jeder hat genau seinen Platz. Alles ist ganz militärisch. »Richt Euch – nummeriert euch (also abzählen) – stillgestanden – rührt euch – rechts um – links um – Compagnie – kehrt!« Das haben die meisten gar nicht erst lernen müssen, sondern haben das alles, dank der allgemeinen Wehrpflicht, schon gekannt. – Und beim Einsatz? Da wird sogar vorgeschrieben, wie man eine Leiter besteigt. »Regeln: beim Aufsteigen werden beide Arme über Achselhöhe erhoben und die Sprossen nahe an den Bäumen ergriffen. Das Steigen geschieht durch Hinaufschwingen der rechten Hand und des rechten Fußes, die Fußspitzen zu nächst der Leiterbäume.« – Die Spritzenmannschaft hat auf Kommando loszumarschieren, die einen nehmen die Deichsel der fahrbaren Spritze auf, »die übrigen ziehen und schieben kräftig nach«. Aufgeführt sind dann die Kommandos »Achtung – Bereitschaft – Marsch« – »Achtung zum Pumpen fertig« – »Achtung, Schlauch verlängern« und so weiter. – In dieser Feuerlöschordnung von 1879 sind auch die Signale angegeben: 1 Piff = Wasser – 2 Piff = kein Wasser – 3 Piff = Schlauchverlängerung. Oder Signale mit dem Horn: Hoch tief heißt »Habt Acht« – tief hoch »vorwärts« – hoch tief, hoch tief heißt »Abblasen«. – Nun, das ist alles ein Stück Geschichte.

Ich hab einmal ein kleines blaues Büchl erwerben können, nicht einmal postkartengroß, in hellblaues Leinen gebunden, der Einband blindgeprägt und in Silber aufgeprägt: »Die Freiwillige Feuerwehr, ein Ehren-Stand«. Erschienen in der Franz'schen Hofbuchdruckerei München 1884. Untertitel: »Einige Worte zur Aufmunterung insbesondere für Landfeuerwehren«. Verfaßt wurde dieses Büchl von einem Herrn Jakob. Er sei vor einiger Zeit gebeten worden, doch zu dem Thema »Gott zur Ehr, das Fundament der freiwilligen Feuerwehren« etwas zu schreiben. Und außerdem solle er einmal »die Pflichten des einzelnen Feuerwehrmannes« zusammenstellen.

Jakob fängt in einem für uns heute doch etwas fremden vaterländischen Ton an: »Mächtig wie ein Baum hat sich das Feuerwehrwesen entwickelt, die gute Sache hat sich Bahn gebrochen, viele Tausend freiwillige Feuerwehren sind entstanden und bestehen. – Eine ganz Armee von freiwilligen Soldaten der christlichen Nächstenliebe ist um die Fahne geschart, auf der geschrieben steht ›Gott zur Ehr!‹« – Aber dann stellt er die Frage, ob das so bleiben wird? Er gibt auch gleich die Antwort: »Leider kann man sehen, und die Thatsache spricht dafür, daß die Zahl der Mitglieder der freiwilligen Feuerwehren am Lande eher abnimmt und darum freiwillige Feuerwehren entschieden zu wenig Mitglieder haben.« Dieses kleine Büchl soll nun für die Feuerwehren werben. Der Feuerwehrstand ist ein Ehrenstand. »Gott zur Ehr, dem Nächsten zur Wehr! … Der ächte Mann hilft, wie und wo er kann.«

Das Büchl ist voll von Aufmunterungen, nur wer liest sie? Am Schluß noch der Ruf: »Unsere freiwilligen Feuerwehren am Land müssen mehr Mitglieder erhalten. Die Löschgeräte wollen bedient sein, das werden sie aber nur durch geschulte freiwillige Mannschaft! – nicht durch Leute, welchen Übung und Verständnis fehlt! Mögen die Feuerwehren am Land gedeihen zur Stärkung und Kräftigung in Ausübung ihrer Pflichten, zur Rettung von Hab und Gut des Nächsten, zur Erhaltung des Nationalver-

mögens und damit zum Wohle unseres geliebten Vaterlandes! ›Gott zur Ehr, dem nächsten zur Wehr.‹« Wohlgemerkt geschrieben 1884.
Wenn ich mich heut so umschaue, habe ich den Eindruck, daß die Feuerwehren so gut selbst für sich werben, daß sie keine allzu großen Nachwuchssorgen haben. Zur Zeit wenigstens nicht. Und das ist doch ein beruhigender Gedanke!

»Tauet, ihr Himmel …«

Die Engelämter im Advent

Hans Heyn, der Herausgeber der Erinnerung der Franziska Hager, hat 1974 Kinder im Chiemgau befragt, ob sie wüßten, was Rorate bedeutet. »Ein Dutzend katholischer Kinder befragten wir« – schreibt er – »zwölfmal blieb die Antwort aus.« Und er schreibt weiter: »Rorate Coeli (Tauet ihr Himmel), die Anfangsworte der Messe Rorate, sind nur noch im Lied lebendig. So wie die lateinischen Messetexte langsam aus dem Bewußtsein der Kirchgänger schwinden, so ist auch die lateinische Bezeichnung ›Rorate‹ für das Engelamt bei jüngeren Generationen kaum mehr bekannt. Das Engelamt jedoch ist auch heute noch ein Teil des Advents, wenngleich es auch in den Dorfkirchen nicht mehr um fünf oder sechs Uhr in der Früh gehalten wird.« Und er setzt dazu: »Aus unseren Tagen ist zu diesem Thema nichts Berichtenswertes beizutragen.« Geschrieben 1974 und nachzulesen in den unter dem Titel »Drudenhax und Allelujawasser« erschienenen Erinnerungen der Franziska Hager.

Heutzutag wissen nur noch die Alten um das Rorate, um die Engelämter im Advent, um den Kerzenschein, um die eiskalte Kirche. Die Stallaterne, die den Weg zur Kirche beleuchtet, gehört weitgehend zur Erinnerung von Menschen, die schon nicht mehr unter uns sind. – Vor einigen Jahren hat ein Pfarrer einmal zu mir gesagt: »Engelämter! Engelämter! – Da schwärmen s' immer von den Engelämtern. Ich halt's immer noch – aber kommen tut keiner mehr.«

Wie gesagt, das Wort »Rorate« ist eigentlich nur noch im Lied lebendig: »Rorate, ach tauet ihr Himmel herab, ach regnet ihr Wolken die göttliche Gab! Schickt uns den Gerechten, auf welchen so hart, die Frommen seit Abel ham g'wart.«

Es mag Mitte der fünfziger Jahre gewesen sein, die Zeit, in der langsam diese Lieder wieder zu Ehren gekommen sind, da hab ich Sänger gefragt: »Was taut denn da?« – Schweigen – Da hab ich dann die Stelle in der Heiligen Schrift gesucht, und im Alten Testament auch gefunden, im 72. Psalm. Da spricht Salomon im 4. bis 8. Vers von der Ankunft des Friedenskönigs. Wie er kommen wird und was man von ihm erhofft: »Er soll den Elenden im Volk Recht schaffen / und den Armen helfen und die Bedränger zermalmen. – Er soll leben solange die Sonne scheint / und solange der Mond währt von Geschlecht zu Geschlecht. – Er wird herabfahren wie der Regen auf die Aue, / wie die Tropfen, die das Land feuchten. – Zu seinen Zeiten soll blühen die Gerechtigkeit / und großer Friede sein, bis der Mond nicht mehr ist. – Er soll herrschen von einem Meer bis ans andere / und von dem Strom (dem Euphrat) bis zu den Enden der Welt.« Es ist ein Psalm der Erwartung und der Hoffnung. Und was hat die Sprache des Alten Testaments für eine Sprachgewalt und für eine Symbolkraft, wenn es heißt, der Erlöser wird kommen, er wird »herabfahren wie der Regen auf die Aue, wie die Tropfen, die das Land feuchten«.

Das Rorate ist benannt nach dem Introitus, dem Eingangsgebet der heiligen Messe, das wie gesagt mit dem »Rorate coeli« (Tauet, ihr Himmel) beginnt. In diesem Zusammenhang erzählt uns Joseph Schlicht, der ehemalige Schloßbenefiziat von Steinach bei Straubing, daß im Bayerischen Wald genau unterschieden worden ist zwischen Rorate und Engelamt: Das erstere dauert bis Weihnachten, das letztere bis Dreikönig. Wenn man heute wissen will, wie das damals mit den Engelämtern gewesen ist, kann man nur mehr wenige Menschen fragen; man muß vor allem in den Erinnerungen derer blättern, die schon nicht mehr unter uns sind. So will ich noch einmal auf die Aufzeichnungen von Franziska Hager zurückgreifen. Sie erzählt von einem Engelamt in Greimharting bei Prien. So wie es den Lehrer nicht mehr gibt, der zwei, oft drei Nebenerwerbe gehabt hat, um überhaupt leben und seine Kinder studieren lassen zu können, so gehört auch der Fußmarsch der Lehrersfrau von Prien nach Greimharting, früh, bei Dunkelheit, längst der Vergangenheit an. Die Franziska Hager ist ja in einem Lehrerhaus aufgewachsen. Und sie schreibt: »Engelsamt! Wundersamste Erinnerung an meine Kindheit! Wie oft sind wir nach St. Salvator Urschalling und Greimharting gepilgert. Mutter als Organist, ich oder eines meiner Geschwister als Chorpersonal und Orgelaufzieher in einer Person.« Damals hat man ja schließlich für die Orgel den Blasbalg treten müssen; auch das ist längst – von ganz wenigen Ausnahmen abgesehen – Geschichte. Und sie erzählt weiter: »In aller Herrgottsfrühe zogen wir aus, wenn die Sterne am blanken Himmel froren, in Hauben und Tücher eingemummelt, im Arm die Notenrolle, in der blau gefrorenen Hand eine mächtige Laterne. Der Hauch unseres Atems stand wie eine Säule vor uns. Unter jedem Tritt ächzte der im Frost erstarrte Boden. In den Hohlwegen stand kniehoch der Schnee, und wir, wir stelzten wie die Störche, Bein um Bein hochziehend und immer wieder in den Schnee sinkend, an unser Ziel: Das Kirchlein wartete. Durch seine verträumte Ruhe huschen und irrlichtern die Laternen der einpassierenden Beter. Mutter klettert auf den Orgelstuhl, wärmt die eisigen Fingerspitzen in den Achselhöhlen, haucht noch einmal in die gewölbten Hände und unser Konzert beginnt. In der einen Hand das Notenblatt, mit der anderen an der Blasbalgstange hängend, trete ich aus Leibeskräften den Orgelbalg und singe dazu mein ›Kyrie‹ und mein ›Gloria‹, ›Sanktus‹ und ›Benediktus‹, mit dem ganzen Schmelz meiner kindlichen Hingabe in den grauenden Wintermorgen.« – Und in der verklärenden Erinnerung erzählt Franziska Hager, wie sie sich gefreut habe, wenn die Mutter auf der Orgel ganz leis die Melodie angestimmt hat und sie ein Wiegenlied hat singen dürfen. Sie hat auch den Text aufnotiert:

»Schlaf wohl, Du Himmelsknabe Du,
schlaf wohl, Du süßes Kind.
Dich fächeln Engelein zur Ruh
Mit sanftem Himmelswind.
Wir armen Hirten singen hier
Ein herzig Wiegenliedchen Dir.
Schlafe, Himmelsknabe, Du,
Schlafe, schlafe.«

Das ist sicher ein Lied, über das die strengen Anhänger der Volksmusik heute etwas überlegen schmunzeln, aber es ist halt auch ein Stück Geschichte.
Was uns die Franziska Hager erzählt, hat damals seine Gültigkeit weitum im Land, in jedem katholischen Dorf. Diese Gottesdienste im Advent müssen einen tiefen Eindruck auf die Leute gemacht haben, weil man in Erinnerungen immer wieder von ihnen lesen kann. So besinnt sich auch Franz Joseph Bronner, der Lehrer war und 1919 gestorben ist, in seinem Buch »Von deutscher Sitt und Art« seiner Jugend und wie ihn die Mutter in der eiskalten Schlafkammer geweckt hat: »Mochte das Bettchen noch so warm und wohlig sein, hurtig sprangen wir da heraus. Wir achteten nicht der Kälte und des Frostes und eilten zur Kirche. Hinter unserer großen Schwester, welche uns mit der Laterne voranleuchtete und den Weg bahnte, stapften wir durch den Schnee.« Und was muß das für ein Eindruck gewesen sein, ein Eindruck der den Franz Joseph Bronner ein Leben lang begleitet hat: der unglaubliche Lichterglanz in der Kirche. Auch er steigt die Treppe zur Orgelempore hinauf. Allerdings nicht um zu singen, sondern um Geige zu spielen. »Liefen die Fingerlein noch so blau an und vermochte ich sie vor Starre kaum auf das Griffbrett zu setzen, voll Eifer strich ich doch mit dem Fidelbogen und trippelte dabei, um die Kälte etwas zu meistern, abwechslungsweise von einer Fußspitze auf die andere oder schlug die harten Lederschuhe aneinander. Und doch – trotz aller Unbill kam mir die Musik dieser Rorateämter so schön vor, daß ich damals meinte, es könnte nicht leicht etwas Herzerhebenderes geben!«
Wenn der kleine Bronner »gegeigt« hat, war es ein »gegeigtes« Engelamt. Es hat aber auch ein gesungenes Engelamt gegeben. In diesem Fall ist er vorne an der Brüstung der Orgelempore gestanden. »Wenn dann die Orgel kräftig einsetzte zum Volksgesang: ›Tauet Himmel den Gerechten / Wolken regnet ihn herab‹, da war es mir, als schlugen die mächtigen Wellen des gemeinsamen Gesanges hinten auf dem Musikchore über mir zusammen; mein Herz wurde fortgerissen von Begeisterung.« Unvergeßlich aber bleibt ihm vor allem die Stimmung in der Kirche: ein Meer

von Lichtern. »Die Hunderte von Müttern und Mädchen hatten ihre Wachsstöcke, die Männer und Kinder ihre Kerzen und Kerzchen angezündet. Da strahlte alles vom Schimmer.«
Als Bronner als junger Lehrer in einen Ort in den Bergen kommt – er sagt leider nicht in welchen –, schreibt er noch voller Begeisterung, daß vor den Engelämtern das Dorf am Berg erscheint wie eine »Riesenkrippe«. Die hellerleuchteten Häuser – von Kerzen und Talglichtern erleuchtet, denn elektrisches Licht hat es ja nicht gegeben –, dann die Lichter, die auf dem Weg zur Kirche waren. »Von einsamen Waldsteigen herab bewegten sich glühende Lichter. Es waren die Kienfackeln, womit sich die Leute von den abgelegenen Berghöfen ihre Pfade talwärts beleuchteten.« Das war um 1860; dieses Bild aber stimmt noch bis hin zum Ersten Weltkrieg.
Ein paar Beispiele von dem oft mühsamen Weg zum Engelamt. Auch Joseph Schlicht, der berühmte Schloßbenefiziat von Steinach bei Straubing, übrigens ein gebürtiger Holledauer, 1832 in Geroldshausen geboren, erzählt davon. Kurz etwas zu seiner Person. Mit vier Jahren verliert er seine Mutter. Er soll Schuster oder Hüter werden, aber da gründet der Bischof von Regensburg in Metten ein Knabenseminar. Schlicht kommt nach Metten, absolviert auch Jahre später das Gymnasium mit »vorzüglich würdig«. Der Traum, auf eine Universität zu gehen, scheitert an seiner Armut. 1856 wird er zum Priester geweiht und wird nun einer von jenen, die im Land herumgestoßen werden als »kloans Herrle«, als Kooperator. Joseph Martin Bauer hat einmal so schön gesagt, daß Schlicht wohl genau deshalb sein Leben lang »in Hautnähe« mit dem Volk geblieben sei. Und dieser enge Kontakt zum Volk ist aus jeder seiner Aufzeichnungen herauszulesen. So erzählt auch er vom Engelamt im Gäuboden, von den »Morgenfackeln, die das Pfarrland durchziehen«, von dem »Christenvolk«, das die Turmstimme durch »Schnee und Eis, Sturm und Regenguß, Pfütze und Letten« ins Engelamt führt. Übrigens kommt aus jedem Haus wenigstens ein Familienmitglied. Schlicht berichtet darüber hinaus von einer Geschichte, die sich um das Jahr 1862 im Isargau abgespielt hat. Da hat man nämlich durch einen stürmischen Adventsmorgen Hilferufe ge-

hört. »… es war rabenfinster und die Windstöße löschten die Laternen aus«, schreibt Schlicht. »Als der Kooperator und sein Organist, die selbst beide zum Engelamt auf die Filial hinaussteuerten«, also zur Filialkirche unterwegs waren, und nun zur Unglücksstätte eilten, »wer stand bis Mitte Leibs im tiefen, mit Schneewasser angeronnenen Wiesengraben? Der alte bußfertige Wirt aus dem nächsten Dörflein. Der peitschende Wind hatte auch ihm seine Unschlittkerze ausgeblasen, und jetzt strengte er sich vergeblich an, um auf den Eiswänden herauszuklettern.« – Eine Unschlittkerze war – das muß man heutzutage wohl erklären, eine selbstgegossene Kerze aus Rindertalg. – Aber zurück zu Joseph Schlicht. Der bußfertige Wirt wird also aus dem Graben gezogen und »er kehrte … keineswegs um und heimwärts, sondern ruderte tapfer mit Stock und Laterne in die Pfarr hinauf, wo er sich im nächsten befreundeten Haus umkleidete und dann ungesäumt in die Kirche: Das Engelamt durfte ihm deswegen nicht auskommen.«

Bleiben wir noch etwas bei Joseph Schlicht und dem Engelamt im Gäuboden. Er schildert, wie schön die Frauen das Bild der Muttergottes am Frauenaltar mit Moos und weißen und roten Papierblumen geschmückt haben. – »Das ausgesetzte Sanktissimum steht zwölfmal vom Kerzenglanz umschimmert. In den Kirchenstühlen reiht sich Licht an Licht. … Wo das bayerische Volksleben noch ganz unverdorben pulsiert, da steht seit grauester Ahnenzeit das Engelamt förmlich im Familienverband. Jedes Haus zahlt und hat sein Rorate. Und fällt gar der Taufname des bayerischen Bauern in den Advent, so setzt er seinen Glauben, Stolz und Ehre darein, daß das Namenstags-Engelamt ihm allein gehöre.«

Nun – Joseph Schlicht hat in langen Amtsjahren so seine Geschichten erlebt. So erzählt er von der Adventszeit des Jahres 1869. Da hat es mächtig geschneit, die Flocken sind dick gefallen, und am nächsten Tag früh sollte er sein Engelamt, sein Rorate, halten; draußen in einer Filialkirche im »Isartal«, wie er schreibt, im unteren Isartal, also Landau und Plattling zu. Schlicht beschreibt das recht malerisch. Der Filialbauer, der größte Bauer in der Filial, »blickte oft und oft hinaus und konnte nicht recht schlafen. ›Mir scheuzt‹ (mir ist angst) sprach er zu seiner Bäuerin, ›da Koprata bleibt morgen in dem tiaf'n Schnee stecka und i kriag mei Engelamt nöt.‹ Er meint, ›er muaß um eahm, den Koprata, naus ackern.‹ Er spannt seinen starken Pinzgauer vor den Schneepflug und macht den Weg frei in die Filial. Es ist zwar früheste Morgenstunde, aber noch finster, da wird es laut vor dem Pfarrhoftor. Der Kettenhund schlagt an, ein Gaul prustet und eine Stimme ruft: ›An schöna Gruaß an Herrn Koprata, i hab eahm jetzt an Weg scho nausgaackert, naus und naus, daß er guat nausko in d' Filial, und daß er mei Englamt halten ko! ...‹« Und Schlicht beschließt diese Geschichte: »Sprachs und sputete sich dann gleich heim mit seinem Grauschimmel, damit auch er rechtzeitig eintraf in der Filialkirche zu seinem Rorate.«

Damals, im ausgehenden 19. Jahrhundert, muß es noch schneereiche Winter gegeben haben; Winter, die nicht zu vergleichen sind mit den Wintern der letzten Jahre. Und es scheint der Schnee den Kirchgängern den Weg zum Engelamt manchmal recht sauer, recht mühsam gemacht zu haben. Davon erzählen sie eigentlich alle. Auch die Franziska Hager. Und sie meint, einmal wäre doch beinahe ein rechter Schatten auf den Glanz ihrer »Engelamtsfreuden« gefallen. Am Vorabend des Greimhartinger Engelamts hat es in dichten Flocken geschneit. Geschneit und geschneit, die ganze Nacht hindurch. Als der Mesner von Greimharting in aller Früh beim Gebetläuten die Schneehaufen sieht, spannt er seinen Gaul vor den Schlitten, um den hochwürdigen Herrn Kooperator im Priener Pfarrhof abzuholen. Wenn der Weg frei war, scheint er das nicht gemacht zu haben. Da hat das »kloa Herrle« schon selbst schauen müssen, wie es hinauskommt zur Filialkirche. Jetzt kommt aber das Höchste. Während der Fahrt durch den tiefen Schnee fragt der Kooperator den Mesner, wo er denn den Lehrer habe. Da sagt der doch tatsächlich: »Der Lehra? Der Lehra? O mei, der hat ja selba a Latern. Der ko scho nachitappa.« Diese unmögliche Rede zeigt doch, wie es auf dem Land, noch um 1880, um das Ansehen und den sozialen Stand des Lehrers bestellt war. Nicht viel anders als Joseph Friedrich Lentner in seiner Ethnographie um 1850 für König Max II. schreibt.

»Nur zu vielfach betrachtet der bayerische Bauer den Lehrer, wenn nicht geradezu als ein überflüssiges und störendes, doch als ein beschwerliches Requisit, als sogenannte Gemeindelast! … die Erhaltung seines Hausstandes, Begehren an die Gemeinde zur Sicherung eigener Existenz, unwillkürlich angeknüpfte, ja aufgedrungene Beziehungen lassen den Lehrer nicht minder zum gebeugten, geringgeschätzten und mißbrauchten Dienstmann seiner Bauern werden, für die er am Ende kaum mehr gilt als der Viehhirt oder Flurschütze.«
Der Lehrer hat um 1880 immer noch in ärmlichsten Verhältnissen leben müssen und die magere Zubuß als Mesner oder Organist hat ihn auch nicht wohlhabender gemacht. Da hat dann so ein Lümmel schon sagen können: »Der Lehra? O mei, der hat ja selber a Latern. Der ko scho nachitappa.« Nun wäre das damals aber beinahe übel ausgegangen, wie die Franziska Hager erzählt: »Leider konnten Mutter und ich nicht nachitappn.« Der Vater hat in einer anderen Kirche Orgel gespielt. Die kleine Franziska und ihre Mutter haben sich also auf den Weg gemacht. Im Hohlweg kurz vor Greimharting ist die Laterne ausgegangen. Die beiden sind in eine Schneewächte geraten und hilflos stecken geblieben. Als das Engelamt beginnen soll und die beiden noch immer nicht da sind, da hat es dem Kooperator keine Ruhe gelassen und so hat er den Mesner und einen Knecht mit Schaufeln losgeschickt auf die Suche. Franziska Hager schreibt in Erinnerung daran: »Sie retteten uns vor dem sicheren Tod.«
Um noch bei der Franziska Hager zu bleiben: Auch sie berichtet von Engelämtern, die »seit Urgroßvaterszeiten« in ganz bestimmter Reihenfolge auf den Höfen »daheim« wären; die bestimmte Höfe bestellt und bezahlt haben. »Es war damaliger Zeit so, daß dieser und jener Bauer, der auf sich und Brauchtum etwas hielt, alljährlich sein eigenes Engelamt hatte. Mit Ehhalten, Kind und Kegel, die Frauen, den ganzen Advent dunkel gekleidet« – Advent ist ja Fastenzeit – »besucht er es, während der Ahndl mit der brennenden Kerze auf der Ofenbank hockend, sein Rorate oder sein ›goldenes Amt‹, wie man es auch nannte, hielt.« Drei Engelämter hat man lesen lassen oder wenigstens besuchen müssen, um des ganzen »Roratesegens« teilhaftig zu

werden. Auf Mariä Empfängnis hat in Prien das sogenannte »Jungfrauenengelamt« getroffen. Und wehe, wenn dann eines der ledigen, heiratsfähigen Mädchen nicht mehr zum Opfer hat gehen können. Und sie erzählt von dem steinalten Waberl vom Grieß, drüben über der Prienbrücke. Sie war vom Vorstand der »Jungfrauen-Engelamt-Vereinigung«. Jedes Jahr sei sie beim Vater, also beim Lehrer Hager, »unter einem riesengroßen Regendach« erschienen, um eine Engelamt-Musik zu bestellen. Sie muß eine rechte Fistelstimme gehabt haben und jedesmal mit fast umschlagender Stimme den Herrn Lehrer »um a recht a krachats Engelamt« für ihre Jungfrauen gebeten haben. Bei ihrer letzten Bestellung soll sie zum Lehrer Hager gesagt haben: »Um a Fuchzgerl fehlt's mir halt, Herr Lehra, des hab i nimma zammabracht!« Der alte Hager muß ein prächtiger Lehrer gewesen sein und muß gesagt haben: »Macht nix, Waberl, das ghört halt dann für meine Jungfrauen.« Und er hat dieses Engelamt, das das alte Waberl für ihre »Jungfrauen-Engelamt-Vereinigung« bestellt hat, mit Pauken und Trompeten krachen lassen, wie eh und je. Und die Franziska Hager schreibt: »Das nächste Engelamt sang das Waberl droben im Himmel.«

Nun noch ein Blick nach Niederbayern. Fritz Markmiller aus Dingolfing ist in seinem 1981 erschienenen Buch »Der Tag, der ist so freudenreich« auch der Geschichte der Engelämter nachgegangen. Er hat in diesem Buch, das den ganzen Weihnachtskreis umfaßt, eine unglaubliche Fülle von Material zusammengetragen. Es ist die Ernte einer jahrelangen mühsamen Archivarbeit. Und Markmiller stellt fest, daß die Rorateämter seit dem Ende des 15. Jahrhunderts in altbairischen Landen üblich, und damit zum Brauch geworden sind. Sie gehen zunächst meist auf Stiftungen zurück. Markmiller findet jedenfalls Schriftstücke, die das belegen. Er schreibt: »So wissen wir etwa aus einem Revers des Magisters Hanns Marck, Pfarrers zu Frontenhausen in Niederbayern, und seiner Kirchpröpste vom Jahr 1509, daß in der dortigen Pfarrkirche Georg Tunzel … ›ein Ambt zu Lob und Ehre der Jungfrau Maria, das Rorate genannt‹ gestiftet hat.« Georg Tunzel, damals Stiftsdekan zu Mattighofen im Innviertel, war wohl ein gebürtiger Frontenhausener. Mit die-

sem »Rorate« sollte am ersten Adventssonntag begonnen werden, und man sollte es alle Tage zur Frühmesse singen, bis zum »heiligen Weihnachtstag.« Für den Vollzug waren für den Pfarrer zehn Schilling Pfennige ausgesetzt, für den Kaplan drei und für den Schulmeister ebenfalls drei Schilling Pfennige. Auf einen Schilling dürften damals sechs Pfennige gekommen sein.
In Laufen an der Salzach errichtet eine Margareta von Greifensee anno 1620 ein Stiftung für ein Engelamt. 1644 stiftet der Schiffmeister Georg König das »werktägliche Rorate«. Auch in diesem Fall ist alles auf das genaueste festgelegt: Das Entgelt für den Stiftsdekan, was der Zelebrant, der Kantor, der Schulmeister, der Organist, die fünf Choralisten zu bekommen haben, nicht zu vergessen die Ministranten. Es ist bestimmt, daß das feierliche Amt früh um fünf Uhr zu zelebrieren ist. Am Altar befinden sich, wie Markmiller schreibt, »die Figuren Mariens und des Verkündigungsengels, vollplastisch gestaltet oder in Form von Silhouettenbildern, dazu farbig bemalt«.
Die Darstellung der Verkündigung Mariens an oder auch in Hochaltären scheint damals recht verbreitet gewesen zu sein. Es hat ja häufig in den Altären Bühnen gegeben; hinter den Altarbildern, die man herausnehmen hat können oder versenken, wie zum Beispiel in der alten Klosterkirche zu Dießen am Ammersee, wo das heute noch geschieht. Auf solchen Bühnen hat man nicht nur zur Fastenzeit zu Passionsandachten den Ölberg und die Grablegung gezeigt, sondern auch in der Osternacht die Auferstehung. Bei seinen Forschungen entdeckt Markmiller auch eine sehr seltene Beschreibung eines »Rorate« aus der Feder eines Fraters Heinrich Pichler aus dem Benediktinerstift Kremsmünster, der in einem tagebuchartigen »Diarium Salisburgense« die Szenerie eines 1748 bei den Augustinern im Kloster Mulln gefeierten Rorate beschreibt. Er erzählt von so einem stummen Bühnenspiel: »Vor dem Evangelio zertaillet sich eine Wolken, durch welche sich ein Engel hervorschwinget bis ad corum epistolae (zur Epistelseite) in der Höch, ad corum evangelii (auf der Evangelienseite) aber kniet unser liebe Frau auf einem Bettschamel. Sobald das Evangelium anfanget, stehet sie auf, und da der Diaconus singet: Ave gratia plena, so siehte man diese Word

neben des Engel seyn Maull illuminirter, und wann er singet: Spiritus (sanctus) superveniet, flieht ein Tauben ad Mariam zu dem Gesicht und sie bekomet gleich einen Schein. Da es aber heißt: ecce ancilla Domini (siehe eine Magd des Herrn) so seyn eben bey dem Maull Maria dise Wort zu lesen. Dise Figuren thauren das ganze Rorate, der Mondschein aber verlihret sich sambt denen Sternen als wan es natürlich were.«

Zum Schluß möchte ich doch noch einen Brauch erwähnen, dem Fritz Markmiller recht intensiv nachgegangen ist. Es ist ein Brauch, der – wenigstens mittelbar – auch mit dem Rorate zu tun hat. Türmer und Spielleute haben sich nämlich in der Adventszeit auf den Weg gemacht, auf die Wanderschaft, von einem Ort zum anderen, von Markt zu Markt, von Stadt zu Stadt, um ein bißl was zu verdienen, zusammenzubetteln. Und das waren beileibe nicht freie Musikanten, da waren auch fest besoldete dabei. Sogar Türmer haben sich auf den Weg gemacht, obwohl sie fest organisiert waren, wie die Handwerker etwa, und der Meister sich »Türmergesellen« hat anwerben können. Er hat sie dafür selbst bezahlen müssen. –

Aber hier soll ja nicht von ihrer Aufgabe und ihrer allgemeinen Tätigkeit die Rede sein, sondern von dem eigenartigen Brauch, in der Advents- und Weihnachtszeit auf die Wanderschaft zu gehen, bis weit in den Januar hinein. Markmiller stellt aufgrund seiner Forschungen auch fest, mit welchen Instrumenten gespielt worden ist und wem sie zu spielen erlaubt waren. In Dingolfing zum Beispiel legt der Rat der Stadt anno 1738 fest, daß die Stadtspielleute Oboe spielen dürfen, Fagott oder Baßgeige, Violine und Hackbrett. Verboten waren ihnen die Instrumente, die ausschließlich den Türmern vorbehalten waren, nämlich Waldhorn, Klarinette, Trompete. In der Oberpfalz muß, noch im ausgehenden 18. Jahrhundert, die Geige, die Baßgeige und der Dudelsack recht verbreitet gewesen sein.

Diese wandernden Musikanten sind von weither gekommen und haben vor Hoch und Nieder gespielt, vor Herzögen und Bürgern, in die Münchner Residenz sind die Stadttürmer bis von Reichenhall und Mühldorf gekommen, von Burghausen, von Traunstein, auch von Schärding, das ja damals bayerisch gewesen ist.

Und weil die Musikanten schon Anfang Dezember unterwegs waren, hat man sie auch bei den Engelämtern spielen lassen.
Ein paar Beispiele: In den Jahren von 1719 bis 1778 haben in Mühldorf während der Adventszeit fremde Türmer gespielt, doch fehlen in den Rechnungen genaue Herkunftsangaben. Für das Jahr 1789 allerdings ist so ein Hinweis zu finden: »Den militärischen Landshuter Musikanten am Advent für Engelamt und Hochamt am Nikolaitag 1 Gulden.« – Oder 1799: »Dem Dingolfinger und Altöttinger Thürmer im Advent für das Rorateamt je 1 Gulden.«
Schon nach dem Dreißigjährigen Krieg, in der zweiten Hälfte des 17. Jahrhunderts, werden Dingolfings Musikanten zum Beispiel in Eggenfelden genannt, als Mitwirkende bei Rorateämtern. 1694 heißt es, daß sie »dem Rorate und Hochamt beigewohnt und mit ihren Instrumenten Gottes Lob haben musizieren helfen«. – Nun, für diese Wanderungen gibt es viele Beispiele: Nach Maria Dorfen sind sie ab 1675 bis von Eichstätt gekommen, von Mindelheim, von Neustadt an der Donau, Neunburg vorm Wald, aus Hirschau, und – und – und. Jedenfalls ist damit bewiesen, daß auch die wandernden Musikanten von den Engelämtern nicht wegzudenken sind.
Die Engelämter sind also in früheren Zeiten ein wichtiger Brauch in der Weihnachtszeit gewesen, der mit Kerzenlicht und Musik eindrucksvoll gefeiert worden ist – so daß niemand, der so ein Engelamt hat miterleben dürfen, es jemals wieder vergessen hat.

Die bösen Kräfte vertreiben

Das Berchtesgadener Weihnachtsschießen

Jedes Jahr im Dezember, genauer gesagt am Heiligen Abend und in der Silvester-Neujahr-Nacht, haben sie ihre großen Auftritte, die Berchtesgadener Weihnachtsschützen. Von ihnen will ich in diesem Beitrag erzählen.

Aufmerksam bin ich durch das Jahrbuch des Historischen Vereines von Oberbayern für das Jahr 2000 geworden. Titel dieser Jahrbücher: »Oberbayerisches Archiv«. In diesem Fall ist es der 124. Band. Und da ist ein Beitrag über Rudolf Kriss zu finden. Rudolf Kriss ist ein bedeutender Volkskundler gewesen, er ist weit in der Welt herumgekommen und er hat viel Volkskundliches auch aus seiner ureigensten Heimat, dem Berchtesgadener Land, festgehalten.

Und wenn ich Ihnen von den Berchtesgadener Weihnachtsschützen erzähle, so kann ich das weitgehend nur, weil Rudolf Kriss einmal der Geschichte der Weihnachtsschützen nachgegangen ist und 1941 ein Büchl unter dem Titel »Das Berchtesgadener Weihnachtsschießen und verwandte Bräuche« hat veröffentlichen können.

Die Berchtesgadener Weihnachtsschützen sind die ersten, die diese schweren Handböller verwendet haben. Und sie sehen es nicht gerade mit Vergnügen, daß seit vielen Jahren rundum Böllerschützenvereinigungen entstehen. Kopien. Übrigens nicht nur im Bayerischen, auch im Salzburgischen. Es hat schon Ende der siebziger Jahre Verhandlungen zwischen dem Bezirksheimatpfleger von Oberbayern und seinem Salzburger Kollegen gegeben, um wenigstens zu vermeiden, daß die drüberhalb der Grenze sich auch Weihnachtsschützen nennen. – Nun, man kann sich auf dem Gebiet der Bräuche halt nichts patentieren lassen. Aber eines möchte ich schon betonen: Während es immer wieder neue Böllerschützengruppen im Land gegeben hat, die man sich zu Veranstaltungen herbestellen kann und die auch kommen zum Auffrischen ihrer Vereinskassen, sind im Gegensatz dazu die Berchtesgadener nicht zu kaufen. Bei ihnen ist das Böllerschießen heute noch fest mit dem Brauch im Jahreslauf eingebunden.

Was die Weihnachtsschützen sind, was sie für das Berchtesgadener Land bedeuten, kann man als Fremder nur einschätzen, wenn er einmal einen Heiligen Abend oder eine Neujahrsnacht im Berchtesgadener Land, vor allem in Berchtesgaden selbst, erlebt hat, wenn das Donnern der Reihenfeuer und dröhnenden Salven vom Echo rüber und nüber geworfen werden. Dieses organisierte Großaufgebot von heute hat eine lange Vorgeschichte, die um einiges bescheidener ist. Begonnen hat das alles mit dem Aufkommen der Feuerwaffen.

Nun muß man zwei Dinge vorausschicken. Im Volksbrauch spielt die Wintersonnenwende eine gewichtige Rolle. Dann die zwölf Rauhnächte, die Nächte zwischen dem ersten Weihnachtsfeiertag und der Nacht zu Dreikönig. Es waren gefürchtete Tage beziehungsweise Nächte. Wenn die Stürme nachts um das Haus gepfiffen haben, wenn sozusagen das Böse unterwegs ist, wenn man nicht, wie heute einfach das Licht anknipsen kann, da hat man natürlich versucht, sich der bösen Kräfte zu erwehren – mit Krach, Radau, mit Peitschenknallen oder mit Kuhglockengeschepper. Das war landauf, landab so, nicht nur im Berchtesgadener Land. Und dann sind die Feuerwaffen aufgekommen, und damit sind wir bei Punkt zwei. Berchtesgaden war ein reichsfreies Augustinerchorherrenstift. Damit war der Stiftspropst zugleich Landesherr und folglich auch verantwortlich für die Verteidigung des kleinen Landes, von dem Spötter gesagt haben, es sei höher als breit oder lang. Und wie hat man die Landesverteidigung gelöst? Man hat es ähnlich gemacht wie die Schweizer heute noch. Wer zum Dienst vorgesehen war, hat seine Waffe daheim gehabt. Berchtesgaden hat nämlich, wenn es notwendig war, sein Salz verteidigt und sich seiner Haut gewehrt. Die bäuerlichen Lehensträger waren verpflichtet, in Kriegs- und Notzeiten ihrem Fürstpropst mit der Waffe beizustehen. So ist es schon in einem Landbrief von 1377 festgehalten: »Wenn wir fordern zu unserer Landsnotdurft, so sollen sie mit ihrem Harnisch kommen, ohneVerziehen (also unverzüglich). Es soll auch jedermann auf seine Erblehen haben seinen Harnisch zu unserer Landeswöhr, als ihm darauf verschrieben ist. Wer das nit hat, der ist verfallen um ein halb Pfund Pfennig, und dazu soll ihm der Richter den Harnisch kaufen von seiner eigenen Hab, wo er die ankumbt.« Jeder hat also seine Waffe griffbereit zu Haus haben müssen. Keiner aber sollte sie ohne Not tragen: »… von niemand ist verpotenen Wöhren, Armprost, Spieß, überlengte Messer und Wurfpfeyl zu tragen, allein zu den Landt-Nottdurft …« Es ist anzunehmen, daß es sehr bald nach der Erfindung des Steinfeuerschlosses in Nürnberg (1517) auch in Berchtesgaden Steinfeuergewehre, sprich »Büchsen«, gegeben hat. Rudolf Kriss entdeckt jedenfalls in den Stiftsrechnungen des Klosters entsprechende Hinweise. So für das Jahr 1595 »Ausgaben, Woche Simonis und Judae: Den Püchsenschützen allein diese Sommer wie von alter her breuchig gewesen Sunntaglich zu verschießen geben 22 Vörtl, 15 x 5 fl 4 Kr.« Es muß fleißig auf dem Schießstand geübt worden sein. Jedenfalls sind in Stiftsrechnungen immer wieder Hinweise Ausgaben auf die Munition zu finden. 1596 zum Beispiel. Oder 1601, 1602, 1605, 1606. Jeder Lehensbauer wird nun zu regelmäßigen Schießübungen einberufen. So wird halt mehr und mehr die Armbrust abgelegt und mit Büchsen geschossen, aber leider – nicht nur auf Scheiben. Man braucht sich nämlich nicht zu wundern, wenn so ein Bauer schon den Schießprügel daheim im Kasten hat und Reh, Gams und Hirschlein vor der Haustür stehen, wenn er dann der Jagdleidenschaft erliegt. – Weil aber das Jagdrecht, der sogenannte »Wildpann«, dem Landesherrn zugestanden ist, hat die hohe Obrigkeit »wegen Versenkung des Wildpannes« entsprechend reagiert. Waren die Armbrustbolzen der Wildschützen nicht zu hören, so waren die Büchsenschüsse nicht zu überhören. So hat die Obrigkeit 1606 ein Verbot, das sogenannte »Gaissverboth« erlassen. Darin geht es auch um »verbohtenes Gewöhr«. Es »ist in Erfahrung khommen, welchergestalten sich die Eingesessenen, im fürstlichen Stüft unterwunden, was sye im Land hin und wieder … gehen, Pixen und Rohr bei sich zu tragen, in Gewälden abzuschießen und zu schnallen, wann aber dadurch nit allein der Wildpann versenkt und das Wild scheich gemacht und vertrieben sondern auch wohl anders dabei mitlaufen mag, so lassen Ihro Durchlaucht hiermit gnädiglich bei Straff befehlen, daß kein Unterthan, … Pixn oder Rohr tragen (solle) es wäre denn, daß er zu der Jagd oder des Landes Notdurft mit der Pixen aufgebottet oder, daß er sich zu einem Gesellschießen begeben würde, in der Zeit er jedoch auf den Weg oder in Gewälden das abschüssen soll unterlassen.« Da wird dann bei den Vorsichtigen auf Reh, Gams und Hirschlein wieder die Armbrust zu Ehren gekommen sein.

Aber ich will jetzt nicht vom Wildern erzählen, sondern von den Weihnachtsschützen und ihren Altvorderen. Die Möglichkeit, mit der »Pixen« einen entsprechenden Krach zu machen, hat das Schießen bestimmt bald in den Weihnachts- und Neujahrsbrauch mit einbezogen. Und was die Gebote und Verbote der stiftspröpstlichen Regierung betrifft, so scheinen die nicht allzuviel geholfen zu haben. Dazu kommt, daß seit 1616 das sogenannte »Alarmschießen« ganz offiziell eingeführt wird. Wenn sich zum Beispiel Gelichter herumgetrieben hat, gar ein Verbrecher, hat man, um die Nachbarn zu warnen, geschossen. Ist ein Feuer ausgebrochen, dann hat man ebenfalls mit Schüssen alarmiert. – All diese Umstände waren die Voraussetzung dafür, daß ein Brauch wie das Weihnachtsschießen entstehen hat können. Nachgewiesen kann es allerdings erst mit einem berchtesgadnerischen Ratsprotokoll vom 26. Oktober 1666 werden, Betreff: »Weihnachtsschießen«. Es ist sozusagen der Taufschein, nachdem es keine Geburtsurkunde gibt. In diesem Protokoll heißt es: »… weil man bishero vielfältig verspört, welche Gestalten zu Weihnachten, den drei Rauchnächten, auch anderen Zeiten mit unaufhörlichen Plenkhen des Schießens gar nicht die Ehre Gottes befördert, sondern nur allerhand bubereyen verübt, und noch anderen Unfug die Gelegenheit an Hand geben werde. Also soll erstlich, was das Schießen anbelangt, welches an kheinen rechten Ort nit gebräuchlig, noch geduldet würdet bei empfindlicher Straff verbotten werden.« Es ist übrigens einmal von den Rauhnächten die Rede, ein anderes Mal von den Rauchnächten.

Die Rauhnächte sind die zwölf Nächte zwischen Weihnachten und Dreikönig. Die Rauchnächte sind die Nächte, in denen man »Räuchern« gegangen ist in Haus und Stall; an Weihnachten zum Beispiel, an Silvester oder am Vorabend von Dreikönig.
Wenn man die geharnischten Verbote gegen das »unaufhörliche Plenkhen des Schießens« liest, kann man mit einigem Recht annehmen, daß diese »Unsitte« nicht ganz neu, eher schon recht verbreitet gewesen sein muß und daß die Untertanen so ein Verbot nicht sonderlich ernst genommen haben.
Aus dem gleichen Jahr 1666 ist übrigens eine Beschwerde des Dekans von Berchtesgaden erhalten, der sich zur gleichen »Unsitte« äußert. Es sei nämlich am »verliedenen«, am vergangenen Weihnachtstag während der Nacht und am Tag darauf wieder geschossen, und damit das »bey Straff publizierte Verbott« nicht eingehalten worden. Das käme einer sträflichen »Beschimpfung« der hohen Obrigkeit gleich. Deshalb bittet der hochwürdige Herr Stiftsdekan das hochfürstliche Landgericht, die Schuldigen zu bestrafen.
Es vergehen Jahre und Jahrzehnte und alle Gebote oder Verbote haben das gleiche Schicksal, sie werden ignoriert und sind für die Katz. Manche der Schützen werden erwischt und abgestraft, weil sie sich durch ihre Schießerei der Beschimpfung der hohen Obrigkeit sträflich schuldig gemacht haben. Und entsprechend soll man sie bestrafen. Es gibt ein fürstliches Ratsprotokoll vom 14. Januar 1708, in dem entsprechende Strafen festgelegt – angedroht – sind. Demnach sollen die betroffenen Übeltäter in Eisen gelegt, in die Keuchen geworfen, drei Tage und drei Nächte bei Wasser und Brot darin zu verbleiben haben, mehrmals mit Kartätschenhieben belegt und die laufenden Unkosten zu entrichten haben. Im Falle einer Wiederholung aber werden die, welche ein Handwerk betreiben, von demselben ausgeschlossen. – Allen Verboten ist eines gemeinsam: Sie haben alle nichts geholfen. Es heißt in einem um 1700 verfaßten Schriftstück zum Berchtesgadener Landrecht, das wieder einmal versucht, gegen diese Schießerei vorzugehen, daß jeder, der glaubt, ein »Hausgewöhr« haben zu müssen, es beim Hochfürstlichen Landpfleggericht anzumelden hat. Alle »Bixen«, die einer findet, hat er abzulie-

fern, die illegalen Besitzer zu melden, auf daß diese abgestraft werden können. »So ist demnach auch alles Schießen und blenkeln sowohl bei Tag als auch bei Nacht, beim Markt und auf dem Gäu sonderheitlich bei Hochzeiten und Rauhnächten, bei scharfer Straf verboten, so zwar, daß, wenn der Täter nicht auf der Stelle betreten (also gefaßt) wird, dessen Hausherr bey dem es geschehen sein mag, oder wohl gar die Nachbarschaft in die Straf fällt!«

War das Schießen bislang ein wildes Schießen – jeder hat halt geschossen, wann und wo er gewollt hat –, so scheint die Schießerei in den letzten Jahren des 18. Jahrhunderts, also noch zu der Zeit, als ein Fürstpropst regierte, nach und nach in das kirchliche Brauchtum Eingang gefunden zu haben – am Heiligen Abend und an Fronleichnam. Nachdem Berchtesgaden 1810 bayerisch geworden war, häufen sich die Verbote, denn das Weihnachtsschießen spielt sich nach wie vor illegal ab. Als Karl Freiherr von Aretin Landrichter ist, passiert ein tödlicher Unfall. Seine Gnaden, der Landrichter erläßt ein drakonisches Schießverbot. Er erinnert an den in der Christnacht 1834 ums Leben gekommenen Soldaten, der ein Opfer einer Widerspenstigkeit gegen das Verbot des Schießens im Markt Berchtesgaden und draußen auf dem Land geworden ist: »Der Religion und altem Brauch glaubte man zu huldigen, da fiel im Dienste seines Königs ein braver Soldat.« Durch die Hand eines jener vielen sei er gefallen, denen damals nicht der Genuß irgendeines erlaubten Vergnügens, nein, die Befriedigung ungezähmter Lust und Widersetzlichkeit gegen Regierungsbefehle mehr am Herzen gelegen habe, als die öffentliche Ruhe und Sicherheit. Seine Gnaden wettern, daß das Verbot im vergangenen Jahr gar nichts geholfen hat, daß man sich heuer aber durchsetzen werde. Er verkenne nicht, daß das Übel tief sitzt, daß das Schießen längst zur Leidenschaft geworden ist. »Aber gebändigt soll, gebändigt muß sie werden die Schießerei. Der Wille des Gesetzes, der Wille des Königs befiehlt es.« Dazu sind dann drakonische Strafen vorgesehen. Da heißt es zum Beispiel: »Die Excedenten … unterliegen, im Falle das Vergehen nicht in höherem Grade, namentlich criminell strafbar werden sollte, nebst Confiskation des Schießgewehres und willkürlicher Geldstrafe einer öffentlich zu vollziehenden körperlichen Züchtigung von zehn bis zwanzig Ruthenstreichen.« 1835 war das, wohlbemerkt – Erfolg hatte auch diese Strafandrohung nicht. Das wilde Schießen hört nicht auf.

Erst als es dem Sebastian Biehler, vulgo: dem Votzenschmiedwastl, gelingt, einen ersten Weihnachtsschützenverein zu gründen, kommt die Schießerei in geordnete Bahnen. Diese Entwicklung sieht die Obrigkeit nicht ungern, denn jetzt gibt es Ansprechpartner, die das wilde Schießen als Konkurrenz betrachten. Es entstehen nach diesem Vorbild andere Vereine, die entsprechend Zulauf haben, weil man nun schießen kann, ohne Strafen befürchten zu müssen. Vorausgesetzt, man ist achtzehn Jahre alt.

Daß für die Mitglieder eines Weihnachtsschützenvereines ein Mindestalter von achtzehn Jahren vorgesehen war, hat natürlich dazu geführt, daß sich jüngere selbständig gemacht haben. Dabei ist das kurioseste wohl ein Kinderschützenverein, 1906 von hoffnungsvollen Knaben gegründet. Die sind doch tatsächlich auf den Kalvarienberg gezogen, mit kleinen Ambossen, angebohrten Hohlschlüsseln und haben mit diesen zweckentfremdeten Gegenständen lustig drauflos geknallt. Diesem Spiel haben allerdings Eltern und Lehrer ein schnelles Ende gemacht. Eine ähnliche Geschichte von Knaben, die zwar älter, aber halt noch nicht achtzehn waren: Einige Burschen aus Strub, können sich Handböller besorgen, sogar einen schweren Böller. Sie haben einen alten Schützen herumgekriegt, daß er ihnen hilft. Mit ihm ziehen siebzehn Jungschützen in der Silvesternacht auf den Lospichl. Die Struber Schützen haben aber irgendwie Wind gekriegt. Ihr Vorstand bittet den Bürgermeister Fendt um zwei Gendarmen, um eine scheinbare Verhaftung vornehmen zu können. Zu mehr als einer Salve sind die Burschen nicht gekommen. Dann sind sie »im Namen des Gesetzes« verhaftet worden, der Spuk war zu Ende. – Das Schützenmahl ist dann den regulären Struber Schützen zugute gekommen.

Noch manches gäbe es zu erzählen. Daß zum Beispiel die Schießleidenschaft auch bei Frauenzimmern zu finden war.

So hat etwa die Rosa Biehler, Tochter des »Votzenschmieds«, 24 Reichsmark Strafe zahlen müssen, weil sie beim Christkindlanschießen besonders kräftig mitgeschossen hat. Das war 1924.

Als ich das erste Mal das Silvester-Neujahrs-Schießen in Berchtesgaden erlebt hab, das war um 1950, bin ich um Mitternacht auf einer kleinen Bastion oberhalb des Standplatzes der Oberherzogberger Weihnachtsschützen gegenüber von Berchtesgaden gewesen. Da ist der Irlinger oben gewesen, um die kleinen Mörser aus der Hütte zu holen. Darunter waren Mörser, die noch zur fürstbischöflichen Landesverteidigung im 17. Jahrhundert gehört haben. Die hat er dann Schlag Mitternacht abgebrannt. Pro Rohr, pro Schuß ein Pfund Pulver. Vorne das Rohr mit einem zugeschnitzten Keil zugeschlagen, hinten am Zündkanal feines Pulver aufgestreut, damit es, von der brennenden Lunte entzündet, durchbrennt und das Pfund Pulver zur Explosion bringt und der Holzkeil mit einem lauten Krach wie ein Querschläger den Berg hinunterjault. Und – deshalb erzähle ich das – in der Holzhütte gab es eine alte Kaffeemühle für den Handbetrieb. Und wie ich gefragt hab, was die bedeutet, da ist mir gesagt worden: »Damit mahlen wir das Pulver.« Dabei hat die heilige Barbara sichtlich immer ihre Hand darübergehalten.

Da ist am 20. November 1893 ein anderer Pulvermüller, der junge Votzlbauer von Ilsank, nicht so unbeschadet weggekommen. Obwohl auch er noch einen Schutzengel gehabt hat. Damals muß es ein recht grobes Schwarzpulver gegeben haben, und man hat es zum Böllerschießen erst brauchen können, wenn es feiner gemahlen war. Das haben einzelne Schützen mit dem Nudelwalker gemacht. Und der junge Votzlschmied von Ilsank ist auf den verhängnisvollen Einfall gekommen, daß er sich viel Arbeit ersparen könnt, wenn er das grobe Pulver zwischen die schweren Mühlsteine seiner Getreidemühle streut. Aber da hat es dann mit einem Mal einen furchtbaren Schlag getan und der Bauer ist draußen auf der Wiese gesessen. Die Mühle ist ein Trümmerhaufen gewesen. Aber er selber hat ein Mordsglück gehabt. Ein paar Brandwunden, Beulen und blaue Flecken. Sonst hat ihm nichts gefehlt.– Aber seinen Spitznamen hat er auch

gehabt. Keiner hat ihn mehr Votzlbauer von Ilsank geheißen, sondern nur noch den Pulvermüller von Ilsank.
Nur noch soviel: Die Handböller sind längst massive, überdimensionale Pistolen geworden mit einem beachtlichen Kaliber. In ihrer jetzigen Form sind sie um 1900 fast ausschließlich vom schon genannten Schmied, dem Sebastian Biehler, hergestellt worden. Der Handböller unserer Tage ist ein starker, aus Eisen getriebener, dicker Lauf, der kaum über den kurzen, nußbaumenen Schaft hinausreicht. Als Schloß hat man ehedem jenes der alten Amberger Militärgewehre verwendet. Als man diese Schlösser nicht mehr bekommen hat können, hat der Biehler Wastl die Schlösser selbst geschmiedet. Das Pulver wird, wohl abgewogen, vorne in den Lauf geschüttet. Dann treibt der Schütze mit einem Holzschlegel einen selbstgeschnitzten Holzpfropfen in den Lauf, spannt den Hahn, setzt ein Zündhütl drauf – und schon kann's krachen, und zwar gewaltig. Jeder Handböller macht einen Krach wie ein anständiger Veteranenböller. – Und in der Silvesternacht kommen die Schützen auf ihre »Passen«, auf ihre Schießplätze. Dann beten sie drei Vaterunser und Ave-Maria, eines für die Herbergsleut, bei denen sie anschließend einkehren, eines, damit nichts passiert und eines für die armen Seelen. So hab ich es jedenfalls erlebt.

Lex Baiuvariorum

Das erste bayerische Gesetz aus der Zeit der Agilolfinger

Letzthin hab ich in der 1926 erschienenen Ausgabe der Lex Baiuvariorum geblättert und dabei festgestellt, daß in diesem ersten bayerischem Recht viele interessante Sachen stehen. – Wann es entstanden ist, darüber sind sich die Gelehrten nicht ganz einig. Die einen glauben, es sei zwischen den Jahren 744 und 748 verfaßt worden. Andere meinen, es müsse zwischen 739 und 743 gewesen sein. Es scheint jedoch sicher, daß dieses Gesetz in der Regierungszeit des Bayernherzogs Odilo oder Tassilo III., also unter der Herrschaft der Agilolfingerherzöge, geschrieben worden ist. Die Agilolfinger stehen ja auch als die ersten im Lande im Gesetz festgeschrieben und noch regieren sie. Erst 788 setzt Karl der Große Herzog Tassilo III. ab. Tassilo ist bis heute nicht vergessen. Zum einen als Klostergründer: Polling und Wessobrunn, Niederaltaich und Osterhofen, Niedernburg, Niedermünster, bis hin nach Innichen in Südtirol und Kremsmünster in Oberösterreich. Zum anderen hat man nicht vergessen, daß ihn Karl der Große, der Frankenkönig, abgesetzt und dann lebenslänglich in ein Kloster gesperrt hat. Man weiß nicht genau wo, war es in Sankt Goar am Rhein, in Lorsch an der Bergstraße oder im Kloster Jumièges an der Seine nördlich von Paris. Die Söhne Tassilos wurden zu Mönchen geschoren, seine Frau und die Töchter hat Karl ebenfalls ins Kloster gesteckt. Wir kennen nicht einmal das Todesjahr des Agilolfingerherzogs. Nur daß er an einem 11. Dezember in einem fränkischen Kloster gestorben ist, scheint sicher. Im Kloster Kremsmünster gedenkt man alle Jahre dieses Herzogs. In der Kirche wird eine eigene Tumba aufgebaut, bei der Messe wird der berühmte Tassilokelch verwendet und beim Einzug in die Kirche tragen zwei Ministranten die Tassiloleuchter, von denen man annimmt, daß es das Szepter des Herzogs war, das man zu zwei Leuchtern umgearbeitet hat, um es dem Frankenkönig zu entziehen. Vor dem Mittagessen im Refektorium aber wird ein Trinkspruch auf Tassilo ausgebracht, und zwar nicht auf den Dux Tassilo, den Herzog, sondern auf Rex Tassilo, den König.

Ehe ich etwas von der Lex Baiuvariorum, dem ersten bayerischen Recht berichte, möchte ich doch von der gesellschaftlichen Ordnung in der Mitte des 9. Jahrhunderts erzählen, weil so manches ohne dieses Wissen nicht recht zu verstehen ist. Nach dem Stammesrecht hat sich das Volk in vier Klassen geordnet oder in vier sogenannte Geburtsstände. Da war als erstes der Geschlechteradel, dann die Liberi, die Freien, dann die Frilazae, die Freigelassenen, und endlich die Knechte, die Servi. Zum Geschlechteradel gehören damals, nach den Agilolfingern, fünf im ersten bayerischen Recht genannte Adelsgeschlechter: die Huosi, Fagana, Hahilinga, Drozza und Anniona. Die Liberi, die sogenannten Freien, waren so frei nun auch wieder nicht. In der Mehrzahl waren es Wehr- und Rodungsbauern, dem Herzog unmittelbar untertan. Sie waren diejenigen, die bei Gericht anwesend und Zeugen der Urteile waren und die für den Herzog in den Kriegsdienst haben ziehen müssen. – Nach den Freien sind die Halbfreien, die Freigelassenen, die Leibeigenen und die Knechte gekommen, die keine politischen Rechte hatten. Leibeigene oder Knechte waren ganz ihrem Herrn ausgeliefert, der mit ihnen hat tun können, was er wollte. Wobei es für einen Leibeigenen schon möglich gewesen sein muß, im Schutz der Familie, in der er gelebt hat, Vermögen zu erwerben und in die Standesgruppe der Freigelassenen aufzusteigen. – Aber nun zur Lex Baiuvariorum, zum ersten bayerischen Recht. Es ist sicher nicht in einem Zug entstanden und es sind sicher auch andere Rechtsbücher zu Rate gezogen worden. Im übrigen nimmt man an, daß es zum Beispiel in den Schreibstuben des 740 gegründeten Kloster Niederaltaich niedergeschrieben worden ist, oder im Kloster Sankt Emmeram in Regensburg. Man könnte auch an den Domberg in Freising denken.

Aber gehen wir lieber über zu den aufgezeichneten Kapiteln: »Vom Herzog und den Rechtsfällen, die ihn angehen«, »Von den Freien wie sie gebüßt werden« und »Von den Freigelassenen wie

sie gebüßt werden«. – Sie handeln von Diebstahl und Brandstiftung, von Gewalttätigkeiten und zerstörten Grenzzeichen, vom Umgang mit Tieren, von Kämpfen, – auch Raufereien. Dabei werden zwar immer wieder Geldstrafen erwähnt, man bekommt aber keine Vorstellung davon, wie sie im Verhältnis zum Wert des Lebens stehen. – Da ist beispielsweise von einer Tremisse (lateinisch ein Drittel) die Rede. Es ist eine spätrömische Goldmünze, ein Drittel Solidus, die von den germanischen (König-)Reichen übernommen und weiter geprägt worden ist. – Dasselbe gilt für den spätrömischen Solidus, eine Standardgoldmünze, im 8. Jahrhundert bei uns auch schon Schilling genannt. Nur fehlt uns leider wieder einmal der exakte Gegenwert. Was man für einen solchen Schilling damals bekommen haben mag?
»Im Namen unseres Herren Jesu Christi«, beginnt der »Prologus legis baiuvariorum«. Und weiter steht dort: »Moses vom Volke der Hebräer hat als erster von allen die göttlichen Gesetze in der Heiligen Schrift erläutert.« – Da muß man heutzutag, glaube ich, dazu sagen, daß damit die zehn Gebote gemeint sind. – Dann folgt: »Soroneus, der König, hat zuerst für die Griechen Gesetze und Gerichte angeordnet.« Man entdeckt also schon damals, im 8. Jahrhundert, die antike Welt. Der Prolog nennt Solon, dem die Athener die ersten Gesetze verdanken. Allerdings geht es aber auch in den Bereich der Sage, wenn es zum Beispiel heißt: »Numa Pompilius, der Romulus im Königtum nachfolgte, hat als erster den Römern Gesetze gegeben. Als später das aufrührerische Volk keine Obrigkeit mehr dulden wollte, versammelte es zur Abfassung von Gesetzen zehn Männer, welche die Gesetzesbestimmungen aus den Büchern des Salomon in die lateinische Sprache übertrugen und sie in zwölf Tafeln ausstellten.« – Die alten Gesetze seien aber im Lauf der Zeit vergessen worden. Aber eine Gesellschaft ohne Gesetze komme mit sich selbst nicht zurecht und so ist im Vorwort zu lesen, daß die neuen Gesetze mit Kaiser Konstantin (306–337) und seinen Nachfolgern beginnen und endlich habe sich im Lauf der Zeit jedes Volk Gesetze geschaffen, die aufgrund der Gewohnheit entstanden sind. Denn: »Eine althergebrachte Gewohnheit wird als ein Gesetz angesehen. Das Gesetz aber ist eine geschriebene Anord-

nung.« Es ist also ein Rechtsbrauch, eine durch die lange Ausübung gewährte Gewohnheit, oder eben ein ungeschriebenes Gesetz. Das Vorwort erzählt noch von Theoderich, der sich um ein allgemeines Recht der Franken, der Schwaben und der Altbayern bemüht habe und es schließt mit Gedanken, die zeitlos sind: »Erlassen aber sind die Gesetze, damit aus Furcht vor ihnen die menschliche Bosheit im Zaum gehalten und die Unschuld unter den Ehrbaren gesichert, dagegen unter den Böswilligen durch die Furcht der Strafe die Gelegenheit Schaden zu stiften eingedämmt werde.«

Schauen wir zuerst in das Kapitel, das vom Herzog berichtet, und von den Rechtsfällen, »die ihn angehen«. Dort steht zu Beginn geschrieben, »wenn einer auf das Leben seines Herzogs, den der König in jenem Land einsetzt oder den das Volk sich zum Herzog gewählt hat, einen Anschlag macht und darauf dessen so überführt wird, daß er es nicht leugnen kann, so soll jener Mann und sein Leben in der Gewalt des Herzogs stehen und seine Güter sollen zu Fiskus eingezogen werden«. Das soll aber nicht ungeprüft geschehen, sondern erst, wenn eine »erwiesene Sache« die Wahrheit ans Licht bringt. Und nicht ein Zeuge genügt, drei ebenbürtige Zeugen müssen es sein. Bis dahin wäre ja alles gut und recht. Aber dann kommt ein Passus, der einem nicht so recht gefallen mag: Wenn es nämlich nur einen Zeugen gibt und der Angeklagte leugnet die Tat, dann soll man Gott das Urteil überlassen. Beide – der Angeklagte und der Zeuge – müssen auf den Kampfplatz, und wem Gott den Sieg schenkt, dem wird geglaubt. Das geschehe in Gegenwart des Volkes, damit keiner »aus Mißgunst ums Leben komme, denn kein freier Bayer soll sein Grundeigen oder sein Leben verlieren.« – Dann ist von den todeswürdigen Verbrechen die Rede. Beispiele: So einer nach dem Leben des Herzogs trachtet, so einer die Feinde ins Land lockt, so einer eine Stadt dem Gegner in die Hand spielen wollte …, dann steht es in der Macht des Herzogs, ihn hinrichten und all sein Hab und Gut einziehen zu lassen zum herzoglichen Hausvermögen. Denn wenn einer seinen Herzog tötet, heißt es: »Dann gilt es Leben für Leben, den Tod, den er jenem zugefügt, erleide er selbst und sein Hab und Gut soll auf ewig zum

Fiskus gezogen werden.« Wenn aber einer gegen seinen Herzog einen Aufstand erregt, was die Bayern einen »Waffenlärm« nennen, so sind nur massive Geldstrafen vorgesehen. Der Rädelsführer hat dem Herzog mit 600 Schilling zu büßen, andere, die mit ihm unter einer Decke steckten, müssen jeweils 200 Schillinge zahlen. Einfacheres Volk, sozusagen Mittäter, die aber freien Standes sind, zahlen jeder 40 Schillinge, »damit ein solcher Aufruhr nicht entstehe im Lande«.

Was war aber nun in der Lex Baiuvariorum vorgesehen, wenn jemand einen Bischof ermordet? Dann wird ihm folgende Strafe auferlegt: »Es werde ein Gewand aus Blei nach des Getöteten Gestalt gemacht, und was dieses wiegen wird, soviel soll der Täter an Gold erlegen.« Kann er das nicht, dann soll er »anderes Geld, Leibeigene, Grundstücke, Höfe oder was immer hingeben, bis er die ganze Schuld erfüllt hat«. Kann er das nicht, weil er gar nicht soviel besitzt, soll er sich selbst und sein Weib und seine Söhne in die Knechtschaft der bischöflichen Kirche überantworten, bis er sich wieder loszukaufen vermag. »So geschehe es auf Befehl des Königs oder des Richters, und jenes Vermögen soll auf ewig zum Nutzen der Kirche, deren Bischof der Getötete war, angelegt bleiben.« – Wenn aber nun ein Bischof einem anderen gegenüber schuldig wird, so kann er sich nicht das Recht nehmen, ihn zu töten. Selbstjustiz ist nicht gefragt. Er soll ihn vielmehr vor den König, den Herzog oder das Volk laden und ihn anklagen. Wenn ihm tatsächlich ein Verbrechen nachgewiesen werden kann, wenn er es selbst nicht mehr leugnen kann, dann soll ihm das Urteil nach dem Kirchenrecht gesprochen werden. Und dann wird es sehr konkret. Wenn seine Schuld derart ist, daß er seines Amtes zu entheben ist, so werde er seines Amtes auch enthoben oder gar verbannt. Und zwar »wegen Totschlags, wegen Unzucht, wegen Hochverrat, wenn er nämlich Feinde ins Land gelockt, um diejenigen zu verderben, zu deren Heil er bestellt ist. Wegen solcher Missetaten soll er verurteilt werden.« – Aber noch einmal zurück zu dem Abschnitt, der die Rechtsfälle des Herzogs betrifft. Da sind sogar engste Familienprobleme angeschnitten. Da heißt es im zweiten Kapitel unter Punkt 9: »Wenn ein Sohn des Herzogs so überheblich und töricht ist, daß

er seinen Vater mit Rat der Böswilligen oder mit Gewalt entehren und ihm sein Reich abnehmen wollte, da sein Vater noch Gericht halten, ins Feld ziehen, dem Volk Recht sprechen, nach Mannesart zu Pferde steigen und seine Waffen noch kraftvoll schwingen kann, wenn er weder taub noch blind ist und in allen Stücken des Königs Befehl zu vollbringen vermag, dann wisse jener Sohn, daß er gegen das Gesetz gehandelt habe und daß er von der Erbschaft seines Vaters ausgeschlossen sei und ihm nichts mehr vom Vermögen seines Vaters zugehöre.« Es steht ganz im Ermessen seines Vaters, des Herzogs, ob er ihn verbannen will. Jeglicher Anspruch des betroffenen Sohnes erlischt, es sei denn, der Vater gibt ihm aus Erbarmen etwas. Stirbt der Vater und sind noch andere Brüder da, so sollen sie ihm kein Erbteil geben, weil er gegen das Gesetz und gegen den Vater gefehlt hat. Überlebt dieser Sohn den Vater und alle Erben, so soll der König entscheiden und die Erbschaft schenken, wem er will.
Wenn man von den Verbrechen liest, welche diejenigen im Sinn gehabt haben, die sich um das Entstehen dieses Gesetzes bemüht haben, dann wirft das auch ein Licht auf die gesellschaftlichen Verhältnisse im 8. Jahrhundert, wohlgemerkt in Altbayern. Sogar an Streitigkeiten am Herzogshof ist gedacht. Wenn jemand zum Beispiel am Hof des Herzogs einen Streit anfängt und wenn daraus »infolge seines Übermutes oder im Rausch« gar ein Kampf wird, dann muß er alles, was er verübt hat, nach dem Gesetz büßen und wegen seiner »Torheit« dem Fiskus 40 Schillinge zahlen. Und dann kommt es ganz dick. Ist es nämlich ein Knecht, der solche Händel beginnt, »der verliere seine Hände«. Da kann man sehen, daß es doch nicht dasselbe ist, wenn zwei das gleiche tun; daß man hier von einem Recht sprechen muß, das nach Klassen ordnet. Begründet wird diese brutale Strafe: »So unterstehe sich keiner, je am Hof des Herzogs einen Zank anzuheben.« – Wie bedeutend diese Unterschiede waren, zeigt der nächste Absatz. Wenn am Hof des Herzogs oder wo sonst immer Kämpfer fechten und einer den Kämpfern beispringen will, ehe der, dem die Aufsicht übertragen ist, eingreift, der soll, wenn er ein Freier ist, dem Fiskus mit 40 Schilling büßen; ist es ein Knecht, so verliert er seine rechte Hand oder sein Herr löst

ihn mit 40 Schillingen aus. Die Begründung ist, daß ein solcher Anlaß, aus dem leicht ein Aufruhr entstehen kann, verboten werden muß«. – Ähnlich ist es, wenn einer am herzoglichen Hof etwas stiehlt, dann kommt ein Freier mit einer zwar massiven Geldstrafe, dem sogenannten Neungeld (dem neunfachen Geld), weg. Ein Knecht verliert, wenn er das Neungeld nicht zahlen kann, die Hände. Übrigens ist damals sogar festgelegt, daß wenn jemand etwas, das wie verloren herumliegt, an sich nimmt und es über Nacht bei sich verborgen behält, auch das als Diebstahl gilt – mit den gleichen Folgen.

Daß sehr wohl Unterschiede gemacht worden sind zwischen Freien und Knechten, zeigt auch folgender Sachverhalt. Es muß vorgekommen sein, daß ein Freier einen freien Mann entführt und ihn verkauft hat – als Knecht, als Unfreien nämlich. Es ist ebenso geschehen, daß ein Knecht einen Freien entführt und verkauft hat. Das muß gar nicht so selten gewesen sein, sonst wären diese Fälle sicher nicht in das Gesetz aufgenommen worden. Wenn nun ein freier Mann dabei erwischt wird, daß er einen anderen Freien entführt und verkauft, dann muß er ihn freilassen und zurückbringen und ihm zur Buße 40 Schillinge zahlen. Der Fiskus hat ebenfalls 40 Schillinge zu bekommen »wegen der Vermessenheit, die er begangen«. Kann aber der Entführer den Verkauften nicht mehr zurückbringen, verliert er, wenn er die Strafgelder nicht bezahlen kann, selbst die Freiheit. Kann er die Strafe den Verwandten zahlen, wird er nicht auf mehr verklagt. – Ganz anders sieht es aus, wenn ein Knecht einen Freien gefangennimmt, das heißt, wenn er einen Freien »stiehlt« und verkauft, dann hat ihn sein Herr gebunden vor den Richter zu bringen. Die Bestrafung liegt in der Macht des Herzogs. Und mit dem Knecht geht man härter, brutaler ins Gericht. »Er verliere entweder die Hände oder die Augen. Ohne ein Denkzeichen soll er keinesfalls davonkommen, so lieb er auch seinem Herrn sein mag.« – Um gleich bei den Knechten zu bleiben. Wenn einer in der Nacht beim Stehlen erwischt wird und die gestohlenen Sachen bei sich hat und wird er dabei erschlagen, »so soll aus dieser Tötung keine Klage entstehen«.

Es waren also durchaus vor dem Gesetz nicht alle gleich. Das

mag uns heute sehr stören, obwohl wir wissen, daß ein guter und deshalb auch teurer Rechtsanwalt unserer Tage einem Angeklagten die Strafe mildern oder sogar ersparen kann, die ein anderer Beschuldigter, der sich die Revision und einen solchen Anwalt nicht leisten kann, hinnehmen muß. Aber deshalb brauchen wir nicht zu glauben, daß es bei uns im alten Bayern vor 1250 Jahren brutaler zugegangen ist als anderswo. Es war eine ständische Ordnung, in der man den Freien schonungsvoller behandelt hat als den Unfreien.
Noch ein bißl was über den Diebstahl. Da gibt es in der Lex Baiuvariorum einen Passus, der uns überliefert, daß es schon im 8. Jahrhundert Kuhglocken gegeben hat. Genaugenommen sind es wohl Schellen gewesen, die geschmiedeten kupfernen, die mehr kollern und nicht klingen wie die gegossenen bronzenen Glocken. Allerdings scheint es schon verschiedene Qualitäten gegeben zu haben. Da heißt es nämlich: »Wenn einer von einem Pferd oder Ochsen weg die Schelle stiehlt, der büße sie mit 1 Schilling, wenn von einer Kuh, so büße er mit 2 Tremissen: wenn vom Kleinvieh, so büße er mit 1 Tremisse ...« Mag es damit zusammenhängen, daß es auch damals schon einen Kult mit Kuhglocken gegeben hat?! Liegt es bei Pferden daran, daß es auch damals für Pferde nur die kleinen Schellen für Schlittengeschirre gegeben hat? Daß sich die Strafe nach der Größe der Schelle gerichtet hat? Aber es ist nicht nur um den Diebstahl von Schellen gegangen, es sind auch Kühe, Ochsen und Pferde gestohlen worden. Und da sind die Strafen dann rigoros: »Wenn einer Gold, Silber, Zugvieh oder andere Tiere oder was immer bis zu 10 Schillingen Wert oder darüber stiehlt und dessen überwiesen wird, dann soll der Dieb gefangen vor den Richter gebracht werden und nach dem Gesetz der Strafe unterliegen: Doch so, daß er dem, der den Schaden erlitten, einfach büße, denn nicht eher soll er zum Tode verurteilt werden, als der Dieb wenigstens diese einfache Buße aus seinem Vermögen entrichte.«
Der erste Abschnitt des Rechtsbuches gilt der Kirche und dem Klerus. Da heißt es zu Beginn, »daß wenn eine freie Person ihr Vermögen für das Heil ihrer Seele an eine Kirche vergeben will, sie erst befugt sein soll, über ihren Anteil zu verfügen, nachdem

sie mit ihren Söhnen geteilt hat«. In diesem Zusammenhang fällt mir der Kiem Pauli ein, der ein Lied, wohl ein Couplet, gekannt, aber nicht mehr gekonnt hat. Nur den Refrain zu den Strophen hat er noch gewußt: »Denn wer sei Geld da Kircha gibt, is als Verwandter net beliebt, des derf ma net vazähln, des derf ma net vazähln!« Also zur Zeit der Agilolfinger schon hat das Gesetz dafür gesorgt, daß die Söhne auch einen Anteil erhalten. Und es war niemand berechtigt, so eine Erbschaft zugunsten der Kirche zu verhindern, weder der Herzog, nicht einmal der König. Allerdings mußte schriftlich niedergelegt werden, was der oder die Betroffene zum Heil ihrer Seele an Grund und Boden, an Höfen, an Knechten oder an Geld schenken wollte. Darüber war eine Urkunde zu erstellen. Und weil es damals noch keine Unterschriften und keinen Stempel gegeben hat, haben mindestens sechs Zeugen zugegen sein und die Schenkung bezeugen müssen. Dann sollte die Urkunde in Anwesenheit des Priesters auf den Altar gelegt werden. Man hat nämlich die Schenkung nicht an die Kirche an sich gerichtet, sondern an den Schutzheiligen der jeweiligen Kirche, zum Altar des hl. Peter zum Beispiel. Weder der, der geschenkt hat, noch seine Nachkommen sollen »irgendeine Gewalt … darüber (über das geschenkte Gut also) haben; es sei denn, der Schutzherr der betroffenen Kirchen gäbe es ihm zu Lehen. Aber vom Bischof werde alles Gut der Kirche verteidigt, das von Christen an die Kirche Gottes geschenkt worden ist …«

Gerade in unseren Tagen können wir ja immer wieder vom Kirchenasyl lesen. Auch über das Kirchenasyl ist bereits in der Lex Baiuvariorum etwas zu finden. Da heißt es: »Wenn ein Verbrecher zu einer Kirche flüchtet, so darf ihn niemand mit Gewalt herausholen, sobald er über die Kirchentüre getreten ist, er mahne denn zuvor den Priester oder den Bischof, wenn es der Priester nicht wagt, ihn auszuliefern. Und wenn die Missetat eine Züchtigung des Täters rechtfertigt, so soll die Strafe mit dem Rat des Priesters erkannt werden, weil jener seine Zuflucht bei der Kirche gesucht hat …« Und jetzt kommt ein recht ungewöhnlicher Passus – vor allem, wenn man bedenkt, daß es sich um eine Zeit und Gesellschaft handelt, in der es üblich ist, einem Dieb die

Hand oder gar beide abzuschlagen. Da heißt es nämlich: »Kein Verbrechen gelte so schwer, daß man nicht jemand das Leben schenken könnte aus Furcht vor Gott und aus Achtung vor den Heiligen, weil der Herr also gesprochen hat. Wer vergibt, dem wird vergeben werden, und wer nicht vergibt, dem wird auch nicht vergeben werden …« Das Gesetz denkt auch an den Fall, daß ein »trutziger und übermütiger« Mensch, wie es heißt, seinen Knecht, der sich in die Kirche geflüchtet hat, mit Gewalt aus der Kirche holen will, »mit Hintansetzung aller Gottesfurcht und aller Achtung der Heiligen Kirche«. Weil er damit »Gott nicht die Ehre gibt«, bekommt ihm das schlecht. Er hat der Kirche 40 Schillinge Strafe zu bezahlen und dem Fiskus ebenfalls 40 Schillinge, »damit so Gott die Ehre und seinen Heiligen die Achtung werde und die Kirche Gottes allezeit unverletzt bleibe«.

In der Lex Baiuvariorum ist auch über das Gericht und die Richter etwas zu finden. Sogenannte Dingtage, »Thing-Tage«, also Gerichtstage, finden immer am Monatsanfang statt oder fünfzehn Tage danach, für den Fall, daß Gerichtsfälle anstehen. Diese Verhandlungen sind nötig, wie es heißt, »auf daß Friede im Land sei«. Dazu müssen sich an den Tagen, die der Richter angesagt hat, alle Freien einfinden, »und niemand wage es, vom Thing wegzubleiben, der innerhalb der jeweiligen Grafschaft daheim ist, gleichgültig, ob er der Vasall des Herzogs oder des Königs ist«. Sie alle müssen kommen, und sollte sich einer unterstehen, nicht zu erscheinen, wird er mit 15 Schillingen gestraft. Im übrigen soll der Graf, der schließlich das Urteil spricht, den Richter dabei haben, der in der Grafschaft eingesetzt ist, um nach dem Gesetzbuch zu richten, »damit ein gerechtes Urteil gefällt werde«. In jedem Fall, der zu büßen ist, soll der Übertreter des Gesetzes die Buße so leisten, wie es das Gesetz vorschreibt.

Interessant ist, was ein Richter für seinen Dienst erhält und was man von ihm erwartet. So bekommt er für jeden Rechtsfall, den er gerichtet hat, von 3 Schillingen Strafe 1 Tremisse Entgelt, also ⅓ Schilling. Bei einer Strafe von 6 Schillingen bekommt er 2 Tremissen, bei 9 Schillingen erhält er 1 Schilling. Von jeder Buße soll er immer den neunten Teil empfangen. Und was erwartet man von ihm? »Er sei weder parteiisch noch geldgierig. Denn an der Begehrlichkeit geht das Gesetz zugrunde.« – Und hört es sich nicht ganz zeitgemäß an, wenn es in der Lex Baiuvariorum heißt: »Bestechungen und Geschenke rauben den Gesetzen ihre Kraft, und straflos kann einer seine Schlechtigkeit verüben. Deshalb werde ein solcher als Richter aufgestellt, der die Gerechtigkeit mehr liebt als das Geld …«

Die Lex Baiuvariorum erwägt aber auch die Möglichkeit, daß ein Richter doch der Macht des Geldes erliegt. »Wenn ein Richter für Geld ungerecht urteilt, so soll derjenige, der aufgrund eines falschen Richterspruchs ungerechterweise etwas auf Kosten eines anderen erhalten hat, das Erhaltene dem Betroffenen zurückgeben. Der Richter aber, der für Geld falsch gerichtet hat, hat dem Geschädigten doppelten Ersatz zu leisten …« So war es jedenfalls vorgesehen. Allzuoft wird das wohl nicht vorgekommen sein, nicht einmal, wenn ein Richter ungerecht geurteilt hat.

Jetzt aber zu einem ganz anderen Thema, zum Recht um Haus und Hof. Zum Beispiel für den Fall von Gewalttätigkeiten. Da geht es etwa um Hausfriedensbruch. »Wenn einer in den Hof widerrechtlich und mit Gewalt eindringt, der büße es mit 3 Schillingen.« Wenn aber einer meint, es sei ihm etwas gestohlen worden und er unternimmt sozusagen auf eigene Faust eine Hausdurchsuchung, dann heißt es: »… wenn er aber in ein Haus mit Gewalt eindringt und darin nichts von dem Seinen findet, der büße es mit 6 Schillingen. Denn niemand soll ein fremdes Haus auf eine gewaltsame Weise betreten, weil solches Streithändel erzeugt …«

Dann etwas zu Grenzen, Grenzzeichen und Grenzsteinen: »Wenn einer Grenzen einebnet oder sich unterfängt, die gesetzten Marksteine auszureißen: Ist er ein Freigeborener, so büße er dem Nachbarn für jeden Markstein oder jedes Grenzzeichen mit 6 Schillingen. Ist er Knecht, so soll er für jedes Zeichen 50 Streiche erhalten …« Also wieder ein Beispiel für die unterschiedliche Behandlung von Freien und Knechten. Es hat aber auch geschehen können, daß einer, der pflügt, »oder seinen Weinberg bearbeitet«, versehentlich ein Grenzzeichen herausreißt. Dann soll er in Anwesenheit seines Nachbarn das Zeichen wiederher-

stellen, »und dabei keinen Schaden leiden«. Interessant ist, daß in diesem alten bayerischen Recht vom Weinbau die Rede ist. Man hat also im alten Herzogtum Bayern um 750 ohne Frage Wein angebaut. Dafür gibt es allerdings noch andere Beweise als das alte Gesetz – man denke etwa an den in Altbayern bekannten Namen Weinzierl und daran, daß es in Schliersee eine Weinbergkapelle gibt, in Traunstein eine Weinleite, an der Donau eine Ortschaft Winzer, in Regensburg die sogenannten Winzererhöhen und daß der Bischof von Regensburg in Kruckenberg an der Donau bis heute einen Weinberg hat.
Jetzt muß ich doch dem Ruf der Bayern als kerngesundes, raufendes Volk gerecht werden. Was müssen wir Bayern einmal für Kerle gewesen sein! Denn was im vierten Abschnitt des ersten bayerischen Rechtsbuches, dem Kapitel »Von den Freien wie sie gebüßt werden«, für Möglichkeiten genannt sind, orientiert sich ja sicher an der Praxis des 8. Jahrhunderts.
»1) Wenn einer einen Freien im Zorn schlägt (wohlgemerkt: ein Freier einen Freien), was sie ›Beulenschlag‹ nennen, der soll 1 Schilling geben!
2) Wenn er jenen aber so schlägt, daß das Blut fließt, was sie ›Blutrünse‹ nennen, der soll es mit 1½ Schillingen büßen.
3) Wenn er an ihn gesetzwidrig Hand anlegt, was sie ›Einfang‹ nennen, so soll er 3 Schilling geben.
4) Wenn er ihm eine Ader anschlägt, so daß das Blut ohne Brand nicht zu stillen ist, was sie ›Aderritzung‹ nennen, oder wenn am Kopf gleich die Hirnschale herausschaut, was sie ›Schädelschein‹ nennen, oder wenn er ihm ein Bein bricht, die Haut aber ganz bleibt, was sie ›Palebrust‹ nennen, oder wenn er ihm eine Wunde beibringt, die zur Geschwulst führt, – wenn sich eines von diesen ereignet, soll er es mit 6 Schillingen büßen!«
Also, man reiht die Fälle doch sehr detailliert auf! Aber, – da gibt es Steigerungen!
»6) Wenn er aus der Wunde am Kopf oder am Arm oberhalb des Ellenbogens Knochen herausschlägt, das soll er mit 6 Schillingen büßen!« Noch schlimmer: »Wenn das Hirn am Schädel sichtbar wird, oder wenn er an den Eingeweiden verwundet wird, was sie ›Leibwunde‹ nennen, so büße er mit 12 Schillingen …

9) Wenn einer einem Freien ein Auge ausreißt, oder eine Hand oder einen Fuß abschlägt, der soll es mit 40 Schillingen büßen!
10) Wenn es aber eine solche Wunde oder ein solcher Bruch ist, daß er darüber lahm wird, dann soll jener mit 20 Schilling büßen!
11) Wenn einer dem anderen den Daumen abschneidet, der soll es mit 12 Schillingen büßen. Wenn er den dem Daumen nächsten Finger oder den kleinen Finger abschneidet, der soll mit 8 Schillingen den einen wie den anderen büßen.« An jeden einzelnen Finger ist in der Lex Baiuvariorum gedacht. Die zwei mittleren Finger »kosten« sozusagen jeder 5 Schillinge. Wenn dem Betroffenen ein Finger lahm oder steif bleibt, so daß er ihn nicht mehr biegen kann, was ein Hindernis beim Schwingen der Waffen ist, dann ist die Buße höher, als beim abgehauenen Finger. Da wird noch ein Drittel dazugeschlagen!
Ja, die Raufereien der alten Bayern! Alle nur denkbaren Fälle sind deshalb in die Lex Baiuvariorum, in dieses erste geschriebene bayerische Recht, eingegangen. Sehr differenziert sogar. Wenn ein Raufbold dem anderen den Arm oberhalb des Ellenbogens durchsticht, wird das mit 6 Schillingen bestraft, unterhalb davon kostet das nur die Hälfte.
Wenn man einem die Nase durchsticht, wird das teuerer: 9 Schillinge. Haut man jemanden das Ohr ab: 20 Schillinge. Wenn man ihn so malträtiert, daß er taub wird: 40 Schillinge. Wenn einer einem anderen aber das Ohr so verletzt, daß er deswegen häßlich aussieht, was sie »Gliedscharte« nennen, so büßt er mit 6 Schillingen. Ein bleibender Schaden an der Unterlippe, so daß der Verletzte den Speichel nicht zurückhalten kann, wird genauso bestraft. Ein verletztes Augenlid, das den Tränenfluß nicht aufhalten kann, ebenso. Sogar an den Verlust eines Backenzahns ist gedacht!
Wenn ich das so lese, bin ich an einen Besuch im Oberösterreichischen Landesmuseum in Linz erinnert. Es mag um 1965 gewesen sein. Der damalige Kustos dieses Museums, der Hofrat Professor Dr. Lipp hat mich geführt. Unter anderem durch die Volkskundeabteilung. Da waren in einem Raum auch bäuerliche Raufwerkzeuge zu sehen. Und er hat lachend hingedeutet und gesagt: »Alle vo de Boarn!« Übrigens ein für einen Bayern trau-

riger Hinweis darauf, daß ein guter Teil des heutigen Oberösterreich, das Innviertel nämlich, bayerisch war, und erst 1779 im Frieden von Teschen habsburgisch geworden ist.
Schauen wir einmal, was in der Lex Baiuvariorum über Haus und Hof zu finden ist. Dieser Abschnitt beginnt eigenartigerweise mit der »Brandstiftung an Häusern und ihrer Buße«. Da heißt es: »Wenn einer aus Neid oder Haß zur Nachtzeit Feuer anlegt und das Haus eines Freien oder eines Knechtes in Brand setzt, der büße zunächst nach dem Stande der Person alle Gebäude und ersetze sie. Und was dabei verbrannt ist, jedwedes Hausgerät, das ersetze er. Und wieviele Freie aus dieser Feuersbrunst nackt entkommen sind, einem jeden büße er mit seiner Buße um ›Leibwürde‹« – sprich: Körperverletzung; – wie hoch die Buße ist, steht leider nicht dabei. »Den Frauen aber soll doppelte Vergütung geschehen. Endlich büße er den Dachfirst mit 40 Schillingen.«
All die genannten Fälle sind ohne Frage in dieses Gesetz aufgenommen worden, weil sie das Leben sozusagen »geliefert« hat. Folglich sind bei den Brandstiftungen die einzelnen Gebäude entsprechend aufgeführt und bewertet worden. So erfährt man, daß das Anzünden der Scheune eines Freien, wenn sie von Wänden umgeben und wenn sie mit einem Riegel und Schloß gesichert war, daß mit 12 Schillingen gestraft worden ist. »Wenn sie (die Scheune) aber nicht verschlossen gewesen ist, sondern eine solche ohne Wände, was die Bayern einen ›Schopf‹ nennen, die büße er mit 6 Schillingen und jeden Getreidebehälter, die sie ›Parch‹ nennen, büße er mit 4 Schillingen. Von einer Miete aber, wenn er sie abdeckt oder in Brand steckt, büße er mit 3 Schillingen. Von einer kleineren (Miete) aber, die sie ›Schober‹ nennen, büße er mit 1 Schilling und erstatte all dies mit Gleichwertigem.« Aufgrund des Gesetzestextes kann man sich auch vorstellen, wie die Bauten auf so einem Hof ausgesehen haben. Bleiben wir zunächst beim Haus. Zunächst ist ja, wie gesagt, vom Brandstiften die Rede. Beim Abbrennen eines Hofes fällt mir ein Beispiel aus dem Südtiroler Sarntal ein. Es mag um 1955 gewesen sein. Da hab ich erlebt, wie ein Bergbauernhof abgebrannt ist. Außer dem Unterbau war alles aus Holz, da war nichts

mehr zu retten. Wohnhaus, Stall und Stadel standen in hellen Flammen. Gerade, daß man das Vieh noch herausgebracht hat. Das war natürlich tagelang das Gespräch. Dabei hab ich erfahren, daß es in so einem Fall seit Menschengedenken Brauch war, einen niedergebrannten Hof gemeinsam mit den Nachbarn wieder aufzubauen. Die Nachbarn haben auch das Vieh aufgenommen. Das war sozusagen über Jahrhunderte die allgemeine Brandversicherung auf Gegenseitigkeit. Das muß man sich in der Zeit der Agilolfinger nicht anders vorstellen. Nun, heute – im Zeitalter der allgemeinen Brandversicherungen, wo alles mit Geld geregelt wird – wird die allgemeine Hilfsbereitschaft entsprechend erlahmen.
Unter unseren Vorfahren muß es allerdings so rabiate Typen gegeben haben, die die Häuser von ihren unlieben Nachbarn einfach eingerissen haben, sonst wäre der entsprechende Passus wohl nicht in die Lex Baiuvariorum aufgenommen worden: »… wenn jemand in verbrecherischer Absicht oder aus sonst einem Grunde aus Verwegenheit oder Feindschaft oder auch aus Fahrlässigkeit oder geradezu aus Dummheit einem Freien den First einreißt, der büße dem Herrn des Hauses mit 12 Schillingen. – Wenn er jenen Pfosten herausreißt, von welchem der First getragen wird, den sie Firstsäule nennen, der büße es mit 12 Schillingen.« Reißt so ein roher Mensch einen Pfosten heraus, der »Winkelsäule« genannt wird, dann sind 6 Schillinge Strafe fällig. Andere Pfosten aus der Reihe werden mit 3 Schillingen gebüßt, jeder herausgerissene Balken ebenso.
Auch an die Schäden, die an Zäunen entstehen, ist im ersten bayerischen Recht gedacht. Wenn ein Freier einen »Zaun herausreißt oder zerstört, den sie ›Eschzaun‹ nennen, der büße ihn mit 1 Schilling, wenn er die Rute, die wir ›Ettergerte‹ nennen, die den Zaun zusammenhält, abschlägt, das gleiche«.
Auch über das Wegerecht ist in der Lex Baiuvariorum etwas zu finden. Querulanten hat es ohne Frage auch damals gegeben. Beweis: Kapitel X, Abschnitt 19. »Wenn einer den öffentlichen Weg, auf dem der König oder Herzog auszieht, oder einen diesem gleichen Weg eines anderen widerrechtlich sperrt, der büße es mit 12 Schillingen und entferne jenen Zaun; und wenn er es

leugnen wollte, so soll er mit 12 Eidhelfern schwören.« Wer einen Gemeindeweg oder eine Viehtrifft sperrt, muß 6 Schillinge büßen und den Weg natürlich wieder öffnen. Dabei ist interessant, daß es eben schon sogenannte Gemeindewege gegeben hat. Erstaunlich, weil ja selbst die wichtigeren Straßen um 1800 noch zum größeren Teil in einem erbärmlichen Zustand gewesen sind.

Dann zum Beispiel ist auch an die Brunnen gedacht. Daß sie sauber gehalten sind, war mehr als lebenswichtig. Kapitel X, Abschnitt 22: »Wenn einer einen Brunnen mit irgendwelchem Schmutz verunreinigt oder besudelt, soll er ihn vor allem so reinigen, so daß kein Verdacht einigen Unflates mehr zurückbleibt.« Dann sind aber trotzdem 6 Schillinge fällig. – Im Abschnitt 23 heißt es: »Wenn aber der Brunnen mehreren in der Nachbarschaft gehörte, so mögen sie die Buße unter sich ausmachen; sie sollen aber den Brunnen in einen guten Zustand bringen.«

Ich habe einmal Latein lernen sollen, aber ohne einen guten Nebenmann ist schon damals nichts gegangen. Und ohne die Übersetzung der Lex Baiuvariorum durch den Professor der Rechte Konrad Beyerle wäre ich recht hilflos. Er nämlich hat 1926 das Werk mit Übersetzung herausgebracht, und so präpariert erzählt es sich schon wesentlich leichter.

Jetzt muß ich doch auch von einem Abschnitt berichten zu einem Thema, das uralt ist und von dem heutzutage eine gewisse Sorte von Zeitungen lebt: Wer hat's mit wem? Es ist ja noch gar nicht so lang her, da hat jemand, der einem Pärchen ein ungestörtes »Schäferstündchen« ermöglicht hat, sich damit der Kuppelei schuldig gemacht. Um diese Themen hat man sich schon im ersten bayerischen Recht mehr als nachhaltig gekümmert. Da gibt es ein eigenes Kapitel mit dem Titel »Über Frauen und ihre Rechtsfälle, die sich häufig zutragen«. Da heißt es gleich im Abschnitt eins: »Wenn einer beim Weibe eines anderen liegt, die eine Freie ist, wird er darüber ertappt, mit dem Wehrgeld jenes Weibes soll er gegenüber dem Ehemann büßen. Und wenn er im Bett zusamt dem Weibe umgebracht wird, so liege er statt der Buße selbst, die er dem Ehemann hätte zahlen sollen, tot in seiner Schandtat ohne Rache.« – Wenn der Ehemann die beiden erschlägt, geschieht ihm allem Anschein nach nichts. Also diese Art Selbstjustiz wäre heutzutag ja doch nicht möglich. – Aber ein paar weitere Beispiele, die sich, wie gesagt, »häufig zugetragen« haben. Im Grund hat sich bis in die heutige Zeit gar nichts geändert, nur die Form, wie die Gesellschaft reagiert. Heute regeln solche Fälle die Juristen. Aber schauen wir um 1250 Jahre zurück. Da heißt es: »Wenn einer mit einem Fuße in das Bett gestiegen ist, von dem Weibe aber gehindert, nichts weiter tat, der soll mit 15 Schillingen büßen, weil er zu Unrecht ein fremdes Ehebett betreten hat.

3) Wenn einer aus böser Lust an eine Freie Hand anlegt, sie sei eine Jungfrau oder das Weib eines anderen, was die Bayern ›unzüchtigen Griff‹ nennen, der büße es mit 6 Schillingen.

4) Wenn er ihr die Kleider über die Knie aufhebt, was sie ›Kleiderzerrung‹ nennen, der büße es mit 12 Schillingen.

5) Wenn er ihr aber die Kopfbedeckung vom Haupte reißt, was sie ›Walcwurf‹ nennen, oder, wenn er einer Jungfrau in Geilheit Haare vom Kopf reißt, der büße es mit 12 Schillingen.

6) Wenn einer eine Jungfrau wider ihren Willen und den ihrer Verwandten raubt«, wird mit 40 Schillingen bestraft. Zusätzlich muß er weitere 40 Schillinge an den Fiskus zahlen.

Noch teurer wird es, wenn einer eine Witwe raubt, »welche notgedrungen ihr Haus um ihrer Waisen oder um der eigenen Bedürftigkeit willen verläßt, der büße mit 80 Schillingen und ist mit 40 Schillingen dem Fiskus verfallen, weil eine solche Vermessenheit verboten gehört und der Schutz der Witwen auf Gott, auf dem Herzog und den Richtern gegründet sein muß.« – Und noch ein letztes Beispiel:

»8) Wenn einer mit einer Freien unter deren Zustimmung Unzucht getrieben hat, sie aber nicht zum Weibe nehmen will, der soll die Tat nur mit 12 Schillingen büßen, weil sie noch nicht verlobt, noch auch von ihren Verwandten einem Manne angetraut war, sondern sich freiwillig hat schänden lassen.«

Sogar das Wort »Liebe« ist in der Lex Baiuvariorum zu finden, wenn sich nämlich ein Freier mit der Tochter eines Freien, wie es das Gesetz verlangt, verlobt, dann aber dem Gesetz zuwider eine andere heiratet, »der büße es den Verwandten mit 24 Schillingen und beschwöre mit zwölf Eidhelfern aus seinem Geschlecht (aus seiner Familie), daß er nicht aus Haß gegen ihre Verwandten, noch um irgendeines Verbrechens willen, sondern aus Liebe zur anderen diese andere geheiratet habe«. Damit ist der Fall erledigt, und die Sitzengebliebene kann von ihrer Familie weiterverhandelt werden an wen sie, die Familie nämlich, will.

Da gäbe es jetzt noch einiges zu erzählen. Nur so viel noch: Auch das Thema Scheidung wird angesprochen. Wenn ein Freier sein freies Eheweib »aus Widerwillen« verstößt, »ohne daß sie einen Fehler hat«, der ist ihren Verwandten 48 Schillinge schuldig. Dem verstoßenen Weibe muß er ein »Wittum« gemäß ihrer Abstammung zahlen. Und was sie an Heiratsgut in die Ehe eingebracht hat, muß ihr zurückerstattet werden. Von einer Zugewinngemeinschaft weiß man damals offensichtlich noch nichts.

Man kann nur feststellen, daß dieses erste bayerische Gesetzbuch äußerst spannend ist und daß die festgelegten Strafen für eingeschlagene Schädel, gebrochene Glieder, ausgeschlagene Zähne und so weiter durchaus nicht die einzigen Höhepunkte sind. Es ist beileibe nicht alles angesprochen worden: In diesem Gesetz ist tatsächlich so ziemlich alles zu finden, was das Leben an Streitmöglichkeiten so gebracht hat. Da ist zum Beispiel der Holzdiebstahl genannt. »Wenn einer Holz des anderen im Wald aus Feindschaft oder Neid fällt oder beschädigt, der ersetze es mit Gleichwertigem und büße es mit 1 Schilling.«

Ein weiterer Abschnitt gilt dem Pfänden. Da geht auf eigene Faust gar nichts. Dieses Thema wird besonders schön eingeleitet: »Zu pfänden ist niemand erlaubt, außer auf Befehl des Richters.« Ob es schon einen Gerichtsvollzieher gegeben hat, geht daraus nicht hervor. »Wenn aber ein Mensch so starrköpfig oder ungehorsam oder widerspenstig sich der Rechtspflege widersetzt, daß er sich nicht nach Gebühr verantworten … will, der ist ein Verächter des Gesetzes. Ein solcher werde vom Richter mit Zwang dazu gebracht.« Gerade was das Pfänden betrifft, so sind die Fälle sehr detailliert beschrieben. Da ist genauestens unterschieden, ob einer widerrechtlich Schweine zum Pfand genommen hat, oder ob er widerrechtlich Schafe gepfändet hat.

Wenn jemand das Kornfeld oder die Wiese eines anderen drei Furchen in der Längsrichtung des Morgens oder sechs Furchen in der Quere umpflügt, dann ist das ebenfalls strafbar. Wobei hier von einem Morgen die Rede ist und nicht von einem Tagwerk. Ob das ein Fehler ist? Wenn einer das schon reife Getreide vom Acker eines anderen stiehlt, büßt er mit 6 Schillingen.
Der Abschnitt mit der Auflistung der strafbaren Missetaten, die an Tieren begangen worden sind – wohlgemerkt an Tieren anderer – spricht Bände. Einem Vierfüßler ein Auge ausschlagen, einem Ochsen ein Horn abschlagen, einem Pferd ein Ohr oder den Schweif abschlagen, alles Fälle, die aufgeführt sind und die über die Mentalität unserer lieben Vorfahren doch Erstaunliches aussagen.
Nun aber endlich Schluß mit der Lex Baiuvariorum, diesem ersten niedergeschriebenen Recht im alten Herzogtum Bayern, aufgezeichnet um 740/50. Was erzählt es uns? Es erzählt uns, daß sich an den menschlichen Eigenschaften gar nichts geändert hat. Daß, wie heute auch, die Abtreibung ins Gesetz eingegangen ist, nur hat man sie damals nicht so locker behandelt wie heute. Wer seinerzeit eine Abtreibung verursacht hatte, ist fürs erste mit 12 Schillingen bestraft worden, »als dann sollen er und seine Nachkommen alljährlich, und zwar im Herbst, einen Schilling entrichten, bis ins siebte Geschlecht, vom Vater auf die Söhne«. Und wenn sie die Strafe in einem Jahr nicht bezahlen, fängt die Reihe mit 12 Schillingen von neuem an. Nun, die Strafe, daß einem für Diebstahl gleich eine Hand abgeschlagen worden ist, gibt es nicht mehr. Wenigstens bei uns nicht. Holzdiebstahl lohnt sich zur Zeit auch nicht recht. Autodiebstahl um so mehr. Aber gestohlen wird halt auch heut noch. Die harten Strafen von damals werden heute jedoch unter Umständen allzu milde gehandhabt, wenn man die Übeltäter mit Freigang oder Urlaub aus der Haftanstalt belohnt. Aber das ist ein weites Feld, über das sich schon viele kluge Leute den Kopf zerbrochen haben …

Literaturverzeichnis

Achleitner, Arthur: Halali! Geschichteln aus Bergrevieren. Dessau 1896.

Adlmaier, Conrad: Wilderer und Jäger im Hochgebirg. Traunstein 1935.

Bauer-Peißenberg, Therese: [Einschreibbüchl, um 1950].

Becker-Huberti, Manfred: Feiern – Feste – Jahreszeiten. Lebendige Bräuche im ganzen Jahr. Geschichte und Geschichten, Lieder und Legenden. Freiburg, Basel, Wien 1998.

Beyerle, Konrad (Hrsg.): Lex Baiuwariorum – Lichtdruckwiedergabe der Ingolstädter Handschrift des Bayerischen Volksrechts mit Transkription, Textnoten, Übersetzung, Einführung, Literaturübersicht und Glossar. München 1926.

Bodenstedt, Friedrich von: Eines Königs Reise. Erinnerungsblätter an König Max. Leipzig 1879.

Böck, Karl: Das Bauernleben in den Werken bayerischer Barockprediger. München 1953.

Breibeck, Otto Ernst: Das fünfte Element der Bayern. Regensburg 1978.

Bronner, Franz Joseph: Bayerisch Land und Volk. München 1898.

Bronner, Franz Joseph: Von deutscher Sitt' und Art. Volkssitten und Volksbräuche in Bayern und den angrenzenden Gebieten. München 1908.

Deifl, Joseph: Infanterist Deifl, ein Tagebuch aus napoleonischer Zeit. Hrsg. v. E. von Frauenholz. München 1939.

Deutscher Jäger. Ausgabe vom 16. März 1884.

Doeberl, Michael: Entwickelungsgeschichte Bayerns. 4 Bde. München 1906–1931.

Frank, Sebastian: Weltbuch. spiegel und bildtniß des gantzen erdbodens. Tübingen 1534.

Gockerell, Nina: Rudolf Kriss (1903–1973), Volkskundler und Religionswissenschaftler, Sammler und Verfolgter. In: Oberbayerisches Archiv 124 (2000), S. 195–218.
Hager, Franziska: Drudenhax und Allelujawasser. Hrsg. v. Hans Heyn. Rosenheim 1975.
Handwörterbuch des deutschen Aberglaubens. Hrsg. v. Hanns Bächtold-Stäubli. Berlin, Leipzig 1927–1942.
Hindringer, Rudolf: Weiheroß und Roßweihe. Eine religionsgeschichtlich-volkskundliche Darstellung der Umritte, Pferdesegnungen und Leonhardifahrten im germanischen Kulturkreis. München 1932.
Hofmiller, Josef: Gesammelte Werke. Hrsg. v. Hulda Hofmiller. Bd. III: Wanderbilder und Pilgerfahrten. Leipzig 1938.
Holzhaider, Hans: Jagdszenen aus dem Isarwinkel. In: Magazin der Süddeutschen Zeitung vom 30. Nov. 1990.
Jakob, [?]: Die Freiwillige Feuerwehr, ein Ehren-Stand. Einige Worte zur Aufmunterung insbesondere für Landfeuerwehren. München 1884.
Kapfhammer, Günther: Der Straubinger Gesindemarkt und die Erntezeit im Gäuboden. Eine volkskundliche Untersuchung. In: Bosl, Karl (Hrsg.): Straubing. Das neue und das alte Gesicht einer Stadt im altbayerischen Kernland. Straubing 1968. S. 275–293.
Kriss, Rudolf: Sitte und Brauch im Berchtesgadener Land. München 1947.
Kriss, Rudolf: Das Berchtesgadener Weihnachtsschießen und verwandte Bräuche. Wien 1941.
Lentner, Joseph Friedrich: Bavaria. Land und Leute im 19. Jahrhundert. Ethnographie von Oberbayern. 2 Bde. Hrsg. v. Paul Ernst Rattelmüller. München 1987/88.
Lewald, August: Panorama von München. Stuttgart 1835.
Markmiller, Fritz: Der Tag, der ist so freudenreich. Advent und Weihnachten. Regensburg 1981.
Noë, Heinrich: Deutsches Alpenbuch. Die deutschen Hochlande in Wort und Bild von Heinrich Noë. 1. Bd.: Salzkammergut, Oberbaiern und Allgäu. Glogau 1875.
Pecht, Friedrich: Aus meinem Leben. [Um 1848].

Peetz, Hartwig Freimund: Chiemgauer Volk. Erinnerungen eines Chiemgauer Amtmannes. Leipzig 1892.
Pezzl, Johann: Reise durch den Baierischen Kreis. Salzburg 1784.
Phriesen, Laurentius (= Fries, Lorenz): Spiegel der artzney. Straßburg 1529.
Richter, Joseph (Pseudonym F. A. Obermayr): Bildergalerie katholischer Misbräuche. Frankfurt, Leipzig 1784.
Richter, Joseph (Pseudonym F. A. Obermayr): Bildergalerie klösterlicher Misbräuche. Frankfurt, Leipzig 1784.
Richter, Joseph (Pseudonym Pater Hilarion, Exkapuziner): Bildergalerie weltlicher Misbräuche. Frankfurt, Leipzig 1785.
Riezler, Sigmund von: Geschichte der Hexenprozesse in Bayern. Stuttgart 1984.
Schlicht, Joseph: Bayerisch Land und bayerisch Volk. München 1875.
Schrank, Franz von Paula: Baierische Reise. München 1786.
Schröder, Hugo: Die Gendarmerie in Bayern. Vorgeschichte, Errichtung und Entwicklung der bayerischen Gendarmerie, sowie deren Thätigkeit von 1812–1900. Augsburg 1900.
Sepp, Johann Nepomuk: Denkwürdigkeiten aus dem Isarwinkel und der Nachbarschaft. München 1892.
Steub, Ludwig: Das bayerische Hochland. München 1860.
Steub, Ludwig: Sommer in Oberbayern. München 1947.
Stieler, Karl: Wanderungen im Bayerischen Gebirge und Salzkammergut. Stuttgart 1875.
Stieler, Karl: Kulturbilder aus Baiern. Stuttgart 1885.
Straub, Magnus (Hrsg.): Neu-entsprossene Gnaden-Blum auf der Wis. Augsburg 1746.
Straub, Magnus (Hrsg.): Neu-entsprossene Gnaden-Blum auf der Wis. Anderter Theil. Kaufbeuren 1748.
Straub, Magnus (Hrsg.): Neu-entsprossene Gnaden-Blum auf der Wis. Dritter Theil. Kaufbeuren 1751.
Völderndorff und Waradein, Eduard von: Kriegsgeschichte von Bayern unter König Maximilian Joseph I. München 1826.
Westenrieder, Lorenz: Beschreibung der Haupt- und Residenzstadt München (in ihrem gegenwärtigen Zustande). München 1782.

Weitere Werke von Paul Ernst Rattelmüller

Auf, auf, ihr Hirten

Die Papierkrippe des Paul Ernst Rattelmüller

Evangelien- und Legendentexte und volkstümliches Liedgut, Fotografien ganzer Szenerien und farbige Zeichnungen von über hundert einzelnen Figuren aus der von Paul Ernst Rattelmüller ersonnenen Papierkrippe laden den Leser ein zur Einstimmung auf die Heilige Nacht und zum andächtigen »Krippen schaun«.

Mit Fotografien von Paul Sessner

120 Seiten, Format 23 x 22 cm, zahlreiche Abbildungen

ISBN 3-89251-283-3

Auf Weihnachten zua

Geschichten – Lieder – Bräuche

Eine Art Adventskalender ist dieses Buch, das den Leser vom 1. Dezember bis zum Heiligen Abend begleitet. Zu jedem dieser Tage gibt es eine passende Geschiche, die Beschreibung eines Brauches oder die Legende des Tagheiligen, ein Weihnachtslied aus der berühmten Hartmann-Sammlung und ein köstliches Backrezept.

200 Seiten, Format 23 x 22 cm, rund 100 Abbildungen

ISBN 3-89251-266-3

Christkindl

Das Buch erzählt von Legenden und Volksbräuchen um die Gnadenbilder der europäischen Christkindlwallfahrten – ohne dabei in der Adventszeit den Heiligen Abend vorwegzunehmen. Mit wunderschönen Fotografien der liebevoll ausgestatteten Christkindl und vielen Abbildungen anderer Gegenstände der Volksfrömmigkeit.

144 Seiten, Format 23 x 22 cm, 105 teils farbige Abbildungen

ISBN 3-89251-195-0

Altbayerischer Krippenbogen

Die Papierkrippe besteht aus neun farbig bedruckten Bogen mit über achtzig Figuren, vielen Landschaftselementen und Tierfiguren zum Ausschneiden und zwei Panoramen (Tag und Nacht). Damit kann der Weihnachtszyklus vom Weg nach Bethlehem bis zur Flucht nach Ägypten dargestellt, und zugleich ein sinnreiches Schmuckstück für die Weihnachtsstube gestaltet werden.

9 farbig bedruckte Ausschneidebogen, Format 34 x 24 cm,
2 farbige Panoramen, Format 68 x x24 cm

ISBN 3-89251-315-5

Die Volkstracht in Bayern

Einhundert von Paul Ernst Rattelmüller geschaffene Aquarelle mit rund 370 Figuren zeigen originalgetreue Trachten aus den Städten und vom Land, die etwa zwischen 1800 und 1930 im heutigen Bayern getragen wurden. Mit Erläuterungen und historischen Texten, die zusätzliche Fakten über die Kleidung unserer Vorfahren vermitteln.

208 Seiten, Format 24 x 27 cm, 100 farbige Abbildungen, Leinenband mit farbigem Schutzumschlag

ISBN 3-89251-252-3

Ein immerwährender Kalender

für Feste in Familie und Freundschaft

Jahrestage, Geburtstage und Namenstage, die jedes Jahr am selben Tag wiederkehren, können in diesem reizenden Büchlein für immer festgehalten werden. Durch das ansprechende Format und die beziehungsreichen Bilder im Biedermeierstil eignet sich dieser Kalender vortrefflich als Geschenk.

128 Seiten, Format 20 x 13 cm, 12 farbige Monatsbilder, farbig bedruckter Schuber, Einmerkbändchen

ISBN 3-89251-210-8